文学鲁军新锐文丛

王秀梅卷

去槐花洲

山东省作家协会 编

山東文藝出版社

总　序

孙守刚

文学事业是文化建设的重要组成部分，是各种艺术创作和发展的重要基础，担负着满足人民精神文化需求、推动文化大发展大繁荣的光荣使命。山东作为文化大省，具有源远流长的文学根脉，齐风鲁韵影响深远，众多文学大家名作构成了齐鲁文化的壮丽画卷，为山东文化建设提供了丰厚的滋养。在近现代文学史上，山东作家写下了浓墨重彩的篇章，山东文学在中国文坛居有重要地位。特别是新时期以来，山东省委省政府高度重视发展文学事业，把繁荣文学创作作为加快文化强省建设的重要任务，采取一系列政策措施加以推进。山东文学创作呈现出繁荣发展的良好局面，涌现出一大批优秀青年作家，推出了一大批优秀文学作品，在丰富群众精神文化生活、推进经济社会发展方面发挥了不可替代的重要作用。

山东作家队伍人才济济，新人佳作层出不穷，一批作品荣获全国重要文学奖项，在全国产生重要影响，引起广泛关注，“文学鲁军”成为新时期中国文学界的一支重要力量。为发现文学新人、扶持青年作家，山东省作家协会于2001年组织编选出版了《文学鲁军新锐文丛》第一辑，整体展示了10位山东青年作家的创作成就，有力促进了青年作家队伍的成长壮大。近年来，山东一批又一批文学新人脱颖而出，一批中青年作家崭露头角，以勤奋的创造性劳动和出色的创作成果，为文学事业发展注入了勃勃生机，山东作家群展现出薪火相传的兴旺景象和持续发展的巨大潜力。

为集中展示山东青年作家的新气象和新阵容，促进山东文学事业繁荣发展，省作家协会组织了《文学鲁军新锐文丛》第二辑的编辑出版，在面向全省征集的基础上，遴选了10位青年作家的精品力作。他们都是近年我省最为活跃的文学新人的优秀代表，是山东创作队伍的生力军，他们的作品代表了山东青年作家的创作水准，为山东文学事业增添了青春力量。

“文章合为时而著，歌诗合为事而作。”一切优秀的文化创造，一切传世的精品力作，都是时代的产物。我国正处在中国特色社会主义事业蓬勃发展阶段，山东正处在由大到强战略性转变的关键时期，我省文艺事业发展面临着难得的历史机遇。党的十七届六中全会提出了推动社会主义文化大发展大繁荣、建设社会主义文化强国的战略任务，省委九届十三次全体会议对加快建设文化强省作出新的部署，这为我省文学发展创造了更加有利的环境，为作家施展才华提供了更为广阔的舞台。真诚希望青年作家们继承发扬齐鲁文学的优良传统，以繁荣文学创作为己任，始终坚持正确方向，坚持以人为本，坚持锐意创新，坚持德艺双馨，自觉贴近实际、贴近生活、贴近群众，积极投身到讴歌时代和人民的文学创作活动之中，以充沛的激情、生动的笔触、优美的旋律、感人的形象，创作出更多思想性艺术性俱佳的优秀文学作品。牢固树立精品意识，发扬十年磨一剑的精神，甘于寂寞，心无旁骛，潜心创作，精益求精，不断挖掘作品的深刻主题，不断丰富作品的表现形式，不断提升作品的艺术境界，努力打造叫得响、传得开、留得住，富有齐鲁风格、山东气派的精品力作。

人才辈出是文学繁荣的基本条件和重要标志。近年来，省作协充分发挥桥梁和纽带作用，积极履行“联络、协调、服务”职能，创新文学人才选拔、培养、激励和服务机制，以培养文学新人为重点，切实加强文学人才队伍建设，为文学新人脱颖而出创造了良好环境条件。希望省作家协会认真总结经验，把“文丛”编选工作制度化、常态化，作为培养推介文学新人的重要措施，充分发挥丛书的影响力和带动力，努力打造成一个响亮的文化品牌，让一批批“鲁军新锐”从这里出发，走向全国，走向世界，再创“文学鲁军”新辉煌。

“等闲识得东风面，万紫千红总是春。”在加快建设经济文化强省、谱写山东人民美好生活新篇章的伟大进程中，山东文学的百花园一定会更加枝繁叶茂、硕果累累，山东文学事业一定会有更加美好的明天。

目录

捕风的人

年月已久，它们在与山风和动物的耳鬓厮磨中渐渐老去。

——王秀梅《大雪》

我就是那个捕风的人。

听到捕风这个词，你可能会认为我是在说梦话，或者我是一个耽于幻想的人——实际上我不是。算上这个月，我在塔山当林管员已有二十年零三个月，每年都是林业局先进个人。这说明，我是一个老实本分、兢兢业业的人。我每天日出即起，日落而眠，整天与树木和鸟兽打交道，生活规律，清心寡欲。尘世中的喧扰，我早已不为所动，更别提什么不切实际的幻想了。

我坐在石屋前的空地上编竹笼。我的石屋在半山间一个山坳里，背北朝南，正午的时候，阳光把它照得金光闪闪。风在屋前屋后吹，穿过那些竹林、松树、银杏、白杨、曲柳……在大大小小的树隙间，发出或温和或尖锐的哨音。我喜欢倾听风声。每天那些树木、小草、野花、石头、泥土，都在风的吹拂下，发出不同的声音，我都能一一辨听个八九不离十……

这种本领，并不是你在塔山当几十年林管员，就一定能练就出来的。我并不是说自己多么有禀赋……我只是想说，现在我是一个捕风的人，我手里编着的竹笼，就是为了捕捉一种名叫风声兽的东西——它具体是什么模样，我还真没亲眼领教过——对这件没影的事情，我妻子一直持存疑的态度。几天来，她总是翻来覆去看那张报纸（上面有关于风声兽的新闻），已经不下几十遍，越看越觉得那是一则假新闻，或者是什么人在百无聊赖时炮制的一个恶作剧。只是她不明白，恶作剧为什么会被当成新闻登在报纸上。

其实我已多年不下山了，山下的城市较之二十年前发生了怎样的变化，人们在如何生活，说真的，我并不十分了解。二十多年前，我从一所林业大学毕业时，作为一个年轻人，曾经跟城市关系融洽；但后来，说不清怎么回事，我逐渐对它失去了热情。那时候我是一名林业局科技员，这是一份让人羡慕的、清闲的工作。我的意思并不是说，我后悔自己当初主动要求当一名林管员，相反，二十年来，我已习惯了与世无争的生活。尤其是最近几年，我发现城市越来越繁华，也越来越让人眼花缭乱，车辆像山上的树木那么多，每次下山，我都在马路上张皇无措。我还遇到很多让人不快的事情，比如在公交车上丢了钱包，比如在街上遇到低价转卖黄金首饰的骗子……那次我是多么热情高涨，想买下那枚金光闪闪的指环，套在我妻子粗糙皲裂的手指上……

那次，我受到妻子的痛斥。她用到了善良、幼稚、傻瓜、白痴、愚蠢等等或者中性或者贬义的词语，直到把我骂得羞愧难当、泪水涟涟。但过后，她还是戴上了那枚假黄金指环，表示对我的原谅和安慰。此刻，她戴着指环的手里拿着那张报纸——因为翻来覆去地看，报纸已经不那么挺括，软塌塌地像一块布。她抖搂着它，说，看这纸的质量，显然不是什么正规报纸！

报纸还分正规和不正规吗？我感到这不是个问题，即便它只是一份街头娱乐小报，也不能抹杀它是一份报纸的事实。不能抹杀这个事实，登在它上面的新闻就是可信的。我认为这是个简单的、完全成立的逻辑。我妻子靠在门框上，再次朗读那则新闻，口气里带着嘲讽意味，仿佛能带来批判的效果和揭露的作用：

> 传说风声兽生于南海，是一种形如狐狸的动物，周身长满绚烂的斑纹。因为速度奇快，人们又称之为风精。人们很难目睹它的真容，往往只看到一个影子随风闪过，魂魄即被掠走。凡被掠走魂魄的人，会变得伶牙俐齿、风趣幽默，较易博得别人的喜欢；却蔑视道德、情感冷漠，对身边的人极具伤害性。

多么滑稽！我妻子停顿下来，加了一句评论——这句评论她使用过无数次了——又接着读下去：

> 这种动物最后一次出现，是在距今八百多年前的宋代，不知为何此次重又气宇轩昂地入侵城市。据风类观察家判断，此兽平时隐没于城市周边的山峦之间，所到之处发出风掠树木的哨音。据悉，仅亚洲一地，受到风精俘获的灵魂就不下八十万人，他们中大多是天秤座的男子。此兽目前已入侵本市，数目不详，已有十余名男子被俘走魂魄。本市风类专家私下议论，此兽可能隐于塔山之中。
>
> ……

每当我妻子读到这里，都要抬起头来看看周围，或者干脆走远一些，四下张望，手里提着报纸。报纸在风里发出细小的呻吟。我妻子张望的动作总是很夸张，仿佛在无所畏惧地示威——几天以来，她的示威都没招致什么危险，风很正常地刮过树木，发出那些我耳熟能详的哨音——然后她走回屋里，把报纸扔到桌子上，出来看我编织竹笼，不时挑挑毛病：

太大了吧？不是说那东西跟狐狸差不多吗？

网眼太小了吧？它又不是蜘蛛！

是不是要准备一块黑布，蒙在笼子外面？可不要让那东西看见你。

……

我妻子环抱双臂，口气不乏揶揄，但她的举动却又是相反的。她走回屋里，打开柜门，把头埋进去东挑西拣，扯出一件黑呢子大衣，端量半天，狠狠心拿起剪刀开始裁剪，然后坐到缝纫机前，两脚踩起踏板。她给竹笼做了一件黑色呢子外罩，抖搂着，说，这下你就安全一些了。

但是，我妻子又问我，但是，你准备怎么把那个像风一样的东西捉到笼子里去呢？

说真的，对此我也没有什么明确的计划，那毕竟是个像风一样来去无踪的东西。说起来，捕捉它，实质上就是在捕捉风。可能正因为如此，我才下意识地把竹笼编织得如此细密。

竹笼编好的那天，我把它背在后背上，站在门口。风吹进那些细密的网眼，在竹笼里回旋、打转，发出悦耳如泉水一样的嘤咛。我妻子尽管对这件事情百般揶揄，还是给我准备了一下：她让我穿上一双耐克运动鞋（专程下山去商场里买的），以便让我在追赶风精的时候，不至于被劣质鞋子影响了速度。她还买了一个玉貔貅，说要给我镇邪。我不知道那玉貔貅是真货还是假货，因为我分辨不出玉和玻璃的区别——现在假货太多了——但还是乖乖让她用红线拴了，套在脖子上。最好笑的是她给我准备的衣服，是一件黑红相间的紧身衣，但腋下又非常宽大，状如蝙蝠。我想，她是希望我在追赶风精的时候，情急之下，展开胳膊就能凌空飞翔。

我穿戴着这身装备，腰里别着刀，左肩挎着绳子（一端挽了活套），右肩背着登山包（里面放着我妻子做的烙饼），后面背着竹笼，走进风声鹤唳的塔山深处。我日出时分出发，沿着山坳往东，走了半个时辰，攀上前面一道山梁，继续往东。夕阳落山以后，我走到塔山东山麓，站在一个小峰顶上眺望城市。夜晚的城市像一只装满萤火虫的竹笼。风从山里出发，掠过树木和我的双耳，掠过城市上空，吹着高高的楼顶，发出有水泥质感的坚硬的哨音。几只夜鸟飞过，翅翼扇起浅梦一样的轻吟……我久久地立在峰顶，闭上双眼，张开耳朵，仔细辨听着那些刷刷而过吹往城市的风声，以期捕捉到不同寻常之音。夜晚过去，东方天际露出太阳稀薄的晨光，城市的街道车水马龙……我在阳光下重新走回塔山深处，在夕阳落山以后回到石屋。天亮了，日出时分，我沿着山坳往西，攀上山梁，继续往西……第五天，日出时分，我沿着山坳往南，攀上山梁，继续往南……

日复一日，我妻子给我买的耐克运动鞋磨破了底，小石块磨破了袜子，进而磨破了我的脚。她意识到这昂贵的支出打了水漂儿，从此给我买最便宜的胶鞋，到城市最低档的批发市场。她游说我，企图让我相信，那张放在桌子上的报纸有多么不靠谱：瞧瞧，报纸上说 X 和 Y 分手了，根本就是造谣！她拿着另外一份刚从山下带回的新报纸，把 X 和 Y 亲密无间的合影指给我看。

我只好沉默不语。我只能沉默不语。捕不到风精，我就无法证明它的存在，但我很坚定地相信它是存在的。它无影无踪，只在暗处较量我的忍耐力。

后来我妻子不再给我准备烙饼。我妻子会烙各种各样的饼：葱花饼、发面饼、椒盐饼、鸡蛋饼……这些日子，她变着花样给我做烙饼，也实在是应该厌倦了。不过，没有烙饼，我也不必担心会挨饿，山里有的是野果，还有山泉水。

有一天黄昏时分，我正在山坡上走着，忽觉身后传来一阵有些特别的风声，我转头看去——因为光线昏暗——只看到有团物体从一棵大樟树的方向滑翔而来。我从左肩上拿下绳子，把系了活扣的一端朝它甩过去——还是因为光线昏暗——只打着了它的皮毛。粗粝的绳子和光滑的皮毛之间，发出类似丝绸摩擦石头的声音。这团物体受到惊吓，有些失衡，低低地吱了一声，一头撞向我后背的竹笼。我在甩出绳子的同时，已经伸出左手把竹笼的侧门打开。这样，它恰巧从侧门里撞了进去。

——但是，只是一瞬间的事情，我的竹笼就空了。那东西轻而易举撞破竹笼，风一样滑翔而去。

那个夜里，就着月光，我在附近逡巡不停，却一无所获。

第二天黄昏时分我回到石屋。因为兴奋和沮丧，我不知从何说起，只是拿着那张越来越软的报纸看来看去。我妻子看一眼我脚下，很幽怨地叹息一声，就开始准备起针线。作为一个林管员，我的工资只够维持温饱，具体每月多少，我并不掌握。我妻子是个精打细算的女人，这一点我完全放心。但很显然，自从我成为一个捕风的人，我们家的经济状况正在日渐恶化。我妻子去最低档的批发市场，给我买最便宜的胶鞋，也终究抵不过惊人的损耗——差不多我第一天日出时分离家，到第二天日落以后回家，这两天时间里就要穿破一双胶鞋。我妻子不得不把自己变成一个缝补工。她买了粗壮的麻线，缝补我鞋上张开的各式各样的口子。

在给我缝补鞋子的空当，我妻子发现了那只异样的竹笼，她的耐心很有限，一下子就气愤起来，说，竹笼也搞破了！你可真是败家！

这个时候，我已经克服了兴奋和沮丧交织的复杂情绪，尽量使用平静的语调，向我妻子讲述昨天黄昏时分的经历。说真的，我并不指望她会无条件地相信，那团滑翔在空中的东西就是报纸上所说的风声兽——事实上也的确这样，我妻子嘴角扁了扁，说，不就是竹笼破了吗，用得着编个故事来蒙我？屋后有的是竹子，再编一个不就完了？

我承认我妻子说得对，屋后的竹林正在风的吹拂下，如海浪一样荡漾不止。我磨了磨砍刀，把它磨得锋利无比，然后提着它来到屋后，挑选了几根圆滑的竹子，砍下来，劈开，浸泡在竹林后面的小溪里，用石块压住。

第二天，我把泡软的竹竿削成篾条，坐在屋子前面的空地上编竹笼。风依次掠过屋前屋后的竹林、松树、银杏、白杨、曲柳，还有低矮的灌木，发出高高低低的吟唱。

以后，我妻子经常环抱双臂，靠在门框上看我编竹笼。她面色忧郁——她不知不觉成为一个忧郁的人——说，捕风的人，我看你做一个竹匠比较合适，你编的竹笼越来越好看了。如果拿到山下去卖，说不定能卖个好价钱。然后，用卖竹笼的钱给你买胶鞋。我看这办法不错。

也许的确是这样，我妻子说得对。我编竹笼的手艺越来越娴熟——这是因为我编了太多竹笼的缘故。但并不是说，我遇到过很多滑翔在空中的动物——事实上，我再没有过那晚的经历——那些竹笼都是在我行进途中，因为遭受雨雪风霜，还有树枝的抽打和剐擦，而日渐破损的。就像我脚下一只一只张开口子的胶鞋，并不是在追赶风精时跑破的。

捕风的人！我妻子现在已经不再称呼我的真实姓名，只要我回到家，她就用这个称呼迎接我。渐渐地，我似乎也忘掉了自己的真实姓名。不过，说真的，我并不反感这个名字。时常在空旷的山野里，我会有一些莫名孤寂的时刻，这时我就站在山脊上，或者峰顶上；有时是清晨，有时是黄昏；我向着朝阳，或者夕阳，把两手拢在嘴边，闭上眼睛大声呼喊——

捕风的人！捕——风——的——人！

风把我的呼喊传到四面八方，在山谷间回荡。有一天我听到我的呼喊跟太平庵的晨钟撞到一起，发出金属的回音。在那个万籁俱寂的清晨，我的心灵突然有种莫名的虔敬，我没有走上回家的路，而是爬上山坡，翻过山梁，来到塔山的北山麓。我不太喜欢往北山的方向来，因为山下的世界日新月异，城市已经扩展到山脚下，一个大型娱乐场在很短的时间里，占据了北山脚下的大片空地。

我来到北麓半山间的太平庵，买了一炷香。庵内清清静静，晨起的道长拿着扫帚，正在哗哗地扫着院子里的树叶——又是秋天了，我不知道我成为一个捕风的人，已经有几个年头了。

合成道长是庵里的住持，他知道我是林管员，但不知道我已经成为一个捕风的人。我告诉他，我背着竹笼，是因为要捕捉一个像风一样的东西，但是几年过去了，我的竹笼依然空空如也。我甚至开始同意我妻子的判断：那东西真的存在吗？

那天清晨，合成道长带我去看立在庵里的石碑，他闭着眼让我念碑文。我不知道他是何用意，但还是照他说的，把碑文念了一遍：

> 太平庵始建年代不详，众说纷纭。经考证，庵里有刻石记载“重修庵堂，补塑圣像……大元至元三十年（即公元 1293 年）”。也就是说，早在公元 1293 年以前就建有此庵，距今已有七百多年的历史……太平庵是一座全真教庵堂。全真教是由金代道士王重阳于 1167 年始创于昆嵛山。昆嵛山位于距此 30 公里的牟平境内……

我念完碑文，以为合成道长睡着了——他白眉飘飘，眼皮合下，如一尊石像站立院中。我陪着他站立片刻，正打算离开，合成道长忽然向我娓娓道来一个故事，我对其中的一段感到甚为惊讶：

> ……历史上有许多道德之士，都试图捕杀那掠人魂魄之物，但由于没见过它的真实面目，主要是追不上风的脚步，所以始终未能如愿。后来，宋代的大儒朱熹，用了一张坚韧的密网将它捕获。但是，无论刀砍斧劈，还是铁杵砸头，怪物只要吸入几口风，就能于奄奄一息中活转过来。最后，朱熹遍访奇人隐士，得知菖蒲可以将它制服，就命人把菖蒲塞进怪物喉咙口。怪物被一把菖蒲塞住，无法吸风，才终于死去。
>
> ……

几年来，由于成为一个捕风的人，我备受世人误解。尤其是，我妻子去林业局给我领先进个人荣誉证书时，没忍住心中巨大的委屈，把我的事情全盘托出，以至于林业局工会主席带着干事，提着两桶花生油，气喘吁吁地爬上塔山来慰问我。他们犹豫再三，没说出心底的疑虑，但我从他们上下打量我的眼神里已经看出，他们对我的精神状况颇为担心。后来，工会主席代表局里征求我的意见，是下山回局里传达室工作（我的年龄也差不多适合此项工作了），还是继续留在山里。我坚定不移地选择了后者。后来，陆续有局里的同事，在周末带着孩子到塔山游乐场玩，顺便上山来找我叙旧。我知道，叙旧只是借口，真实情况是，他们都想看看，我如今是一个怎样的捕风的人。

在这个晴朗的秋天，我认识到，我即将成为一个真正的捕风的人。合成道长让我念的那段碑文，跟报纸上的新闻不谋而合。报纸上说，怪物最后出现，是在距今八百多年前的宋代，而合成道长讲述的那个故事，据说正是从金代道士王重阳那里口口相传而来的。王重阳正是在八百多年前始创全真教于昆嵛山。

我要继续做一个捕风的人。我背好竹笼离开的时候，合成道长真的睡着了。他给我讲那个故事的时候，就已进入半睡状态，此刻站在风里，拄着扫帚，像石像一样岿然不动，只有道袍随风轻摆。

以后，我就在寻找风精的路上，同时寻找合成道长故事里提到的菖蒲。几天以后我发现，在浩瀚的塔山中并非遍地菖蒲，那种传说中的植物已经有了绝迹的意思。进而我分析道，也许，正是由于植物的生存环境受到越来越大的破坏，才导致菖蒲这样的植物日渐稀少。这样的植物日渐稀少，才导致风声兽有恃无恐，重新入侵城市。我忧心忡忡，终于在很多天后，于一片湿地边缘，发现几颗红色的菖蒲浆果，在越来越冷的秋风里抖瑟。

我的妻子环抱双臂，靠在门框上，忧郁地看我在家里建了一个苗圃——作为昔日的林业局科技员，虽然时过境迁，秋播这个手艺我还是没问题的。我把苗圃建在家里朝阳的窗户下面，墙上挂着温度计和湿度计；红色的菖蒲浆果经过清洗，已经安静地睡在土壤里。我妻子看我忙完这些事情，终于不无担心地问我，你不会把我们的床搬到外面去吧？

不会的。我宽慰我妻子，同时请求她帮忙，我不在家的时候，请她照看苗圃，主要是保持好室内温度（20℃左右）和土壤湿度。冬天到了，我生起火炉，屋子里温暖如春。

第二年早春，那些红色浆果没有辜负我妻子的辛勤劳动，陆续从土里钻出嫩绿的小芽。我妻子看到那些小东西，忧郁的脸上露出难得一见的笑容。我把那些小嫩芽分离培养，春天真正到来的时候，嫩芽长成健壮的小苗，我又把它们移栽到竹林后的小溪旁。

两年后，我终于在塔山上种植出大面积的菖蒲。春天里，菖蒲绿油油遍布屋后的小溪两岸。我把它们割下来，抱到屋前空地上，开始编织菖蒲笼。

我的手遍布伤痕，都是几年来编织笼子，被竹条割破，然后结痂所致。

如今，菖蒲叶子边缘上的小锯齿已不足以划破我粗糙的手。我用这粗糙的手，编出了世界上最为细密和坚固的笼子——这笼子没有哪怕一个针鼻大的网眼，绝对密不透风，而且刀砍不透，坚韧无比。我试过把塔山上很多凶猛无比的小动物关进去，它们无一能够逃脱。

当然，我的成功是建立在无数次试验的基础上——如今石屋里里外外挂满了这种菖蒲笼，尤其是外墙，四面都绿油油的。风吹过来，它们如一个个大铃铛，又如一个个绿灯笼似的轻轻摇曳，而且香气阵阵。我妻子曾经说过，要把我原来那些竹笼拿到山下去卖，她认为说不定能卖上好价钱。对于竹笼我可不敢夸什么海口——从老辈起，无论城市和乡村从来不乏卖竹器的——但对于这种用菖蒲编织的笼子，我敢说绝对能卖上好价钱。可是不知为何，我妻子反而没再生出“卖上好价钱”这样的念头，我猜她是被如今我们这个像童话一样的石屋子迷住了。

以后我就背着菖蒲笼，从山坳里出发，往东走，往西走，往南走，往北走。菖蒲笼散发出的香气，吸引了很多蝴蝶和蜜蜂，它们一路围绕着我，在我身前身后越聚越多。我站在山冈上，身边飞满蝴蝶和蜜蜂，朝着远方大声呼喊——

捕风的人！捕——风——的——人！

山谷里回荡着我的呼喊。但是，我的声音在山谷里激起的回响越来越弱，因为我的气息越来越没那么强壮。渐渐的，我在爬山的过程中，出现气喘吁吁的迹象。围绕在我身边的蝴蝶和蜜蜂一茬茬老去。

最值得怜惜的人，是我那日渐忧郁和憔悴的妻子。由于日日站在屋前空地上眺望我是否归来，她被风吹出严重的关节炎，天冷的时候，很多关节就隐隐作痛；她患了哮喘，喉咙里时常发出喘憋的轰鸣；她还患上迎风流泪的眼疾，如今视力模糊，接近失明；最严重的是，由于担心我被山里的野兽所伤，甚至被那摸不清真假的风精掠去魂魄，她日日忧心忡忡，心脏已不堪重负，濒临衰竭。

我不得不忍着巨大的悲痛，把我妻子送到山下的医院里去。我妻子头发已经斑驳，脸上生长了皱纹。她伸出爬满褐色老年斑的手，手指上戴着那枚假黄金指环，摸索着拉住我的手，说，还是送我回去吧。

我知道，我妻子对那白色的世界及其中嘈杂的人声感到不适。这样，我把我妻子重新带回山上，让她躺到床上。我搬了一个小马扎，守在床边。

她睡睡醒醒，有时还说梦话，我知道她正被梦魇缠绕。在从一个有些激烈的梦里醒来之后，窗外露出微薄的晨曦，我妻子对我说，捕风的人，你该出发了，往西走。我梦见你捕到风精了。

这么多年，我妻子从没做过这样的梦，更别提用明确的语言鼓励我去捕风。但我一时产生了犹豫，不知道该不该把她一个人撇在家里。我妻子朝我笑了笑，挥了一下那只戴着假黄金指环的手，说，去呀！我妻子手上的指环材质不明，早就失去刚买时假惺惺的光亮，此刻晦涩幽暗，跟她皮肤的颜色几近相同。

于是我狠狠心，背起菖蒲笼，照我妻子吩咐的那样，往西走。夜幕降临以后，我走到一个山坡上，终于听到不同寻常的风声。我说过，我是一个合格的林管员，风吹过塔山上的各种树木和花草的声音，我都能一一辨听个八九不离十。二十年来，可以说，我跟这些生物同呼吸共命运，就像跟我那可怜的妻子一样。

所以，当我听到这不同寻常的风声，就基本断定，有新的生物入侵了塔山。这情形，跟上次碰到那滑翔动物很相似——我其实来不及判断这些，因为那东西速度极快。这些年来，我在树林里依照不同的地形，已经演练过无数次如何捕杀一只飞速滑翔的动物。我考虑了方方面面的因素，包括它来的方向、我的站位、我转身的角度、我如何打开菖蒲笼各个方向的门、我甩绳子的力度、什么样的力度会甩出多远（误差精确到了1cm）、绳套扣死的时间（精确到了秒）、我各个动作之间的衔接……总之，当我妻子站在石屋门口翘首以盼时，我在浩瀚的塔山里一边张开耳朵逡巡，一边不厌其烦地演练如上这套捕杀程序。我确定如果再碰到那东西，绝不会让它逃脱。

我最终捕住了这只动物。它飞翔的速度、角度、高度都在我的计算范围之内。夜色四合，我锁紧菖蒲笼，背着它，撒开两腿，穿越浩瀚的塔山，一路往东飞奔。自从我逐渐老去，已很久没这样飞奔了。我要赶回家，告诉我那奄奄一息的妻子，你说得没错。

第二天破晓时分，我赶回了家，在我那奄奄一息的妻子面前，我打开那只菖蒲笼——笼里无声无息，我确认那东西在密不透风的菖蒲笼里，没吸进任何一丝风——整整一夜没吸风，它应该早已死亡了。但为了保险起见，我还是按照先前准备好的方案，一丝不苟做好了防范工作：把窗子和门都关好，这样，屋里屋外那些密密匝匝的菖蒲笼就形成了一道天然的屏障，即便透进一丝风，也不足为患；屋里地上铺满厚厚的菖蒲，最上面一层都团成球状，以便抓起来就能往那东西的喉咙里塞；我还在屋子里挖了一个地窖，一旦无法制服那东西，只要一按预先设置好的开关，就会有一张菖蒲网（它隐藏在顶棚上）兜头落下，同时拉动房梁；地面这个时候也将豁然裂开，那东西——当然也包括我和我妻子——将会在一瞬间陷进地窖里去；地窖里当然也铺满了厚厚的菖蒲；然后，房顶被菖蒲网拉下来，封死地窖。

瞧，这就是我的方案。你也许会建议或者质疑，干吗不到山下求助，让政府部门派消防官兵，或者干脆部队，他们有的是各种工具甚至武器，实在不行还可以用弹药之类。你不知道，自从我成为一个捕风的人，没人相信世界上有那东西存在。相反，他们都认为我有精神方面的问题，尽管山下的世界已被那些家伙搅坏了——我妻子每次从山下回来，都会遇到很多不开心的事情，人们的道德感已经沦丧得无以复加——我妻子每遇到一个看起来很没有道德感的人，都要凑上去问问他是不是天秤座。她告诉我说，那些人有的是天秤座，有的不是。我妻子带回来的消息真是让我忧虑：风精俘获的范围正在由天秤座向别的星座扩展，而那些人都蒙在鼓里！

还是回到原来的话题，我那些相当缜密的方案都没派上用场。当我在密不透风的屋子里小心翼翼打开菖蒲笼，那东西已经死掉了，无声无息地躺着。我和我妻子看到的东西，符合传说中的风声兽的样子——尽管我们不知道它的确切面目——身上的毛发红白相间，看起来的确绚烂；体型大小像狐狸一样；尖嘴、硬须、长尾，也可以说状如狐狸。

我妻子撑着羸弱的身体，端详那东西很久，但似乎有点失望。我妻子说，看起来有点像一只大老鼠。

我能理解我妻子的失望：这么多年，自从我成为一个捕风的人，那东西就在我们的生活里被无限放大了。尽管她一直强烈地存疑，但作为天生富有浪漫细胞的女人，她多希望我最终能捕到一只不同凡响的家伙，有着让人意想不到的面目。

可惜我只捕到一只看起来像大老鼠的东西。

但无论如何，我捕到了。

其后的事情……他们说那只不过是一只红白鼯鼠。他们是谁？是林业局的科技员。其实我过去也是一名科技员，是从正规林业大学毕业的。我能辨听塔山里所有动物掠过的声音。但是那年轻的科技员说，这种红白鼯鼠显然是新迁过来的，它们多数生活在秦岭深山当中。它能迁过来，说明一个问题：塔山的生态环境变好了。

局里的工会主席又提着两桶花生油来慰问我，他拍着我的肩膀说，老陈，塔山生态环境变好，你功不可没呀！

我这才意识到，我是姓陈的。我妻子躺在床上，听到别人这么称呼我，她也愣了一下，随即感到很好笑，就开心地笑起来。我注意到她笑的样子，很像年轻时候的样子，竟然面若桃花。我不由得沉入过去我们相恋时的美好时光——我妻子年轻时喜欢爬山，她三月初三来塔山登高，遇到我，从此就变成我的妻子——那些时光如屋前屋后掠过的风……

说真的，那天我备受打击，主要并不是因为我捕到的不是风声兽——我还可以继续当一个捕风的人——而是因为，我过去认为自己是一名很厉害的科技员和林管员，但我居然不认识一只从秦岭深处迁来的红白鼯鼠。上山来的是局里最年轻的一名科技员，刚从林业大学毕业，我恍惚想到自己刚毕业时，也像他这么自信和狂妄。他带来一本书，我当然是怀着强烈的抵触心理，看完了关于红白鼯鼠的介绍：

> 能够飞行是鼯鼠的看家本领。它们是唯一掌握飞行绝技的啮齿类动物，也是除蝙蝠之外唯一能够飞行的哺乳类动物……千万别小看鼯鼠的飞行能力，它能够在山谷里滑翔足足上百米，悄无声息且速度惊人……它们白天躲藏在高高的大树洞里，到了夜里才出来觅食，通常采取单独行动……

我意识到，我老了。我只认识那些经年生活在塔山里的老生物，对于新朋友……这真是让人惶恐。

那天我感到极度委屈和羞愧。他们离开以后，我拿起地上的菖蒲，继续编笼子。我对我妻子说，我要继续当一个捕风的人。局里年轻的科技员看过我那张已经磨损得不像样子的报纸，吃吃地笑了半天，说，这种街头小报上的烂新闻，你也相信啊？

街头小报也是报纸啊，不能抹杀这个事实。其实我妻子一直很后悔

——多年前她在公交车座位上捡到别人遗弃的那张报纸，觉得那则新闻很好玩，就带到山上与我共享。

我絮絮叨叨地跟我妻子说着话，却半天没得到她的回应。我放下手里的菖蒲笼去看她，发现她已经去世了。原来她面若桃花的样子，只是临死前的回光返照。

不过，我妻子在临死前，好像相信人是有魂魄的。我记得在我开始编菖蒲笼的时候，她说了这样一句话：科学家已经证实，在人死亡的一瞬间，身体的重量会减少几毫克，这就是人的魂魄的重量。

这是我妻子临死前说的最后一句话。我当时只顾沉浸在巨大的委屈和羞愧当中，只顾低头奋力编织菖蒲笼，没注意到我妻子当时的神态，也没顾上去问她从哪里得到这样的知识。她死后我分析，大概是她还没生病时，在山下乘公交车，从别人遗弃的报纸上看到的。

不过她大概再也不想把这样的报纸带回来跟我共享了，所以就把那句知识背在脑子里。临死前，终于没忍住，说了出来。

（原载《文学界》2011 年第 6 期）

快 餐 剧

一　A和B

她从坐下来开始就不停地四下环顾，目光依次扫描过桌椅、墙画、洗手间的门和顶棚。

他说：怎么了？像一台摄像机。

她不理他，继续扫描，甚至把头伸到桌子底下。

他问：看什么呢？你能不能端庄一点儿？

她还是不理他，倒序扫描，最后在一个花瓶上停下来。花瓶放在肯德基二楼一张椭圆形桌子上。

她说：一枝玫瑰花。塑料的。

他拿起一个香辣鸡腿堡，递给她。

她说：谢谢。

他拿起另一个汉堡包，咬了一口，边嚼边从口袋里掏出手机，看她一眼。

她问：要回避吗？

他说：不用，是短信。

她说：怎么，她着急了？

他说：别乱猜。

她说：哼，从来就没猜错过。

他边发短信边说：有意思吗，这样？

她说：当然没意思，极其没意思，特别没意思。

他发短信的时候，她把番茄酱包撕开，挤在汉堡包的盒子盖上，趁他不注意，猛然把一根薯条伸到他嘴边。薯条上沾了过多的番茄酱，全都抹在他嘴上。她开心地笑起来。

他问：好笑吗？

她说：太好笑了。

他说：你也不小了，以后要端庄一点。

她说：哼哼，她端庄？

他说：又闹。

她说：她不闹？

他说：别闹。

她锲而不舍：她不闹？

他说：不闹！

她说：那我就放心了。

他说：你有什么不放心的？

她说：我不放心的地方多着呢。我怕她骗你。

他说：我倒是怕你受骗。

她说：我让你骗一次就已经跌面子了！唉，遇上你，不是我品质有问题，是实在运气不济。

他说：我就那么不堪？

她说：你小东西又动了。

他说：什么小东西？

她用嘴巴指指桌子上的手机。他的手机调成振动，在桌子上蜂鸣着转圈。他拿起来回短信，边回边说：现在说话越来越通俗了，什么叫小东西？

她说：你干脆说我低俗不就完了？

他边发短信边说：小东西——听起来挺猥琐的。

她咯咯笑着说：是你猥琐，乱想。

他发完短信，问：跟谁学的？

她问：什么跟谁学的？

他说：小东西。

她说：好笑。小学时不就学过吗？上中下人口手，大小多少东西南北……

他说：你变了。你过去不这样。

她说：我过去什么样？

他说：你过去很文艺。

她说：难道我现在就不文艺了？

他说：你现在很通俗。很……很无所谓。

她说：那只能说明你不了解我。你从来就没了解过我。送你一句名言吧——宁愿相信太阳从西边升起来，也千万别相信你了解了谁。

他问：这谁的名言？

她说：我的。

他说：你悲观。

她说：骂谁呢？

他说：真不敢相信，你变得让我觉得有点陌生了。

她说：知道世上最黑暗的地方是哪儿吗？

他说：最黑暗的地方……地狱？

她说：切！

他说：黑夜？

她说：人的心底。

他刚把最后一口汉堡包塞到嘴里，咀嚼了两口，就让她的话给堵在口腔里了。她把热饮拿起来递到他嘴边，管子对着他的嘴，说：快喝一口，别噎死！

他瞪她一眼，把头扭向一边，坚持不让管子碰上自己的嘴。

她说：何必呢，把自己噎成这样，痛心疾首的，翻白眼了都！这热饮又不是我做的，你跟它置气，犯得着吗？你说说，你这样，让我怎么放心得下！

他使使劲，把汉堡包吞下去，说：我们不能以温和的方式，把我们之间的关系定格吗？

她说：够温和的了！我们还坐在这里，面对着面，说话，抒情……

他说：这叫抒情？

她说：当然了！你认为不是？哦，是不是她特别抒情，比我抒情？

他说：别闹。

她说：她不闹？

他说：又来了！喝口奶茶。

她说：你喂我。

他看看四周。

她说：怎么了，又不是没喂过。哦，你误会了，不是让你用嘴。

他说：你什么时候能长大。

他一边说，一边把杯子递到她嘴边，管子插进她噘成花苞状的嘴里。她很陶醉地闭着眼吸，一口，两口，没完没了。

他说：喂！端庄一点儿！这不是水，是奶茶。你在肯德基店里，不是在自己家。

她说：过这村没这店了，再要享受你的服务，恐怕得下辈子了。

她终于离开那只杯子，身子舒服地仰到椅背上，说：给你背首诗吧。

他说：好吧。

她说：看你挺不情愿的？

他说：你先告诉我，不是你自己写的吧？

她说：我要是能写诗，还跟你混？不过，如今这世上诗人也真是不少，我觉得有些诗我也能写。哎，告诉你，昨天我去采访一个诗会，那都是些什么诗啊，不就是说话吗？我觉得把我今天这些话加工一下，也是一首不错的长诗。

他笑看着她，说：你就这种时候还比较可爱。

她说：这是夸还是贬？

他说：傻乎乎的。

她说：果然不是夸赞！就知道你嘴里吐不出象牙来。

他说：又骂人。你总是骂人，不像个文艺工作者。

她说：我骂人了吗，骂人了吗？我说的是实话呀，你当然吐不出象牙来了，象牙多值钱呀！

他说：嗯，是，是，我嘴里连颗银牙都没有。

她说：张嘴闭嘴就是金啊银啊的，你什么时候能不这么俗？

他恶作剧地说：我恨不得现在就吐出颗金牙给你看呢。

她说：切！还金牙呢，你顶多吐出一颗龋齿。龋齿懂吧，让虫子蛀坏了的牙齿，漏洞百出的牙齿，就像你这个人。

她好像真看到他吐出颗龋齿似的，夸张地恶心起来，捂着嘴一路小跑去了洗手间。待了大约五分钟，她苦大仇深地返回来，说：世上找不到比这更恶心人的事情了。搞得我连背诗的雅兴都没了。

他说：太好了！

她立刻斗志昂扬起来，说：你说什么？你说什么？我今天还必须背诗，就背诗，一定要背诗了！

他说：背吧，只要不是你写的。

她说：我写的怎么了？你怎么知道我写的诗就难以入耳？

他说：不是不是，你是记者，会写新闻稿，写写诗可能也不是多么难的吧，触类旁通嘛！我只是怕你以诗的名义骂我。你特别会骂人，拐弯抹角的，举一反三的，指桑骂槐的……

她说：闭嘴！听着啊！我遇到猫在潜水，却没遇到你；我遇到狗在攀岩，却没遇到你；我遇到夏天飘雪，却没遇到你；我遇到冬天刮台风，却没遇到你；我遇到猪都学会结网了，却没遇到你；我遇到所有的不平凡，却一直遇不到平凡的你。

他说：完了？真不是你写的？

她夸张地睁大眼说：天哪！天哪天哪！你不会连几米都不知道吧？你不会连著名的几米都不知道吧？你在玩幽默吧？

他说：你就当我在玩幽默吧。我一个建筑工程师，玩不来你们那些著名的东西。我只知道你果然在骂我。

她的身子离开椅背，努力往前倾，眼珠子快蹦到他脸上了，说：怎么骂你了，怎么骂你了，你说说！

他说：你骂我是猫、狗、猪！

她说：有没有搞错啊？这么自作多情？你会潜水吗，你会攀岩吗，你会结网吗？

他说：明白了，你这意思是，我不如它们？

她咯咯地笑着说：知道你什么时候最聪明吗？

他无可奈何地说：不就是现在吗！你就骂吧，只要解气就行。

她忽然伤感了，说：我知道你的意思——以后没机会骂了，这次你就可着劲骂吧，最好把嘴皮子骂疼了，过过瘾——对吧？

他说：你又瞎猜！

她说：我从来就没猜错过。你说，我什么时候猜错过？你和那破人那点儿破事，从第一次见面……

他打断她说：喂！什么叫破人？你是记者，注意遣词造句。

她说：我没用婊子、荡妇这些词汇，就够给你面子了！

他说：我们是不是应该重申一个问题——这种事情，跟对象无关，只是事情本身，对不对？

她说：喂！我发现一个问题，好像你一直在充当有情有义、通情达理、忍辱负重的一方？呵！你的高大路人皆知啊！我的通俗也路人皆知啊！是谁把我逼成这样的？你说！

他说：嘘！小点儿声。有人看呢。

她夸张地四下张望：谁？谁敢看呢？

他说：一个卖花的。

她问：哎，你今天买玫瑰花了没？

他说：没。

她说：要买的！女人是这个世界上最浪漫的一种动物，你不买花怎么能行呢？还有啊，女人是这个世界上最傻的一种动物，最好骗了！我告诉你，一枝玫瑰花就够了。你连钱也不用花，就在路上捡一枝别人不要了的，然后把那些枯枝败叶都修理掉，只举着一枝光秃秃的花，就像李亚鹏当初追王菲那样。她保证什么都答应你。

一个卖玫瑰花的男孩，凑到桌子旁边已经有几分钟了，一直在饶有兴味地听他们乱扯。听她给男的乱出主意，卖花的赶紧把盛花的篮子塞过去，说：大哥，别听大姐的，不能从街上捡。要买，买才有诚意。

她看卖玫瑰花的一眼，问：你多大？有女朋友吗？

卖玫瑰花的说：有。

她说：有啊……那你结过婚吗？

卖花的说：没有。

她说：那你有什么发言权？买枝真花就能代表有诚意吗？诚意有那么简单吗？

他打断她的话，说：干吗这么咄咄逼人，人家没结过婚，不见得就不如你有发言权。你以为你已经很懂爱情了？真不见得。

她说：是，是，我是不懂。我那时候太年轻了，太坦诚了。你比我懂爱情，而你太不坦诚了。

他大概觉得她的话有点儿颠三倒四，就皱皱眉，不理她的话茬，从篮子里挑玫瑰花。她假装不看。他买了一枝，开始动手修理叶子。

她劈手抢过来，说：干吗，叶子多好看啊，绿油油的！

他说：你不是让我把叶子修理掉再送人吗？

她说：哦，原来这不是送给我的啊？你当着我的面买了花，却去送给别人？哦，对了，今天是情人节，我不是你的情人。拿走拿走！不过，你也太小气了吧，就买一枝？唉，她真是可怜，遇到你，也真是遇人不淑。

他说：不对呀，你立场有问题，好像在帮她说话。

她说：我有什么问题？我的立场从来就没有问题！告诉你，我这是海纳百川的立场！我这是站在全世界女性的立场上！哼，我才看不起那种整天纠结于一己私怨的女人。

他叹口气说：哦！看在你这么大气的份上，这枝花送给你吧！

她假装没听到他的叹气，立即喜滋滋地把花又收回来，举到鼻子底下闻来闻去好久。又说：我还要吃汉堡包。你去给我买。

他说：得寸进尺啊？

她瞪瞪眼，说：买个汉堡包能穷死你？

他说：不是穷富的问题，你不是已经吃了一个吗？你不是整天减肥吗？

她说：我吃掉的那个，不是都吐出来了吗？

他说：你没病吧？

她立即张牙舞爪地说：你才有病！

他说：你误会了，我是说，你吐了，不是生病了吧？

她说：我那是让你恶心的！你说你要吐颗龋齿出来……哎哟，天哪，别提龋齿，又要恶心了……

他说：不提不提，金牙银牙也不提，象牙也不提。

她说：你想死啊？

他说：我这就去给你买汉堡包。

他去楼下买汉堡包，她又把花放在鼻子底下闻了闻，哭了。她只哭了一小会，就用纸巾把泪擦掉，从包里掏出小镜子照了照，扑了点粉，又起身把花插到椭圆形桌子上那只瘦瘦高高的花瓶里。他回来后也没注意到花不见了，只是看着她狼吞虎咽地吃第二个汉堡包。

她边吃边问：看什么看？心疼得都打哆嗦了吧？多少钱？我给你。

他说：你怎么这么能吃？

她说：哪是我能吃啊，是他能吃。

他问：谁？

她说：肚里那个。

他惊讶地站起身来，说：你说清楚点！

她摆出不屑的表情，说：淡定，淡定！端庄，端庄！

他说：你说清楚点！

她说：要打人啊？什么说清楚点？是你该说清楚点，你跟那个破人……

他打断她，说：我记得你刚才说，肚里……那个？你怀孕了？

她忽然哈哈大笑起来，说：男人真好骗。我拿小说情节来逗你玩呢。

他半信半疑地坐下来，研究似的看她半天，说：我越来越不了解你了。唉，不管怎么说，以后好好的吧。跟别人，再不要使那些小性子，不要不讲理，不要闹。

她把最后一口汉堡包三下五除二塞进嘴里，脸腮鼓起两个包，说：告诉你吧，从此刻开始，我崇尚单身主义了。

他说：千万别！我们小时候不就学过吗，跌倒了要爬起来。

她说：你说得不对。我们小时候学的是，在哪儿跌倒了就在哪儿爬起来。

他说：对呀！要爬起来。

她说：屁！我才不要在原地爬起来呢。

他说：不管在哪儿爬，都要爬起来。

她忽然煽情地看着他，问：我们爱过吗？

他肯定地说：爱过。

她问：多久？

他说：嗐，你又闹。

她说：不好回答吧？那我来回答？

他说：行。

她说：一瞬间。

他笑起来，说：又闹。哪有一瞬间的爱情？

她说：你又老土。这是一句著名台词。

他问：哪个电视剧里的？

她说：我也忘了。

她忽然有些忧郁。他小心翼翼地看了看她，伸手把她嘴边的几粒面包屑摘下来。

她忽然又转变态度，笑逐颜开地说：干吗干吗？恋恋不舍了？不用这样。兄弟，送你一句名言——咱们散买卖，不散交情。

他说：又是你的名言？

她说：真是受不了你的不与时俱进。回去上网查查是谁的名言。

他说：嗯，好。

她忽然正色道：说真的，你要好好的啊。唉，不过，在未来漫长的岁月里……她要是对你不好，你告诉我，我去修理她。

他说：不会的，她会对我好的。

她不干了，立即反问道：什么意思？我对你不好？

他说：你看你，总是这样。我跟谁还不一定呢。

她立即饶有兴味地凑近他，问：什么意思？你们不好了？

他说：是不是要重申一遍啊——跟对象无关。是你我本身有问题。

她嘟嘟囔囔地说：她没出现的时候，我没觉得我们本身有什么问题。呶，你小东西又动了。我说得没错吧，她着急了吧。也是，这个日子。

他看了眼桌上转着圈的手机，没动。

她看看他，又看看手机，提醒他：小东西动了！说真的，过去这小东西可没少让我上火。每次我看它动了，都想把它扔到脚底下踩个稀巴烂。你看啊，怎么不看啊？是不是她催你了？你告诉她，让她再等会儿！真是，不懂这个道理吗，能被抢走的爱人，就不是什么好爱人。真是傻女人。不行的话，你让她跟我谈谈，有些道理，她太小了，不懂。她这样会撞南墙的。哼哼，很多期待中的美好，最终都会被证明只是一场自以为是的虚张声势的白日梦。等太阳落下，明天再升起来，她就会发现一切都不是昨日的样子了。

他说：你作诗呢？旁边人都听着呢！

她环顾四周，说：是吗？有听众啊？这像不像诗？我觉得比昨天采访的那个诗会上的诗要好。你觉得呢？

他说：你就别丢人现眼了。你这样，有谁肯要你？

她说：千万别怜悯我，我还告诉你，我发现一个痛心疾首的道理。

他说：什么道理？

她说：拒绝真是很累的一件事情。我整天疲于应付。

他说：唉。自尊其实就是自卑。如果是我把你害成这样，你说，我怎么补偿你？

她说：这辈子造的孽，下辈子偿还吧。

他说：那就下辈子吧。这辈子没机会了。

她说：哼哼，你真以为我下辈子会给你机会呀？算了，还是好好爱她吧。不好好爱她的话，想下辈子偿还，还是没机会。下辈子上帝就给你安排别人了。不是我，也不是她。

他说：好像你是上帝派来的。

她说：你还真猜对了。我是上帝派来告诉你一个道理的。

他问：什么道理？

她说：世上有很多东西是可以挽回的，又有很多东西是不可以挽回的。

他说：这就是个道理啊？

她说：难道这不是道理吗？

他说：是，是。

她伸了个懒腰，说：哎，肚子好饱。好困，想睡觉了。

他说：那，咱们走吧？

她又像摄像机那样环顾左右，说：走！其实我知道，你早就想走了。你也别在心里恨我，以后你哭着喊着想让我折磨你，恐怕都只能是痴心妄想了。

他说：求求你了，到时候别不给我面子。

她说：我考虑一下。视你的态度吧。

他们站起身，经过椭圆形桌子，顺着楼梯下楼去了。她走到椭圆形桌子旁边时停了一会，自言自语了一句。他回身问：你说什么？

她说：去年没有这个花瓶。

他说：什么意思？

她说：你不是说我像摄像机吗，我刚才又看了一遍，桌子底下我去年贴的那个大头贴还在，其他地方也没变样。就是原来没这个花瓶。

他说：什么大头贴？

她说：去年情人节，咱俩一起拍的大头贴，吃饭时我偷偷贴了一张在桌子底下，就咱们刚才吃饭那张桌子。你没发现那是去年咱俩吃饭的那张桌子吗？

他说：哦，是吗？我没注意。

她说：洗手间里那张笑话也没变。

他说：什么笑话？

她说：一个小孩，他妈妈生了双胞胎，打电话给他的幼儿园老师请假，他说，妈妈，今天先说生了一个，留一个下周再说，下周就可以继续请假了。

他说：呵呵，卫生间里贴什么笑话啊。

她说：让大家开心开心呗。一瞬间能开心一下也好啊。

他说：是。我们活得都太不开心了。

她说：我还看了，店里的墙画也没变。

他说：你观察得倒是仔细。

她说：平时我觉得这世界上的一切都像在飞奔，可有时候又觉得很多事情都停留在原地。真是复杂啊，让人迷惑。或者，一切都在围着一个原点而飞奔？奔来奔去，都只不过是在转圈而已？

他说：你现在像个哲学家。你的上帝没告诉你为什么吗？

她说：告诉你一件事，我准备信基督教了。

他说：这件事真给你打击这么大？

她说：跟这件事无关。只是我得考虑信仰问题。我得重新调整对这个世界的看法和态度。

他说：我觉得你现在挺可爱的。

她马上沾沾自喜地说：后悔了吧？上帝派我来，就是为了让你饱尝后悔的滋味。

他说：我是对你说实话呢？还是不说实话？关于后不后悔的问题。

她说：实话假话最好都别说，你已经没有说的资格了。但我要告诉你，不是因为我不敢听。

他说：知道知道，你什么话都敢听。

她在楼梯口最后环顾一下二楼大厅，叹口气，说：去年今日此门中，人面桃花相映红。人面不知何处去，桃花依旧笑春风。

他说：到底还是个文艺工作者。

她掉头向下走，嘴里嘀咕了两句。他没听清，问：你说什么？

她说：天下没有不散的筵席。

他说：还有一句呢，我听你好像说了两句。

她说：幸好爱情不是一切。

二 C和D

她边咬汉堡包边看报纸，冷不丁问他：你说，是爱一个人幸福，还是被一个人爱幸福？

他说：都幸福。

她噘起嘴巴，说：你只能选择一个答案。

他说：相比来说，还是爱一个人幸福些吧？就比如我爱你，我肯定是幸福的啊！

她说：那就是说，我被你爱，我就没那么幸福了？那你爱我，不就是为了让我幸福的吗？

他说：对呀！那这么说，就是被一个人爱更幸福一些了。

她说：你的意思是说，我被你爱是幸福的，你爱我，就没那么幸福了。你既然觉得爱我不幸福，那还爱我干什么呢？

他想了想，越想越困惑，说：绕弯弯啊！

她高兴地笑起来，眼睛弯成一条线，说：看来你智商不高。

他把番茄酱包撕开，挤出来，倒在咖啡杯盖子上，拿薯条蘸了，往她嘴里放。她很配合地用牙齿咬住，一截一截送进嘴里，说：智商不高，不知道影不影响幸福指数。干脆我给你测一测。

他探头看了看：什么呀？测试题？报纸上的这些东西你还信哪？

她说：你这人，没劲。难道生活中的每件事都那么可信吗？

他说：倒也是。那你给我测一测，我看看跟你混能有多少幸福指数。

她说：要是指数不高，就不混了？

他假装很郑重地点点头，说：那当然，不幸福还混什么。常言说得好，天涯何处无人混。

她出其不意地伸出手来，拧了一下他的胳膊，又迅速收回去，把手藏到桌子底下。

他说：下狠手啊？我还真得考虑一下到底跟不跟你混。

她说：考虑考虑，给你时间，需要多久？一年？

他马上求饶：不不，不用那么久，一秒钟即可。我想好了，磕，跟你磕。

她竖起眉毛：还没结婚呢，就打算磕了，那还是不结婚的好。

他马上说：我错了我错了，不是磕，是混，跟你混。

她噘噘嘴说：好好听着啊！逝去的一年有人幸福有人不幸，有人说，今日之苦是为了明日之甜，还有人说，人在幸福的时候要懂得居安思危。那么新的一年，你的幸福指数有多高呢？

他说：这么长的前言？

她说：这么没耐心，怎么跟我磕？听着啊，第 1 题——如果在事业与爱情之间选择一个，你会选？ A．事业；B．爱情。

他仰靠在椅背上，说：我想想啊。选 A 吧，事业。

她问：确定？

他察言观色，顾左右而言他，说：你怎么跟王小丫似的。

她接着问：不要转移话题，确定？

他只好说：确定。

她说：那，爱情在你眼里不重要，是吧？

他说：不是，亲爱的，一个男人，总得以事业为重吧？难道你喜欢游手好闲之徒，天天把爱挂在嘴边却一事无成？

她撇撇嘴：就你那样能叫事业？一个理发师。

他说：我先纠正你一下啊，现在都叫发型师！理发怎么就不是事业啊？就说你吧，不是从认识我以后，忽然变漂亮了吗？

她说：切！我从小就漂亮。

他说：从认识我以后，你变得更漂亮了。

她说：我要是认识其他的理发师——哦，发型师——也会一样更漂亮的。

他说：别了，你就认识我一个吧，别有其他的了。此生你的头我就了。

她说：怎么说得这么难听呢。这么说，你确定选择事业？我真不知道你打算怎么把理发这个工作发展成事业。

他说：唉，你偏要逼我透露商业机密。告诉你吧，我过些日子就去香港，公司派我去学习。听说有一种弯剪，那边有卖的，最便宜的也得五千多人民币一把呢。用那种弯剪，我能把你的发型剪成洋葱式的，层层叠叠，绝对好看。回来后呢，我打算自己开店当老板。怎么样，这算不算事业？

她吐吐舌头：骗人吧，一把剪刀五千多？

他说：不骗你。日本出的。

她说：抵制日货！

他说：嚷嚷什么，小点声！日货怎么了？日本理发技术在全世界都是领先的，欧美都跟着学。人家就能生产出弯剪，咱们国家为什么生产不出来？咱们要能生产出来，我就买咱们的。

她从包里找出一支笔，说：好吧好吧，不跟你说了，到时候你要是不给我剪出洋葱头来，再跟你算账。确定选 A 啊？好，确定，那就是说，接下来你要回答第 4 题。第 4 题——如果你总是很衰，你的心态是？ A. 消极；B. 想办法转运；C. 淡定，习以为常了。

他不假思索地说：当然选 C 了！淡定！

她说：你就不能积极一点，选 B？想办法转运。

他说：傻吧？先得淡定，接着再想办法转运。淡定都谈不上，还转什么运。这是单项选择还是多项选择？要是多项，我就先选 C，再选 B。

她说：美死你吧。单项！你是不是老婆也想娶俩啊？

他说：当然想了，哪个男人不想？俩？俩都嫌少，至少要像陈冠希那样。谁不想学陈冠希，谁就不是男人，是伪娘！

她冷笑道：呵呵，什么都懂，伪娘都懂。

他说：伪娘谁不懂啊。

她笑盈盈地问：哎，你喜欢新社会还是旧社会？

他说：什么意思？当然是喜欢新社会了！万恶的旧社会，人们生活在水深火热之中……

她说：旧社会可以一夫多妻啊！

他说：那等等，我考虑考虑。

她拿起包就砸他的头，说：要死啊你！

他抬起胳膊护头，说：要和平，不要武斗！我不就是说了些实话吗，说实话难道就是这个下场？你不是天天告诫我，不许对你撒一个字的谎吗？

她咬牙切齿地说：我喜欢古代！可以做武则天。

他说：别意气用事，做武则天很累的，你做不来。咱们淡定一点，啊，你就做一个普通老婆。单项选择是吧？那我就选淡定，选C。你看看下面是什么题目？

她仍然有些愤愤不平，不过还是拿笔在报纸上画了一下，又往下找去：选C，确定，那就是，要回答第7题。听好了啊，第7题——不开心的时候，你会找谁排解？ A．死党；B．其他人；C．谁也不找。

他小心翼翼地看着她的脸色，问：说实话啊？

她说：当然了！

他说：算了，我还是不敢说实话，我选C，谁也不找。

她不同意了，横眉怒目起来：说实话！

他说：我逗你呢，其实就是实话。谁也不找，一个人消化。男人嘛，打落了牙齿要往肚里咽。死党，那是你们女人才有的玩意。

她说：文明一点好不好？什么叫玩意？

他说：错了错了，我错了，不是玩意。

她说：你们男人才不是玩意！

他说：我忘了，你是老师，文明人，对不起啊！但，既然你是老师，就应该知道不能跟中国话较真，干吗还较真。

她说：你别转移话题，回答这个问题，快选择！ A．死党；B．其他人；C．谁也不找。

他说：不是已经选了嘛！

她说：那不是你的真心话。

他说：这还带强迫的呀？那你说我真心想选哪个答案？

她说：B。

他说：为什么？

她说：你清楚。

他一脸无辜地说：我真不清楚。

她说：装。

他问：那要是你不开心的话，会找谁排解？

她说：B，其他人。

他说：你们女人不都爱找死党吗？

她说：死党只会给你乱出主意，火上浇油，让你更不开心。

他问：那你找其他人，都是些什么人？

她说：哪有那么多啊，找情人就行了。不开心的时候，让情人哄一哄，这是最好的了。

他说：哦，明白了。那我选B。

她说：看看，看看，让我套出来了吧？

他做恍然大悟状：哦，原来你在引诱我说实话呀？太狡猾了！

她得意洋洋地说：要文明，跟你说过多少次了，要文明！不是狡猾，是智商高！

他说：对对，智商高。哎呀，智商太高了。快看看，选了B后要答什么题？

她拿起包又朝他抡过去：我让你答题，答上瘾了是不是？说实话痛快是不是？

他一边躲闪一边上气不接下气地笑：怪我啊？是你智商太高了！哎哎，文明一点！打人比骂人还不文明呢。

她累了，把包丢给他，让他抱着，咻咻喘了一会，不服气地又埋下头去看报纸，说：好，选B，确定？确定。我看看，选B，应该答第9题。听着啊，第9题——吃饭的时候，面前摆着一杯果汁与一份冰激凌，你会选哪种？ A．果汁；B．冰激凌。

他说：果汁和冰激凌我都喜欢。这什么题啊？

她说：选择，选择你懂吗？一个人一生中喜欢的东西多了，但不能都据为己有。这个世界是有秩序、有规范、有约束的。

他说：可我为什么不能先把果汁喝了，再把冰激凌吃了？或者，先把冰激凌吃了，再把果汁喝了？我有秩序地来，绝不乱来。

她说：这么说，你想选A和B。好，我满足你。选A要答一个题，选B也要答一个题。然后，选了A后那个题有两个答案，你都要答，选了B后那个题也有两个答案，你都要答，加起来是四个题；选了A后那个题的两个答案又各有两个答案，选了B后那个题的两个答案又各有两个答案，这样，加起来就是八个题；然后，选了A后那个题的两个答案的各自两个答案又有两个答案，选了B后的……

他打断她，说：求你了，别玩绕口令，我头晕。我就答一个，单项。

她说：这就对了。这世界已经够复杂了，不需要格外复杂了。选什么？

他说：那就只好忍痛割爱了。选 B 吧，冰激凌。继续答题，下一个题！

她说：稍等。让我分析一下。你选冰激凌……要是把妻子和情人用果汁和冰激凌来比喻，你会怎么比喻？

他说：这不是报纸上的题吧？

她说：是我给你出的题。

他说：很显然，妻子是果汁，情人是冰激凌嘛。

她问：为什么？

他说：说不好。

她说：我来说吧，果汁平凡一些，冰激凌神秘一些；果汁清淡一些，冰激凌复杂一些；果汁简单一些，冰激凌花哨一些……

他说：你对情人有偏见。

她说：难道你要给情人正名？

他说：没有没有，我不是这意思。

她说：那你干吗选冰激凌？

他说：不就是答题吗？再说了，报纸上又没说果汁代表妻子，冰激凌代表情人。

她说：反正你选冰激凌，就意味着在未来的生活里，你喜欢复杂和神秘的东西，渴望脱离平淡和简单。我觉得你不可靠。

他说：我觉得你就挺复杂和神秘的，所以未来的生活里，我就跟你死磕。

她说：又来了，不说磕你能死吗？

他说：其实，我选冰激凌是有原因的，只是不想说而已。说了怕你感动得哭鼻子，大庭广众的，人家还以为我欺负你。

她说：说吧，没事，到时候我替你解释。

他说：还记得咱俩看《罗马假日》不？你喜欢奥黛丽 · 赫本演的那个公主，她从格里高利 · 派克演的记者的公寓里出来，百无聊赖地逛街，然后突发奇想要改变一下自己，于是在一家理发店剪掉了一头长发，再然后……

她抢过话题：她买了一个冰激凌！

他说：对呀，你不是最喜欢那个场景了吗？她拿着那个冰激凌，在西班牙广场吃。偷偷尾随而来的记者假装路过，两个人再次相遇，于是在罗马度过了两人都永生难忘的一天。

她说：是啊，我最喜欢她拿着冰激凌的样子了，那么清纯，那么可爱。

他说：正基于此，我才选择了冰激凌啊，结果得了个不可靠的评价。我真委屈。

她把胳膊伸过去，摸摸他的脸，说：不委屈啊，咱就选冰激凌，就选B！我看看，选了B后应该答……第10题——你觉得让你选择跟恋人要去的一个公共场所，最好是？A. 电影院；B.KTV；C. 公园。

他说：那要分时候。不同阶段有不同的选择。

她说：那你说说，不同阶段有什么不同的选择？

他说：比方说，刚跟你恋爱的时候，肯定选择公园，散散步，抒抒情什么的。接触一段时间后，就要选择去电影院，拉拉手，接接吻什么的。再接触一段时间，就选择去KTV。电影院毕竟人多眼杂，接吻吧，只能浅吻，在KTV里就可以深吻了，甚至还能再干点别的。当然，要征得你的同意，不能蛮干。

她说：你这个坏蛋！

他说：无辜死了，我怎么坏啊？要说，也只能说报纸太坏了。

她说：你贫嘴！还答不答题了？

他说：答，答呀！挺好玩的！

她说：选择！电影院，KTV，公园。快点，别那么复杂。

他说：公园吧。门票便宜。

她说：你不说那么复杂会死啊？确定？公园？那我继续了啊。第13题——每当看到一对老年人在夕阳的辉映之中挽着手散步时，你的内心想法是？A. 感动；B. 羡慕；C. 期待。

他说：这个题得使用排除法。首先排除C。这什么答案啊，傻子才期待老去呢。

她立马打断他：期待老去怎么了？跟相爱的人在一起，恨不得一夜白头，这种境界你根本就不懂。

他说：哦，这是一种境界啊？我还真不懂。

她说：智商就是低。

他说：那我有待提高。但提高也不是一日之功，你说是不是？我接着排除了啊，B吧，把B排除掉，傻子才羡慕呢。应该去羡慕那些青少年，或者在草地上打滚的婴儿。

她又立马打断他，说：警告你啊，千万别羡慕婴儿。

他问：为什么？婴儿多纯洁，多简单，多干净，多快乐，像果汁一样。你不是喜欢简单吗？在我看来，婴儿就像果汁，大人都像冰激凌。你不喜欢婴儿，就说明你不喜欢简单，你喜欢复杂。

她说：哪儿跟哪儿啊！你别给我上纲上线。我的意思是……

他说：一直是你在给我上纲上线吧？你干吗吞吞吐吐的？

她说：我的意思是……

他说：你什么意思？忽然这么小女人，我还真不习惯。

她说：我的意思是，你别指望我会生孩子！所以，你最好别喜欢婴儿。

他说：啊？

她说：啊什么啊！我是不会生孩子的。

他说：可是，女人不生孩子，难道让男人生？我没那功能啊！

她说：我不管。

他说：怕疼？

她说：谁不怕啊？

他说：没事，到时候咱打麻药。

她说：说得容易。再说了，也不是怕疼那么简单。

他说：那还有什么原因？怕耽误工作？不就是小学教师吗，大学教授也得生孩子呀。

她说：你知道什么。你一点都不了解女人。

他说：当然了，我不是女人嘛……不过，不生孩子可不是积极对待生活的态度啊，我得批评你。

她声音大起来：我不管，就不生！

他赶紧安抚她：好好，不生，不生，咱们先玩，玩够了，没意思了，再生个小孩玩玩。

她说：玩够了也不生。

他愁眉苦脸地说：可是，人家还以为我不行呢。

她说：那我去告诉别人，说是我不行。

他哭笑不得：谁不行也不是一件荣耀的事啊！这样吧，咱们先怀上一个，然后，等肚子大了，再流掉。这样，人家就不会认为咱俩不行了。

她说：你算了吧，我还不知道你肚子里那点花花肠子？等我怀上了，你就该游说我生下来了。到时候软禁我都有可能。

他说：怎么会呢，我是那么不通情达理的人吗？生孩子这事嘛，说到底也得用你的肚子。你的肚子，还是得你自己说了算。

她问：那你不羡慕别人有孩子？

他说：我想想啊……

她厉声说：还要想啊？

他马上嬉皮笑脸：不用想，不用想，不羡慕。

她笑了：这还差不多。那你还不羡慕一对老年人在夕阳之中挽着手散步？

他说：我感动还不行？A 是什么，感动吧？我选 A，感动。

她说：我算看出来了，你的问题不仅仅在于智商，还在于品位。你品位也不高。

他说：这就证明品位不高了？我感动，感动还不够？你能不能看在我选择 A 的份上，把对我的评价修改一下？

她说：你那是别无选择了。B 和 C 都排除掉了，不选择 A，游戏就玩不下去了。

他说：你也承认这是游戏吧？那还跟我这么较真。

她说：我说错了，不是游戏，是答题。你选择 A 是吧，好，A……我看看，哦，选 A 的话，游戏就结束了，A 代表的测试结果是——a 结果。念给你听啊。a 结果——幸福是浮云，幸福指数 31%。曾经天真地以为，幸福就近在咫尺，现在你才真正看清，幸福就像是天上飘着的浮云。经历了去年的种种，你越来越觉得自己看得清，幸福不过是浮云。即使是到了明年，这种状况也不会有什么改变，倒不如不要有什么期盼的好。

她越念越气，把报纸端起来哗哗地抖，说：你！你真是这么想的吗？幸福不过是浮云？

他说：这都说了些神马（什么）呀！

她说：你是不是觉得跟我在一起一点都不幸福？你的幸福指数只有 31%！那还跟我混什么？

他哭笑不得地说：这神马测试题，一点都不靠谱。何必当真呢，只不过是游戏嘛。

她说：游戏怎么了？人生不过是一场漫长的游戏！

他说：对呀！神马都是浮云嘛！

她说：我不是这意思！

他说：那你敢测一下你的幸福指数吗？这么多测试结果，a、b、c、d、e、f！天哪，这都是神马人编的，智商真是高啊，脑子得有多神经啊！

她说：你才神经呢。

他说：不敢测了吧？还有幸福指数 11% 和 23% 的结果呢，万一你测出的是这两个结果……不过你放心，即便如此，我也义无反顾地跟你磕，磕到老。

她泄气了，说：我不测。不是不敢，是累了。

他说：是挺累人的，忙了一上午。今天情人节，我还没给你买玫瑰花呢。

卖玫瑰花的男孩子刚好走到他们的桌子旁边，她马上高兴起来，说：我要 9 枝。

他说：好，要 9 枝。

她很认真地挑选了 9 枝红玫瑰，说：走吧，快点回去插到水里，别枯萎了。

他说：好。晚上是不是要去你家吃饭？

她说：对呀，不是早就说好了吗？我爸我妈要给咱俩庆贺一下。

他们站起来往楼梯口走，走了两步，她忽然转回头，说：报纸！

他拽她一把说：报什么纸啊，不要了，街头小报。

经过椭圆形桌子旁边时，她又停下了，说：你看，谁把玫瑰花插这里了。一枝真的，一枝假的。肯德基真是抠门，多放几枝真的多好，今天情人节。

他说：真的是别人插进去的，不是肯德基。

她问：谁？

他说：一个说“幸好爱情不是一切”的女的。

她说：你！偷偷观察别的女人？

他说：不是啊，你一直在埋头看报纸嘛！是邻桌那女的。其实那一对你也见过，就今天上午，照相的时候，想起来了没？

她说：哦，想起来了！

三 E

他一个人，吃了一个汉堡包，一份鸡翅，一份鸡腿，喝了两杯橙汁，还接了若干个电话。其中比较重要的有三个，一个是母亲的，一个是电视台的，另一个是父亲的。

母亲的电话来得最早，内容如下：

母亲：儿子，事情办得怎么样了？

他：没问题。一切顺利。

母亲：那就好，那就好。我做了你爱吃的酸菜鱼，打算给你庆祝一下呢！

他：哎呀妈，您庆祝得有点早吧？再说了，我饿了，已经等不及，在外面吃了。

母亲：这傻孩子，万事开头难，头开得这么好，应该庆祝一下。儿子，吃什么呢？

他：肯德基。

母亲：又吃垃圾食品！

他：中国人就这样。人家垃圾在哪儿了？您说说，面包、青菜、鸡肉、沙拉，哪一样垃圾？

母亲：不都说鸡肉有激素吗？我听说，肯德基养鸡场里的鸡，从生下来就打激素针，因此个个都长六只以上的翅膀和腿。要不肯德基那么多鸡翅和鸡腿，都打哪儿来？

他：激素？咱们吃的菜不都是激素催出来的？

母亲：鱼总不是激素催大的吧？儿子，咱不吃了，赶紧回来吃酸菜鱼！

他：哎呀，您听风就是雨，您也不想想，要是真有那高人，能把一只鸡给改造成那样，这人哪是地球人啊！再说了，如果这是真的，马上就列入生物遗传基因研究重点项目了，那可是全球性的重大事件！研究成功了，把这种基因转嫁到人类身上，您想想，大街上每个人都长六条胳膊六条腿，全都是蜘蛛人！哪个国家先研究成功，哪个国家就可以称霸全世界了，派上这样的精锐部队，一个能打六个！

母亲：又胡说八道了，你就没个正形。

儿子：不跟您叨叨了，我听人说话呢。

母亲：听谁说话？男的女的？

儿子：又敏感了不是？我听隔壁桌的人说话呢，特别好玩。

母亲：隔壁桌？什么人？

儿子：不知道啊，不认识。

母亲：认识一下嘛！

儿子：人家一对呢，您想让我挨揍啊？

母亲：那就算了，不道德的事咱不干。

儿子：嘿嘿，老太太还挺有道德底线。行了，挂了啊。

他挂掉电话继续吃饭，边吃边猜想这是某只鸡身上的第几只翅膀。他坐着的位置离那两对男女很近，刚刚左边桌那女的给男的背了一首诗，他知道是几米的一幅漫画，可那傻男人不知道。不过，他又想，不知道也说明不了什么问题，作为一个建筑工程师，不知道几米也属正常。他自己呢，当然知道几米了，不光知道几米，他还知道另外很多那建筑工程师不可能知道的人。按那建筑工程师的说法，他也是一名“文艺工作者”。

他吃完一只鸡翅的时候，接到电视台的电话，是一个相亲节目组打来的，内容如下：

节目组：您是 E 先生吗？

他：我是。

节目组：我们想跟您落实一下关于参加“如果爱”节目的一些事情。

他：哦，可以。

节目组：本期节目仍然是在周末，也就是三天后，晚上八点黄金时间现场直播。我们想再跟您核实一下个人资料。姓名，E？

他：对。

节目组：性别，男？

他：当然了，听不出来啊？

节目组：对不起，我们要照章办事。年龄，35 岁？周岁？

他：对，周岁。

节目组：生日，1976 年 4 月 3 日？

他：对。

节目组：星座，白羊座？

他：我也不太清楚，你们说了算吧。

节目组：这个不能我们说了算。据说，早在五千多年前，西方人就发明了星座的说法。

他：哦，是这样。我们干吗要玩西方人那一套？

节目组：女孩子们很看重星座。

他：搞不明白，星座跟相亲有什么关系？

节目组：星座决定两个人的缘分指数，当然有关系了。

他：缘分指数？哈，现在什么都要用指数来衡量了，我身边有一对正在测算幸福指数呢。

节目组：我们也正计划引进幸福指数测算这一环节。

他：太搞笑了，扯淡的事。

节目组：您什么意思？我们节目中的每一个环节都是经过调查后慎重考虑才决定的，您是不是对我们的节目不太信任啊？

他：不不，你们误会了。我是说，关于什么指数测算这一套是扯淡，不是你们的节目环节扯淡。

节目组：那不是一个意思吗？您既然不信任我们，为什么还要报名？

他：那是家长逼的。

节目组：我们这节目是属于“非诚勿扰”性质的，我们希望每一位嘉宾都怀着一颗真诚之心而来。

他：谁说我不真诚了？我百分之两百地真诚。咱们继续吧，不要浪费电话费。

节目组：职业……无业？我们还是希望您考虑一下。

他：怎么考虑？无业者不许参加？

节目组：不是那意思。参加我们节目的男嘉宾都是各行各业的精英。当然，并不是说您不是精英就不能参加，也不是说您不是精英。我们的意思是，您如果填了无业，可能会比较吃亏一些。您千万不要谦虚……或者，你的职业需要保密？安全部门的？那我们可以给您写得隐晦一点，但最好不要填无业。您懂我的意思了吗？

他：懂了。我只是觉得我这职业太另类了。那就填上吧，作家。

节目组：哦，作家。这还谈得上另类？

他：什么意思？作家一把一把的，像菜场上的菠菜似的，是吧？

节目组：不是那意思，您又误会了。现在什么不是泛滥成灾？不是您的问题。

他：对，相亲节目也是如此。

节目组：那可不能相提并论！

他：怎么就不能相提并论了？听你年龄，十来岁吧？小姑娘家？

节目组：我都 21 了。

他：那我也比你大一轮还多呢，你叫我叔叔都可以。

节目组：E 先生，我希望您尊重我的年龄。年龄只是一个数字，并不说明我不如您见多识广。

他：我初恋的时候，你还没出生呢。

节目组：初恋时间跟成熟指数不是绝对的正比关系。

他：晕，又是指数。

节目组：对不起啊……那我就填您的职业是作家。可是……您写过什么作品？

他：我写的作品多了，长篇、中篇、短篇，加起来几百万字呢，你想知道哪一篇？

节目组：我的意思是，您要是有特别轰动的作品，这样我们的现场效果也会很轰动。

他：我又不是韩寒或郭敬明。你不了解文坛，咱们隔行如隔山，没共同语言。下一题。

节目组：什么下一题？

他：哦，呵呵，不好意思，我隔壁桌那一对正在做幸福指数测试题，干扰我了。我的意思是，还有需要核实的没？

节目组：身高，168 厘米？ 168 厘米？

他：怎么，不允许？

节目组：不是。我的意思是，您愿不愿意考虑……采取一些措施？

他：什么措施？

节目组：比方说，穿内增高鞋。您这身高，其实就差一点点。您只要穿上内增高鞋，马上就会到 172 厘米，就很标准了。根据过去的成功经验，女孩子们都喜欢 172 厘米。

他：你这意思，我要是在你们那相亲成了，以后一辈子都要穿内增高鞋？下班回家连拖鞋都不能穿？甚至连上床都要穿着吧？

节目组：您又误会了。我们都知道，相亲时的第一印象最重要。

他：意思是，你们只管把大家撺掇成了，以后的事就不负责了。

节目组：您怎么这么看……您是作家，思维方式就是特别。

他：意思是，您原谅我奇特的思维方式？

节目组：我欣赏您的思维方式。下一题吧，体重，76 千克？会不会有点胖？

他：要不是因为矮了些，胖了些，我还去你们节目相亲啊？

节目组：您就不考虑一下减肥吗？

他：来不及了吧？还有三天就到周末了，从现在开始不吃不喝，也减不下几斤，于事无补。

节目组：不是那意思。当然，时间有点紧张……我的意思是，肥胖容易造成高血压、高血脂、高血糖，对您身体没有益处。

他：哦，为了我的身体健康。那我谢谢您了。下一题？

节目组：穿多大码的鞋，42？

他：对。这个还算标准吧？

节目组：嗯，这还差不多。

他：等等，我这有个题目让你答一下——吃饭的时候，面前摆着一杯果汁与一份冰激凌，你会选哪种？ A．果汁；B．冰激凌。

节目组：嗯……我选冰激凌。不过，我喜欢在哈根达斯吃，吃饭的时候我不喜欢吃。

他：那改天我请你，去哈根达斯。

节目组：想约我啊？对象搞错了。

他：我都能当你叔叔了，请你吃个冰激凌有什么呀。

节目组：E 先生，我可以叫您一声叔叔，您敢答应吗？

他：我还真不敢。瘆得慌。还是你们九零后开放。下一题吧。不会问我内裤什么尺码吧？

节目组：那个留待您和您速配成功的女嘉宾私下里沟通。您五官、四肢都健康吧？

他：笑话！不健康的话我就去残疾人联合会混了。

节目组：对不起，我们只是走走程序。最后一件最重要的事情，您的单身证明还没交给我们。

他：我今天上午刚去民政局开出来。你们这节目也真是麻烦，难道单身还有假的吗？

节目组：当然有假的了！要是没有假单身，刑法里也就没有重婚罪了。

他：但我一个作家，从事的是跟人类灵魂息息相关的工作，总不至于冒充单身吧。

节目组：但我们不能不防啊！您不会这么干，能保证所有人都不这么干吗？万一真有已婚人士去参加我们的节目，骗了我们的女嘉宾，那谁能补偿人家的精神损失？再说了，您开个单身证明有很多用处，不仅仅是参加我们的相亲节目用。

他：是吗？还有什么用途？

节目组：比如您要是想买房，办理按揭贷款时就必须有民政部门开具的单身证明。

他：哦，是这样。我现在还住在我父母家，也该自己买房了。

节目组：其实，随着社会的发展，特别是近几年来，买房、出国、迁户口、参加婚姻介绍所或报社电视台举办的相亲活动等，都需要提供单身证明。并不是我们不信任你们，您一定要有这种意识，我们的生活里一直在出现新生事物。

他：看来我真是老了，跟不上时代节奏了。

节目组：千万不要这么想，您是作家，可能整天坐在家里，对外面的世界了解不多。您已经开出单身证明了，那就请在周末之前来电视台一趟，我们需要看一下原件，并留一份复印件存档。

他：我吃完饭就去。

节目组：那好，今天是情人节，祝您节日快乐！

他：我还没有情人呢。

节目组：周末您就有了。

他：真敢保证。希望吧。

节目组：那周末见，拜拜。

他左耳听着电话，右耳听着那两对男女的对话。跟相亲节目组的通话结束后，他发现，那一对年轻男女的幸福指数测试还在津津有味地进行，另外那对一直打嘴仗的男女起身离开了。接着他接到父亲的电话，内容如下：

父亲：臭小子，在哪儿？

他：外面。

父亲：外面是哪儿？

他：肯德基。

父亲：事情办完了？

他：办完了。

父亲：好好准备准备。

他：没什么可准备的。

父亲：臭小子，永远要记住，不能打无准备的仗！

他：不就是相亲吗，怎么扯到打仗。

父亲：相亲就不是打仗了？你必须把最好的那个姑娘给老子夺到手！

他：干脆建议把节目现场搬到战场去。多文艺的事，让您搞得硝烟弥漫。

父亲：老子当了一辈子军人，怎么生出你这么个儿子！

他：我怎么了？

父亲：男人要有血性，扛枪上战场！整天坐在家里写作，像个娘们！

他：话不投机半句多。

父亲：臭小子……

他果断地挂掉电话，心想，还真要自己买个房子搬出去了。单身证明看来开得很有必要。

等他挂掉电话，那对年轻男女的幸福指数测试已经结束了，男的得到了“幸福是浮云”的测试结果，给女的买了9枝玫瑰花，甜甜蜜蜜地离开了。卖玫瑰花的男孩提着篮子正在寻找目标。他招招手，把男孩叫过来，问：还剩几枝？

男孩说：6枝。

他说：我给你包圆了。坐下来聊聊。多大？

男孩说：19。

他问：大学生？寒假打工？

男孩说：算是吧，也不全是。

他说：那就是社会实践了，跟我差不多。我周末也去参加社会实践。

男孩问：哪方面？

他说：相亲。去电视台。

男孩说："如果爱"吧？那节目办得臭死了。

他说：所以我只是去社会实践一下。或者说，体验生活。搜集素材，都行。

男孩仔细端详一下他，兴奋地说：你是作家吧？

他说：为什么这么问？

男孩说：我读过你的书！

他问：什么书？

男孩说：《XY》！

他说：我跟书上的照片像吗？

男孩说：像呀！你有名片吗？

他说：我从不发那东西。作家要懂得保持神秘感。不过我可以告诉你我的电话。

男孩掏出手机来，很仰慕地把他的电话存进去。

他问：刚才，隔壁桌那两对，你知道他们是怎么回事吗？

男孩说：不知道。他们聊得怪好玩的。

他说：告诉你吧，做测试题的那一对今天上午刚结婚，打嘴仗的那一对今天上午刚离婚。

男孩问：是吗？你认识他们？

他说：不认识。我今天上午去民政局——就是旁边那家民政局——办单身证明。跟你说啊，我们活在这个世界，时时刻刻都是需要证明的。结婚的要用结婚证来向世界证明他们两个人结婚了；离婚的就要用离婚证来证明他们离婚了；我们这些单身的，要用单身证明来证明我们还没结婚；你们这些学生要有学生证；毕业后参加工作了，要有工作证；军人要有军官证……还有，每个人都要有身份证，证明他们在这个世界上是有身份的。

男孩说：这世界越来越复杂了。要是什么都不需要证明，你说，世界会是什么样子？

他说：我们只有退化到秩序建立之前……唉，很难说。

男孩说：我学海洋学的，有时候经常想，做一条鱼挺好的。

他说：嗯。鱼们不需要证明自己的身份。倒是我们人类，给它们安上了各种各样的身份。

男孩说：单身证明好办吗？

他说：你也知道，我们要想办成任何一件事都必须有一套程序。还好吧，反正办出来了。对了，我们刚才不是要说那两对的事情吗，是这样的——我去办理单身证明的时候，工作人员让我去照相。我去了照相的房间，发现那两对正准备照。打嘴仗的那对在前面，照的是准备往离婚证上贴的照片，因此草草就照完了。他们俩照完后，该轮到做测试题那对了，那对是照了照片准备往结婚证上贴的，因此就想好好准备准备，女的说她还要画一画眼影，就让给我先照。照相师让我笑笑——你说滑稽不，我夹在一对离婚的和一对结婚的中间，怎么笑得出来？世事如此滑稽，真是一场笑话。

男孩说：民政局为什么要把结婚的和离婚的安排在一起办理？

他说：谁知道呢。也许是想让离婚的看看结婚的，以便改变主意；让结婚的看看离婚的，以便再慎重考虑一下。

男孩说：挺有道理的。

他问：有女朋友没？到时候好好考虑清楚了再结婚，不要搞得像离婚的那对那样。

男孩说：有了。一定好好考虑。

他问：同学？

男孩说：嗯。

他说：比我强。这花我买了送给你，你回去送你女朋友。

男孩说：周末我和女朋友一起看你上节目。

他说：不要告诉别人你认识我啊，也别透露我是去体验生活的。哎，告诉你一个秘密。

男孩说：好，我保证不向外透露。

他说：我觉得，隔壁桌打嘴仗那女的挺好的。她是个记者。

男孩说：追吧？

他说：不认识啊。考虑到人家刚离婚，伤口还滴着血，我就没好意思上去搭讪。不过，她去洗手间的时候，我偷偷用手机给她拍了一张照片。

男孩说：真想追？

他说：想。

男孩说：交给我！职业和照片都有，太好办了，不出一周，给你“人肉搜索”出来。

他说：好。争取明年情人节，我和她一起坐在那个桌上吃饭，跟她一起把桌子底下的大头贴撕掉。不过，我对自己还真是没信心，看我这长相。

男孩说：要有信心。

他说：我这么多年让爱情伤透了心，都习以为常了。追不上也没什么，幸好爱情不是一切。

（原载《人民文学》2011 年第 12 期）

后　　来

冬天我跟大雪告别。春天我跟阳光告别。夏天我跟落败的槐花告别。我还跟所有的鸟、老鼠和蚂蚁告别。

——王秀梅《大雪》

一

后来，我在黄昏走进桥洞，是为了寻找玛娃，她失踪了。

直截了当地交代吧，玛娃是一只母猫。在此之前，我刚给她做了一顿营养餐，所用材质共有以下几样：瘦肉馅、鸡蛋、虾皮、温水、少许的盐。我把它们一样一样放进碗里，用打蛋器搅匀，然后把碗放在蒸锅里，蒸锅置于蓝色的火焰之上。在猫食蒸熟之前，我有时间思考一些似是而非的问题，比如，这一小碗糊状物质最终成为猫食，过程为什么要如此曲折；比如肉和蛋在被蒸之前，究竟是活着还是死了；比如活着和死了的标准——这是一个宏大而虚无的问题，说真的，我想了一辈子了。最后，我的思路不可避免地回到已经蒸熟的猫食上，进而，由猫食想到失踪了（确切说是不知道活着还是死了）的唐铁。基本说来，这是我每次蒸猫食的必经思路。这时候，大风骤然而至，把一盆吊兰从窗台刮到地板上，发出很大的声响，吓着了正在睡觉的玛娃。之前，玛娃正蜷在一把躺椅上打呼噜，此刻它惊恐地站立起来，腰高高地耸在空中，毛发竖得像刺猬一样。花盆碎成三块，分崩离析地散落在地板上，裸露出吊兰稠密的根须，看起来像很多苍白色的手指交错缠绕。我没想到吊兰的根须居然是这样的，不免发了一会儿呆——玛娃就是在我发呆的时候跳上窗台，然后瞬间消失的，像一个厌世之人纵身跃入尘世之外。其实玛娃已经老了，我实在想不通，她老迈笨拙的身体为何在那一刻会那么轻盈，像一片纸。

二

的确，那是后来的事了。多年以前，玛娃还是一只临近分娩的青年母猫，有天午后，唐铁给玛娃准备好产箱之后，就从我家失踪了。他的失踪根本无迹可循，现在我还依稀记得，那个下午，我正在给玛娃做那顿由瘦肉馅、鸡蛋、虾皮、温水、少许盐搭配的营养餐，唐铁则非常愉快地在给玛娃准备产箱。他先是往方便面纸箱里铺了一张塑料泡沫，然后在塑料泡沫上一张一张地铺报纸。我让他至少铺十张，他说："已经十张啦！"我说："还要再铺一层碎报纸。"他愉快地说："女人真麻烦。生孩子真麻烦。"完全是一个即将做爸爸的男人（即便是做一群小猫的爸爸）应有的态度。当时我把灶上的火点着，就回到客厅欣赏他撕旧报纸。他撕得很认真，尽量做到每一小块都没有棱角。肯定地说，他对那个时刻、对我和猫，都充满无限爱意。当然，我也是。他失踪以后，我看到即将生产的玛娃，除了对唐铁留有爱意，还心生巨大的恨意，因为是他把玛娃送给我，并一手导演了如今的结局：让玛娃成为一个大腹便便、行动迟钝的孕妇，然后，把这个孕妇遗弃给我一个人。

就是说，那个下午，后来，唐铁失踪了。我们准备好玛娃的产箱之后，一场困意使我进入一段睡眠，当我睡醒已是黄昏。假如不是玛娃的躁动不安令我担心，我可能没有勇气走进一场大风里。那场大风不知道是什么时候刮起来的，我站在窗子里，看到很多塑料袋被吹在空中，绿化带里的无花果纷纷落地。说真的，我不喜欢在这样的大风里出门，但玛娃持续地焦躁不安，越来越让我担心她提前生产。那不是我一个人能应付得了的事情，因为我没有生产经验。于是我硬着头皮走进风里。唐铁的手机放在茶几上，这稍稍让我放松，说明一个可能：他没有走远。下楼后我发现他的摩托车不在楼洞口，就猜他是到白冬街骑摩托车去了。他的很多时光都用在对摩托车的改装上，因为他放言，总有一天会把它改造得离地三米、从汽车顶上飞跃过去。我不明白他要那么快的速度干什么，因为我觉得，这个世界已经在飞奔，不需要更快了。通常他的飙车地点就在小区外面的白冬街，这条车辆和行人都很寥落的马路，似乎天生就是给他预备的。很多时候，我们在晚上十指相扣着下楼，他用摩托车载着我，穿过小区门外一个铁路桥洞。他骑着摩托车在白冬街上跑来跑去，我则到对面不远处的一个广场边上坐着，看一群老年人慢悠悠地跳舞。这也许可以说明，我们对这个世界的态度，存在显而易见的不同。但我们在一起同居多年的事实证明，我们对世界的不同态度并不矛盾——假如他不失踪的话。

我必须穿过那个古里古怪的铁路桥洞，去白冬街上找唐铁。我走进去的时候，头顶上压过一列火车，震得洞顶岌岌可危，一些粉状块状物乱糟糟地跌落下来。每当这些建筑碎屑落下来，唐铁就会担心一个问题：洞顶正在日渐变得薄脆。但我的看法是：这种状况已经存在了很多年，根本不必担心。唐铁断言，总有一天这座桥会垮塌，我也断言，除非发生程度难以想象的不可抗力。说真的，这个黄昏，我坚定不移的看法有些改变，并不是因为头顶上每天都跑来跑去的火车，而是因为大风。大风猛烈地灌进桥洞——事实上，正是它把我裹挟进去的，而不是我自己的双腿走进去的。这里必须交代一下这个桥洞的古怪之处：由于地理条件所限，它不可避免地被修建得像一口深井，总体来说，是一种类似于“凵”形状的深井，两端各有一段超过 30° 的陡坡。我被裹挟着顺坡而下，踉踉跄跄跌落进黑暗的桥洞，觉得大风像铲刀一样在刮擦洞顶和墙壁——照此下去，很难说唐铁描绘的那种场面不会发生。不消说，这是一种不祥的感觉，我敏感地意识到它暗含了某种预示的成分。紧接着，这不祥就得以证实：我被大风裹挟着顺坡而上，来到白冬街上。尽管被裹挟，我仍然累得气喘吁吁，不得不靠在一个广告牌子上休息。我刚靠上去，就觉得广告牌子剧烈地晃动起来，有人在半空里大声叫喊，接着一架梯子从天而降，像一个长腿巨人摔倒在尘土里。我抬头朝上看看，看到很滑稽的一幕：有个家伙吊在一根树枝上，树枝是从广告牌旁边一棵大梧桐树上斜伸出来的，像一只大手抚摩着广告牌天蓝色的铁皮。后来的事情很混乱，这个倒霉蛋一直吊在树枝上，他让我把梯子重新架起来，我告诉他那玩意已经解体了，他命令我："去找垫子或者床单，我要跳下去！"我觉得这很可笑，就算我回家去找来床单，他能坚持那么久吗？后来他的身体越抻越长，终于绝望地掉下来。他掉下来之后一边呻吟一边抬头看我。我也看了看他，是一个好看的年轻男人，十年之前一定是一个美少年。但是这个运气不好的家伙摔坏了腿。事情就是如此混乱起来的：他坚信是我靠在广告牌子上休息造成了他掉下来的事实，而我觉得这很牵强，除非我的力气比梯子还要大。他质问我："那你说是谁把我摔下来的？"我不明白他有什么理由发出如此的质问，我很迷茫地看了看巨大的广告牌。天色渐暗，他涂刷在上面的字迹还能依稀看清，用数学术语来描述，那应该不是一个整数，而是一个小数，37.32。我想不出他要用这样一个小数来表达什么意思，在我看来，广告牌子上应该画明星巨照，五彩斑斓一点。

是谁让这个年轻人摔坏了腿？我坐到他旁边，目的是让我们两人平视对方，这样，也许能有效减轻他对我的敌意。我说:"是大风把你吹下来的。"我进一步强调道："大风。它把广告牌子吹得左右摇晃，梯子就跟着摇晃；梯子摔倒了，而你抓着了树枝，吊在上面；由于体力不支，最后你也摔下来，摔坏了腿。"我磕磕绊绊，努力让这推断听起来有不可辩驳的逻辑感，其实全是废话。这让我意识到，我们要想讲清一个道理，似乎就要浪费过多的唾沫，这个世界正变得越来越复杂。可他并不打算罢休——他像无赖一样坐在地上，拖着那条摔坏了的腿，说："我可能脑震荡了，说不过你。我腿也断了，大脑也坏了，你至少要陪我去医院吧！"

好了，我落到这步田地，归根结底，是因为我的男朋友唐铁。我们相识于五年前，准确地说，是相识于五年前的一场车祸。他把我撞了一下，不过你看，没撞坏，我好好的。相比起我们彼此相爱，那车祸不算什么，充其量就是他从此以后厌恶开车了而已——他改骑摩托车了。我们已经打算夏天结束就结婚——毕竟秋天是收获的季节。我们养了一只猫，名叫玛娃，是只母猫——她快生产了。我的未婚夫在我午睡时离开家，我不知道他去了哪里，你有没有看见一个男的，在白冬街上骑着摩托车飞奔？他穿白色 T 恤衫，藏蓝色短裤，深棕色皮凉鞋。玛娃快要生产了，我一个人应付不过来，必须找到唐铁，让他协助我。你只是从一根树枝上摔下来，骨折而已，没什么的，放我走吧！

我坐在医院里对小史（也就是从梯子上摔下来的年轻人）说以上这番话，态度很老实，很诚恳，同时也很悲伤。经过医生的检查，小史右脚骨折，但他到底有没有脑震荡，我们并没得到确凿无疑的结论，医生把结论捂在口罩里。对我的反复追问，医生显得很不耐烦，只是说，脑震荡也没什么大不了的。最后我和小史离开医院，我说："这算什么结论？这算什么结论？"小史反问我："你想要什么结论？我明明脑震荡了！"我说："这太荒唐了！"小史忽然改变话题，说："我想起来了，当时根本就没刮风，而且直到现在也没刮风，你看看，哪里有一丝风的影子？他妈的，热死了！"小史这样一说，我才发现事实的确如此，我们走在我常去的小广场附近的一条街上，街边排列着楼房和树，都恹恹的，树影一动不动，像画在地上似的。旁边小广场上人声鼎沸，安详的老人们正在跳舞。我实在太累了，把小史从桥洞口扶到广场附近的社区诊所，又从诊所扶到这儿，至少有一千米远。但我不想坐下来休息，只想快快把小史送回家——他家就在广场边上的小区里——我也好继续找唐铁，或者回家，看看玛娃怎么样了。小史却坚决要求在广场边的水泥台子上坐下，他执拗地说："我要看这些老家伙跳舞。"说真的，我今天一点也不想看别人跳舞，我说："我得走了。"小史眼疾手快地攥住我的胳膊，用了很大的力气，疼得我眼泪都出来了。

事情就是这么巧合：当时，我两脚蹬在热浪滚滚的水泥地上，奋力往怀里抽我的胳膊，小史则紧紧扣住它们——就在我们拉拉扯扯的时候，唐铁出现了，他站在舞蹈队对面，似乎是白冬街边上。他孤独地站着，呆呆地看着我，两条胳膊沉重地垂在胯部。他还穿着离家时那件白色T恤衫，藏蓝色棉布短裤，深棕色凉鞋，脚趾很无辜地露在外面。我注意到他的衣服已经有些脏，就一鼓作气奋力从小史虎口里拔出自己的胳膊，朝那个安详的矩形队列跑去。我决定穿过这个舞蹈队，这是我和唐铁之间最短的距离。我耳边掠过呼呼的风声，这让我感觉，我像一把刀正在劈开空气，或者说是时间——那一刻我产生强烈的宿命感，唐铁离家的几个小时，忽然变得坚硬如石，它被劈开，断面带着陡峭的凛冽，从我耳边飞速擦过。我的双耳火辣辣地疼，但我顾不得这些，一鼓作气朝队列里跑。但唐铁迅速转过身去，跨上摩托车，做出要飞奔的样子。我着急起来，努力把自己缩紧，在队列的空当里穿行。地上坑洼不平的方砖不时让我磕磕绊绊，老人们整齐划一的胳膊也前赴后继地给我设置着障碍，因此我还是慢了些——唐铁骑上摩托车，慌不择路地与我背道而驰，转瞬就消失了。

我重新穿过矩形队列，走回水泥台子。小史还在上面坐着，他说："我就知道你不会把我撂下不管。"现在我有两个问题无法搞清，一是唐铁为什么逃跑。很大的可能是，他看到我和小史拉拉扯扯，因此断定我们之间有什么问题，一时间接受不了。平心而论，如果拉拉扯扯的是他和别的女人，我可能会当场崩溃在那个情景面前。我无法搞清的第二个问题是，为什么唐铁跑开了，我却没有打一辆出租车追上去，而是返回到这个莫名其妙的小史身边。只是因为，他骨折的责任还没有厘清吗？可是，那跟我到底有多大的关系？这种思考让我心中愤愤不平的情绪越来越重，我站在他面前，说："我男朋友刚才出现，又跑开了。本来他可能只是像往常一样，在白冬街上骑一骑摩托车，过后就会回家，可是他看到你和我拉拉扯扯，生气了，就跑开了。"他说："真的吗？在哪儿？"我冲那边指一指，说："队列后面。"他耸耸肩，表达一种"我不相信，我没看到有那么一个人"的意思。我很不高兴地说："你的意思是，我看错了？我未婚夫穿着那身离家时穿的衣服，白色T恤衫都脏得不像样子了。我得找到他，给他把那件衣服洗洗。还有，你得跟我一起，向他解释我们之间没什么。五年来，我们对彼此都保持了绝对的深情和坚贞，现在让你搞坏啦！"

三

后来，日子陷入一种周而复始的状态：每天黄昏时分，我给耳朵换好创可贴，就穿过桥洞去找唐铁。换创可贴和找唐铁，这两者本没什么实质性的联系，但我无法说清，为什么每天一到黄昏时分，我的耳朵就开始渗血。那天晚上，风刮伤我的耳朵，这的确不是虚妄，有小史可以作证。当时我走回水泥台边责怪他的时候，他没有跟我针锋相对，正是因为发现我的耳朵在往下滴血。他觉得他腿骨折，我耳朵受伤，某种意义上我们扯平了一些。当时我们返回社区诊所，医生卖给我一包创可贴，说没什么大事，只是擦破了皮。他问我是不是摔跤了。我让小史帮我贴上两片创可贴，午夜时分让他帮我换两片新的，他看了看说伤口已经结痂了。谁知道，第二天黄昏时分，它们竟再度渗出血来。接下来，我的耳朵就陷入结痂——渗血——结痂的轮回状态。当它黄昏时分渗血的时候，我就遏制不住穿过桥洞去找唐铁的念头。

是的，这个夏天，我每个夜晚都是在奔走中度过的。我穿越整个城市，带着年轻的小史。用他的说法是，我讹上他了。换一种说法是，他被我绑架了。对此他很不平衡，理由是，本来应该是他讹我才对。他讹我的理由有两个：一，他右腿骨折，按照伤筋动骨一百天的说法，我得伺候他整整一百天。如今我非但没有伺候他，他还得拖着那只脚，跟我在城市里东奔西走。二，他得脑震荡了，证据是，他忘掉了一件重要的事情，那就是有关那块广告牌的事情。我们初识那天，也就是小史被风刮下来那天，他在广告牌上写的是一个小数——37.32，如今还留在上面。因为莫名其妙，所以那几个阿拉伯数字像一队孤独茫然的人。我不知道，小史为什么要往广告牌子上写数字，写数字的目的是什么。如果它代表一个广告，那是什么性质的广告，他在替谁炮制这个广告？关于这些答案，小史声称那正是他遗忘了的部分记忆。我们为此争执不休，我认为小史在骗我，一个人会那么容易失去一段记忆吗？但小史用一个问号言辞凿凿地向我说明，他真的是遗忘了关于这块广告牌的很多事情。那个问号画在“37.32”后面，就像在替前面那一队孤独茫然的人，向世界发出一个总体的叩问。

追寻失踪的唐铁和小史失去的记忆，是我和小史目前的主要生活内容。我已经不去单位上班了，单位打电话来，我就说我请假，问什么假，我说病假，我患了癌症。他们问我什么癌，我说耳癌吧，我的耳朵总是渗血。黄昏时分，当耳朵开始渗血，我就收拾一下离开家门。小史永远不相信这个城市正在刮风。而事实上，每天当我走出家门的时候，总是有大风在呼啸。此刻，绿化带旁边停着的一辆三轮车被掀翻，车上的废纸箱像纸片一样飞到空中。常驻在我们小区的拾荒女人，开始还满院子追赶那些废纸箱，不久就发现有些徒劳，她回到三轮车旁边，沮丧地踹了一脚车轮。车轮在风里更加撒欢地转起来，她兀自蹲下去了。拾荒女人蹲在绿化带的冬青丛里，穿着一件红色上衣，因而显得很扎眼，姿势像是在解手。也许她真的是在解手。当我走到小区大门口的时候，看到平安超市也在被大风侵犯，一只银灰色的扎啤桶倒在地上，头顶上的遮阳伞也没幸免，伞面被刮掉一块，挂到自行车棚的铁栏杆上。老板娘站在自行车棚里，厌烦地看着缺掉一块的伞和滚在地上的酒桶。酒桶滚得有点沉重，因此在滚动的过程中被蹭破了，尿黄色的啤酒流淌着。我弯腰跟着它行进，试图找到破洞或者裂缝在哪里，是什么样子，可惜这酒桶太脏了，无法辨认。老板娘从自行车棚里走出来，她用手摁住头发，脚踩住酒桶，问我："收破烂的还在那边吗？"我说在，她向那边极目眺望。我说："蹲在冬青丛里呢。"她一脸的不耐烦，用脚把啤酒桶踹向我们共同眺望的方向。我想，也许老板娘对这只酒桶已经深恶痛绝，包括那只缺了口子的伞。大半个夏天里，她每天都在重复一项工作：坐在遮阳伞底下，从酒桶里源源不断地放出尿黄色的液体，卖给那些需要麻醉一下的人。我说："你不要这只酒桶了吗？"她说："不要了，都不要了！人也让大风刮走才好呢！真是过够了，这种日子！"

喏，我每天离开家的时候，大风就在这个城市里发作。我在大风里走进铁路桥洞，又爬上白冬街，看小史开始他的工作。小史每天都在持续他的工作，虽然每天他都不知道要在广告牌上画些什么。他踩在梯子上冥思苦想，不时摆弄一下老梧桐树斜伸出的树枝。这天夜里，有一列黑色火车从我们眼前开过——我见过绿色、红色、白色、橘色、蓝色的火车，就是没见过黑色的——它寂静无声，无休无止地开着，我想数一数有多少节车厢，数得眼睛都流泪了，也没数完。后来，黑夜跟它逐渐混为一体，那些迅疾掠过的窗口仿佛悬在半空中。我忽然看见唐铁，他正坐在一个窗口里，把脸扭向广告牌这边，表情忧心忡忡。我只能看见他的脸和肩膀，还有半个胸部。他依然穿着那件白色T恤衫，比在广场时更脏了一些。我说："这怎么可以！"我离开广告牌，站直身体，向火车挥舞胳膊，说："跳下来！没关系！"我刚说完这句话，火车就在夜色里消失了。

"该死的！"我往旁边一根铁柱子上踹了一脚，忘了那是用来支撑广告牌的铁架子。梯子倒下来，小史再次悬在半空。他两手交替，沿着那根斜枝攀援，不久就到达老梧桐树的主体部分。他像猴子一样趴在树上喘息片刻，才搂着树干溜下来。"早料到你会再次下黑手。"小史沾沾自喜地说。我懒得跟他纠缠这个话题，而是急于打一辆出租车赶往火车站，如果时间来得及，说不定能截住刚刚下车的唐铁。但小史扔了一个问题给我，他说："你确信火车是开往我们这个城市的吗？"说实话我有些迷茫，当时我们背南朝北，火车如果朝西开，就说明是离开城市，反之则是开往我们的城市。那么，火车到底是朝西开，还是朝东开呢？我后悔只顾数车厢，而没有观察它的去向。小史一只脚站在地上，另一只（也就是受伤的那一只）松松地踮着，两只眼睛盯着我的脸，说："亲爱的。"小史的眼睛此刻有些异样的湿润，闪着软软的光，让我很不自在，我说："我不叫亲爱的，我叫陈叙。"小史换了一种叫法，他说："亲爱的陈叙，火车本没有方向，它只不过开在时间里。"这是什么话！我悔之不迭，那天干吗要靠在广告牌上喘息，招惹上这样一个古里古怪的艺术家。但我强迫自己坚定起来，我说："我就是认为，火车开往我们这个城市的火车站。烟台火车站！"小史把眼睛掉转开，说："那我们就去车站碰碰运气吧。"他又说："陈叙，谁让我爱上你了呢。"我吓了一跳，问："小史，你说什么？"小史说："爱，我说爱。"我说："小史，别说这个，说点别的。"小史说："好吧，说点别的，说什么呢？"我说："火车站有我一个姐们儿。"我拿出手机来接通我的姐们儿沈非，她压低声音说："我正准备接车呢，待会再打。让领导看见我打电话，就该下岗了。"我说："就一句话，截住唐铁，他在那列火车上。"

然后我和小史跳上一辆出租车，赶往火车站。这个时间可以用来定定神，梳理一下过去发生的事情，同时对下一步进行思考和规划。自从上次在广场发现唐铁，已经过去好多天了，我和小史对他的寻找可谓殚精竭虑，现在结论终于有了：广场事件之后，唐铁伤心失望，于是坐上火车跑到外面去。他在外面待了几天，舔舐了伤口，又坐刚才的火车返回来了。从那件越来越脏的白衣服来看，他在外面过得并不好。出租车开得很慢，简直是在蠕行，司机骂骂咧咧，不时用拳头砸方向盘。到达火车站附近的丁字路口时，我们才知道，那里刚刚发生一起车祸。司机很焦躁地下车探询一番，回来告诉我们："一死一伤。"他带回一股浓烈的血腥气，让我忍不住干呕起来。警察终于把交通疏导好，我们赶到火车站为时已晚。候车室寥落地坐着十几个旅客，南北广场上也是如此，除了躺在行李上睡觉的旅客之外，没有我们要找的目标。我的姐们儿沈非已经下班了，我站在车站二楼平台上，靠着栏杆给她打电话，问看到唐铁没。电话响了六声沈非才接起来，她短促地回答我："看到了。"我问道："在哪儿呢？"她继续短促地回答我说："出站了啊！"我又问："出站以后呢？"她哼哼唧唧了两声，说："谁知道呢。"我警惕起来，问她："在干吗？跟老武做爱呢？"她继续哼唧两声表示默认，一边说："不说了啊。"我很生气，她又跟老武泡在一起，老武是一个有妇之夫。

我感到绝望，同时又感到了随之而来的希望。无论如何，唐铁已经回来了，只要他回到这个城市，我就有找到他的可能。我立马就觉得空气里充满唐铁的气味，接着我难过地发现我想唐铁了。我们同居这么多年，还没有这么多日子不做爱呢。我们之间有很多只有我们两人能解其意的暗语，都是在做爱时发明的，此刻它们一一变成声音缠绕着我。小史这时候很不恰当地说了一句："亲爱的陈叙，找不到唐铁没关系，还有我呢。"这句话让我立马不再耽于情欲，我说："我得对唐铁忠贞。"小史笑了一声说："时光如此强韧，还有什么是不能修改的？"啊！他不啻在说，唐铁已经不想再忠贞于我了。我感到有点颓废，就跟小史要了一支烟，靠在火车站二楼平台的栏杆上抽。下面是站南广场和车来车往的马路，小史说得没错，这个城市没有什么大风在刮，夏夜里的树枝死亡一样沉睡着，我的头发纹丝不乱。小史忽然说："1！我想起来了！"

四

后来，我到唐铁工作的公司去过一次。我忽然想起去唐铁的公司，正是小史想起"1"这个数字的晚上。关于小史那晚想起来的这个数字，其实也没多少可说的。他在广告牌上用银灰色涂料写了一个小数"37.32"，那之后这个数就孤独地待在上面，小史说一定还有另外一个数跟它配套，也是个小数，但他想不起来是什么数了。现在他终于想起其中一个数了，但也仅仅是一个而已。"1"能代表什么呢？它是百位数，十位数，还是个位数？都没有答案，只是那块广告牌上要多一个孤独茫然的阿拉伯数字而已。但小史还是很坚定地爬上梯子，用银灰色涂料把这个数写了上去。"希望是有的，陈叙。"小史说。小史写完这个数后，沉浸在巨大的阶段性兴奋里，我们两人靠在广告牌上抽烟，每人抽了十支，直到路灯熄灭。路灯熄灭，天亮了。小史爬上梯子，就着曙色欣赏他新写上去的数字，然后攀着树枝坐到老梧桐树的树杈上，眺望城市。他向我提了一个问题："陈叙，你说，是谁在控制这个城市夜晚的光明？"我说："当然是路灯了！"小史问："那谁在控制路灯？"我说："哦，这是个问题，也不是个问题，我可以回答你，是机器，不是人。”小史说：“我观察很久了，路灯是被天色控制。而不是被时间控制的，你也知道，每一天昼夜长短都不相同。这是个问题。”我说：“小史，这依然不是个问题。那是一种智能控制器，它能自动测算出每天的日出日落时间。”小史搂着树干溜下来，问我：“你怎么知道的？”我说：“因为这机器是唐铁发明的。”

哦，我的唐铁，那是个聪明的家伙，他在一家照明设备有限公司工作，是那里的首席技术员。我决定到他的工作单位去。这么些日子了，我居然忘记他是一个有工作单位的人。这家公司名叫斯特库，是一家外资企业，大老板是外国人。正因为如此，唐铁的离职就成为一件小之又小的事情。当我站在一个巨大的工作间门口，被里面那些伏案工作或穿梭往来的人感动时，我觉得自己羞愧难当，当然是替唐铁。我找到一个唐铁曾经提起过的名叫大姜的人，他把我带到休息室，给我冲了杯咖啡。我欲言又止，不知道从何说起，不管怎么说，唐铁背叛了这个热火朝天的世界。还是大姜主动问我，才打破了尴尬的局面，虽然他的问题更加令我尴尬：“唐铁在哪里高就？”我说：“我不知道。他失踪了。”大姜很惊讶地问：“失踪了？怎么回事？”我说：“我不知道。我们养了一只母猫，这只母猫快生产了。他失踪那天，给玛娃——哦，就是那只母猫——准备了一个产箱。其实也不复杂，就是一只方便面箱子，下面铺塑料泡沫，中间铺十张报纸，上面铺一层碎报纸。他干完这项工作后，我睡了一会儿，醒来唐铁就不见了。”我说话的时候，大姜不停地在收发短信，因此我不确信他是否听懂了我的叙述。当他停下来时我问他：“你明白了吗？”他说：“大概明白了。唐铁好长时间没来上班，我们都以为他不辞而别另谋高就去了，公司也这么以为。你知道，我们这儿是外企，整天旧人去新人来，都司空见惯了。”我说：“那你知道他会去什么地方吗？”大姜的手机又响了，他看看手机说：“也许唐铁只是到别的地方散散心去了，你别太担心，实在不行就报警吧。我还有点其他的事，不能陪你了。”我绝望极了，他正合上手机盖，架在一起的腿也在分开。我知道我该离开了。最后我央求他存上我的手机号码，并亲眼看着他输入“陈叙”二字。我让他拨打一下我的号码，确信输入无误。我还把家里地址写在一张肯德基的广告纸上，当时只有那张纸躺在桌子上。我给了他，向他保证只要不拆迁，我就绝不搬家，请他一定好好保管，说不定日后能用得着。

我离开斯特库公司，想到唐铁居然就这样失踪了，并且如此无迹可寻，不禁热泪盈眶。后来我拐到一家服装店，决定给唐铁买件新衣服。我之所以走进去，是因为透过玻璃橱窗看到一些花花绿绿的情侣T恤衫挂在墙上，每一款都有一大一小两件，让我的心倍加柔软，也倍加凄凉。后来发生了一件事情，两个比我高一头的女孩合伙揍了我，原因是跟我争夺店里的更衣室。实际上是我先进入更衣室的，在我换衣服的时候，两个女孩在外面咚咚地捶门，我想，这也未免太没有教养了，需要惩罚一下。于是我就在凳子上坐下，从包里拿出烟来。我抽了一支烟才出去，立即就为这种行为付出了代价，其中一个女孩侮辱我道："没死在里面啊？"另一个女孩说："我们已经打电话报警了。"我刚说了一句"你们才会死在里面"，立即就被拽住了头发。其中一个女孩拽住我的头发固定住我，另一个女孩扇我的耳光，还抡起包来砸我的头。结局是两个女孩扬长而去，我蹲在地上大哭，并且我流了鼻血，它们弄脏了我刚刚在更衣室换上的T恤衫，它是红色的。我之所以试红色的T恤衫，一是因为它让我想到希望和热情，二是因为它耐脏，下次唐铁再离家出走，如果穿着它，就不至于脏得不像样子。我在店里哭了很久，以至于嗓子嘶哑，胸口喘憋。在店老板一再追问下，我提供了小史的手机号码，小史在半个小时以后赶过来，替我买下一大一小两件T恤衫，带我离开店里。

小史说我在去商场的路上目露凶光，行人纷纷闪避。其实那时候应该吃午饭了，我却一定坚持先去趟商场。假如小史猜到我是要去买刀，他一定会拦住我。等他意识到不妥的时候，我的脖子上已经多了一把锋利无比的瑞士军刀——我的脖子上有一条红绳，上面原本吊着一只玉貔貅，据说它有镇邪之用，但是此刻我对它已失去信任。在我两乳之间，现在挂着这只刚买的瑞士军刀，它很小巧，而且是红色的，血一样的颜色让人怦然心动。带着一把刀行走在城市里，我意识到自己的情绪发生了微妙的变化，我不再是一个胆怯之人，甚至对世界充满了挑衅之心。对了，我的红色T恤衫上沾着血，这让我有一种荣耀之感，觉得自己是一名百折不挠的战士。我和小史在麦当劳各自享用了一个汉堡包和一杯冷饮，合伙消灭了一份薯条，然后走上酷热的马路。走在这个城市的马路上，我总是下意识地观察路灯，因为控制它们的那玩意是唐铁发明的。一观察我发现了问题：在明晃晃的夏日午后，路灯却依旧是亮着的！

几个小时以后，我和小史置身广告牌子下面。黑夜已然来临，路灯却莫名其妙地熄灭了。若非我居住的小区有些窗口亮着灯，若非更远处那些大楼也亮着灯，真难以想象，整个城市就此沉入黑暗之中。小史很想看看广告牌子上那些数字，因此他开始对唐铁进行语言攻击，埋怨他是个蹩脚的技术员，这鬼路灯控制器失灵啦！“它失灵啦！”小史坐在梯子最下面一层横隔上，口气里带有明显的嘲讽意味。仿佛为了抨击小史的情绪，在他说完那句话后，白冬街上的路灯忽地一下全亮了。但片刻之后我就明白，千万别以为我可以就此对唐铁的技术水平进行争辩和说明——因为它们只亮了两秒钟就又熄灭了，并且形势向着更叵测的方向发展：路灯像城市夜晚的霓虹灯一样，开始了有规律的明灭，比如，路一侧的熄灭，另一侧亮着。这倒不足为奇，当初唐铁设计这个控制器的最大特点就是节能，比方说，半夜以后某些街道行人和车辆稀少，没必要亮所有的灯，唐铁就让一侧的灯熄掉，或者隔一盏亮一盏。但他一定会让桥洞、拐弯等特殊路段的灯保持整夜长明。所以，问题的奇怪之处就在这里，这么一个陡如深井的桥洞，它所在的这一侧路灯居然率先灭掉了。后来，所有路灯就像患了疟疾一样亮来灭去，失去了规律，搞得我眼花缭乱。世界像一个巨大的万花筒，在我眼前绽放出奇诡的面目，还有黑色的火车无声行驶在路轨上，黄色窗口连成一条轨迹。火车是运动的，还是静止的，我根本无法分辨。就像我无法分辨它是离开城市，还是进入城市。或者可以说——我在某一刻有灵魂出窍之感，觉得火车根本没有方向，它貌似开在时间里，其实是开在时间之外。这么有哲思的异感，又不是发生在梦里，我真是无法厘清其来路。因为在过去我只是一家国企单位的小文员，那些清白如水的经历，已经把我锤炼成一个头脑简单的普通女人，除了几年前有一场车祸曾经发生在我身上。其实那场车祸并未导致多么严重的后果，我当时只是骨盆摔裂，这比断胳膊少腿要幸运得多，并且医生对此有的是办法，我如今除了有时腰痛，并未觉得骨盆有多么不坚实。所以关于那场车祸，不说也罢，它跟目前我做着的事情没什么关系，要说有关系的话，无非就是跟我的生活有关系：一，车祸发生地恰好在这深井一样的桥洞里；二，我为此收获了跟唐铁的爱情——被撞者和肇事司机相爱的传奇爱情。

是的，我并非置身梦中，即便那火车让我产生异感。此刻白冬街上路灯明明灭灭，我和小史各怀心事，像两个被抛入万花筒里的异类。我说：

“小史，我们必须找到唐铁，路灯如此失控，这不是办法。”小史说：“妈的，市政部门为什么不想想办法。”我说：“市政部门没人会修理控制器，只有唐铁会。”小史说：“你们家唐铁水平也真不怎么样。”我不能容许任何人诋毁我们家唐铁——正在我打算反唇相讥的时候，唐铁忽然出现在白冬街上。当然，我不能确定地说他是出现在白冬街上，因为他骑着一辆貌似摩托车的车子，但形状比他那辆怪异得多，速度也比他那辆要快。骑到我们眼前的时候，它完全腾空，离地三米，从一辆小汽车顶上一跃而过。所以严格说来，他是飞翔在空中，而不是骑行在白冬街上。我的唐铁依旧穿着那件白色 T 恤衫，已经脏得变成灰色。我把手里的袋子打开，拎出那件红色 T 恤衫朝他抖搂，说：“唐铁，你必须换件衣服了！”我拼命举着那件红色 T 恤衫，我想这颜色他应该会喜欢。但他很迷茫地看了我一眼，就连同那辆奇怪的摩托车一起消失了。我注意到他的表情，沮丧，迷茫，忧心忡忡。我想，这都跟小史有关，假如他不跟我拉拉扯扯，唐铁怎么会如此伤心沮丧。尽管，他似乎真的创造出了让摩托车离地三米凌空飞翔的奇迹。他一定是过于伤心，才把全部精力用在改装摩托车上。

我的耳朵隐隐作痛，我知道那擦破之处又渗出血来。火车不知道什么时候消失了，路灯也不知道什么时候彻底熄灭了，全体，而不是部分。楼宇中零星亮着的黄色窗口于黑暗来说，显得那么微不足道，不及萤火虫的光明。白冬街上寥落的车子都亮着各自的车灯。我信誓旦旦地告诉小史：“唐铁来了，他知道路灯控制器失灵了。他最终会修好它的。”小史表现出不相信的表情，他说：“陈叙，告诉你，这世上最不靠谱的，就是一切智能化的东西。”

五

后来，我终于总结出一个规律：每当那列黑色的火车无声开来，唐铁就会出现。或者可以这样推断，唐铁乘着那列火车而来。可那究竟是一列什么样的火车，它来自哪里，开往哪里？我问过我的姐们儿沈非，她告诉我，本市最后一趟列车由北京出发，夜里十点半到达烟台。那列火车据说是最新出厂的空调车，橘黄色。按照时间推断，我所见到的黑色列车倒跟这趟车很吻合，但为什么它开到桥洞这里就变成黑色，这是个问题。我意识到我掉入一个陷阱里，什么样的陷阱？幻觉的陷阱。我的唐铁不知道跑到哪里舔伤口去了，我对他思念过度，由此疑窦重重，把自己搞得不正常了。照此推断，也许连小史这个人到底是否存在，都是一件值得推敲的事情。我的姐们儿沈非那天很不好意思地坦白，多天前的夜里，我让她在接车的时候截住唐铁，事实上她根本没看到什么唐铁。我质问她："你当时不是说看到唐铁了，他出站了，至于去了哪里，你不知道吗？"沈非说："你也不是不知道我当时在干什么。"我说："你在干什么？"沈非说："我跟老武在一块啊！"我说："哦，你跟老武在一块做爱，所以就胡乱敷衍了我一下。"我不死心，又反复追问，沈非说："现在还没到乘车高峰期呢，旅客不多，我不会看丢了的。"至此我不得不强迫自己承认，我是患了幻想症了。

然而我是多么希望和唐铁一起经历玛娃的生产。玛娃快生产了。当初我和唐铁为给玛娃找一个什么样的伴侣可谓殚精竭虑，我们的标准是，对方一定要健康干净、双眼明亮、皮毛光滑、肌肉结实、生殖器官发育正常。我们必须给玛娃的孩子挑选到强壮美好的基因。为此我们从中国爱猫联合会千挑万选，最终找到一只注册了的、我和唐铁都很满意的公猫。我记得是在春天时分，我们安排玛娃和公猫见了面。如今掐指算来，玛娃怀孕已近两个月，按照自然规律，猫从怀孕到生产的周期最长是65天。它还有不多的时间。在这不多的时间里，我要尽量找到唐铁。但如何才能找到唐铁，幻觉显然是靠不住的。而且我警醒地意识到，这些天来，我恐怕恰是因为耽于幻觉，才致使事情进入无谓的延宕。想到这里我决定留在家里两天，清醒一下，顺便认真思考下一步对策。我给玛娃准备了五条毛巾、消过毒的剪刀、纱布、卫生纸和大量的报纸。我们有一份晨报，是一次性缴纳两年上网费所赠。当我整理那些报纸的时候，忽然想到，为什么不能在上面登一下寻人启事？现在我尽量让自己变得冷静和有条理——我先打电话咨询了登寻人启事的诸多事项，下午，给玛娃做好营养餐，就带着钱出发去报社。我的耳朵又开始渗血，走到平安超市门口时，可恶的大风又刮起来了。我不明白为什么只要我在黄昏时分出门，大风就要刮起来。超市老板娘抬着那张厌透俗世的脸，无精打采地看着滚在地上的啤酒桶，说："九个了。"我一时没搞明白九个是什么意思，就站住细听究竟。她向我说明："大风刮跑九个啤酒桶了。”我说：“补一补吧，要不太浪费了。”她问：“补？怎么补？你来告诉我怎么补？用针缝一缝吗？或者像你的耳朵一样，贴上创可贴？”她刻薄的诘问带给我一种疑惑：大风是因我而起。而糟糕的是，这疑惑一经产生，我就真的有所怀疑了，进而不久就相信，大风真是因我而起了。我差点要绝望了，这该死的莫名其妙的异感。

这种异感委实可怕，我意识到它又在左右我。为了摆脱，我决定尽快离开平安超市。我顶着大风走进桥洞，爬上那条陡峭的坡道。不出所料，小史兢兢业业地趴在梯子上。我放轻脚步，打算悄悄从他身边溜走，谁知他站得高望得远，早就看见我了。他攀住那根老梧桐树的斜枝，嗖嗖几下就蹿到树干上。我发现如今他玩这套技术已经熟练无比，而且他两臂变长了许多，有点像猿人。他搂住树干滑下来，挡住我，说：“要跑啊？”我无可奈何地看着他，说：“你不好好寻找失去的记忆，总是盯着我干吗？”他说：“告诉你吧，我又想起一个数了，你想不想知道它是几？”我往广告牌上看一眼，说：“不就是2吗？”他说：“对了，就是2。你知不知道我是怎么想起它的？”我说：“我没兴趣，你让我走，我要去报社。”小史说：“去报社干吗？”我说：“登寻人启事，找唐铁。”小史说：“我陪你去。”我断然拒绝了：“不！小史，你只是我的幻觉。因为遇到你的整个过程、你整个人和正在干着的事情，都是这么荒诞。”小史说：“这个世界上每时每刻都在发生荒诞之事，只不过你以前没遇到而已。”小史说：“陈叙，相信我，不要登寻人启事。你发现一个规律了吗？只要唐铁出现一次，我的记忆就会恢复一点。这说明，唐铁跟这块广告牌有某种联系。既然如此，他的失踪就有另外的原因。既然有另外的原因，你就不要试图再去找他，尤其不要试图用世俗的方式去找他。他该出现时就会出现的。”这算什么鬼逻辑！我坚定地想，现在无论小史说什么莫名其妙的话，我都要让它们从左耳进去，从右耳出来，我要把小史当成隐形人。我奋力拨开小史的胳膊，厉声说：“走开，你只是我的幻觉而已！我不会再受你控制！”小史没防备我使那么大的力气，一下子倒在地上。他迅速坐起来，说：“陈叙，你为什么这么没有自信？”天哪，自信，我最怕这样的鬼词语。这个世界总是这样，无耻地给你崩溃的理由，又无辜地给你如此的诘问。

我坚定地离开这个坐在地上的艺术家，站到路边的公交车站牌底下，准备打一辆出租车去报社。我在街边站了半个多小时，也没见到一辆出租车，就连公交车都没开过来一辆。在这期间，小史一直观察着我的进展，他几次隔着十米的距离用口语让我明白“你是打不上车的”，我当然不为所动。我必须相信小史是我的幻觉。又过了几分钟，我坚定地做出步行的决定。此刻是下午五点，报社六点下班，以平常的速度来计算，步行走到报社顶多二十分钟到半个小时的时间，那时报社还没下班。小史说得没错，整个城市没有一丝风在刮。噢，每当深入城市，我都要怀疑，在我居住的小区院子里，是不是真的整天黄昏时分风飞沙走。我需要怀疑的事物是如此多，如此干扰着我的每一个决定。但我还是坚定地顶着酷热走向报社。我穿着那件红色T恤衫，洗过一次，但血迹依稀可辨。就在报社门口，我那不幸的命运跟我开了一个玩笑，居然有一个飞车贼斜刺里冲出来，劫走了我的包。包里装着我的化妆品、纸巾、手机、身份证，还有比这些物件更重要的钱包、唐铁的相片，以及一张写着寻人启事的纸。钱包是我进入报社并堂而皇之买下一小块报纸版面的理由；那张写着寻人启事的纸上，有我对自己清白和坚贞的字斟句酌的解释；唐铁的相片，是他在这个世界上的证明。如今它们都丢失了。我在报社蓝莹莹的玻璃外墙跟前绝望地委顿下去。

后来，我行走在城市的夜色里，除了一具肉体，只剩下一件红色T恤衫、一条牛仔短裤、一双凉拖，颈上挂着一条红绳，绳上系着一把瑞士军刀。哦，对了，还有血。我的红色T恤衫上尚有依稀的旧血迹，如今又添上几道新的，但这次它们来自于飞车贼。在他抢我的时候，我反应还算沉着冷静，事实证明，瑞士军刀挂在脖子上也的确是防身的上佳之选——当时我一边用左手跟飞车贼拉扯自己的包，一边迅速把右手伸到两乳之间，拿下瑞士军刀，唰地将雪亮的刀片弹出来。那时候天色已暗，假如没有记错，我总共扎了飞车贼两刀，足见我的身手还算敏捷。其中一刀扎在飞车贼的右臂上，另一刀扎在他后心部位。我之所以扎他后心这个要害部位，是因为彼时他已将我的包抢走。他用受伤的右臂将包护在胸前，身子转回前面，我如果不扎他后心，就没别的地方可扎了。他哼了一声，大概表示很疼。他的血很旺盛，须臾之间就从肮脏的衣服里渗出来，越洇越大，迅速洇红了整个后背。他的T恤衫真是脏，辨不清什么颜色，这样一来，竟然变成新鲜干净的红色，让我想起我给唐铁买的那件情侣T恤衫。旁边大约有五六个行人目睹了我和他的拉扯过程，另外有五六个骑自行车的，骑过我们身边又停下来，转回头看个究竟。在飞车贼骑摩托车逃跑的一刹那，我产生莫名其妙的惊慌和心痛。可是我为什么会心痛？仅仅因为他的痛哼，他的负伤而逃？因为他如多日前的我一样流了血？多日前我被暴打，当那些黏稠的液体争先恐后从鼻孔里流淌而出，我怀着多么切骨的痛恨，买了这把红色的瑞士军刀，对了，它有一个充满江湖意味的名字——红色猎人。然后我用红色猎人扎了这个人的手臂和后心，把他扎出血来。说真的，我是不是该为此忧虑：他生死未卜吗？可是，我为什么要有此忧虑，他不是一个光天化日之下抢走我包的窃贼吗？他显然是一个无耻之徒，恶棍，渣滓！

那天有那么几个怀有义愤之心的路人，商量着要上演一出集体追凶的马路大戏。他们也真那么做了，其中不乏两个摩托车骑手，他们浩浩荡荡朝飞车贼逃跑的方向追杀过去。这时候夜幕低垂，我站在路边翘首远眺，很快就找不到那几人的踪影，马路上是一片混沌的车海和人海。我成了一个超然于事件之外的无关者。那一刻，我忽然有种一无所有之感，是的，一无所有，这甚至让我滋生无所牵绊的轻松。也许人生真的有时候需要被劫掠。我这样想着，走着，走在唐铁那失灵的控制器里。是的，我愿意这么说。如今整个城市的路灯时亮时灭，像醉酒之人的连篇醉语，没有秩序，没有章法，毫无道理可言。倘若两个小时以后我的包没有失而复得，结局会是怎样？我可能就会回到家里，守着我的玛娃，再不理会这个醉了的世界。可是我的包失而复得了，注定我仍然要把寻找唐铁这件事情做下去。过程是这样的：我一路步行回到铁路桥洞口，这个时候已经是夜里了，由于没吃晚饭，由于极度崩溃，我当然不可能走得很快，我走了两个小时。我到的时候，发现小史还守在那里，抱着我刚刚被劫走的包。

我不得不说，那天是一个结点。当时的情形是这样的：小史盘腿坐在地上，两手将我的包端放在腿上，表情庄重，目光深邃，像抱着一件不能轻易触碰的神圣之物。这样一幅景象委实非常动人，一时竟让我觉得那包玄机重重，不再是一只普普通通的包，也让我对小史整个人心生虔敬。我在这虔敬和不安里小心翼翼地蹲到他面前，问道："小史，这是我的包吗？"小史把缥缈的目光落在那只包上，奇奇怪怪地反问我："这是你的包吗？"我说："小史，我背着这东西不是一天两天了，你应该不会对它没印象吧？要不咱们对证一下，我只要说出它里面的五样东西，就证明它是我的，你看好不好？"小史说："说出里面有什么东西能证明什么呢？你说出生活里有些什么，就能证明那生活是你的吗？”噢，天哪，小史这种艺术家的辩证思维，怎么说呢，有种让人讨厌的魔力，禁不住让人对自己的东西都要产生怀疑。我验证了一下那个包，它在某些方面跟我那只一模一样，比方说，款式、大小、品牌、花纹、质地、颜色、气味，甚至一个被香烟烧破的洞，以及那洞的位置、大小、形状、气味。但就像小史所说，仅凭这些，就足以断定它是我的吗？因为这只包是如此苍老，颜色褪旧，花纹磨损，两只带子裂开一条条的细纹，岌岌可危，似乎一碰即断。“这是我的包吗？”轮到我反问小史了，我需要答案，一大堆的答案。小史说：“打开看看吧。”上帝知道我是怀着如何恐惧的心情打开了这只奇怪的包，结果是这样的：包里那些东西假如抛开岁月痕迹不谈，毋庸置疑都是我的，包括钱包、纸巾、指甲刀、化妆品、手机、唐铁的相片、一张寻人启事。可是我能抛开岁月痕迹不谈吗？除非那痕迹可以轻描淡写地忽略不计。但我怎么能将之忽略不计——指甲刀已经生锈，唇膏已经凝固，唐铁的相片已经发黄，那张寻人启事一经展开，就沿着折痕分裂成四部分。小史说得没错，说出包里装着什么东西，就能证明它是我的吗？我徒劳地检视着那些物件，对小史说：“小史，我需要答案，一大堆的答案。”小史把目光投向广告牌，说：“答案在那里。”

这个时候路灯已经不再神经质般明明灭灭，它们恢复了常态，一只一只表情一致地亮着。如果它们是排成两列纵队的人，很难具体猜测这种一致的情绪，是积极的、热情的，还是恹恹的、麻木的。但无论如何，它们给我提供光亮，让我在没有太阳给予光明的夜晚，还能看清所谓的什么答案。但那是答案吗？我只能徒劳地陈述我所看到的事实：在那幅巨大的广告牌上，除了小史先前涂上去的那些数字（我注意到在原先的基础上，现在增加了一个“1”和一个有点志得意满味道的“.”。“121.”——这说明第二个数的整数部分现在已经完工，他离恢复记忆又近了一步），现在，最引人注意的是一首诗。事实上它到底是不是诗，我也无法给出确凿的论断，因为我毕竟不是一个诗人。那么，我姑妄把它称为诗。这首诗全文如下：

陈叙
我想回到过去
却一不小心

进入了未来

台风尚未刮起

我已经

回不去了

陈叙

我没算准日子

这首诗像是用红色油漆涂刷上去的，在天幕一样蓝莹莹的底色上，每一个字都像红色星星一样明亮、清晰、孤独、遥不可及。我问小史："这算什么答案？你写这首诗想表达什么意思？我已经说过了，我要对唐铁忠贞下去。"小史摇摇头说："陈叙，这不是我写的。"我说："小史，这就更让我迷惑不解了，我是不是可以说，这非但不是答案，反而是一个巨大的问题？"小史说："还有更大的问题，你没看到血迹吗？"我说："哪里？"小史说："那些字。"好了，这就是那晚的答案了，有人在这块长期以来被小史独占的广告牌上写下一首血诗，用的是一件浸满血迹的破旧T恤衫。那件T恤衫筋疲力尽地瘫倒在广告牌子跟前的尘土里。

后来，我也瘫倒在尘土里。我无法断识那歪歪斜斜的字体，但认识那件T恤衫。这么多日子来，它的肮脏一直是我的心病。现在它终于是我的了，可我挨了一顿暴揍、流了那么多鼻血才换来的另外一件红色T恤衫，已经失去了跟它交换的机会。不过，它跟那件新的T恤衫已经相差无几了，因为它沾满血迹，也几乎要成为红色的了。现在，谁能阻止我相信，下午在报社门口劫我的那个人，正是我们家唐铁？虽然他戴着一顶头盔。我分析不透他为什么要劫我的包，然后把它扔在我必经的桥洞口（刚才小史已经告诉我，包是他在那件T恤衫旁边发现的）。假如他事先知道我要去登寻人启事，那么我还可以如此认为：唐铁阻挠了一场关乎他自己的寻人启事，因为看到我和小史拉拉扯扯伤透了心，以此表明他要跟我划清界限的立场，而他不知道我身上有刀。这代价也未免太大！但我同时又从中看出了唐铁对我的忠贞，禁不住泪如雨下，瘫倒在地。但是我接着又想到，不对呀，唐铁不知道我要去登寻人启事的呀，那他劫我的包到底用意何在？我意识到此刻没人会给我答案，除非唐铁本人。

我瘫倒在尘土里。噢，尘世的土，它们散发出不够洁净但足够温暖的气息，至少可以在这个充满诗意的、凄凉的夜晚，承接我崩溃的肉体，让我在其中虚弱、瘫软和挣扎。小史说得对，我不该去报社登什么寻人启事，唐铁他就在我身边，根本不需要任何形式的寻找。他想什么时候出现，就会什么时候出现。他不想出现，我把寻人启事登到月球上也是白搭。

六

后来，在那个凄凉的、诗意的夜晚，我和小史去了广场。我瘫倒在尘土里时，像从沙漠里跋涉出来的幸存者，面如死灰，奄奄一息，小史是怎么把我搬运到广场边上的，我也记不太起来了，只记得我和他并排坐在水泥台子上，喝着矿泉水，看那秩序井然的老年舞蹈队。我已不太祈望唐铁如多日前那样，忽然在舞蹈队后面神秘地出现。后来我加入到矩形队列里，因为其中有个人走掉了，我填补了他留下的空位。这个世界就是这样，一个队列不会因为某个人走掉而丧失秩序。我发现跳群舞原来这么容易，我的胳膊和腿一进入队列里，就具备了天然的模仿力。我很认真地跳着，能清楚感觉时光像气流一样，蹭着我的皮肤，很凝重地流逝过去了。我也逐渐有了老态龙钟的迹象，再不觉得手里的那两块红绸布有多么滑稽可笑（不知是谁赠我两块红绸布）。这两块红绸布后来拴在两副快板上，像快板尾部长出鲜艳的尾羽——我后来不知不觉学会了打快板——其实那没什么难的，因为不需要技巧，只要跟队列保持好节奏即可。我跟队列里的人逐渐熟识，并且习惯了某些人掉队，某些人源源不断地补充进来。这期间，广场数度修葺，如今再也不是坑洼不平的方砖地，而是光可鉴人的大理石地面。但，虽说大理石光可鉴人，却一点不易打滑，我们这些行动迟缓者根本无须担心滑倒。种种新型建筑材料潜移默化地改变着城市的样貌，超市老板娘的啤酒桶由不锈钢换成另一种材质，再也没滚到地上过。

老板娘已经头发斑白，不消说，看到她，就会联想到我是什么样子。连玛娃都已经老了——这只猫的寿命真是长得不一般。当年，最终还是我一个人面对了玛娃的生产，她阵痛时四肢和全身都在抽搐，但这勇敢的战士一声不吭地憋着气，疼痛了四十分钟才产下第一胎。她像一个真正的母亲，充满爱怜地舔着小猫，直到小猫感应到爱抚，发出降临到这个世界上的第一声呼喊。然后，勇敢的战士玛娃吃掉自己的胎盘，等着下一轮阵痛的来临……我让这漫长的产程煎熬得像发高烧，浑身止不住地打哆嗦，既有种为生命奋力鼓呼的愿望，又有种何苦要来走一遭的消极情绪。我嫉妒儿孙绕膝的女战士玛娃——后来我一直坚持给玛娃的后代寻找合格的另一半，就像当初对玛娃那样。玛娃后面的每一代母猫生产，我都会留下一只母的，陪伴玛娃这个老祖母。那些时刻我就会沉浸在幻想里：唐铁假如没在那个凄凉的黄昏死去，想必也是儿孙绕膝了。从幻想里回到现实，我当然不免就要对自己的不幸长吁短叹，那次车祸摔裂了我的骨盆，让我再也无法拥有怀孕生产这项基本权利和幸福，就此造成了我孤零一生的命运。有时候我站在窗户里看拾荒女人带着她的孩子——这些年里，她好像是忽然之间怀了孕，又忽然之间生了个小女孩，那小女孩穿着别人家孩子剩下的衣服，坐在三轮车上，抬着一张野猫一样脏兮兮的小脸，对这她尚不明了、因而尚未对之滋生复杂情绪的世界百般张望。拾荒女人的三轮车逐渐脱离了原始的土气，最显著的特征是由机械变成了电动的。她的小女孩忽然之间就长大了，如今已经是豆蔻少女，她妈妈的三轮车停在冬青丛旁边，她照旧坐在三轮车上低头看书。她可是不缺书看的，她妈妈每天都从别人家地下室里收购到各种各样的旧书，这孩子因此得以博览群书，据说已经出过自己的书了。我羡慕和嫉妒这个孩子，并希望她一生都不要为自己垃圾堆里的出身自卑，那样，也就不会对这个世界失望。

但谁敢预言呢？就连我，还不是在三十岁以后，才对这个世界心生失望？准确说，满世界寻找唐铁的那个夏天里，我还一直是一名锲而不舍的战士，只是当他一身是血地从这个世界彻底消失，我才陡然崩溃下去，直至麻木。现在，我当然认为唐铁已经死掉了，证据不全是那件变成红色的T恤衫，还有某种无法准确提供证据的异感。总之，我再也没有看见那列黑色的火车，自然也就再也没有看见唐铁坐在黄色的窗口里。那列没有方向的火车仿佛梦境，穿越我那段时期的睡眠，无声无息，消失无踪。在我生活的小区里，再也没有大风刮起，与其说，平安超市里的啤酒桶因为材质不错再没被大风刮倒过，倒不如说，此后再也没刮过那年夏天那样的大风。拾荒女人倒是养成一个古怪的习惯，没风也动辄蹲在冬青丛里，总让人误认为她在解手。不过有一次，我途经三轮车旁边时，看见她正从冬青丛里站起身，两手抓着裤腰，裤腰上面露出一截大腿，大腿间稀疏的体毛显出斑驳的老态。她迅速系好裤带，对自己这一行为给出了让我瞠目结舌的解释："那年夏天风太大了，老是要蹲在冬青丛里。三蹲两蹲的，就得了个病，只要蹲在里面就有尿意。"似乎为了解释自己居然会说出"尿意"这么文明和专业化的词语，或者说为了强调自己的无辜，她又飞快地加上一句："医生说的，说这是习惯性条件反射。"似乎为了进一步确证，这女人居然从口袋里掏出一张发黄的纸，说："呶，这是医院的诊断书。"噢，世界居然会如此荒谬，这女人每天把诊断书装在衣兜里，就是准备在被发现时给自己一个堂皇的解脱。这诊断书和她那斑驳的体毛一样让我窘迫、羞耻、不知所措，我只好落荒而逃。这些年来，只有在这样一些匪夷所思的荒谬事件面前，我才能滋生一些诸如窘迫、羞耻等麻木之外的情绪。时间越来越快地行进，世界越来越快地变化，这些都无法让我热情起来。

是的，世界从那个凄凉的、诗意的夜晚开始就发生了一些变化，如果要陈述的话，在我看来，万事万物的行进都忽然加快了速度。当然，不是那个夜晚我的包猛然衰老那样的快速，但至少我感觉，比先前我生活过的那三十年加速了许多，包括我周围这些人，还有我自己，我们正以不可思议的速度在衰老。时光仿佛长了翅膀，就如唐铁写在广告牌上的那首诗里的半句"进入未来"。不知从什么时候起，我也经常像小史那样，很艺术地想一些诸如此类大而无当的问题。

当然，小史也老了，我早已经把对他的称呼改为老史。从那个凄凉的、诗意的夜晚过后，他再也没能想起应该在那个有点志得意满味道的"."后面添上什么数字。一直没人来打扰老史寻找遗失的记忆，那块广告牌也一直立在桥洞口，不被市政部门和广告商所注意。后来我分析，之所以没人来干涉老史独占这块广告牌，是因为白冬街永远这么偏僻和安静，广告牌在这里不具备什么商业价值，那东西的功用大概只有一个：它相当于一块写有"远离火车，珍爱生命"的警示牌。从某种意义上来说，它比警示牌更实用，因为它那么巨大，人们能从警示牌上迈过去，从而横穿线路，却无法从广告牌上迈过去，除非他是一个撑竿跳运动员。而且，老史过段时间就把背景、数字和诗歌重新涂刷一遍，让它们永远保持鲜艳的色度。这块广告牌现在成为了一个标志性的事物，人们都知道我就是诗里提到的那个陈叙，那首诗是每天爬在梯子上冥思苦想的老史写的，对此我们懒于解释和澄清。人们也习惯了广告牌上那些让人摸不着头脑的符号，甚至习惯了第二组数字的残缺——曾经有天夜里它被人恶作剧地在“.”后面添上几个数字，第二天一早，就有一群人非常不满地聚在那里指指点点，然后浩浩荡荡找到老史家里。为了覆盖掉那几个恶作剧的数字，又不破坏整体色度，老史不得不调了一大桶蓝色油漆，把整个背景重新涂刷一遍。所以我有时不免担心，当有一天老史恢复这段记忆，把“.”后面的数字添全以后，人们会作何反应。

事实上，老史从未对此丧失信心，无论生活多么让人无力。这些年里，为了这块广告牌，老史连婚都没结过，没有一个姑娘愿意接受他把广告牌看得比她们还重要这样的荒唐事。然而，这丝毫没有消减老史追寻记忆的执着度，虽然现在他看起来似乎总是在睡觉。老史跟那块广告牌背靠背地坐着，闭着眼，白天晒着阳光，夜里晒着月光。只有在我穿过桥洞走来的时候，他才会睁开眼，跟我打招呼：“嗨，相濡以沫的老家伙！”我们的确相濡以沫，但我依然对唐铁保持着忠贞，没有接受老史。如果没有后来的某一天，我简直相信这个老家伙会坐在那里安静地离开这个世界，而那个残缺的数字由于时日太久，已经不足以成为他离开尘世的遗憾。

后来——好了，后来的一天是这样的，我首先得说，在那一天的黄昏到来之前，我做了一个奇怪的梦，梦见唐铁坐在一列黑色的火车里给我打电话，由于火车正在行进中（就像多年前那样，我辨不清它行进的方向），信号就不是那么理想。他的声音时断时续，我只能把那些被时空切割断了的词汇勉强拼组起来，大体是这样的：“陈叙，我没能阻止车祸。因为我一不小心进入了未来。我没搞掂那个玩意，都乱套了，我把路灯也搞乱套了。”这些意思我根本无法明白，就拿着手机大声问他：“唐铁，你说什么？再说清楚一点！”黑色火车依然在行进，我多么怕它一下子跑远。然而信号还是中断了，火车终于随之消失。我拿着手机茫然地看着空荡荡的路轨，绝望地等待手机铃声再度响起。后来手机铃声还是响了，不过不是响在梦里，而是响在那个生活终于给了我答案的黄昏。恍惚中我还带着置身梦里的情绪，对着电话大叫道：“唐铁，你跑哪儿去了？”电话里一个男声回答我说：“是陈叙吗？我不是唐铁，我是快递公司的。”说真的，我不知道有谁会给我快递什么东西，在我麻木的生活里，除了玛娃，没人愿意与我有任何形式的联系，自从退休（从那个凄凉的、诗意的夜晚之后，我就回到单位上班了），这种状况就更加稳固了。我怀着让我隐约感到异常的不解打开快递信封——这次生活给了我巨大的答案，它被安排在几页发黄的纸张上，形式是一些让人不明就里的公式、数字、符号、图形。尽管它们看似让人不明就里，但我还是能够判断出，那是一些设计图纸。从那些公式、数字、符号、图形里，我找到很多熟悉的事物，包括一列黑色火车的草图、一个天蓝色地球的草图、地球上标注的两组数字。我隐约感到，老史遗失的那段记忆，或许跟这几页设计图纸有关，因为我分明看到地球上的两组数字，正是老史广告牌上那个不完全版的完全版，它们是37.32和121.24。而且，从图纸上不难看出，它们代表着一组经纬度。我分析到，老史画在广告牌上的天蓝色背景，应该代表一个宽广的地球，只是他遗忘了很多细节（比方说轮廓，比方说经纬线），才使得它最终只能成为一块广告牌的背景。我还看到一些凌乱的词语（一看就知道是唐铁的笔迹），包括台风、太阳与地球、运行规律、经纬度、地理环境、误差、可靠性、微处理芯片、设定、范围、月份、温湿度、工作模式等等。在这些凌乱的词语中，我敏锐地发现一个名词——时光控制器。这五个字下面的波浪线和代表着重号的黑点，都昭示它可能正是生活应该给我的答案。最后一页跟前面这些凌乱的设计图纸不同，相比而言它很规范，透着一种成型的庄重味道，而且有简单的说明。名称：经纬度智能路灯控制器。原理：采用最先进的计算机控制技术，运用太阳与地球的运行规律，应用经纬度算出日出日落时间，并具有开关时间微调及半夜控制功能，能适应不同地理环境的需要，可广泛应用于一切需要时间控制的场所。

我想，我还没老到丧失智力的程度，因此，是不是可以这样理解：我们家唐铁受他所发明的经纬度智能路灯控制器启发，曾经致力于发明一种匪夷所思的时光控制器。这是答案吗？由谁来告诉我？还有，另外一个显著的细节也需要答案，在第一页图纸的右上角，居然写着我的名字、电话和地址。但肯定不是唐铁的笔迹，它们潦草、陌生，显然是匆忙所就。好在，快递公司的信封上留着寄信人的电话，让我不至于认为这是一封来自月球的快递。对方是一个姓姜的男人，自称是另一个姓姜的男人的儿子，他父亲前些日子去世了。在此之前，那老人正在整理自己的平生之物，他得了帕金森综合征，据说为了应对随时可能到来的死亡，他已经花费几个月时间做这项工作了。这份图纸是死亡到来之前，他整理出的最后一样东西，由于患了帕金森综合征，他无法清晰说出完整的话来，他儿子从他断断续续的表达里好不容易才弄明白，他希望这份图纸能让那个名叫陈叙的人收到。他其实从几十年前在抽屉里发现它以后，就想寄给这个女人了，所以才会把她的联系方式写在第一页备忘。但由于当时太年轻，办事毛毛躁躁，后来他就忘掉了这码事。

姓姜的男人说："我父亲是拿着这份图纸死去的。"

这是答案，但只是答案的一部分，还有更为巨大的答案，关于时光控制器的。我意识到它比迅疾掠去的时光还要玄妙、重大和可怕，它到底是什么？如今，唯一可能给我提供这个答案的人死去了，这个人名叫大姜。我依稀记得那个坐在斯特库公司休息室里喝咖啡的下午。

后来发生的事情陆续是：我在厨房给玛娃蒸食物——边蒸边继续研究那些图纸——窗外刮起大风——我的吊兰摔到地板上——玛娃跳窗而逃——我下楼追赶玛娃——玛娃被风卷进桥洞。

七

后来……是的，后来，我在黄昏走进桥洞，是为了寻找玛娃，她失踪了。

玛娃到底有多少岁，连我都记不清了。资料显示，猫的寿命一般不超过 15 年，但据说也曾有过一只猫活了 36 年。我们家的玛娃可能介于 15 岁到 36 岁之间。在此之前，我刚给她做了一顿营养餐，所用材质共有以下几样：瘦肉馅、鸡蛋、虾皮、温水、少许的盐。我把它们一样一样放进碗里，用打蛋器搅成一摊暧昧不清的糊状物质，然后把碗放在蒸锅里，蒸锅置于蓝色的火焰之上。在猫食蒸熟之前，我思考了一些似是而非的问题，比如猫食蒸熟的过程，比如活着和死了的标准。后来我主要研究了唐铁关于时光控制器的设计图纸。这时候，大风骤然而至，把一盆吊兰从窗台刮到地板上，发出很大的声响，吓着了正在睡觉的玛娃。之前，玛娃正蜷在一把躺椅上打着呼噜，此刻它惊恐地站在躺椅上，盯着地板上的花盆碎片，腰耸成一把弓，毛发竖立像一只刺猬。我没想到吊兰有那么稠密的根须，像很多苍白色的手指交错缠绕，不免发了一会儿呆。在我发呆的时候，玛娃忽然跳上窗台，像一个厌世之人纵身跃入尘世之外。其实玛娃已经老了，我实在想不通，她老迈笨拙的身体为何在那一刻变得那么轻盈，像一片纸。

老天保佑，我的腿脚还算灵便，这得益于常年在矩形队列里跳舞。当我追下楼时，玛娃正沿着路边疾行，风把她的毛发吹得东倒西歪。拾荒女人蹲在冬青丛里，好奇地看着玛娃和我一前一后在大风里奔跑。我追到大门口的时候，玛娃正跑到桥洞口，我看到一幅壮观的景象：一阵状似陀螺的大风扫过，把它从地面拎起来，裹成一团，飞速旋转了大概只有几秒钟，就神秘地消失在桥洞深处。

说真的，那壮观的、不可思议的陀螺把我吓住了。我呆呆地站在大门口，两条腿瑟瑟发抖。身后传来什么东西落到地上滚动的声音，不久就有一只啤酒桶滚到我脚旁。超市老板娘跌跌撞撞地追赶过来，边跑边叫着："大风终于又刮起来啦，我的啤酒桶又要满院子乱滚啦！"不可思议，我竟然从她的叫嚷声里听出这样的意思：我等这场大风等了半辈子啦！我不知道为何会听出这等莫名其妙、违背常理的意思。老板娘追到我旁边，她看了看啤酒桶，说："没裂口子。"我也低头看了看。的确，这只啤酒桶不知用了什么材质，这次没像多年前那样，流淌出尿黄色的液体来。我发现我和老板娘同时有些失望的意思。后来拾荒女人也跑过来，她一定以为啤酒桶又让大风刮破了，因此她也有些失望的意思。

我们三人站在大门口，风吹乱了我们花白的头发和脸上的皱纹，但我们同时呆呆地站着，让大风猛烈地吹着我们。我意识到，我们三人可能都用半辈子的时间在等这场风暴，尽管它跟我们的过往并没有血肉相连的关系。

事实上，这场大风并非跟那些过往没有关系。在我们呆呆站了一会儿以后，老板娘忽然回忆起上一场大风。我终于意识到，这个黄昏注定不是一个平静的黄昏，我用一生时间等待的答案，都将在这场大风里一一揭晓。多年前那场大风刮起的时候，我们家唐铁正在超市里买烟，大风刮落了门口的啤酒桶。老板娘希望唐铁能帮她把啤酒桶追回来，但唐铁连烟都没顾上拿，就表情怪异地跑出超市。老板娘追啤酒桶追到大门口的时候，唐铁也正骑着摩托车来到大门口，他胸前背着一个黑乎乎的东西，是用一条带子斜着跨过右肩和后背固定在胸前的。啤酒桶还在往前滚，老板娘一边看啤酒桶一边用眼角的余光看唐铁，她看到唐铁停下摩托车，低头捣鼓胸前的东西——好像是什么玩具，接着唐铁和摩托车就冲进桥洞里了。

我悲哀极了，因为发现，这些所谓的答案就如同一只只鸭子，在现实的水面上一露头，我就能猜出它的全貌。我问老板娘："那玩具是不是一列黑色火车？"老板娘说："差不多吧，差不多，可能是。"拾荒女人这时加入我们的谈话，她肯定地说："就是玩具火车。我看到你们家大哥从地下室里拿出那个东西，他把它藏在地下室里。"老板娘说："后来你们就分手了吧？从那天起我就没看见你们家唐铁。"后来，后来……"是的，"我说，"后来，我们就分手了。"

后来，我离开老板娘和拾荒女人，走进桥洞。我认认真真地把十米长的桥洞搜索了两遍，希望看到一些意味深长的所在。比如洞穴、下水道、墙缝。但我很清楚，无论是基于对生活的理解还是我自己的预感，找到玛娃的可能性都是不存在的。再后来，我走出桥洞，爬上陡峭的坡道。老史正站在大风里茫然四顾，他说："老家伙，这是不是你过去总叨叨的大风？"我说："是啊，准确地说，不是大风，是台风。一场关乎时光的台风。"老史说："老家伙，你话里有话啊。"我站到老史旁边，让他跟我一起看唐铁的设计图。说真的，我生怕老史突发心脏病，那样的话，这世界上就再也没有跟我掌握同一个秘密的人了，而且，我需要他和我一起揭晓最后最巨大的答案。事实证明我的担心是多么多余，老史遗忘了的那段记忆，原本像一匹跑得没有踪影的马，现在，在设计图的启发下，居然风驰电掣地掉头而来。我想得没错，这个黄昏，所有的答案都在一一揭晓：老史是一个艺术家，在他丧失那段记忆之前，受雇在这块牌子上完成一个广告，内容是关于时光控制器的。他的雇主就是我们家唐铁。可以想见，没有任何一家广告公司肯替唐铁打这样一个痴人说梦般的广告，所以唐铁只好自己掏钱，树了这块广告牌，然后雇了老史这样一个穷困潦倒的艺术家来干这件事。"我从来不像别人那样，认为这个时光控制器是一个痴人说梦的东西，也不认为你们家唐铁是个做白日梦的家伙。"老史认认真真地完成着这项工作，并希望有朝一日见识一下时光控制器的玄妙。但就在一个莫名其妙的下午，一个女人——"就是你，"老史说，"你莫名其妙地靠在广告牌子上休息，害得我摔下来，把这段记忆摔没了，摔得我连自己的雇主是谁都想不起来了。"

噢，假如生活没有欺骗我们，答案应该是这样的：唐铁发明了时光控制器，一直试图利用它回到过去，阻止那场让我骨盆摔裂以致终生不能生育的车祸。要知道他为此是多么痛心，只消从他送给我一只母猫，并纵容我让她怀孕就可以看出——他认为我大约也只能养养母猫，看着她生孩子，来释放我的母性了。他花了多少心思发明时光控制器这我无法想象，只知道那东西应该跟一场台风有关，而这场台风注定要来，台风中心就在这个桥洞的位置，这是他凭借太阳和月亮的运行路径、经纬度等这个世界上诸多玄妙物质的某些规律测算而来的。但是我的唐铁没有算准台风来临的日子。因此，他在一场想当然的大风里，按下了时光控制器的开关，从而错误地进入了未来。在未来里他疲于奔命，试图修正这个错误，为此他还搞坏了路灯控制器。

唉，他是一个聪明的发明者和一个失败的试验者，纵身跳入了一段错误的时光洪流。

如今这场唐铁计算的台风终于来了，可他却不知所踪，最大的可能是已经死掉了，而且是被我杀死的。此刻我万念俱灰。

“我们还需要什么？”老史问我。我说：“答案，答案，一大堆的答案。”

于是后来，老史爬上梯子，把这幅不完全版的广告完成了。他给天蓝色背景画上圆形轮廓，然后画上经纬线，把它变成一个地球。然后，他在唐铁的诗前面刷上几个大字——时光控制器。最后他补全了“.”后面的两位数字。

就在他涂刷完最后一个数字的时候，桥洞深处忽然传来万马齐喑的巨响，一只巨大的风陀螺旋转着冲破铁路桥面窜到空中，断裂的铁轨和枕木，以及破碎的道砟，纷纷被高高抛起，形成一朵浩浩荡荡的蘑菇云，势不可当地爆炸开来。巨大的广告牌被连根拔起，然后沉重地倒向我，我觉得自己霎时间被吸到了那个巨大的蓝色地球里。我在迷迷糊糊中听到很多声响，持续的爆炸、风的哨音、嘈杂的呼喊。后来下雨了，再后来，一辆出租车停下来，车门打开，送出关于台风和铁路桥被吹垮的新闻，我奇怪地听到玛娃的消息：

本次台风名叫玛娃……位于北纬 37.32 度，东经 121.24 度，中心气压……百帕，气象台发布台风黄色预警信号和暴雨蓝色预警信号……台风的名字是怎么来的呢？据专家介绍……多年来，有关国家和地区对热带风暴叫法不一，同一台风往往有几个称呼……为了避免名称混乱，有关国家和地区举行专门会议决定，一律使用……个国家共同认可的一套新名称，以便于各国人民防台抗灾，加强……合作……专家们说，早在 18 世纪，澳大利亚气象学家突发奇想，开始用女性的名字给台风起名，作为一种荣誉或纪念，赠予自己的女友、爱妻……重视户外防护，要尽量弯腰，注意道路两侧的围墙、行道树、广告牌等易倒物……

八

后来，第二天，我醒过来，发现头部有些钝钝的疼痛，有种被重物袭击的感觉，也仿佛是从一场疲惫的梦里醒来。我是一个爱做怪梦的人。

我似乎听到猫的叫声。

家里浅浅地弥漫着我熟悉的猫食的香味。

（原载《青年文学》2011 年第 7 期）

坦　　克

一

因为沉在一片黑暗里，李丸失去了时间和空间概念。有那么几个混沌的时刻，她以为自己死了——她听到了乌鸦呱呱的叫声。

车轮摩擦着的地面不那么平整，李丸在颠簸中搞清了自己的处境：她两手反剪，腿蜷在腹部，膝盖顶着一个硬物。由于穿着一条质料较厚的牛仔裤，无法分辨硬物的材质。李丸动动手，摸到身后也是硬物，手感推断应该是木板。这让她的空间感得以复苏。不出意外的话，她此刻应该是手脚被缚，困在一个木箱子里。

乌鸦呱呱的叫声时远时近。李丸把捆成剪刀一样的两只手尽力地合起来，左手掐住右手尾指，使劲。疼。李丸笑了，没死。不是阴间里的乌鸦在叫。刚才，不，谁知道是刚才还是很久以前呢，她在青天白日下让人绑架了。当时她快要走到一家名叫小站的咖啡屋了，是一条环境幽静的小街，行人稀少，不知道怎么回事，忽然眼前一黑，一件什么东西兜头蒙下来，与此同时两脚唰地离了地。她只来得及本能地踢蹬了几下腿，就觉得后脑忽然钝痛，什么也不知道了。

“脱。”

李丸从虾米状态中解放出来，面对着一把杀气凛凛的刀。持刀男人把她掼到床上，就用这把刀唰唰两下挑断李丸手脚上的捆绑物，然后用它跟李丸身上那件黑色短风衣打了下招呼。李丸看了看刀，又抬起头来不解地看了看绑匪。绑匪又用刀挑了一下李丸的风衣，简短地说："脱。"

干什么？强奸？奸杀？李丸脑子里滚过无数案例。是反抗，还是顺从，面对一把闪着杀光的刀，这是个问题。事实上，并没有多少时间可供李丸权衡利弊，她只弄明白了一件事：反抗和顺从都只不过是一种接近无意识的下意识行为而已。她几近无意识地脱下那件黑色短风衣，又在刀子的招呼下相继脱掉其他衣物，最后只剩下文胸和底裤。这种半裸式的亮相，除了绑匪，她只贡献给过老武。

一个女人，面对一把刀，还能有什么选择？除非她本来就不想活了。可李丸想活，虽然活得无聊，却没有什么理由不活。那就脱吧，李丸做好见机行事的思想准备。没想到绑匪却不再用刀跟她的文胸和底裤打招呼了，而是拿来一卷胶带，重新把她绑起来，然后扯过一床薄被子。

现在，李丸身上盖着被子，只露出脖子和头脸，在床上一动不动地躺着，一副要睡觉的样子。

事实上，李丸一丁点睡意都没有，经过层层盘剥，有惊无险的结局把李丸的恐惧似乎也盘剥掉了。她快速打量一下房间，对正要转身出门的绑匪叫一声："哎，现在几点？"

绑匪转过身来，似乎不太相信李丸在此时此刻还会这么冷静地提出这样一个问题。他研究性地站在那里看李丸。

"算了，"李丸说，"我也真是够傻的，被绑架了还问东问西的。我是不是现在就剩下一个权利了，等死？"

绑匪无动于衷。

"你知道吧，小时候我可没少见过乌鸦。它们成群结队在坟地里乱飞，有时早晨在乡路上走着走着，它冷不丁就在头顶某棵树上呱地叫上一声。谁要是早上出门让乌鸦这么在头顶叫上一声，那天就会倒霉。我今天就挺倒霉的。你把我弄什么地方来了？坟地？深山老林？我刚才听到乌鸦叫了。"

李丸并不想卖弄自己的观察力和分析力，她只是天真地企图从气势上压倒对方。几秒钟后她就后悔了，因为绑匪一声不吭地把胶带拿过来，把她的嘴巴给封上了，而起初他似乎并无此意。

可是，该吃饭了啊，李丸呜呜两声，提示绑匪此刻是晚饭时间。绑匪不为所动，关上门，咔嗒一声，似乎是一把大铁锁锁舌弹进锁芯里的声音；接着是哗啦啦锁链的响声，外屋也安静了；然后是脚步声，从窗外渐渐消失；最后是铁门擦着地面的声音，还有更大更粗的锁链穿过锁鼻的声音。李丸把所有精力都安排在耳朵上，一，二，三，她被三道锁囚禁着。

显然应该逃跑，趁这机会，绑匪不在屋里。绑匪离开之前，李丸就四处打量过了，希望能找到刀剪之类的锋利物，然而房间里除了一张床之外别无他物，绑匪事先给这个囚禁之所做了必要的清理。那么就只有窗玻璃了，只要能移到窗户旁边，李丸会不惜头破血流，把玻璃撞碎，求得一片碎茬茬当刀子使唤。

然而问题是，怎么才能移到窗户旁边？绑匪离开的时候把灯关了，此刻没有一丝光亮供李丸借用，窗户那里黑沉沉的。关灯之前，李丸已经注意到了，那里挂着一块不辨颜色的破窗帘。

好在李丸已经适应了黑暗，至少能影影绰绰看清墙的位置。她在床上前后左右腾挪，只恨自己懒惰，没听白兰的建议去练瑜伽。身子骨太刻板了，一点柔韧性都没有。李丸想起美剧《迷失》里那个名叫 Kate 的女孩，身子那么一团，一钻，就把反剪变成正剪，再找个东西把捆绑物一割，没几下就逃之夭夭了。

李丸费了很大劲才挪到床沿，本来是想站到地上去的，没成功，滚地上去了，又费了很大劲才蹭着床边站起来。李丸气喘吁吁，站在地上找了一会儿平衡，然后才一步步往窗户那里跳，尽量避免摔倒。再摔倒一次，估计可就爬不起来了。

终于跳到窗户旁边，李丸用脸去触摸窗帘。好像是天鹅绒，散发出一股浓郁的灰尘味，李丸打了几个喷嚏。她有轻微过敏性鼻炎。除了过敏性鼻炎，李丸还有洁癖，但现在洁癖必须靠边站了，李丸毫不犹豫地把脸贴紧窗帘，尝试往旁边蹭。蹭不动，看样子是拿钉子钉住了两个角。李丸又毫不犹豫地把头钻进窗帘后面。除此之外，又能有什么办法呢？

李丸想好了，先用肩膀撞玻璃，实在撞不破，再把脑袋贡献上。然而，把脸贴上去试了试，太糟糕了，不是玻璃，是砖块。绑匪把窗户也给封上了。

李丸傻眼了，再也控制不住平衡，扑通一声栽到地上去了。黑暗压得李丸透不过气来，她想，也不知道老武现在知道她失踪了没有。她跟白兰约了六点见，如果白兰把她的爽约当回事，可能就会打电话给老武，问她去哪儿了。但多半不会，因为她们两人都不把爽约当回事。什么叫闺蜜，就是可以因为某些私密事情随便爽约，知道对方爽约了非但不生气还主动打掩护的朋友。李丸就没少给白兰打过掩护，明明是去见情人了，告诉老公是会见李丸了；或者明明说好跟李丸吃饭，半道又关了手机跑去见情人了。李丸只要接到白兰老公的电话，就骗他说，白兰跟我在一起呢。

李丸越想越傻眼，只能干巴巴地躺在那儿等着绑匪回来。想到自己从进了这间房子之后就没怎么感到恐惧，李丸自嘲地在黑暗里笑了。电视剧里那些瑟瑟发抖的情节，现在想想是多么假。你被绑架了，首先就应该分析被绑的原因，无非就是老公太有钱了，既然如此，怕什么呢？你是一个交换物，而且必须是活的，死了就没交换价值了。所以他们不会让你死，还会定时给你点吃的。

刚想到这里，铁门响了，把水泥地刮出痛苦的呻吟。脚步声由远及近，外屋的门又哗啦啦响了几下，绑匪回来了，打开灯，站在门口研究了一会儿躺在地上的李丸。李丸大声喊："我饿了！"瞬间这三个字又让胶带给挡回嗓子眼去了，只稀释出一声不辨音节的闷响。

绑匪倒是听懂了，或者他就是刻意出门搞吃的去了。李丸觉得这是他的一个失误，明智之举是在屋子里储备上足够的食物，以免经常出入让人给盯上。

不久李丸闻到一股泡方便面的味道，绑匪端着一个大碗面进来了，撕下李丸嘴上的胶布。李丸说："我从来不吃泡面，这东西不好消化。"绑匪拾起胶布，很利索地把李丸的嘴又一次封上了。李丸后悔得要命，泡面就泡面呗，都什么时候了，还挑挑拣拣的。她在胶布后面发出一连串的闷响，向绑匪示弱。绑匪想了想，到外屋去拿回一盒牛奶，还有先前那把充满杀气的刀。他先把牛奶插上吸管，然后提着刀逼近李丸的嘴。

看着那刀熠熠发光，李丸还是很害怕。难道他要拿刀豁了我的嘴？绑匪不说话，只专注于那把刀，刀尖很精准地戳破胶布，从李丸上下嘴唇间穿过。李丸一动都不敢动，生怕它接下来戳到自己的舌头。绑匪抽出刀，把吸管从小孔里塞进去。李丸想，牛奶就牛奶吧，至少能充一会儿饥。

喝完牛奶，绑匪把盒子扔到一边，胳膊伸到李丸脖子和腿下面，一抄就把她抄起来，端回床上去了。虽然是四月了，但李丸这半天只穿着文胸和底裤在地上躺着，早就冻得浑身起小米粒了。

二

李丸做了个梦，她在一条很窄的路上走，走着走着，路边传来呱的一声叫，抬头一看，一只黑鸟从榆树上冲下来，爪子里抓着一块小石头，朝她头上掷，像一个铅球运动员。李丸被砸中了，见那黑鸟又抓起一块石头，忍不住大叫起来。可是嗓子眼被什么东西堵得死死的，叫声憋回肚子里去了。

一急，醒了。

头昏，李丸的思维还游离在半醒半梦状态中，觉得梦里那只黑鸟——不就是乌鸦吗，钻头里去了，一下一下在啄她的脑壳。她使劲睁开眼，看到绑匪正趴着身子观察她，手里拿着那把刀。干什么？一大早，一睁眼就有一把刀杵到眼壳子里来，李丸彻底清醒了，下意识地紧了紧身子。这一动不要紧，浑身骨节都在疼。完了，李丸想，我病了，还怎么逃跑？

绑匪拧着眉头，站在床边做了一个决定：解开李丸。他把李丸翻了九十度，拿刀挑断她手腕和脚踝上的绳子，把李丸的两只手从剪刀状态拆开，又把她翻过来仰躺着。李丸疼得想哭，咧了咧嘴，腮帮子也在疼，胶布上像有千万只小手在撕扯皮肉和骨头。绑匪最后伸手把胶布撕下来了。李丸接受昨晚的教训，不敢轻易开口，况且她也没力气开口了。

绑匪做了一个很有人情味的动作，把手背分别贴在李丸和自己额头上，比较了一下温度，得出一个结论："发烧。你平时吃什么药？"

这是李丸从昨天黄昏时分在小街上跟绑匪相遇以来，第二次听绑匪说话。第一次就是昨晚，绑匪简单凝练地命令她："脱！"

那个字太短促，闪电一样稍纵即逝。这次就不同了，李丸立即嗅到了一种改良不彻底、尚带有不少乡味的半城半乡口音，并从中得出推断：这是一个根在乡下、后来挣扎到城里的人。她现在被囚禁的房子，保不齐就是他在乡下的房产。而这个从乡下挣扎到城里的人，跟她丈夫老武有什么过节，需要把自己搞成绑匪来解决呢？李丸和老武也都是农村出身，深知挣扎到城里去的不易。即便老武后来发了迹，他们也还是有一种根深蒂固的卑微感，尤其是老武，创业之前和创业初期受的那些轻视和屈辱，成了他发迹后想方设法脱离乡下味的原动力。

老武都干了一些什么生意，李丸不是很清楚。她三十三岁那年起就不再工作了，已经长达三年。她只知道家里的日子越来越阔绰，他们甚至买上了一套小别墅。她在别墅里住着，两耳不闻窗外事。但是，不闻归不闻，她明白这种程度的发迹，肯定不是那么规矩的。

所以，遭绑架算是他们生意场上解决纠纷的一种非正常其实又正常的手段而已吧，李丸理解。只要不暴力，不伤害，不撕票。

李丸吃下绑匪专程出去买回来的退烧药。绑匪出去了接近一个小时，开车出去的，车很破旧，发动机发出拖拉机一样的声音。院门应该很宽，因为这辆拖拉机一样的汽车昨晚是停在院子里的。想必它把李丸绑到这里来后就一直没外出过，刚才它苟延残喘着从外面开进院子，吐出绑匪，绑匪把院门从里面又锁上了。

接近一个小时——李丸猜测她现在很有可能被囚禁在一个偏僻的地方，需要开车跑上这么久才找得到药店。李丸的老家也算是一个偏僻的地方，但她父母要是有个头疼脑热，在村里赤脚医生那儿就能买到药，要是到外面买，开上手扶拖拉机，两三分钟就能到邻村稍大一点的小诊所，十分钟就能到另外一个更大的诊所，二十分钟就能赶到镇上去。镇上有很多相当有规模的药店，还有设施齐全的正规医院。

出了一身汗，李丸觉得好多了。从某种意义上来说，她觉得应该感谢这场发烧，给她换来了身体上的自由。不被绑着多好啊。李丸尝试跟绑匪说话，毕竟他给自己买了药，他们之间的关系，怎么说呢，李丸希望不要像电视里看到的那样紧张。如果事态能在她的斡旋下得以好转，那就再好不过了。

“我可以说话吗？”李丸对绑匪表达她的和平愿望。任何事情，想要向好的方向发展，都需要真诚。

这是一句绑匪没有料到的话。他绷着表情，但李丸能看出他有点小小的受惊。一个好不容易挣扎到城里去的乡下人，四十出头的样子，穿着打扮都是城里人的风格，李丸注意到他买药回来时，胳肢窝里甚至夹着一个黑皮包，上面贴着兔头商标。这个价格不菲的包，就算是别人送的吧，至少也能显示出一种身份来，就像发出拖拉机一样声音的轿车。然而这一切只是……怎么说呢，一件器物上的油漆，要是剥掉一块，还是会露出里面的底子来，底子是不变的。

绑匪去买药时顺便买了一箱八宝粥，开出一罐来放到床头柜上。他则搬了一把椅子，在门口坐下来，意思是“你可以说话了”。

李丸决定开门见山——这样的场合，绕圈圈没什么好处：“你打算跟我丈夫要多少钱？”李丸本来想用勒索这个词，想了想觉得这词太硬，有可能恶化事态，就临场换了。

“你不用管这个。”

“你是不是以为我心疼我丈夫的钱？不是的，你误会了，我只是好奇，问问而已。”

李丸差点就告诉绑匪，她是想知道她值多少钱。在绑匪这里值多少钱，在她丈夫那里又值多少钱。

绑匪看了看李丸，横下心来的样子，说：“他欠我五万八，两年工钱，我跟他要六万！”

扑哧！李丸差点就要忍不住，笑声滚到舌尖，又憋回去了：“他欠你钱，干吗不赶紧还你？”

“我还想问他呢！流氓！恶棍！黄世仁！周扒皮！”

李丸终于轻松地笑出声来：“六万块，老武肯定是忘了，或者是让什么事耽误了，否则早就还你了。他前几天买个破瓶子回家都花了十万块。”

“你嘲笑我？”绑匪噌一下从椅子上站起来，面露愠怒，“前年就没给结账，说好去年年底一起结，春节都过去两个月了，龟孙子就是不给！你们有钱人觉得六万块不算钱，拖拉上一年半载的没关系，是吧？我们穷人能拖得起吗？我们要指着它给孩子交学费给庄稼买化肥给老爹买药打针！”

“没没，”李丸吓一跳，赶紧把八宝粥放下来解释，“我了解我丈夫，他不会赖你这五万八千块钱的。我们刚刚大学毕业时也特别穷，也过过苦日子，他知道那滋味。”

“你以为他就赖我一人的钱？他赖我们好几十号人的钱！”

“那他肯定是资金周转有问题。这样吧，你放了我，我回去让他把钱先给你。他还你一个人这五万八千块还是还得起的。”

“你以为我会相信你？”

“那，你把我的手机还给我，我给他打个电话，这样总可以了吧？我让他带上钱到这儿来，你们俩一手交钱一手交人，行不行？”

“闭嘴！什么时候打电话我说了算！你要么就老老实实喝粥，要么就让我把嘴给封上！”

李丸赶紧闭嘴喝粥，边喝边给自己打气，没事，慢慢来，循序渐进。

三

接下来的两天是这样度过的——插上几句必要的交代，为了保持足够的清醒，李丸采用了一种原始方法来计量她的囚禁生涯。鉴于囚室里除了床没有可用的工具，李丸用上了自己的指甲，天亮时在墙上画一道杠杠，表示她迎来了新的一天。

这项工作从李丸吃了退烧药以后开始，画在床头上方的墙上。李丸画了两条杠杠，把昨天的也补上了。画完后，李丸继续躺下休息，养精蓄锐。因为药物的作用她又睡了一觉，醒来已经是中午了。判断中午的依据，是绑匪送进了午饭，大碗面，外带一包榨菜。

李丸蹙着眉看萦绕在大碗面上的热气，意识到她除了下叉子动嘴之外别无选择。人要适应环境，不能让环境适应人。况且，李丸已经饿了。算起来，从昨天中午在家正经八百地吃了一顿饭后又过去整整二十四个小时了，她摄入的食物共计一盒牛奶，一罐八宝粥。李丸身材一直不错，天生苗条，所以从来不必亏嘴，也就没养成挨饿的习惯，这种历史基本没有过。

不得不正视的现状摆在眼前，李丸就老老实实吃完了一个大碗面，外加那袋榨菜。她听到绑匪也在外屋吃面，整个过程进行得不是那么顺畅，比起李丸来差远了。做了这么一件大事，想必让这个男人不吃饭都觉不出饿来。李丸断定这男人平日里一定老实巴交，这件事说不定是他这辈子干过的唯一一件特重大事件了。

李丸趁绑匪进来收空碗的时候，朝他笑了笑，提了一个要求：“能让我穿上衣服吗？出汗太多，床单和被子都潮了，继续躺在上面我怕还得发烧。”

绑匪说：“你就别指望逃跑了。”

李丸说：“我认为，衣服并不是逃跑与否的决定要素，如果有机会逃跑的话，别说我还穿着文胸和底裤，你觉得一个女人光着身子就不可能逃跑吗？让我穿上衣服吧，我保证老老实实等我丈夫送来钱再离开。”

李丸用很浅显的逻辑说服了绑匪，换回自己的衣服。下午，她把被子翻过来，搭在床沿上晾着。做这件事情的时候李丸忍不住笑了，她觉得自己的行为有点莫名其妙，仿佛要安了心在这儿住下去似的。

那个时候，她丈夫老武应该知道她失踪了。她跟白兰一起去酒吧或者咖啡屋泡着的时候也挺多，但从没有过泡一整夜的历史，通常都是半夜或凌晨时分回家。老武这几天没外出，天亮见她没回来，多半会打电话给白兰。那还用再分析吗？失踪了无疑。

她确信她的手机已经让绑匪给关机了。她不清楚外屋是什么样子，绑匪把她的包放在什么地方。她的活动范围仅限于这间只有一张床的卧室，还没有窗户。

黄昏时分，李丸又听到乌鸦的叫声。她站在垒满砖块的窗户旁边听了一会儿，分辨不出叫声的远近。但有一点可以肯定，这里很僻静，没有城里的声音，就连乡下的耕种之声都听不到。

晚饭他们吃的还是大碗面。由于活动量太有限，李丸没感觉到有多饿，但考虑到有一个漫漫长夜在等着，还是勉强吃了。

这个夜晚相比第一个夜晚，李丸冷静从容了许多，进而多了一些别的忧虑。绑匪是用一把大铁锁把她囚禁在房间里的，门里面还有一个插销。她过去把插销插上，不放心，检查了好几遍。实际上，这插销也就是个摆设，在外面一踹就完蛋。李丸躺在床上，用耳朵密切关注着外屋。她听到绑匪翻来覆去的，时不时出一口长气，好像从脚底板一路发上来似的。李丸想，他不会非礼我的，他哪有这闲心，愁都要愁死了。绑架不是一件好玩的事情，开弓就没有回头箭。

早上醒来，李丸主动要了一罐八宝粥喝。她想，还是间隔一点好，中午再吃大碗面，就不会那么反胃了。

李丸在墙上画上了第三道杠杠。绑匪出去了，临走之前，拿进来两盒大碗面和一暖瓶热水。李丸问：“要出去啊？”

绑匪没答话。

李丸又问：“是不是去找我丈夫？”

绑匪还是不答话，手脚利索地把李丸捆绑上，这次不是用绳子和胶带，而是用一条铁链子。李丸说："怎么，要给我上脚镣啊？商量商量，不用这么对我吧，我又没跑过！再说了我往哪儿跑，你看我一个小女子，手无缚鸡之力。"

绑匪根本不理会，站到床上去了。李丸也抬头看，发现天花板上有一个小铁环，绑匪正在把铁链子从中间穿过来。李丸说："你准备这么充分，看来是想打持久战，我丈夫会为了区区六万块钱跟你打持久战吗？"

无论李丸用软的还是硬的，绑匪都无动于衷。他把铁链子两头分别跟李丸的两只手系到一起，倒是很富人情味地先给李丸手腕缠上了一层毛巾。李丸叫："干吗啊你，不必表演残酷中的温柔吧？"

之后的一整天——也就是李丸来到这儿之后的第三天，她都是在这个再度缩水的空间里活动的。铁链子足够长，长到她可以围着一米二宽的单人床转圈。但也仅限于此，她连房间门都够不到。

当然，她也用不着够门，一应生活用品都齐全，包括大碗面、暖瓶，还有排泄用的一个破脸盆。当然，还有卫生纸。李丸没事就扯铁链子玩，左胳膊拽到身后去，铁链子哗啦啦在天花板的铁环里跑一阵，把右胳膊拽到前面去。

其实李丸并不是有这份玩心，都已经第三天了，老武铁定知道她失踪甚至遭遇不测了，现在他在外面只有两种状态：一，绑匪还没有通知他在什么时间什么地点交钱的事情，因此老武在满世界找她，报没报警李丸不好揣测。二，绑匪在绑了她以后第一时间就通知了老武，因此老武现在正在积极想办法。或许绑匪今天再次出门，就是跟老武交易去了。

李丸寂寞地玩着铁链子，同时不忘给自己打气：好好活着，好好等着老武来救我。这种情况下自己首先不能乱了阵脚，不能崩溃，要稳住，稳住就是胜利。

中午李丸咬牙切齿地又吃掉一个大碗面，晚上又吃掉一个。再没事干了，就听乌鸦叫。她试着在房间里大声喊："呱，呱！"外面的乌鸦没听见，依然按照自己的韵律在叫，她又提高嗓门叫了两声。她年轻时在歌舞团是跳舞的，不是唱歌的，嗓门不行。那时候还住在歌舞团分的房子里，天天早晨听那帮子唱歌的吊嗓子，她就感叹，人家父母怎么给生了那么副好嗓子。其实她不太喜欢跳舞，而喜欢唱歌。

她努力大声叫唤。如果乌鸦听到她的叫声，那么外面要是有人，应该也能听到。后来乌鸦忽然停下来了，似乎在分辨这声音来自同类还是异类。她不失时机地又叫了两声，乌鸦听出她的蹩脚，轻蔑地大叫两声，很专业地回应了她。她不再用乌鸦的语言，而是拼足力气，大叫两声："救命啊！"外面无声无息，只有乌鸦的嘲笑。她泄气了。

半夜时分，院门呻吟，李丸从床上跳下来，恭候绑匪。

绑匪脸色阴郁，进了门就哗啦啦开锁，然后站在门口直勾勾地盯着她。她站在床的另一侧，跟绑匪保持一定的距离，小心地问："不顺利？"

绑匪不说话。李丸又问："今天没跟我丈夫谈判？"

绑匪掉头去了外屋。李丸听到他走来走去，一直到凌晨时分才安静下来。

第四天早上，李丸醒得很早，醒了很久绑匪才进来。

"早啊！你可真能睡，我都跟乌鸦说了好一会话了。"

"说了什么？互相说早安？"

"是啊！我现在也就只能跟乌鸦说说话了。你信不信，外面那乌鸦能听懂我的话。大家都说乌鸦的叫声没什么韵律，千篇一律的呱呱声，很难听，可我不觉得。我觉得里面还是有起承转合的，那些自以为是的笨人才听不出来呢。"

"是吗。我也听不出来。"

"告诉你啊，我还能听出外面有几只乌鸦。两只，很有可能是一公一母，不信你就出门数数去。这里太安静了，我这几天别的本事没见长，听力发达了。"

绑匪没心情听李丸说乌鸦，皱着眉头打算退出去。李丸大叫："你把我解开，我得把这脏盆子刷了，再去洗洗脸。你有牙刷吗，我都好几天没刷牙了。"

"没有。"绑匪没好气地走进来，把盆子端走了。李丸说："这算什么啊？我还没到生活不能自理的程度吧？"

其实李丸平时说话不是这味的，她没兴趣这样说话，老武八成也没兴趣听。之所以这么拿腔拿调的，一是尽可能让自己跟绑匪之间的关系多点人味儿，多点家常味儿，这当然有利无害；二呢，李丸觉得绑匪并非十恶不赦的那种坏蛋，他是个老实人，没什么底儿，李丸很容易就能看出来。他是被逼急了，狗急了还跳墙呢。

中午，李丸跟绑匪商量："咱换换口味行吗？总是方便面，我昨晚都做噩梦让方便面缠死了。"

绑匪很难得地笑了，问："你想吃什么？"

李丸说："该吃点蔬菜什么了吧？长时间不吃菜，对身体不好。尤其像你这样成天为生活奔忙，更得注意饮食。要不这样，家里有没有菜？我给你露一手？"

"别耍心眼！"绑匪立马变了脸。

"好好，我不露，不露行了吧？我也真是，搞不清自己的地位，一个囚犯而已。"

中午，李丸绝食了一顿。方便面泡好了，都泡肿了，绑匪吃了，噎得一个劲打嗝。李丸说："一碗面，倒了呗，遭这罪，撑坏胃就不划算了。"

绑匪说："只有你们富人才不拿粮食当回事！"

午饭后绑匪又出去了。

四

第五天，早上醒来，李丸发现绑匪不在。似乎从昨天午后出门了就没回来。床边地上照旧是大碗面和暖水瓶。她不得已，又吃了一个大碗面。

这天，绑匪是黄昏时分回来的，脸色铁青，不过，破例给李丸带了一个盒饭。李丸掀开盒盖子，一眼看到一个黄澄澄的煎蛋，几片青白色的卷心菜叶子，两块红烧肉。她喵地大叫一声，把绑匪吓了一跳。

李丸说："不好意思啊，我上大学的时候外号就叫猫。你肯定想知道为什么吧，因为我一看到好饭就喵喵乱叫。没办法，小时候挨饿嘛。那时候我们家养着一只猫，人都挨饿，它就更得挨饿了，每当看到小碟子里有了吃食，它就喵喵叫着扑过去，浑身的毛奓得像刺猬。"

李丸边说边狼吞虎咽，间隙里还讨好绑匪："谢谢你啊大哥，多亏这盒饭，否则你半夜看见我能吓一跳，为什么？因为我眼睛肯定是绿的。"

当然李丸还不动声色地观察绑匪，绑匪闷闷不乐，这就等于说，事情办得不顺利。

吃完盒饭，绑匪居然又提了一个袋子进来，里面有牛肉干、沙琪玛、瓜子和苹果。李丸叹了一口气："大哥，看样子你打算让我长住沙家浜了。"

绑匪哗啦把袋子里的东西倒到地上，说："他妈的！是那龟孙子要让你在这儿长住，不是我！我告诉你啊，你想长住我还不一定答应，惹急了我就撕票你信不信？"

"别呀别呀大哥，不是有句老话说了吗，好事多磨。我丈夫肯定有迫不得已的原因。"

"那我的原因谁替我想？我儿子春节都没回来过，在大学里给寒假的函授班打扫卫生，刷厕所，为的就是省点路费，挣点学费！你要有儿子你舍得叫他吃这苦吗？"

"我倒是想有这样一个儿子，可是我没有，老天爷不给我。"李丸有点黯然神伤。生育是她的心头病。"你看我丈夫有钱，你就觉得他活得风光是吧，你就恨他是吧，可是某些方面他比你可怜。你有儿子，他没有，他死了以后万贯家产都找不着人继承。你死的时候能闭上眼，他闭不上啊！还有比死了闭不上眼更可怜的事情吗？"

李丸滚出眼泪来，吓着了绑匪。绑匪不说话了，从外面找来一条脏兮兮的毛巾。李丸说："麻烦你下次去超市买两盒纸巾来好吗？"又说，"唉，算了，你要那点钱不容易，还得自己掏腰包负担我在这儿的饮食起居。"

李丸掉泪有一半是因为老武，都第五天了，老武有什么理由为了那五万八千块钱把她晾在这里不管不顾？

"大哥，你给我电话！必须给我！否则我就当着你的面咬舌自尽，你把我舌头绑起来我也能咬到！"

李丸把舌头伸到上下牙齿之间，开始使劲。绑匪说："行了，别闹了！"出去把手机拿进来。

开机，拨快捷键 3，屏幕上出现老公俩字。拨通了，却没声音。李丸分明听到老武在里面喘气，就说："老武！怎么不说话？"

还没等老武说话，绑匪就过来夺过手机，摁了扬声键。

老武在那边放下心来，说："我怕是那歹徒拿你电话给我打的嘛。"老武叫绑匪为歹徒，"你没事吧？他没对你怎么着吧？"

李丸本意是想没好气地告诉老武歹徒没加害于她，但是绑匪不知道什么时候又把刀子拿到手里了，比着李丸的右脸，刀锋挨着皮肤，冰凉冰凉的。李丸就学电视剧里那些花容失色的女主角，对老武哭诉："老武，快来救我！”

“别哭，先告诉我你在什么地方？”

“我不知道，我是蒙着头，给打晕了搬来这里的，窗户都堵死了，我缺少日照，老武……”

“你别哭！”老武声音有点不耐烦，李丸立即停下来。老武又换了语气：“丸啊，是这样，我短时间内还不能给钱。”

绑匪把刀往下压了压，李丸又叫：“为什么啊？”

“你别叫！好好听我说！”老武说，“丸啊，你也知道我刚上马一个新项目，资金周转不灵。另外，我要是答应了这个歹徒，回头还会有好几十个歹徒来效仿，你难道愿意整天被绑吗？还有，你别怕，你见过几个真正撕票的案例？他现在比你还害怕呢。”

“不行老武，快点来救我，你再不来我就真要被撕票了。我现在脸已经给划了好几道，都要毁容了！”李丸这次不是在绑匪的指点下才叫的，而是自觉主动地叫。她意识到老武是想跟绑匪较劲下去，看谁能耗过谁，说白了，就是一种心理战术。老武赌的是绑匪不敢撕票，为了区区六万块而撕票，到头来把自己送上断头台，除非绑匪神经不正常。可是，他们两人较劲，那她怎么办？

她还想继续叫下去，老武匆匆安抚了最后一句：“你理智点儿啊丸，现在要跟我站在一条战线上。你毁容也是为我毁的，我会养你一辈子的。这样，你先跟他周旋着，以你的智商，对付一个农村出来的打工仔没问题，我在外边想办法，会想出办法的。就这样啊，自己保重。”挂了。

李丸不可思议地看着手机屏幕暗下去，浑身无力地坐到地上，半天没吭声。绑匪也没吭声，两个人就那么坐着，都很茫然。后来李丸哭了，眼泪一颗一颗地掉。绑匪有些不安，好半天才找着一个话题：“我看了，外面的确有两只乌鸦，在院子里的大榆树上。”

李丸说：“告诉你啊，我有几十年没哭了，早想哭哭了。可是生活得那么优越，一直找不着什么理由哭。久而久之，泪腺都停止发育了，真的。眼睛是用来干什么的，用来看路看人看书看世界的，总没有泪水浇灌浇灌，它很没有营养的。”

“没事，你哭吧。”

“你是不是觉得我可怜，在同情我？你同情我什么？同情我三十六了，人老珠黄了，吸引不住我老公扛着枪炮来救我？”

李丸简直打算撒泼了。

“我……我没那意思，真的，骗你是小狗。”

“你才小狗呢。你知道吗，你就是一只可怜的小狗，抢了一根没有肉的骨头。快把我放了吧，留着我干吗用，还得倒贴，伺候我吃喝拉撒。”

充满同情的绑匪一下子警觉了：“谁知道你是不是在跟你丈夫演戏给我看？你们这些富人，太狡猾了，一群无赖！”

这次绑匪不仅给李丸带回除了大碗面之外的吃食，还给自己带了酒。当夜，一脑子茫然的绑匪在外屋不停喝酒，李丸听到他在用牙齿咬啤酒瓶盖，瓶盖和他的牙齿互相恶狠狠地啃啮，发出搏斗的声音。她朝外面叫：“你才四十多岁，不要牙了？拿进来，我给你开酒。”

李丸用两根筷子开酒瓶盖子，筷起盖落，把绑匪看呆了。李丸说：“怎么样，潇洒吧？我们刚创业的时候，老武就喝这种瓶酒，都是我给开。总说要去买个瓶起子，总是没买。老武那时候也用牙齿开，为了保护他的牙，我就学会了用筷子开。咱俩商量个事行吗，我能不能也喝一瓶？”

要是绑匪还没喝酒，肯定会对此要求提高警惕，可是他已经喝掉两瓶了，迫切希望有个人陪酒。喝酒的人都怕一个人寂寞地喝。不过绑匪的警惕性也不是全面放松，他进来之后就关上门，背靠门坐在地上。他块头大，一下子就把门堵上了，李丸甭想通过门逃生。

“还真是想喝酒了，”李丸说，“真想喝个酩酊大醉。”

“我知道，你心里不好受，所以才让你喝点。不过，你趁早别给我动什么歪脑筋。”

“你放心吧，深更半夜的，我跑出去让狼吃了，还不如躲在这里呢，”李丸拿起瓶子咕咚喝一口，咕咚又喝一口，品味片刻，说，“其实，挺奇怪的，我倒是谈不上多么难受，多么万念俱灰，只是觉得疑惑。跟老武结婚十二年了，原本以为互相都从头发梢了解到脚后跟了，现在看来完全错了。你说，是我从来都没了解清楚他，还是他半道上变了，我没察觉？”

“坏人生下来就是坏人，怪你善良，没看透他。”

“你不许说他是坏人啊！再说了，人是一种多么复杂的动物啊，能简单地用好人坏人来区分吗？打个比方说吧，我看得出大哥你是个好人，也许你从生下来就是个好人，截止到目前没干过任何坏事。但是，你明白吗，你现在犯法了，你绑架人了！单就这一件事来说，就是一件坏事！但你承认你是个坏人吗？肯定不承认。”

“我说不过你，你们城里人都狡猾。我告诉你啊，你别看我喝酒了，我头脑清醒着呢，你别打算用花言巧语蒙蔽我。”

“警惕性还真是高。我告诉你啊，其实我最怕的不是狼，而是蛇。有段时间我怕跟蛇外形相似的任何事物，包括裤腰带。看书时如果不小心看到蛇这个字，我都要把它抠出来扔掉才安心。要说我为什么喜欢城市超过农村，最大的原因就是城里看到蛇的几率低。所以，我宁愿在这屋里困死，也不愿出门冒险。”

李丸喝高了，喋喋不休，不知所云。反正她今晚是不打算逃跑了。

五

第六天。

一觉醒来，李丸也不知道是什么时间。绑匪把她的手机又收起来，门反锁，人不知所踪。

不管什么时间吧，憋了就尿，饿了就吃，李丸现在完全凭借生理需要过日子。之后就拖着铁链子围着床转圈，转了一百圈，权当锻炼。很久不跳舞，又缺乏锻炼，李丸觉得腰都变成铁板了。

除了转圈，李丸还跟外面的乌鸦对话。她现在听力十分了得，隐约能听到除了两只大乌鸦，似乎多了几只小乌鸦，叫声稚嫩稚嫩的。她惊喜得要命，全副精力都集中到耳朵上去，听那几只小乌鸦的叫声。生活发生了重大变化，她下意识地去找手机，想打电话告诉绑匪。之后她自嘲地笑了——这不是昏头了吗，手机在哪儿，绑匪又是谁？乌鸦只是她生活里的一个内容，关绑匪什么事，绑匪才没这闲精力。

第六天整整一天，绑匪都没回来。他留下的那些吃食都让李丸消灭干净了，再不回来，李丸就有断顿挨饿的危险了。

第七天黄昏时分，铁门终于响了，李丸简直要热泪盈眶。拖拉机一样的轿车开进来，铁门呻吟着关上，之后是外屋门的响声，脚步声有点重，最后是里屋门大铁锁，吧嗒一声门开了，李丸吃惊地瞪大了眼——绑匪抱着一个蓝白条纹编织袋子进来了，火车站随处都可以见到打工仔扛着的那种编织袋。

李丸说："太恐怖了，难道我还要在这儿住上一年半载的？要储备这么多粮食？"

绑匪不说话，很小心地把袋子放在床上，拉开拉链。李丸探头过去，天，一个孩子！

"干吗你？弄头小野猪回来咱还可以吃顿烤乳猪，你弄个孩子回来干吗？吃烤孩子？"

"你说对了，不是小野猪，是小野孩。"

绑匪示意李丸帮帮忙。两人一起把孩子从袋子里抱出来，放到床上，盖上被子。孩子在沉睡，三四岁的样子。李丸问："这谁？"

绑匪不说话，垂着手站了一会儿，出去了。李丸听到他在院子里开关车门的声音，之后，提着一个袋子进来。这次里面全是吃食，不过都是孩子的，果冻、饼干、优酸乳，以及 QQ 糖等一大堆。

"没我的？"李丸说，"我的都吃完了。"

绑匪扯起嘴角笑一下，大概嘲笑李丸在吃一个小孩子的醋。

"他是谁？到底多少有钱人欠了你的钱？我说你也真是，你去绑他老婆，就像绑我一样，或者你去绑他老爹老娘，干吗去绑人家孩子？孩子这么小，你真忍心。"

"老婆都不管用，老爹老娘也管用不到哪儿去。"

"两天不见，你怎么变得阴森森的了？还聪明了。看来是从我身上接受经验教训了，绑老婆不管用。这孩子他爸欠你多少钱？"

绑匪还是不说话，心思复杂地看着李丸。李丸说："你有话就说，我受不了你这样。"

孩子忽然在床上蠕动一下。李丸吓一跳，绑匪也吓一跳，都去看孩子。孩子慢慢睁开眼，看看李丸，又看看绑匪，不认识，就慢慢坐了起来，又看看四周，说："找妈妈。"

李丸看看绑匪，说："你作的孽，自己解决吧。"

孩子警惕地看看李丸，大概在琢磨李丸的话是好话还是坏话。琢磨一会儿，跟他妈妈没什么关系，就扁扁嘴，打算哭。绑匪手足无措，求救似的看李丸。李丸白了绑匪一眼，在床边坐下来，说："宝宝乖啊，妈妈有事，跟阿姨玩行不行？”

“阿姨你是谁？我不认识你。”

“阿姨啊，是你妈妈的好朋友，妈妈有事，给阿姨打电话，让阿姨接你来住两天。”

李丸郑重其事地撒谎，心里也很诧异。她是从来没跟孩子打过交道的，竟然无师自通了。

“这是你家吗阿姨？怎么没有电视，我要看《喜羊羊与灰太狼》。”

“有电视吗？”李丸压低声音恐吓绑匪。绑匪说：“有，就是不知道坏没坏。”“哪儿？”“外屋。”“给我解开！犹豫什么，再犹豫你就自己收拾烂摊子！”

李丸转头朝小男孩说：“谢谢你啊！”李丸是发自肺腑地感谢小男孩，她就要第一次迈出这间屋子，看看外面是什么天地了。

电视倒是打开了，但没有《喜羊羊与灰太狼》，因为没接有线信号，小孩想看的频道收不到。李丸与绑匪面面相觑，小孩可不管这些，终于抽抽搭搭地哭起来。李丸无论怎么哄都像是在推波助澜，小孩索性放开嗓子大哭了。

“不许哭！再哭我送你出去喂大灰狼！”绑匪烦躁不安起来。

李丸打量了一下外屋。外屋面积比较大一些，没有床，原来这些天绑匪睡在地铺上。整个房间里除了地铺，就是一口农村做饭用的大锅，还有一个单头小液化气灶，一个水泥砌成的水池子。都灰头土脸的。

“还哭？”绑匪嗖嗖地走到门边，打开，又嗖嗖地回来，把小孩夹在胳肢窝底下，一路夹到门口，朝外扔。外面漆黑一团，乌鸦听到开门，呱地叫一声。小孩踢蹬着腿，往回挣扎。

“干什么你，疯了！”李丸也跑到门边，跟绑匪抢小孩，绑匪也不是真的要把小孩扔出去，就顺坡下驴，把小孩一路又挟持到里屋，同时驱赶李丸：“进去！”

完了，李丸刚在外屋待了不到半小时，又返回来了。绑匪哗啦哗啦拾起铁链子。李丸说：“求求你了，让小孩子看见我戴这玩意儿，多不好意思啊！再说了，我夜里照顾他需要方便点，你说是不是？你把这房子里三道外三道都锁了，我插上翅膀也飞不出去呀！”

绑匪思忖再三，采纳了李丸的建议。

小孩让绑匪这么一吓，很识相地闭了嘴巴。等绑匪出去了，才敢扁着嘴哭。李丸说："我的小祖宗，你就别哭了，你再哭，我也不罩你了啊！"

不久小孩就被方便袋里花花绿绿的小零食吸引了注意力。李丸尽心尽力地伺候着这个小祖宗吃了两个小果冻，又打开一盒酸奶。小孩躺在床上喝，喝着喝着睡着了。李丸敲门，把绑匪叫过来，问他："小孩怎么这么快又睡了？"

绑匪说："可能是没睡够吧。来时我给他吃了小半片安眠药。"

"什么？你给孩子吃安眠药？真够歹毒的！"

"哼，我歹毒？世界上再也没有比他爹更歹毒的人了。"

"你才认识几个人？就敢放眼全世界地豪言阔论？"

"教训我？你再教训我我就把你扔出去喂蛇！"

"你！我算明白那句话了，可怜之人必有可恨之处！我掏心窝子跟你说的话到头来成为你要挟我的砝码了，是不是？"

"少说废话！我看你才是全世界最可怜的人！"

"我可怜？我可怜什么？我不就是凤凰落到鸡窝里了？有本事你就撕票，我起码还是为了六万块死的！你呢，你迟早要被抓住，吃枪子儿！你吃枪子不说，六万块也没机会享用了！看你这样子，不定连老婆都跟人跑了呢！"

李丸以为绑匪能受刺激，现在李丸真是有点绷不住了。要是绑匪受了刺激，跟她动起手来，打上一仗，没准还好一些。但是很奇怪，绑匪没动怒，倒是很平静地听李丸发完怒，说："真是可怜。"

然后绑匪锁门了。李丸捶着门，不依不饶："你说说，我为什么可怜，我可怜在哪儿，你说！"

六

夜里李丸睡得很小心。头一次跟一个这么小的孩子睡一起，总觉得不习惯，生怕压着他，还怕他蹬了被子，频频爬起来摸摸。

半夜，这小孩忽然翻来覆去，两条腿还不耐烦地蹬了两下床板。李丸不知道他要干什么，就欠起身子观望。小孩更不耐烦了，一骨碌爬起来，睡意蒙眬地站着，说：“尿尿！”

李丸慌手慌脚地下床打开灯，拿起盆子伸到小孩小鸡鸡下面，说：“尿吧。”小孩闭着眼，哗哗尿完，咕咚躺下了。李丸放下盆子，刚要闭灯，绑匪警惕地拿钥匙打开门：“你要干什么？”

“小孩尿尿了！”李丸没好气地说，“我算是倒霉了，被绑架，还要兼职当保姆。”

绑匪说：“你是女的嘛，我怕照顾不好他。”

“嗬，什么时候变这么好心眼了？你要好心眼就不该绑这孩子来！充什么好人哪你。我是女的，我是女的就倒霉啊？我不管了，你抱走，抱你地铺上去！”

李丸真转身到床上打算抱孩子了，头一低下去，发梢拂到孩子脸上，孩子抬起手来就抓住了，捏在小手里轻轻地揉。李丸抬一抬头，小孩的手揪得紧了。李丸叹口气，不再抬头了，别别扭扭地躺下去，说：“麻烦你，给关一下灯！”

可是不久又出事了，孩子捏着李丸的头发，捏着捏着，发觉不是他妈妈的，越捏越不像，又伸过小手摸李丸的脸，这下确定了刚才的推断，不干了，抽抽噎噎：“找妈妈，找妈妈！”

李丸又下地去开灯。小孩坐起来，看看四周，哇的一声哭了。李丸说：“阿姨给你唱歌？跳舞？”小孩都不干。李丸说：“你再哭，外面那灰太狼就进来了，把你抓住扔出去喂真的灰太狼。”

“哪一个灰太狼？”小孩被吓住，暂时不哭了，但是开始提问题。

正好绑匪开了门探进头来，李丸指着他说：“就这个灰太狼，像不像？”

小孩说：“像。”

李丸哈哈大笑。绑匪说：“你还看动画片啊？”

李丸说：“当然了。我天天不用上班在家待着，除了上网就是看电视，其实我特别爱看动画片。怎么，可笑啊？你就笑吧，有你哭的时候。唉，看在我替你看小孩的份上，电话拿给我，行不行？”

“你就别做梦了！”

李丸垂头丧气地坐在床上。小孩说：“灰太狼走了。”

李丸说：“可恶的灰太狼。明天我学红太狼，拿平底锅敲他脑袋。”李丸其实也不知道自己为什么爱看动画片，她不肯承认是因为没孩子，心里空虚。

小孩破涕为笑，抓着李丸的头发睡着了，很快就大概做了什么梦，扯起小嘴角笑了。李丸支着头，看着小孩梦中笑起来的样子，嘴角扯起来的形状，心里忽然跳了两下。她再也睡不着了，索性坐起来端详小孩的脸，越端详心越跳，最后干脆掀起被子看小孩别的地方，从肩膀一直看到脚，又翻过身子来看后面。

最后李丸在小孩屁股上发现一颗小痣，这痣的形状和位置她太熟悉了。李丸翻身下床，砰砰敲门。绑匪打开锁，问："小孩又哭了？"

李丸说："两个选择，一，你进来，二，我出去。我有话问你。"

"你出来吧。"绑匪大概怕了小孩的哭闹。

"这孩子是谁？"

"不关你的事。"

"你从哪儿把他绑来的？"

"幼儿园。"

"他爸爸是谁？"

"都说了不关你的事，问多了对你没好处！"

"你怎么知道不关我的事？"

"你怎么知道关你的事？"

"好，我不告诉你你就不会说实话是不是？我告诉你，我丈夫屁股上长着一颗痣，他爹屁股上也长着这么一颗痣，还有，他爷爷，他爷爷的爹，他爷爷的爹的爹，屁股上都长着这样一颗痣。这小孩屁股上也长了！你说他关不关我的事！"

"这也说明不了什么问题呀！"

"这小孩做梦时笑起来的样子跟我丈夫一模一样！还有，他不笑的时候也像，他的神态、表情、五官、脸型，甚至发际线，都跟我丈夫一个模子里刻出来的！我跟我丈夫一张床上睡了十几年了，这点还看不出来？怎么，哑巴了？刚才不是挺能说的吗，不是说我是全世界最可怜的人吗？怎么不说了？"

"我无话可说。"

"你怕说了我脸上挂不住是吗？我丈夫在外面养了私生子！你可真行啊，我还真没看出来你这么狡猾，绑了我不管用，终于绑了一个管用的来！

原来失踪两天就是办这事去了！我原来还以为你笨，现在看来你一点都不笨，你贼精！这下你就快拿到你的六万块了！”

李丸打算大闹一场，她太需要大闹一场了。这个时候绑匪的手机来电话了，静音，只有屏幕一亮一亮。李丸下意识地喝止绑匪：“不许接！”

绑匪把手缩回去了。李丸拿起电话看，屏幕上显示是武老板。李丸说：“从现在开始，武老板来的所有电话，没有我的允许，你都不许接！”

“你别搞错了，在这里我说了算！”

“不听是吧？不听你就甭指望拿到你的六万块！你信不信？不信你就试试，我让你拿不到钱还倒大霉！我的丈夫我了解，我知道拿什么办法对付他！”

绑匪让李丸的气势镇住了。李丸说：“你现在给我关机，明天再说。”绑匪就真的关了机。

李丸说：“还是你跟那小野种睡吧，我怕我待会儿控制不住把他掐死了。”

绑匪说：“你可别，你要把他掐死了，我下辈子做鬼也不放过你。”

李丸又呵呵地笑了：“这话应该是女人说的，你看看你，都成什么样子了，六神无主是吧？早知今日何必当初呢。有些事啊，就是开弓没有回头箭，这世上没有后悔药可吃。”

说实话，依着这气愤劲，李丸真有掐死那小野种的心。她返回里屋，坐在那里继续端详小孩。越端详，那小孩脸上身上跟老武相似的地方，越戳得她眼尖子疼。这样呆坐到快天亮，想七想八的，人又困倦，终于走了极端，也不知道怎么的，神思恍惚，拿起铁链子就把小孩绑起来了。小孩醒了，扁扁嘴：“找妈妈。”

李丸不搭理小孩，拿指甲盖去墙上画道道。第八天了。小孩见这阿姨脸色阴暗，很像他妈妈生气时的样子，就识相地闭了嘴，想自己下床去盆子里尿尿。一动，发现手腕上绑着铁链子，觉得好玩，注意力就被吸引过去了。李丸一跃而起，拿起铁链子就往小孩脖子上套，套上了，咬牙切齿手上用力。

小孩觉得脖子疼。阿姨的样子很吓人，不好玩了，终于哭了。外面绑匪才刚刚睡着，听见小孩哭，一个猛子扎进来，让眼前这阵势吓得不轻，过去抓住李丸后衣领就把她提溜起来了，往地上一蹾，就慌里慌张地过去解救小孩。绑匪把铁链子绕了好半天才取下来，给李丸戴上了。

小孩哭得快没气了，脖子上一道勒痕逐渐变成红色。绑匪呵斥小孩："不许哭！再哭我就拿刀去宰了你爸爸！"

这一招管用，小孩立马不哭了，哭声憋在口腔里，噎得一抽一抽的。李丸靠墙坐着，不忍心再看，两只手捧住脸，也哭了。哭一会儿，对小孩说："对不起啊小孩，阿姨刚才跟你玩呢，做游戏。"

小孩将信将疑。李丸拿眼神示意绑匪替她圆谎，绑匪气咻咻地瞪李丸一眼，对小孩说："对呀，阿姨在跟你做游戏呢。"

"做什么游戏？"

李丸接过去说："绑人游戏呀！你看，叔叔把阿姨绑起来了，是不是特别好玩？"

"不好玩。阿姨，我不叫小孩，我叫武林。"

"哦，武林。你爸爸是不是叫武林高手啊？"

"不是。"

"我觉得你爸爸应该叫武林高手。"

"我饿了。我要吃煎蛋、面包，还有豆浆。"

李丸吩咐绑匪："还不快去？"

绑匪为难地说："叔叔这儿没有鸡蛋，也没有面包，更没有豆浆。"

"可是，我妈妈每天都用豆浆机给我做豆浆喝，还有面包和草莓酱。我饿了。"小孩连解释带强调。

"活该！"李丸幸灾乐祸地对绑匪说，"你以为弄个小孩回来，会跟弄我回来一样省力？你真是遭报应。"

"你闭嘴！"绑匪又呵斥小孩："别给杆就爬啊！家里有什么就吃什么，你们幼儿园中午吃午饭的时候不就是做什么吃什么吗？再不听话我就告诉你们老师去，罚你站！"

不提醒还好，一提醒，小孩想起幼儿园这码事了："我要上幼儿园！"

"不许去！你给我在这儿好好待着！"

小孩又哭了。李丸忽然听到外面有什么响动，就说："武林，快听，外面有乌鸦叫，还有猫呢！"

三个人的注意力都被吸引到院子里了。李丸凝神一听，果真有乌鸦叫声，还有猫叫，大乌鸦叫得很急很愤怒，小乌鸦叫得很悲惨，猫喉咙里则发出呜呜的示威声。李丸对绑匪说："快去看看！"

不久，绑匪两手托着一只小乌鸦进来了："一只野猫，爬到树上叼出小乌鸦，让大乌鸦发现，打起来了。"

七

第八天一整天，李丸都跟小孩一起照顾小乌鸦。刚生下来没几天的小乌鸦羽毛还没长全，更不会飞，李丸猜它哺乳期应该都没过。对哺乳这类问题李丸没有发言权，她只是猜测，因此，倒了一些牛奶给小乌鸦喝。

小孩跑前跑后配合李丸。在李丸的指挥下，绑匪去附近找了些草回来，他们按照大榆树上的鸟窝模式，在里屋给小乌鸦搭了个窝。小乌鸦很惊恐，瑟瑟发抖，大乌鸦则在院子里呱呱乱叫。李丸让绑匪出去把大乌鸦也弄进来，让大乌鸦看看小乌鸦没事就放心了。绑匪说："不就是一只鸟吗，还是只丧鸟，弄得比人还金贵。"

李丸说："你就是一个冷血动物，没爱心！什么乌鸦是丧鸟，我看这都是人类的偏见！乌鸦多好呀，与世无争，别的鸟都在白天聒噪，乌鸦呢，总是在黄昏出场，它们把墓地当成自己的修道院，多忧郁、多有思想、多与众不同啊！"

绑匪当然无法在言语上跟李丸抗衡，就说："我可没工夫，我还有重要事忙。"

李丸说："给老武打电话是不是？我告诉你啊，先别打，你等他打过来，别接，等他打到第一百遍再接。"

"为什么？"

"你说呢？榆木脑袋是不是？前些天他都是怎么折磨你的？你给他打了多少电话他都没接？不应该返回身去折磨折磨他呀？心理战术你懂不懂？什么都不懂就绑人。"

"说得也对。不过，你不会倒回头来帮我吧？谁和谁是一帮的我还分不清啊？以为我是傻子？"

"你以为你不是傻子？你听好了，我能帮你多要钱，我了解老武。你让他折腾成这样了，不多要点钱于情于理都说不过去，况且这点钱对他来说不是九牛一毛？我还告诉你，我跟谁都不一帮，我这样做，说白了吧，一是我生老武的气，为什么生气你知道；二是为你打抱不平，我生来就这性格。”

绑匪有点心动，问：“你的意思是，我可以多跟他要钱？”

“当然！我告诉你，你等他打够一百遍电话，然后给他发一条短信，别 嗦，就一句话：改价码了，五十万。”

“啊！太多了！”

“你就是烂泥扶不上墙！我告诉你，老武买一个号称古董的破瓶子都花十万块。算了，我看给你五十万能把你吓出心脏病来，这样吧，二十万，你跟他要二十万。二十万你还愁花不完吗，你儿子将来买房子也就够买一间！你不知道现在的房价啊！”

“那……那行，我听你的。”

之后绑匪就神经质地盯着手机，屏幕亮一次他就哆嗦一下，跟李丸汇报一次。李丸让他好好数着，别每次都汇报。

老武拨绑匪电话到一百次的时候，已经是第八天的下午了。李丸算了算，平均三分钟拨一次。“够了吗？你给他总共拨过多少次？”李丸征求绑匪的意见。绑匪说：“不够，不过也可以了。”

接着绑匪就给老武发短信，李丸在旁边看着发的。五分钟后，老武的短信回过来了：“我答应你。不过，请叫我妻子接电话。”

李丸说：“你给他说，他妻子让你打昏过去了。”

“然后呢？”

“然后你告诉他，什么时间什么地点交人交货，等你短信。这期间叫他夹起屁股，别骚扰你，更别报警，否则他孩子死无全尸。”

之后李丸又交代绑匪要沉住气：“男人做事就得往狠里做，反正你现在已经是绑架勒索了，勒索六万和二十万，下场一样。”

老武很听话，没再来电话和短信。李丸对武林说：“你爸爸很爱你是不是？”武林说：“我也爱爸爸。”李丸说：“你真有个好爸爸。”

傍晚，李丸吩咐绑匪出去购物。她列了个清单，包括她要的大红枣酸奶等零食，还有干纸巾、湿纸巾、换洗衣裤，武林需要的食物和换洗衣裤。另外还有一堆易放的菜、大米、面粉、挂面、肉。“你别心疼钱，我钱包里有张卡，你拿它去买。”“安全吗，这卡？”“安全，这不是银行卡，就是单纯的消费卡。其他东西你要是觉得有用就买，多储存一些，就不用老是往外跑了，不安全。”

这下轮到绑匪不干了：“我可不想在这儿多住！”

“这不是有备无患嘛。”

这天晚上，李丸用外屋的大锅和小灶煮了粥，炒了菜。小乌鸦也打了打牙祭，吃到一些碎肉。李丸和武林都大口小口猛吃。绑匪吃不下，李丸告诫他，人是铁饭是钢，都已经这样了，什么都别想了，填肚子养身体是第一要务。武林看看这个看看那个，问：“叔叔阿姨说的什么，我怎么听不懂？老武是不是我爸爸？”李丸说：“不是，老武是喜羊羊，灰太狼要去抓喜羊羊。”“电视上喜羊羊不叫老武。”“我指的是现实生活。电视上喜羊羊还是只好羊呢。”“叫老武的喜羊羊不是好羊吗？”“不是，是一只从里往外淌黑水的坏羊。”“哦。”武林似懂非懂。“你几岁了武林？”“三岁半。”“几月生日？”“十月。”

李丸闭眼掐算。绑匪问：“琢磨什么鬼点子？我现在觉得你比我狡猾，还是富人狡猾。”

“别打扰我，我告诉你，这几天我让你囚禁得反应能力急剧下降，算数都不会了。灰太狼，你知道吧，三年半之前我三十三岁，那一年发生了什么事情，你这个文艺圈外的人肯定不知道。”

“不知道。你被潜规则？”

“去，你才被潜规则呢。那年我受伤了，跳舞时从台子上摔下来。你不知道摔得有多惨，骨盆四分五裂，到医院好不容易才拼起来。”

“有那么严重？”

“你就不许我适度地夸张啊？反正从那以后，我就失去了生育权。这个小孩，就是那时候有的。他娘一月份怀上他，十月份生下他。他爹真能干，老婆骨盆摔裂没让他绝望，倒是促使他快马加鞭地弄了个小野种。看不出来吧？不过我也挺佩服你灰太狼，我都不知道的事，你是怎么知道的？”

“我哪知道，不就是那天你说老武可怜，死了以后巨额财产没人继承，我就灵光一闪，出去查他有没有小野种。”

“呵呵，跟我泡这些天，出息见长，脑袋都灵光啦？”

“这不是逼的嘛。我可是花了大价钱，雇了私家侦探的。”

“我给你报销，给你报销！”

武林在旁边逗弄小乌鸦玩。绑匪问："能养活吗？"李丸说："告诉你，乌鸦最好养了，本来它们就是靠吃垃圾食物为生的嘛，还吃死尸、腐肉。咱给它新鲜肉，它不更跳着高地茁壮成长？过几天它娘就不认识它了，一看，打哪儿跑出来个小青年呢。"

有了换洗衣服，晚上李丸和武林都从里到外洗了个澡，用大锅烧水。李丸抱怨这里没热水器，绑匪说："这是我以前养貂的房子，哪有热水器。这一排并肩八间房，另外六间从前都是貂房，只有这两间是看门人睡觉和做饭的地方。看门人一个孤老头子，人家不要求用热水器洗澡。"

"你以前养过貂？"

"我干过很多事。养貂的前两年也小发过一笔，第三年行情不好，原来一张貂皮卖两三百，第三年连一百都卖不上。貂可比乌鸦能吃，我天天得去批发小鱼小虾，回来粉碎了，跟玉米面和在一起，蒸熟了给它们吃。小貂还得吃鸡蛋呢。一张貂皮连一百都卖不上，我就破产了。然后去城里打工，结果，两年一个子没拿到。"

李丸对绑匪刮目相看起来。人家先前也发过，也不是一个从头到脚都穷得冒烟的人啊。想必那花花公子皮包就是发迹时置办的吧，也算是虎落平阳了。呵呵，李丸笑了，她是凤凰落鸡窝，绑匪是虎落平阳。一对倒霉蛋儿！

八

第九天，李丸给绑匪设计了一条很迂回的路线，受电视启发，反正就是拖着老武换地点，一共设计了五个地点。李丸交代绑匪千万不要跟老武见面。"我了解他，今天他绝对不会给你钱，肯定埋伏了人等着抓你，他要是轻易能给钱，还用等这么些天？还是那句话，心理战术，把他拖垮了，拖崩溃了，他就一摊烂泥任你揉搓了。你要不听我的，今天就是你蹲大牢的日子，戴你手腕子上的可就不是那轻飘飘的铁链子了，而是手铐，手铐你懂吗？"

然后李丸在后方陪武林玩。武林时不时就放下手头的玩物，可怜巴巴地找妈妈。李丸问他："妈妈漂亮吗？""漂亮。""风骚吗？""阿姨，风骚是什么？”“现在不告诉你，你长大就知道了。”“哦。阿姨，我找妈妈。”

李丸突发奇想，主动要求给武林跳舞，跳什么呢，小乌鸦爱妈妈吧。小武林手舞足蹈地跟着跳，瞬间就高兴起来了。李丸自吹自擂：“不知道吧，以前阿姨是歌舞团专门跳舞的，上台子，上电视。”“我怎么没看见阿姨在电视里呀？”“唉，那都是老黄历啦！后来不就是团里不景气，大家都去走穴，教富人家的小孩跳舞，我才学了一些小孩舞蹈吗。我以前跳的那都是高水准的。”

“阿姨，我想出去。”

“你以为阿姨就不想出去呀？不过不行，咱们得做游戏呀，还要养小乌鸦！”李丸忽然想起奥斯卡获奖影片《美丽人生》，就骗小孩：“叔叔在跟咱们做游戏呢，谁要是老老实实在屋里待着，待好多好多天，叔叔最后就送谁一辆大坦克。你喜欢坦克吗？”“喜欢。”“对了！你知道吧，叔叔到时候送一辆真的大坦克，咱开着坦克回家，然后开着坦克上幼儿园，好不好？”“好。”

“咱还得把小乌鸦养得胖胖的，养到长翅膀，能飞了，咱才能回家。你知道吧，小乌鸦长大了就会学说话，它可聪明了。”“真的吗？我说金甲战士，它也会说金甲战士吗？”“当然了！所以你可要好好养它呀，知道吗？”“知道。”

小乌鸦开始长羽毛了，软软的，稀稀的，却也已经发出紫蓝色的金属光泽。其实乌鸦的羽毛并不是纯黑色的，世俗的眼光什么时候准确过？

绑匪这天很累，全身心地累，不过完全遵照李丸的设计行动，没有临场发挥。晚上李丸教他跟老武短信交涉：“你告诉老武，他很不老实，极端不老实，因为他不是一个人去的。”

“你怎么知道？万一他是一个人去的呢？”

“咱俩谁是他老婆？”

不久老武回短信了：“对不起，我只是找人帮我提包拿钱，不是便衣。”

李丸教绑匪：“你问他，当我三岁小孩啊，保镖吧？继续等我消息。考虑清楚了，下次要还敢这样，我提着小兔崽子的耳朵去见你。发完就关机。”

“怎么样灰太狼，我说得没错吧？你今天要是跟他交易，当场就给逮起来了。快，手机还我，我有事。”李丸很骄傲。

灰太狼警惕地掖一掖口袋，那里装着李丸的手机。

“这样吧，咱俩商量件事。首先呢，我得告诉你我不是守财奴，我这人，钱够花就行。我打算出去以后跟老武离婚，我只要跟老武离了婚，就能分到一大笔钱，很显然他是离婚的过错方。要是你听我的，我分到钱后，再分给你一部分，至少五十万，你看怎么样？”

绑匪彻底迷糊了，六万块才几天工夫，就驴打滚地翻番？祖坟上冒青烟了，还是做了一场长梦？

“怎么，你别惊讶，我说过了我这人不贪钱，够花就行。我估摸着，要是连存款带车子带公司，怎么也得分个几百万。你说，我上哪儿去花这么大一笔钱？我也没儿子，还不如资助你给儿子买房结婚。只要你听我的。”

“我怎么听你的？”

“现在给我手机，你放心我绝对不报警。我要是报警，你现在就把我撕了票。我只不过找律师咨询离婚的事情。要不，不放心的话，你打，我告诉你打给谁。”

在李丸的指挥下，绑匪从通讯录里找到白兰的电话，按照李丸的要求跟白兰通话。白兰一上来就问：“死哪儿去了你？”绑匪说：“我是李丸的朋友，我们在外地办点事情，她让我委托你办件事，她想知道如果她跟她丈夫离婚的话，过错方是她丈夫，那么她能分到多少钱，如何操作。”“她在哪儿？”“她在洗澡。”“你是谁？”“她朋友。”“情人吧？”

李丸嘎嘎地笑：“你愿不愿意当我情人？”

绑匪说：“你们富人哪有真心实意的，别耍我了。”

小孩睡了，两人很认真地规划明天的行动。李丸的意思还是试探敌方虚实，不宜过早交易，绑匪左右拿不定主意。李丸分析，绑匪快崩溃了。晚上十点多，白兰电话来了，让绑匪转告李丸，要是坚持把公司也折现分割的话，就可以申请财产保全，单这一条，就能把公司拖垮，置老武于死地。

“你真要这么干？太狠了吧？”绑匪问。“你没听说吗，世上唯女子与小人难养也。无毒不女人！”“我告诉你啊，我可不参与，我不打算分你的钱，我就要我那六万块。”“你现在已经收不回腿了，还是先把二十万要到手再说吧。没见过你这样的。”“太贪心了没有好下场。”“没听说吗，人有多大胆，地有多大产，你这样的，活该让人欺负。”

第十天，李丸照样跟小孩玩小乌鸦。昨天晚上做饭的时候，李丸偷藏了一根草里捡出来的铁丝，估计是绑匪以前貂笼子上掉下来的。这天李丸就用这根铁丝伸到窗户上的一个砖缝里，不屈不挠地挖掘，边挖边把掉下来的土用卫生纸扫到床底下。到黄昏时分，终于撬下了一块砖，屋子里立即射进一道光。尽管是黄昏的光，李丸也禁不住掉下泪来。

刚煽情了没多久，连院子什么模样还没好好打量清楚，绑匪的小汽车震耳欲聋地开回来了。李丸赶紧把砖块塞上。

绑匪今天情绪再度低落了几分。这天按照李丸的安排，他应该是当贼去了，偷的不是别人，是武林家。李丸让他尽可能偷到一些能指控老武跟那女人非法关系的证据。她让绑匪拿着她的卡去买一个数码相机，可能的话，拍几张那女人的照片。

李丸逗他："灰太狼，是不是今天没抓着小羊？"武林说："红太狼，你拿锅敲他脑袋。"李丸说："我不敢，他心情不好。"

晚上，绑匪说他不想再这么不死不活地耗着了，明天就交易，是死是活都认了。李丸循循善诱："你别把绑架搞得那么没品位好不好？咱不绑便罢，绑就要绑出个水平来，要有艺术性，懂吗？下次再绑架，你最好事先向老前辈取取经。得，我先灌输给你一点啊，有一个特别厉害的绑匪，当然了，他们是集团作案，有时候为了让一个绑架案做得万无一失，他能安排手下人潜到对方公司里做卧底，你知道卧底多久吗，一年！看人家这绑架，多有智力，多有胸襟，多能忍耐！你呢？你才十天就扛不住了。"

好说歹说，李丸才说服绑匪再观察一天。回到床上，李丸拿着相机一张张翻那女人的照片，越翻就越来气，那女人真年轻。

绑匪偷回来的东西，也不知道能不能算是证据。一大堆相架，里面镶着老武跟那女人或者他们一家三口的合影，还有房产证，当然写着那女人的名字。从房产证上的日期推断，老武跟那女人早就有一腿了，比李丸摔伤骨盆要早三年。

九

第十一天，李丸让绑匪去监视老武。理由是，知己知彼，百战不殆。绑匪走后，李丸一边跟武林玩一边继续撬砖，这次到黄昏时分已经撬下一半的砖了。李丸让小孩在屋里待着，她从窗户里跳出去，好好在院子里溜达了一下。

正如绑匪所说，一共并排八间房，另六间房里还有铁笼子没拆，一股腥臊味。囚禁李丸的那间房外果真有一棵大榆树，两只乌鸦高高低低地叫着，几只小乌鸦从窝里探出头来，朝李丸张望。

院门是两扇大铁门，很厚。李丸过去推了推，确信以她的力量是不足以把它弄开的。绑匪在外边不知道怎么上的锁，估计不只一道。院墙呢，更是超出李丸想象的那么高，想必是怕附近野猫野狼黄鼠狼什么的跳进来吃貂，墙头上装了密密的玻璃碎片。

这处养貂的房子大概是建在山里。李丸趴在门上，透过门缝朝外看，只看到一条山路，野草都有两尺高了，绑匪大概每天就是开车顺这条道进出的。往两边看看，就是更高的树和草了，风吹过去，满耳都是树叶子的沙沙声。

纵观大局，李丸觉得，要是在墙头拉上电网，这里就可以当监狱用了。

李丸不敢逗留太久，观察了地形地貌，就原路返回，小心地把砖码上去，尽量保持原貌，然后扯平那块不辨颜色的天鹅绒窗帘，告诉小孩："不许跟灰太狼说咱俩把砖撬下来了，听到没？要是他知道了，坦克就没了。"

这天绑匪好像没把主要精力放在监视老武上。晚饭后，他阴着个脸，等小孩睡了，质问李丸："你是不是特别恨我，就想让我倒霉？"

李丸说："这话从何说起？我这不是一直在帮你吗？你见过这样为绑匪着想的人质吗？"

"你不想问问我今天都干什么了？"

"干什么了？"

"我问明白了，要是我只要回我的六万块，那我也就是犯个非法拘禁罪，但我要是要了二十万，就真犯了绑架罪了。"

"我不太懂，你给我讲讲？"

"我要是只要六万块，那就是说，我索取债务只是为了实现我自己的权利，没有非法占取他人财物的目的，也就没有非法侵犯他人的财产。但我要是要了二十万，超过了我应该索取的债务，就得犯绑架罪了。"

"为什么呀？你要六万块不也是通过绑架实现的吗？"

"《刑法》就这么规定的。我差点上了你的当。"

李丸又好气又好笑，还感到低估了这个看起来一直让她牵着鼻子走的绑匪。谁说这绑匪粗线条，没有主见？今天这事他办得可真够有主见的。

绑匪说："你就是说出花来，我也不听你的了。我已经通知那龟孙子了，明天交钱换人。"

"那，我能问问你的行动计划吗？没别的意思，就是帮你推敲一下可行性。"

"说给你听听也无妨，因为明天你也要参与到我的行动中来。这样，明天我去跟那龟孙子交易，他把钱放到车上，停在大润发北门外的停车场，什么车他自己看着办，反正我也不要他的车，只是借用。然后我开着他的车回来，钱留下，你和这只小羊走人。我已经问过那龟孙子了，你会开车，到时候就由你把那龟孙子的车开回去。然后我们两不相欠。"

李丸没想到绑匪会有这么周密的计划。她这几天还沾沾自喜，以为把他控制在掌心了呢，没想到这家伙只是貌似愚笨。

分析一下绑匪的行动计划，就不难发现其中的周密性：一，他打破了人和钱同一时间同一地点交易的常规，这对保障他自身的安全来说，堪称妙招。当然他心中有数，主动权在他手里，老武必须答应这个不平等条约。二，除了六万块，他还"借用"了一部车，这部车也算是一个砝码，除非老武提前老年痴呆了，才会放一个空包在车上，而搭上一部显然不止六万块的车，老武哪部车不值个几十万上百万。三，老武不敢造次。即便老武让警方或者他自己找的保镖跟踪绑匪回来，主动权还是在绑匪手里，他可以把李丸和武林现场当成人质。她死不足惜，武林要是死了，老武这辈子还有什么活头？

李丸由衷地说："灰太狼，你属于高智商绑匪，我说的是真心话。不过，我必须得问你一下，你手机关了没？""关了。""那就好。到明天取车之前，千万不要开机。你不知道吧，现在网上流行很多软件，输入对方手机号码，就能截获跟这个号码相关的很多资料，包括通话记录、短信记录，还能定位跟踪。你不希望在取车之前就被抓住吧？"

"真有这样的软件？"

"当然了，那些有钱人的老婆为了抓丈夫的出轨证据，都采用这种办法。一看你就是个菜鸟。"

"菜鸟什么意思？"

“就是不懂网络。”

“要真有这样的软件，这些天他不早就找着我了？”

“那只能说明前些天他没想到这辙，你就庆幸去吧！但前些天没定位你，不一定明天就不定位，明天可是真正的交易日。你得杜绝一切有可能失败的漏洞，知道吗？他可是认识黑道上的人，要是半道把你截住，你就鸡飞蛋打吧，搞不好还得给卸掉一条腿一条胳膊什么的。”

当晚李丸开始收拾行李，她跟小孩的换洗衣物，小孩的零食，还有那一大堆相架和房产证。收拾好了，又拿了小孩裤子洗。绑匪说：“明天就要回家了，还洗什么？”李丸自嘲地说：“跟这小孩待了几天，有感情了，真是贱。”又问：“灰太狼，你说，我出去后，跟不跟老武离婚？”

“那要看你想不想离。不想离，就不离；想离，就离。”

“你这说的都是废话。”

“照我说，离什么呀，男人哪个不吃腥？再说了，你不能生养，真的要看老武断子绝孙？其实，你想问题太片面了，要是老武不在外面生一个，那他那么多钱，肯定就会花得很分散，花在一大帮子乱七八糟的女人身上。有个小孩，他就收住心了，钱都花给小孩一个人。你说，花给一大帮子女人和花给小孩，你要哪种选择？”

“问题是他不是只花给小孩一个人呀，不还有那小婊子吗？”

“你傻呀？没有小婊子哪来的小孩？倒过来说，没有小孩，老武会给那小婊子花钱？花也就花那么一两年，新鲜劲一过，还花什么呀。所以，实际上，老武给那小婊子花的钱，就等于给小孩花的钱。”

“你说得没有逻辑性，什么呀，乱七八糟的。”

“我就是不如你会表达，但意思是对的。还有，将来你们俩老了，不得靠小孩养活吗？无论如何你是正室，小孩不得叫你大妈吗？”

“可要是不离，我哪能咽下这口气啊。”

“看你怎么想了。要是为了这口气，你就离。也不想想，三十五六岁的人了，拿你的话来说就是人老珠黄了，去较那真干什么。要我说，你不也可以在外面找个情人玩玩嘛。”

李丸斜眼看着绑匪：“你给我当情人？”

绑匪正色道：“打住！我就是找情人也不找你们这样的阔太太，不靠谱。再说了，我只要我那六万块，多了一分也不要。拿回这笔钱，我把貂场重新开起来，不跟富人来往。”

“真是死心眼。哎，小孩哭了，快去看看，瞧我一手肥皂沫。”

十

第十二天早上，李丸听到绑匪关上大铁门离开，院子里一片寂静，忍不住大喜过望。昨天晚上她就跟自己赌了一把：绑匪今天不会开车出去。当然，这个大胆的猜测是经过系统分析得来的，李丸照着绑匪的思路一路想下去，绑匪今天会开着老武准备的车回来，那么，他肯定要做好不那么顺利的准备，一旦老武派人跟踪来了，他自己的车就停在院子里，可以当即发动起来，寻求逃跑的机会。而如果他今天把车开到城里去，放到城里某个地方，再开着老武的车回来，那不就等于断了自己的后路？

尽管这般条分缕析，这一夜，李丸依然是极度忐忑的。

现在，一切如愿。李丸很高兴，看来，有时候要学会把自己的思路跟别人的思路重叠起来分析问题。

她马上行动，把小孩从床上叫起来，边穿衣服边尽可能简练地让他明白接下来他们要干什么：“我们待会儿就离开这里，带上你的衣服和零食，阿姨开车带你回家。不要问为什么，因为这也是游戏的一部分。”

忽然小乌鸦不恰当地呱呱叫了两声。小孩睡眼惺忪，问：“带上小乌鸦吗？”

“不带。”李丸言简意赅，有条不紊地打开了那条蓄意掩藏的通道，率先从洞开的窗口爬出。

“不！我要带！我要让它长大了跟我说话！”

“阿姨告诉你，院子里有棵大榆树，树上有两只大乌鸦，是小乌鸦的爸爸和妈妈，还有好几只小乌鸦，是这只小乌鸦的兄弟姐妹。如果我们带走小乌鸦，小乌鸦就没有爸爸妈妈了。你愿意小乌鸦离开爸爸妈妈吗，就像你离开你妈妈这样？”李丸趴在窗外诱导小孩。

“不愿意。”

“这就对了。快点，咱们把小乌鸦放生。”

小孩似乎是被说服了，从窗口托出了小乌鸦。

这段日子，小乌鸦一直养在家里，基本没锻炼过飞行，每天就是扑腾几下而已，回到院子里以后，被强烈的阳光吓住了，一动不动，连扑腾都不会了。倒是大乌鸦见了小乌鸦，一路惊喜地飞下来，两只一起围着小乌鸦转圈，其中一只甚至把翅膀放下来，要托小乌鸦的样子。

“我们走吧，”李丸伸手把小孩抱出了窗口，“乌鸦爸爸和乌鸦妈妈会想办法把小乌鸦弄回窝里去的。”

小孩恋恋不舍地上了车。李丸发动起车，想想不对，又下车把小孩抱下来，让他在大榆树下站着。她重新上车，系好安全带，运口气，朝着大铁门撞过去。

昨天晚上，李丸一箩筐一箩筐地跟绑匪说掏心窝子话，说到快结束时，撒谎说听到小孩哭了，挓挲着两手肥皂沫，让绑匪进里屋看看。绑匪让李丸糖衣炮弹轰得云里雾里，也觉得跟小孩处出感情了，一听小孩哭了，一时疏忽，没拿地铺上的外套就进里屋了。趁这工夫，李丸从绑匪的外套口袋里掏出了自己与绑匪的手机，卸掉了手机卡，同时偷到了车钥匙。

大铁门被成功撞开，车也撞得不成样子了，不过还能开。李丸把小孩重新抱上车，顺着长满野草的山路开。此时绑匪已经离开一个小时，估计出了山，坐上公共汽车赶往城里了。

李丸一路跌跌撞撞开下来，顺着曲里拐弯的乡间小路拐上公路，又开了一会儿，看到路边立着一家小商店，店里坐着一个红脸腮大婶。李丸给她一百块钱，跟她借手机用。大婶说：“拨一个电话一百块！再拨就得另花钱。”

李丸拆下后盖，换上昨夜窃到的手机卡，边换边说：“我发短信。”

大婶说：“一个价，一条一百块。”

李丸运指如飞以绑匪的口吻给老武发短信：“立即丢掉这张手机卡，十五分钟后用新卡跟我联系。过时不候。”发完，把钱包里的钱倒出来，数一数，一共四千五百块，放回一千块，剩下的拍在柜台上：“你这破手机我买了。另外，告诉我，到烟台还要多久？”

大婶喜气洋洋往抽屉里收钱：“照直往北开，开得快的话，两小时就到了。

十五分钟后，老武用新卡给李丸刚买的破手机回复了短信：“卡换好了。”

李丸回："改地点了，马上把车开到天清泉洗浴城停车场，钥匙交给前台服务生，就说乌鸦来取，然后马上赶往威海。十点之前，我要听到你用威海的公话给我回电话。"

发短信的时候是八点五十，从烟台到威海至少得一个小时，李丸算好了，老武得屁滚尿流地往那儿赶。

快到市里的路上李丸办了两件事，一是去自动取款机取了一些钱，二是去一家规模较大的商场买了顶假发。她原来是短卷，从商场里出来就变得长发飘飘了，鼻梁上还多了副眼镜。

小孩歪着头看："阿姨不像阿姨了。"

"像谁呀？"

"像别人。"

老武果真用威海的公话打来了。李丸摁掉电话，给老武手机回短信："每隔十五分钟给我拨一个公话，说一句，我是个浑蛋。"

回到烟台后，李丸把车停在一家酒店的地下停车场，然后带小孩打出租车去天清泉洗浴城，从前台顺利拿到车钥匙。老武把装钱的黑塑料袋放在驾驶座底下。李丸给白兰打电话，让她在家等着，帮忙带带一个小孩。小孩问："阿姨，你要送我去哪儿？找妈妈吗？"

李丸说："游戏还没结束呢，快了，你先去一个阿姨家里，要乖乖的，不许哭啊。"

不久白兰就来电话，说小孩哭着闹着找妈妈找阿姨。李丸交代白兰，告诉小孩游戏即将结束，如果不哭不闹，他很快就会得到那辆坦克。白兰问这小孩哪儿来的，李丸说回头再告诉你。

李丸在大润发北门的永和豆浆店坐着吃午饭，喝豆浆。一个脏兮兮的叫花子拄着拐杖蹭进玻璃门，挨张桌子讨钱。李丸指指窗外，说："你去把那个转来转去的人叫进来，就那个穿土黄色夹克衫的，就说有个熟人请他吃饭。你叫他进来，我就给你十块钱。"

"刚刚一上午没见，怎么，不认识我了？"李丸甩甩长发，眼镜摘下来，说，"鼻梁都压塌了。"

绑匪张着嘴巴，好半天，说："我就知道，你还是跟那龟孙子一伙的。你们合伙把我蒙了。"

李丸说："我赢了，承认不？"

绑匪说："一群无赖！"

李丸吃完油条，喝完豆浆，把装钱的黑塑料袋放到桌上："这是你的六万块，"又从钱包里掏出一沓钱，"这是一万块，我答应给你报销的，还有十三天的误工费，多算你一天。够不够？"

绑匪目瞪口呆地看着李丸。李丸说："看什么看？我说你智商高，你还以为真高啊？你蠢死了，以后别干这种事了，这种事也是你能干的啊？绑架那也算是一门功夫，一门学问，一门智力加胆量的黑色艺术！你说你懂什么呀？你是有智力还是有胆量还是懂艺术啊？你什么都不懂，所以还是老老实实回去养貂吧。到虹口宾馆地下停车场开你的车去，不过得修，维修费你自己出。另外，手机卡我给你扔了，去买张新卡，以后干干净净重新过日子。最后，跟我去趟商场，别问为什么。"昨天夜里，绑匪被李丸连蒙带唬，弄得一整天都没敢开机，直到现在，才知道自己兜里的手机不过是个废物。

在商场里，李丸想买一个超大型坦克，她跟售货员解释，要"小孩能坐进去的、仿真的、能开炮射击的那种"，售货员说没有，但她能提供一个卖这东西的地方，在南郊汽车城对面，有家店专卖这种模拟军用坦克。

李丸开车拉绑匪去买坦克。坦克非常气派，1∶10的比例，的确挺仿真，可以前进后退左右转向，炮塔双向360度旋转。总之哪儿哪儿看着都满意，就是价位不满意，有点高，小一万。

李丸斜眼看着绑匪："这钱应该你出。为了糊弄那小孩老老实实待着，我可是告诉他咱们三人在做游戏的啊。我替你答应他，游戏结束你送他一辆坦克，他要开着上幼儿园。"

"真的？""那可不！要没这块肉在前边吊着，你以为他能陪你在那兔子不拉屎的地方待这么些天？"

绑匪想了想，说："你太善良了。我知道，根本就不是什么游戏不游戏的事儿，你是怕小孩将来有心理阴影。跟你一比，我不是人。这钱我出！你要是不让我出，这六万块你就拿回去，我不要了！"

"嗬，有钱了，款起来了？这样吧，咱俩对半，不要争了。小孩跟咱俩待那么些天，总得送点什么留个纪念。"

午后李丸给白兰打电话，约她在小站见。带着小孩。

李丸特别喜欢通往小站的那条窄街。行人寥寥，路两旁的银杏树叶发出沙沙的响声，有时还有鸟叫。李丸抬头搜索那只鸟，说："我忽然想念起那只小乌鸦来。"绑匪在旁边扛着那个重达几十千克的坦克，说："想了就回去看看呗。"

喝了咖啡，李丸对绑匪和白兰说："你们俩该回哪儿回哪儿吧。"她在秋千椅上坐着，荡来荡去，看着小孩，等着老武。

小孩完全被坦克吸引住了。

（原载《人民文学》2010 年第 5 期，《小说选刊》2011 年第 1 期转载，入选漓江出版社《2011 中国年度中篇小说》）

去槐花洲

我到达火车站的时候发现人很多，候车室里乌压压的。吊灯发出黄晕晕的暗光，照着这些横七竖八正在打盹或吃东西的人。空气里的味道很难闻。我在离卫生间很近的地方终于找到一个空座，此前它让一个民工穿着开口运动鞋的双脚占据着。我站着看了他大约一分钟，他不好意思，挪开脚，让我坐了上去。不知道为什么我特别困特别累，否则，我可能不会去打扰这个民工，他正躺在两张椅子上休息。

我坐下以后环顾了一下候车室，为它的狭小简陋感到难过，并想到待会儿刘步肯定又要对此进行抱怨。每次出差回来刘步都要重复这种抱怨，然而他命不好，总出差，基本上他就工作在出差和抱怨之中。我正想着的时候，听到一则通知，是关于刘步那趟车晚点的，具体晚点到什么时间还不确定。现在已经是深夜十一点了，有几个跟我一样在接站的人烦躁不安地站起来，朝窗外眺望了几眼。其中有一个离开了，一个重新坐了下来，还有一个掏出手机开始打电话。我旁边有一个人叫住一个客运员，问这趟车到底什么时候能到。

我这才发现，不知道什么时候旁边换人了。民工不见了，现在是一个衣着很体面的男人坐在那里。他转头冲我笑了笑，说真不知道要等到什么时候。我说是啊。他说你等谁。我说男朋友。他说我也是，等女朋友，确切地说是未婚妻，我们不久前刚领了证。我说是吗，我们也是不久前刚领了证。他说，真巧啊。我说，是啊。

于是我们就开始交谈，并很快热络起来。我发现这个男人长得很好看，嘴角微微上翘，正是我喜欢的那种，看起来特别性感。他对我似乎也感觉不错，我们聊得很投机。后来，我们似乎都对那趟车到底什么时候能来不感到那么焦急了。广播室里又在通知，说火车继续晚点，我们的话题被打断。停顿了一小会儿，他忽然说，我有个建议，我们不要接站了，坐车去旅行，你看呢？我说，大半夜的，去哪儿呢？他说，随便去哪儿都行，我去买票。

说完，这个男人就离开候车室买票去了。我愣了一小会儿，为自己刚才那暧昧的默许羞耻了片刻。但是这场深夜神奇的旅行太有诱惑力了，我感到我根本无力抗拒。我想，刘步这几年总在出差，从我们确立恋爱关系到领结婚证，前后历时五年，每月按出差一次计，五年他共计出差六十次。每次我都来接站，现在我不接一次，又能怎么样？一样事情干多了就会烦，何不改变一下呢。

在我这样想着的时候，他回来了，一只手拿着两张车票，另一只手提着一袋食品。我们的旅行正式开始了。

火车是开往距此八百公里的另一个城市的，那是一个大城市，他买的票到站是中间一个小镇，名字叫槐花洲，基本位于始发站和终点站的中点位置。我从没去过这个小镇，这很符合我的理想。我这才发现，长久以来我早就盼望这样一次突然的离开了。是的，突然，此刻我感觉这个词语异常可爱，异常具有改变性、颠覆性和不可知性。在他一手拿着车票一手提着食品回来的五分钟后，火车开始检票了。我一边跟着他往检票口走，一边想，真是突然，怎么会这么突然呢。

他很为自己的当机立断而自鸣得意，瞧，如果晚五分钟，就买不到车票了，知道吗，这是这个车站今夜发出的最后一趟车了。现在，我们不用坐在这肮脏的候车室里等那不知道到底什么时候才能来的火车了，我们要去一个小镇了，今天是周末，多好。

是啊，多好。就在此前，我还为明天、后天这两天我跟刘步计划要干的事情而头疼。我们正在准备结婚，要去婚庆公司，要拍婚纱照，要打扫新房，要写请帖，还要做爱。我们的做爱已经很按部就班，我觉得跟多数人婚后情况大致差不多，我已经感到厌倦了。现在这一切都不用去做了，至少这两天不用做了。

他买到的车票是硬座，上车以后，我说我们不要去补卧铺了，我很久没坐火车穿越黑夜了，你的意思呢？他说，正合我意。车上人不多，我们面对面坐下来，开始吃东西。他买了很多适合女孩子吃的零食。在吃东西的时候，他掏出手机来，关掉了，我也掏出手机来关掉了。这样一来我觉得很有安全感了。

接着我们开始聊天，每人讲了一个坐火车夜遇陌生人的故事。他讲的是有一回夜遇一个美丽女人：她看起来很困，什么都没说，就熟人似的兜住我的胳膊，头搭到我肩膀上，睡着了。那时候我还小，读大学，学校里那些女生远没有那女人有味道。我就很幸福地坐着，让她枕着我睡觉。半夜她醒过来，忽然吻了我一下。那是我的初吻。后来我恋爱了，每次跟女朋友接吻，都会想起那个女人。

他讲完后，我也讲了一个。大约是在我十七岁的时候，也是深夜。车厢里很静，我对面坐着一个年轻男孩。前半夜我们彼此都很冷漠，甚至目光都从来没有交会过，深夜的时候，我们同时趴在桌子上睡觉了。他趴了很久，一动不动。桌子那么小，我能听到他轻微的呼吸声。然而实际上他并没有睡，他悄悄地把手抬起来，手指轻轻搭到我的手上，慢慢地覆盖下来。天，那是第一次有陌生异性那样偷握我的手。我大气都不敢出，睡意全无。我现在仍记得那感觉，他的手很温和，很小心，很纯洁。我们同时保持那个姿势很久。后来我的半个身子都麻木了，他似乎感觉到了，松开了。我直起身子，看到他也直起了身子，目光在看窗外。我们仍然不说话。之后他先趴到桌子上，握过我的那只手微微蜷着，放在头发旁边。我也趴下来。他再次伸过来，握住了我。天亮以后，人们都醒了，我们再次陌生了。整个上午他没有看我一眼，我也没有看他一眼。车到站，下了火车后不久，人很多，我们就找不到彼此了。以后呢，被很多男人握过手，都没那次感觉独特。

这件事，你未婚夫知道吗？他问我。

我说，哪能让他知道啊，他一直认为我很纯洁很正派。

那你认为你不纯洁不正派吗？他问我。

我反问他，那你告诉过你未婚妻，每次你跟她接吻时都要想起别的女人吗？

他笑了，说，更不敢告诉了，她会跟我闹个没完。

我说，是啊，谁敢说自己纯洁正派呢，每个人心里都藏着一头欲望野兽，其实你未婚妻也不例外。

你是说，我们平时都在隐藏自己？他问。

难道不是吗，我说，你敢说除了未婚妻，你没有跟别的女人做过爱？

他默认了。那么你呢，喜欢过别的男人吗，他问我。

我说，喜欢过。

但那是另一码事，是吧，他说。

我说，当然了。

小镇是在黎明时分到达的，是个很小的小镇，除了我跟他，没有别的旅客下车。我站在还很模糊的天色里看了看。火车站似乎也是简易搭建的，钢结构，刘步是学建筑的，所以我懂这个。火车只停留了大约一分钟就开走了，空荡荡的站台上再没有其他人了，路灯灭了，到处显出过分的简单和干净，只隐约看到一个标明站名的站牌，上面写着三个字，槐花洲。

我告诉他说，这个小镇的名字跟我外婆村的名字一样。我怎么从来没听说过这趟车停这样一站？

他说，是啊，我以前也没听说过，车站售票员说这是刚刚增加的一个停站。

我们的食品在车上已经吃完了，现在我背着我平时上班背的包，包里放着手机、钱包、唇膏、纸巾、身份证和乘车卡。他背的也是一个很简单的公文包，我们看起来根本不像刚刚经历了一段四百公里旅程。他说，先找个地方住下吧，我说好。我们很容易地找到了一家酒店，价钱适中，房间如我希望的那样洁净，是我以往住过的所有酒店里最洁净的，完全可以满足我的轻度洁癖。

在前台登记房间的时候，他没有问我，就要了一个单人间。我站在他旁边，没有表示反对。现在这个单人房里很显眼地摆了一张大床，床上铺着白底深蓝花朵的床单和被子，枕头蓬松，让人看着很想躺上去。于是我们相继去洗了澡，相继躺到床上。

我们很快就相拥睡着了，谁也没有提出做爱的要求，甚至没有对对方的身体给予过多的关注，这也比较符合我的理想。觉睡得很沉，质量不错，没有做梦。长期以来我似乎一直睡在梦里，无梦的睡眠很早就已经离开我了，每次从睡梦里醒来，我都要花相当多的时间和精力为梦里那些事情而恍恍惚惚地忧伤或叹息。

我们是同时醒来的，醒来时已经是黄昏了，都没有起床的意思，就躺在被子下面继续聊天。这次聊的是初恋。他说他的初恋对象是自己姨家的表姐，当时上初中，他着了魔一样天天放学后骑着自行车去三里地外的二姨家。而所有人，包括他表姐在内，都对他的暗恋一无所知。谁会想到他会爱上自己的表姐呢。

后来呢?

后来，当然是无疾而终了。当时已经懂得近亲不能结婚了，表姐不久就去念师范学校，谈了男朋友，为此我很是痛苦了一段日子。你呢，他问，你的初恋是在什么时候?

我说，大概也没人会相信，我的初恋更早，上小学三年级的时候，好像只有十岁。放暑假时到外婆家去住，隔壁家一个男孩子，每天都蹲在他家的厢房顶上跟我聊天。我站在墙的这一边，仰着头，跟他说话。槐花洲这个村子很奇怪，长了很多紫槐树，我长大后见到的都是白色或淡粉色的槐花，紫槐花再也没有见到了。外婆家院子很大，也种了那么多紫槐树，风一吹，树叶哗哗作响，槐花香气四溢。我们就每天那么隔墙说话，我爱上了他。他也只有十岁。

你未婚夫知道吗?他问我。

我说，哪能让他知道呢，他一直以为他才是我的初恋。

后来呢?

后来，暑假过完了。再后来，外婆被接到我家去住了，槐花洲就再也没有去过了。我甚至都忘了那个男孩子叫什么名字。只是，即便现在，也能想起他蹲在厢房顶上看我时，那黑漆漆的干净的眼睛。

讲完初恋，沉默了一会儿，他说，我们出去吃饭吧。我们就掀起被子穿好衣服，一起出去吃饭。

小镇很干净，香气浓郁，到处生长着紫槐树，一如我记忆深处的外婆村。我记得我们刚刚从我们的城市出发的时候，天气还有些冷，刚刚三月，残存着倒春寒的味道，而这小镇，却到处盛开着紫槐花，温暖如春。

到处都是陌生人，迎面走来，擦肩而过，身上带着香气。我告诉他，我对陌生人的触碰异常敏感。上初中的时候，有一次骑车去上学，下着小雨。后面一个男人骑着摩托车，雨衣盖住了头，经过我身边的时候放慢车速，在我胸部摸了一把，加了油门跑掉了。那时候我胸部刚刚开始发育。

第二次，出差到上海，一个人逛街，对面走过来一个男人，目光并没有看我，经过我身边的时候，忽然伸手在我胸部摸了一下，然后，若无其事地走掉了。我回头看了看他，他背影很帅。当时我竟然希望他回头看我一下，但是他没有回头，就那么消失在人群里。那个时候，我已经发育成熟了，胸很大，也许正是因为胸大，才吸引了那个男人去摸我。第三次，是在晚上，我一个人经过小区外面的地下通道，当时头顶上正经过一列火车，通道里没有灯，只有火车经过时的微光。一个男人骑着自行车，在我胸部摸了一下，就很快速地穿过了地下通道。那个时候我已经有性经历了。

对这些触碰，你是不是有一些欢愉的感觉？他问我。

我很诚实地回答他，是。

对你未婚夫不能如此诚实吧，他问。

我说，是啊，比如说第三次。那天是跟我未婚夫约会的日子，见面后我告诉他那件事后，就很愤慨地表示，我当时气急了，蹲在通道里面找石头，打算去追那个流氓。其实从那以后，每次走在街上，我都不自觉地喜欢观察那些迎面走来、正要经过我身边的异性，对某些长相较好的，难免想入非非。你们男人也是如此吧？

他说，当然了，男人走在街上，更容易对漂亮女人想入非非。

我们找到了一家不错的饭店，干净雅致，饭菜也很合胃口。他为我频频夹菜，很绅士。我想起刘步，这个人很久前就不给我夹菜了，只在我们刚确定恋爱关系那段时间他这么干过，后来就不干了。我失去类似于这样的享受已经很久了，也许这也是造成我对结婚不那么向往的原因之一。

怎么想起刘步来了呢，突然离开不就是为了躲开他，自由一下吗？我谴责了一下自己，然后把他驱逐出境。

吃完饭，我们在小镇上走了走。小镇很小，没多久就走完了。街上变得安静了，没有夜生活的小镇像一个纯洁的处女。他伸出长长的胳膊来，抱住我的肩。我很喜欢男人抱我的肩，这样可以离得很近，脸蹭着他的衣服，闻他身上好闻的体味。他似乎也知道我的喜欢，很安静地抱着我。此刻我觉得他就是我爱着的人。我把这感觉跟他说了。他说，我也是这样。其实爱这东西，干吗要那么条分缕析呢，谁规定不能有特定情境下的爱情呢。哪怕一秒钟内有那感觉，也是爱情啊。

那么就是说，我们在恋爱了？我问他。

他说，当然了，难道不是吗？

我说，那么你的未婚妻和我的未婚夫，我们跟他们的关系算什么呢？

他说，也算爱情，不一样而已。其实你知道的，还来问我。

我笑了。我说，我当然知道了，两天的爱情。

这样一来，我觉得这就是爱情了。

走到酒店，我们已经浓情蜜意了。在阳台上坐着闻紫槐花的香气，我们又开始聊别的。他很诚实地告诉我，除了未婚妻，他还跟六个女人有过关系。当然，这六个女人，每一个都曾让他短暂地动心。那些没动过心的，就不必计数了。

我说，不必计数的，都来自于风月场所是吗？

他说，是。应酬的时候，往往身不由己。开始的时候也坚守了一段时间。有一次出差，半夜小姐在电话里请求提供服务，我拒绝了。小姐不依不饶，过了一会儿，居然两个一起来敲门，说给打折，五折，玩三人游戏。我还是拒绝了。打电话的小姐过了半个小时后又气冲冲地来敲门，进来之后二话不说，就把我往床上摁，说，我做了这么多年，还没遇到你这样的，这么让我栽面子，今天我非要把这事做成了，免费。跟客户在一起呢，开始时我也只是让客户进去，自己在外面坐着，等人家出来后负责结账。后来客户觉得这样不舒服，凭什么你就要显得比我们清高？就拽着一起进去，条件是进去了就签合同，不进去呢，合同免谈。这样一来，就不得不进去了。后来呢，就习惯了。

我想起了刘步。我问他，经常出差在外的男人，不出轨的有吗？

他很肯定地说，没有。其实，女人们为什么要来在乎这样的事情呢，风月场所，连逢场作戏都谈不上。你在乎吗？

我说，我不在乎。即便他对别的女人动心，我也不在乎，但他必须做得滴水不漏。一个人，怎么可能一辈子只对一个人动心呢。失去了对异性的动心，那就说明这个人老得无药可救了。

那你怎么看待出轨，他说，大家似乎都在强调动心是一码事，理智是另一码事。

我说，理智是个什么东西？美丽的东西转瞬即逝，而人生苦短，我时常为此心生哀痛。

他问我，除了未婚夫，你有过别的男人吗？

我说，有过。但是怎么解释这件事情呢，我爱我的未婚夫，而我似乎厌倦了这种爱。一件事情成为习惯，时不时地就会让人倦怠。我相信他也有过别的女人，至少有过连逢场作戏都谈不上的风月事情。但是我们在一起谁都不谈这样的话题。这些话题有什么意思呢，人一辈子说的话里，有多少都是废话啊。

夜深了，我们又洗了澡，然后上床做爱。我们已经恋爱了，做爱是必须的。我多么喜欢这床被子，洁白的底色，蓝色馥郁的花朵。我一直在寻找这样花色的床单和被子，打算买下来放到新床上，但是在我们的城市里我转遍了所有床品店，都没有遇到中意的。我想象中的这床被子，却在这个小镇让我遇到了。我缠着它，无休无止。

第二天是星期天，旅行即将结束，我有一种淡淡的伤感。我们醒来的时候已经是星期天的下午了，这场睡眠依然质量奇好，没有一个梦。没有梦的睡眠多奇妙啊，让我感觉这段时光是神奇的，因为没有在我记忆里留下任何痕迹。它是无限扩张的，它有多长，或有多短，有多深，什么形状，什么气味？

同昨天一样，我们在黄昏时分起床，到外面吃饭。依然温暖如春，紫槐花如梦如幻。

火车是晚上九点钟的，我们将在星期一的凌晨时分回到我们的城市。星期一我要上班，那天有很多工作需要做，他要干什么，我不知道。简易钢结构的火车站很安静，几乎没有什么人，似乎这个小镇上的人也不知道这趟列车新增了这一个停站。火车静悄悄停靠了，只有我跟他两个旅客，各自背着简单的包，上了火车。这个巨大的东西，在槐花洲这个小镇停靠了一分钟，只为了等我跟他，等着把我们带回我们的城市。

站牌在车窗外很模糊地渐渐远去了。

我说，我再给你讲个深夜火车的故事吧。有一回我出差，买到的是中铺。对面中铺是一个跟我年龄相仿的男人，黄昏的时候，我们一起对坐在走廊窗户下面的小桌子上吃饭，吃的都是方便面。我们一边吃面一边交谈，气氛很愉快，他很幽默。我喜欢有幽默气质的人。晚上我们各自在中铺上躺着，他眼睛一眨不眨地看着我，告诉我说爱上我了。在那之前，我们互换了手机号码。我本意不想让他爱上我，多荒诞呢。然而他变得忧伤了，我让他的忧伤搞得有些累，就对他冷淡下来。他伸过胳膊来抓住我的手，我甩开他，翻身面朝墙壁，不再理他。他开始给我发短信，一条一条不停地发。给我打电话，我不接，他锲而不舍地打。你见过吗，两个相距只有半米的人，一个人整夜在给另一个人发短信和打电话。后来我就关了机。半夜的时候我下床去卫生间，看到他在两节车厢连接处站着吸烟，忧伤的面庞在忽明忽暗的微光里，看起来很是动人。后半夜，我容许他拉着我的手，就那样迷迷糊糊地睡着了。凌晨时分，他把我推醒，我看到他站在地上，仰头看着我，说，我该下车了。车窗外有临近站台的路灯光，他仰头看我的样子，从那一刻起，永远也忘不掉了。他下车之前，把自己的毯子搭到了我身上。后来，他给我来过电话，我说，你是谁，我不认识你。此后就没有音信了。

他说，你的忧伤很动人。你未婚夫有没有这样说过？

我说，没有。我很少展露这些脆弱的忧伤给他看。他要的当然不是这些奢靡的没用的忧伤，而我也不想给他这些。我生命中这些过往的人和事，只是我自己的。在某些无关痛痒的时刻，我可能也会拿出来抖一抖，晒一晒，比如说对着你这样的陌生人。这个世界上永远没有绝对的秘密，秘密那么重，一个人哪能承受得住。

陌生人有时候恰恰是安全的，无须防范的，是吧，他问。

我说，不单单是如此。你知道，这些东西是有刺的，陌生人不怕被它刺到。

他坐过来，让我兜住他的胳膊，靠在他肩上。睡觉吧，他说。

等我再睁开眼，看到的是乌压压的候车室，吊灯发出黄晕晕的暗光，照着横七竖八正在打盹或吃东西的人。因为坐在靠近卫生间的地方，我的嗅觉里充满了一种很难闻的味道。我有些恍惚，看了看手机，深夜十一点四十，日历显示是星期五。很显然我刚才做了一场梦，实际上我根本没有离开这个候车室，更没有去什么槐花洲。我转头看了看旁边的人，正是刚才我睡过去之前，站起来问客运员到底火车会晚点到什么时候的人，也就是梦里跟我游历槐花洲的人。

但是此刻他对出现在我梦里跟我一起有过一番游历的事情浑然不知。他转头对我笑了笑，说，你睡了四十分钟了，我们要等的车还没有到。

我说，要晚点到什么时候啊？

这个时候，广播室里又广播了一则关于这趟列车继续晚点的通知。他很无奈地笑笑，说，无期等待。

我们开始聊天，话题很枯燥，不到十分钟，就感觉聊不下去了。我说，我刚才做了一个梦，想不想听？

他好像也对枯燥的聊天感到无计可施，立即说，好啊。

于是我把梦很详细地讲了一遍。为了消磨时间，我讲得很认真，花了将近一个小时，几乎没有遗漏任何一个细节。这次讲述无疑是场冒险，我做好了讲完之后被他骂神经病的思想准备，或者他会找来车站工作人员，控诉我对他进行精神上的性骚扰，建议他们把我送到精神病院去，这也不是没有可能的。

不过，我的冒险没有获得上述那些比较恶劣的后果。他很认真地听完我的讲述，甚至没有表露出一丝将信将疑的神情。无疑，这是一个很有教养的人，我感谢他的宽容。他忽然说，我有个想法，到售票厅看看有没有去槐花洲的车怎么样？

他的举动非常让我吃惊，我犹疑了。他用鼓励的眼神看着我，说，去吧，看看去。我硬着头皮跟着他去了，一边走一边祈祷，千万别有去槐花洲的车。到了售票厅，他在窗口排队，我紧张地跟在他身后。轮到他了，我听到他很镇定地说，我买两张去槐花洲的车票，硬座。窗户里面坐着一位面容姣好的年轻女孩，她轻启嘴唇异常动听地反问他，又很肯定地告诉他，槐花洲？这是什么地方？没有这一站。

于是我们坐回到候车室里，继续等我们要等的车。

（原载《红豆》2008年第6期，《小说选刊》2008年第7期转载，《语文教学与研究》2009年第5期转载，入选漓江出版社《2008中国年度短篇小说》、时代文艺出版社《新实力华语作家作品十年选》、漓江出版社《中国当代短篇小说选》希腊文版）

躺　　椅

一

特快专递的蓝色信封，罗征程是不陌生的。小手指一样精巧的 U 盘，罗征程也不陌生。但特快专递信封、内装物是一只 U 盘，这个组合让罗征程陌生。

当然还有新奇。

那就尽快解决这个新奇的问题。这天是星期一，距八点半公司例会还有二十分钟。在例会上说点什么，罗征程已经成竹在胸，不需要打什么腹稿。U 盘插进 USB 插口，打开，整个文件夹里只有一个视频文件；再打开，播放窗口出现了，画面随之而来。罗征程睁大眼，用了将近一分钟才反应过来，播放的竟是自己的电影。

例会还是照常开了的，自己的电影，罗征程只看了不到两分钟就关了，剩下的时间，用来平复情绪。没有人发现领导跟平常有什么不同。

开完例会，罗征程回去研究特快专递信封。不用研究，罗征程一眼就看出了特别：这东西没贴特快专递的单子，只简单写了“罗总收”三个字。罗征程打电话叫来今天值班的传达老王，询问这个邮件的来历。老王也说不出什么来，只说今天一早就看到桌子上有这东西，猜是上个班交下来的，就夹在今天的报纸里送了上来。

再找来上个班的人深究此邮件来历，这个周章是肯定不需要的，内中物内容也实在不宜这么做。

罗征程又坐到十点多，就夹着包和邮件，没用司机，自己驾车离开公司。

罗征程去的是闻涛山庄，视频文件里的背景所在地，A 座 20-8，随身带着笔记本电脑。这次完整看完了自己的电影，罗征程觉得画面质量还不错，只是他和小简的表现不很美。A 片没少看啊，怎么轮到自己干那件事，就显得不如人家？罗征程居然把精力空出那么一小块，用来思考了一下这个问题，得出的结论是，他和小简没有做好思想准备。要是准备好了，知道旁边有架摄像机在纪录，那肯定会做得很不一般，很有艺术感。他和小简都不是缺乏艺术感的人。

罗征程一直待在闻涛山庄里，他先是搜检了一遍卧室，重点是床的对面。但是没找着什么摄像机，仿佛那东西隐形在空气里。罗征程没感到失望，这在他的意料之中。现在，普通市场上就可以买到针孔摄像机了，小到不能再小，在一栋房子里成功隐身，完全是小菜一碟。罗征程觉得，要找到那摄像机，非得用技术手段不可，自己就不去费那个劲了。

这样就到了中午。罗征程叫了个外卖，吃完后，小睡了一会儿，起来后感到精力充沛，就打电话给小简。小简说，你在哪儿？

罗征程说，你来一下。

来一下的意思就是到闻涛山庄来幽会一下，小简一听，当然愿意，不出半个小时就到了。

罗征程手脚摊得很开躺在床上，小简挤个地方躺下了。躺了一会儿不见有动静，抬头看看，罗征程正纠着眉头，一脑门问题。小简说，想什么呢？

罗征程翻过身子，把小简罩了一大半。小简以为他要行动，却听他说，小简，这屋子里还有只眼睛在看着咱们，你怕不怕？

小简只当罗征程在开玩笑，四下里看了看，说，哪儿有人啊，不就咱俩吗？

罗征程朝床对面很宏观地看了一眼，说，在那里。

床对面最显眼的摆设是一个电视柜，上面放着一台电视机，旁边地上摆着一盆花，再后面是一面墙，墙上挂着一幅画。很简约。但小简还是没从罗征程的视线里得到任何启示，她说，哪里啊？

罗征程就转移了目标，从床头柜上提过笔记本电脑，放视频给小简看。小简以手捂嘴，一副天哪的表情，问，谁干的？

罗征程说，那只眼睛呗。

小简茫然地看了看对面，忽然醒悟过来，说，幸好还没脱衣服！然后就爬起来跑到客厅去了，在客厅里叫罗征程，出来嘛！

罗征程跟了出来，说，谁知道这屋子里藏着几只眼睛呢，说不准客厅里也有。

小简说，太可怕了！我们走吧！

当然是要出去谈事情的，罗征程说不知道屋子里藏着几只眼睛，不是说着玩的，他的确心里没底。

罗征程把小简带到车里，点着火，边开边说，小简，事情是这样的，我们被盯上了。据我分析呢，对方盯上的是我，而不是你。当然，盯上我是有企图的，具体欲置我于何种境地，目前尚不明确。但有一点是肯定的，对方开始行动了，先拿这 U 盘震慑我一下，潜台词是，注意啊，我来了。

小简说，怎么办？

罗征程说，小简，我们该结束了。

小简说，不！

罗征程深深看一眼小简，说，那房子归你。

小简说，我不要，我就要你！

罗征程说，我们再来往下去，还得出大事。

小简说，已经让人家拍下来了，现在分手，不也于事无补吗？

罗征程说，别任性！我爬到这一步容易吗，多少人想我死，你也想我死吗？

小简立马就不说话了，以此表示她没有任性。停了一会儿，小简说，你还在因为套子的事记恨我，不放心我。

罗征程把车停在路边说，这里有公交站点，我先走了，你好好想想吧。那房子现在怎么说也值五十万，过几天我就过户到你名下。你跟了我两三年，也没损失什么，咱们肯定是回不了头了，好聚好散吧。

二

罗征程早有解决掉小简的意思了。来往三年了，多热多甜，也早就淡下来了。不过，产生解决小简之意，淡下来只是次要的一个原因；还有一个主要原因，是小简暗地里把安全套扎破了三次。

不只是跟小简，就算是跟天底下最美的女人好，底线也是要有的。老婆是老婆，情人是情人，一定要泾渭分明，这是罗征程告诫自己必须要坚守的。为什么要弄这么个底线，原因很俗常：罗征程是官场中人。尽管干的是买卖，但这买卖是公家的，罗征程的身份第一是事业单位一个小官员，其次才是这个事业单位下属一个小公司的小老总。这隶属关系很明了，罗征程给单位干着买卖，赚了钱，给公家创一些效益，再装各级头头腰包里一些，最后也装自己腰包里一些。可想而知，这买卖不好干，公婆多，红眼人更多，稍有不慎，惹了谁，背后一捣鼓，上级单位纪委部门就会派人来查。

当然，经济上的不慎很可怕，作风上的不慎可能更严重。罗征程单位的组织部长，前年就因为男女作风问题，自己从十二楼上跳下来摔死了。吃爬虾是很扎嘴的，但人不能因为扎嘴就不去吃爬虾，怎么办呢，罗征程总结了三条经验，一是讲究策略，二是小心点，三是要有底线。第三条尤为重要。罗征程觉得干什么事情都要有底线，有了底线，并牢牢把握好这个底线，就不会有什么麻烦。

当然，什么事情都得有基础，底线也是，没有好基础，就谈不上底线的存在。小简就是好基础，刚认识小简的时候，罗征程一眼就觉得小简不是能给他惹是生非的女人，交往几回，就认定了这一点。

在看女人这件事上，罗征程自恃眼光毒辣，一眼看个差不离，这个试验用在小简身上，算得上非常成功。从一开始交往，罗征程就没费多少劲。双方都有家庭，罗征程偶尔问到小简的家庭，或是小简的丈夫，语气丝毫没有妒意，就像一个长者在关心一个晚辈，又像一个领导在关心一个下属，还像一个朋友在关心一个朋友。而小简呢，给罗征程的感觉是，她对那个情敌也丝毫没有妒意，相反，还尊敬有加。作为一个女人来说，这似乎显得不可思议，罗征程认为，这正是他看上小简的原因所在。

这样，他们两个人很纯洁地好上了。小简从不对罗征程进行物质上的索求，甚至当罗征程对她施以小恩小惠，她都接受得有些勉强，甚至还会找个机会回报一下。比如说，罗征程刚跟小简好的时候，看到小简在用一个挺旧的手机，就用了一个婉转的方式，假意跟小简打赌，如果小简输了，他就输给小简一个手机。赌局的中心事件跟小简家门口一个铁路涵洞有关。罗征程说那涵洞十几年前就存在，小简则坚持以前没有那么一个涵洞。她这么说是很笃定的，因为两年以前，她亲眼看着工人如何在她家门口做了一个涵洞，又如何在铁路线下面挖出一个口子，一点一点地挖深，一点一点地用顶进机把涵洞顶进去。而她搬到那个小区有六年了，她怎么会不知道那个地方以前究竟有没有一个小涵洞呢！为了求证，小简跟很多老人打听涵洞的事情，结果让她百思不得其解，那个地方居然一直有一个小涵洞，等于说，工人们只是在原址上把那个小洞洞拓展了，进行了一下很有技术性的工程改建。小简输了，罗征程就按照赌局的规则，送给小简一个手机。小简接受得很勉强。以后，罗征程仔细观察了小简，他不敢肯定小简对物质没有欲望，但至少肯定她在自己身上没有物欲。但怎么说罗征程也是个男人，而且是个干买卖的商人，一毛不拔肯定显得没有风度，就偶尔送点小东西，不很贵的施华洛世奇水晶项链、玉器，或者干脆两条床单、一箱子冬枣什么的。小简对这些东西倒也欣然接受，偶尔回馈给罗征程一双袜子、一条腰带。

总的来说，小简是值得赞美的，她对罗征程不存在的物欲，还有给罗征程的无限自由，都表明她是个通情达理善解人意的女人。小简从不像别的女人那样，成天电话短信不断，相反，她总是静静等待。罗征程有一次故意试了试，半个月没给小简电话，小简忍不住了，打来一个表示不安，说做噩梦了。也仅限于此。对罗征程的家庭来说，小简是个没有半点危险信号的人。

这样的日子过着过着，有一次，罗征程也看不出来小简是有意还是无意，忽然摸着罗征程的鼻子眼睛说，你说，要是咱们两个人的孩子，他该有多聪明啊！小简这样憧憬着，让罗征程忽然警惕起来。

小简还很年轻，刚刚二十八岁，还没有孩子。第一次那么说的时候，罗征程还以为小简只是在表达女人喜欢孩子的天性，直到小简又说过两次，罗征程才警觉起来，跟小简很严肃地谈了一次。他说，我们好归好，但是要有底线的。小简嘟囔着说，我只是那么说说而已嘛。

但是有一次完事之后罗征程去冲澡，脱套子的时候，忽然注意到那玩意儿似乎有点漏。他脱下来好好看了看，是破的，不易觉察的小孔，一看就属于人为破坏，就拎着它回房去问小简。小简无话可说，干脆招了，说，我爱你，就是想有一个你的孩子，我不要你负一丁点的责任。

罗征程说，你干过几次？

小简说，三次。

罗征程马上就想，这个女人不能要了。三次，前面两次自己都蒙在鼓里，这次虽然发现了，但难保以后不会再出现。

当晚罗征程就义愤填膺，提出分手。小简几乎是惊慌失措了，说以后再也不那么做了，要是知道罗征程反应会如此激烈，她是绝对不会这么做的。我没想到你会这样激烈地反对，小简说。

罗征程过了一段忐忑不安的日子。有一天小简打来电话，小心翼翼地说危险解除了，罗征程这才放下心来。

接下来的日子，小简不敢给罗征程打电话。时间长了，发条短信，语气也是小心又小心的，几乎是咬着牙根在忍辱负重，目的就是为了挽留住罗征程。罗征程狠着心，大约有半年多没有约会小简，小简竟然就能忍下半年，似乎只要罗征程还肯回复她的短信，即便冷硬，即便不见，也表明他们没有结束。

说实话，小简这么忍，罗征程有时候也觉得她挺不容易的。但她咬着牙根忍辱负重的感觉又太让罗征程难受了，何况，难保这女人还会出其不意做出什么别的事情来。半年多没有约会，如何解决掉这个女人跟自己的关系，成了罗征程一段日子以来总是萦绕脑际的问题。

这样一来，神秘的 U 盘带来危险讯号的同时，也带来了另外一种讯号，罗征程觉得是时候利用这个 U 盘，顺水推舟，解决掉跟小简的关系了。

三

特快专递送来一个 U 盘，这当然只是一个讯号，只要罗征程有普通人的智力，就知道接下来还会有别的事，比如敲诈勒索那一套。罗征程当然具备这个智力，并且远远不止这个智力。他已经找了私家侦探，打算对付这个自作聪明送来 U 盘的家伙。

按照正常思维来推断，罗征程觉得自己八成要遭遇敲诈。敲诈并不可怕，罗征程认为那些被敲诈了的冤大头，是因为自己太蠢，怨不得别人。

罗征程不相信，就没有办法对付区区一个敲诈犯，这社会上能人多了去了，敲诈犯会能到哪里去？真要是能人，就用不着敲诈了。

于是罗征程部署好了一切，静等敲诈犯出招。这期间，罗征程稍加留意了一下自己的家庭，准确说，是稍加留意了一下老婆米红。

罗征程的老婆米红，如果要用一个词语来概括，那就是成功女性，如果用两个词，那就是事业上的成功女人，家庭里的贤良妻子。无论从长相还是人品，这样评价这个女人一点也不为过，小区里的居民，还有学校里的老师同学，都这样认为。是了，米红是一名大学教授，在某个学术领域里，她占据着足够高的地位，是他们学校的学术招牌。这样一个成功女性，在小区里呢，每天素着面进进出出，每一个跟她相遇的人都不自觉地喜欢对她微笑，那些在家里被琐事和丈夫搞得很不顺心的主妇，也喜欢跟她唠叨一下。总而言之，米红这个人在所有人眼里就是一个光环围绕，永远都不会发火，不会出错，不会有什么意外的女人，且很有气场。重要的是在家里，这个女人永远都不会对罗征程吆五喝六，或者唠唠叨叨，更不会对罗征程问三问四，偷看手机，偷查衣物。罗征程觉得，这个老婆很给他争脸，很让他省心。

这样说来，罗征程跟小简好的那个底线，一部分来自于罗征程自己的理智，另一部分，应该算是米红自己挣来的。这样一个老婆，除非刻意跟她找茬，才会干起架来，而有点理智的男人都不会那样去干。

在相当长一段时间里，罗征程空闲的时候，细细想起来，也是知足的。家里红旗不倒，家外彩旗飘飘；公司那边呢，小钱赚得也顺溜。至于时常萦绕脑际的解决掉小简的这个小烦恼，宏观看起来，也是可以忽略不计的。

不过呢，商人是相信某些看起来有些玄乎的说法的，比如好坏不过三年。现在罗征程就觉得应验了。从他顶起公司这个门头，跟小简好，到现在正好过了三年，小 U 盘就送来了。这意味着，好运可能该停一停了。是啊，这三年，无论从哪个方面来考评，都是满满当当的。过于满当了，能不来点霉运吗。这个世界上本来就没有什么一劳永逸的好事和坏事。

怎么办，兵来将挡，水来土掩。罗征程自恃是个聪明男人，只要不是天要塌了，地要震了，有什么事不可以摆平呢。能把老婆和情人的关系摆到这地步，两个女人本身素质高固然重要，最重要的不还是罗征程拿捏得好，掌控得好吗。笨男人能做到这步吗？哪个不是闹得鸡飞狗跳。

像罗征程预料的一样，家里没有失火，米红照样气场十足地在学校和家里撑着一小片敞亮亮的天。儿子在寄宿学校上学，很少回来。儿子当然也出息得很让家长满意，帅且不说，精灵十足，很会看老师脸色行事，受宠得很。

米红没有一点点收到了什么异常物件的迹象。罗征程留意着米红，也留意着家门口的邮箱，每天回家就打开邮筒检视一番。除了米红订的报纸和杂志，没别的异常物件，也没有邮递员摁门铃要求签字领东西。家里的防盗门把手上没别过什么东西，门缝里也没塞过什么。除了这些，罗征程每天都登录邮箱和QQ。通讯方式不就这么几种吗，直接去送，或者采用信件、网络、手机。敲诈犯再能，也得在这几样里选择一样。

四

等了几天，罗征程的手机终于出现了异动——一条陌生短信，内容很简单：三十万，三天后，晚上八点，西炮台山纪念碑下，你一个人来。

时间，地点，形式，都讲清了。来而不往非礼也，罗征程肯定得回复一下：我想知道，我什么地方冒犯了您？

对方没有再回复，罗征程也没有再追问下去。说起来，尽管充满不可预知性，甚至可能充满危险性，但这终归也是个游戏，是游戏就得有规则。对方不说，他再追问也没用，反倒显出了胆怯，还是要让那家伙感觉到他的气度和胆识。

不过，三十万的确不是个小数目，公司无论如何不是他罗征程自己的，是公家的，财务账那可不是闹着玩的。当然，一点缝隙也没有，那不可能，但是得费点周章。三天的时间，用来费费周章还是够了的。

罗征程没敢费太大的周章，自己掏了大部分腰包。他把钱都装到一个黑色小箱子里。装钱的时候罗征程有点不解，不知道敲诈犯为什么不要求银行汇款，非让他弄这么个箱子，搞得像地下党接头。罗征程准备好了钱，跟私家侦探联系了一下，设想了以下几种可能和应对措施：

一，敲诈犯去赴了约，并现了身。那么，就由罗征程负责根据现场情况，对埋伏在暗处的私家侦探发暗号，逮住那家伙。私家侦探会带上几个道上混的兄弟。罗征程愿意跟敲诈犯找个地方坐下来，好好谈一谈。钱是小事，罗征程打算把这三十万拱手奉送，只是得谈出个结果来。必要的时候，可以采用一下武力。

二，敲诈犯有可能会采取其他交易方式。比如，让罗征程把钱扔进某个垃圾桶，或者埋到某棵树下。如果那样的话，罗征程就乖乖照办，然后先行撤退，由私家侦探逮住那家伙。这个设想里面还要套上两个设想，一是敲诈犯亲自去取钱，二是敲诈犯买通别人去取钱，比如捡破烂的小孩，街上乞讨的傻子。那样的话，就不能轻易逮人了，就要暗中跟踪，顺藤摸瓜。

当然，也要预想一下后果。比如，第一个设想，如果逮住敲诈犯，就要预想到那家伙还有同伙，一看情形不好，就马上发布罗征程的小电影。第二个设想，如果让敲诈犯在暗处发现罗征程的人在暗中跟踪，也有可能立即发布罗征程的小电影。

总之，一切设想都存在风险，一切都要见机行事。不入虎穴，焉得虎子，罗征程倒是希望交易尽早进行，讳疾忌医要不得。只要让他跟那家伙见了面，他就拥有对局面的掌控权，他自信有这个智力和能力。

晚饭没有回家吃，半下午罗征程给米红打了个电话，说有应酬。米红在电话那端顿了顿，好像有话要说，犹豫了一下又没说。

罗征程捕捉到了米红的这一下犹豫。自从收到 U 盘，罗征程对米红注意多了，要知道，米红的任何表现现在都有可能与 U 盘有关——作为跟这一事件密切相关的另一个人，米红也随时可能受到那小东西的骚扰。罗征程问米红，老婆，有事吗？米红说，没事，你忙吧。罗征程问，真的没事？米红说，真没事。说完就挂了电话。

米红的性格，很少有这样欲言又止的情况，罗征程尽管有些狐疑，还是决定先去干相对重要些的事情。

罗征程不早不晚八点整登上西炮台山顶，在纪念碑下站住了，左手提着那个很显眼的箱子，右手拿着手机，耐心等待。时间一分一秒过去了，罗征程从没觉得时间像今天这样过得如此之快，又如此之慢。期间他拒听了所有跟勒索不相干的电话，只接收短信。共有五条短信在昏黑的山顶跳出来，闪出蓝莹莹的光，其中有一条来自他老婆米红，内容是，你在哪儿？今天是结婚二十周年纪念日，我买了蛋糕，一直在等你庆祝呢。

原来是这样，罗征程一下子明白米红半下午时的欲言又止了。他想，米红这个女人哪，永远都是这么识大体。倏忽间，罗征程激情澎湃起来，更坚定了一辈子为米红守住底线的想法。他当然不能肯定在以后的生活里就不会有别的女人出现，但无论什么女人，都无法撼动米红是他老婆这个事实。他要想方设法保全由米红掌握一半的家。

罗征程没有回复米红的短信，看了看时间，已经九点半了。一个半小时，在一个没有灯光没有人声的夜晚的山顶度过，什么事情也没干，什么话也没说，在罗征程的感觉里，似乎几辈子都没有过这样宁静的时间和空间了。有那么几个瞬间，罗征程的思维甚至游离开来，忘记了此行的目的，不知道游离到哪里去了。总之大脑忽然空了，那空，辽阔无边，无形无迹，让罗征程感觉如入化境。

可以说，罗征程是恋恋不舍地离开山顶的。米红来过短信之后，罗征程从化境里返回来，意识到这个敲诈犯有些过分，就给他发了条短信，您没有守约。对方很快来了短信，你不是一个人，你违反了游戏规则。

罗征程站在黑茫茫的山顶朝四周看了看。纪念碑小广场上只有他自己，周围山坡上遍布着青松翠柏，不能肯定敲诈犯此刻到底躲在哪里。看来，这不是个一般的敲诈犯。罗征程不得不放弃，给那很早就兢兢业业不知隐身于何处的私家侦探发了短信，就先撤了。

出师不利，三十万居然这么不容易送出，罗征程有一种受挫感。但家里还有事情在等着，罗征程调整好情绪，若无其事地面对米红。

米红的表情说明，她没有受到 U 盘的侵犯。罗征程放下心来，在一片祥和的氛围里，切了蛋糕，有滋有味地吃了一块。上床以后，考虑到日子的特殊，还考虑到米红的识大体，又奉献了一下身体。其实米红对这方面已经没有多少想法了，四十三岁了，完成这样一个即便简化到极限的过程，肢体方面也是有些吃力了，反应也远远不热烈。罗征程想，就当是个仪式吧。

五

闻涛山庄的房子，罗征程说到做到过了户，以后那房子就跟他没关系了。罗征程给敲诈犯发了条短信，告诉了他这件事，顺带告诉他，自己跟小简也没有关系了，安在那房子里的机关、针孔摄像机之类的东西，是不是可以处理掉了。对方说，市面上有种设备，类似于红外线扫描仪，用它就能找到摄像机。

这事处理起来相当简单，摄像机就安装在墙里，肉眼看不到，红外线一照，就现了形，抠掉就 OK 了。罗征程抠掉那玩意儿后，敲诈犯发来短信，让罗征程把那三十万放好，随时听候调遣。

罗征程把防盗门换掉，新钥匙还有房产证之类的东西一起装到信封里，打电话给小简，约见面，也没说去哪儿，只说让小简在家等着。

罗征程开车去小简家，在楼下调好头。小简早在阳台上看见了，几秒钟时间就跑了下来。罗征程把车开出小区，没去咖啡厅之类人多的地方，而是一路朝东，开到海边。已经是深秋了，晚上的海边没有什么人，有利于罗征程控制场面。因为小简很有可能失态，她委曲求全，忍辱负重，换别的女人，早就撑到极限了。

事情到了极限就要让它发作。如果小简发作了，那正好，趁势一拍两散，不能含糊。罗征程下定了决心。

车停在一个海边小广场上，熄了火。罗征程把信封递给小简，说，房子过了户，摄像机拆掉了，防盗门换了新的，全部六把钥匙都在这里面，我没留。你喜欢去住，就搬去，不喜欢，就卖掉，自己支配吧。

小简说，不这样行吗？我不要房子。

罗征程说，必须这样，我们不可能好一辈子。你是工薪家庭，日子过得也挺紧，好歹这样也可以补贴一下你的经济。当然，我不是拿这房子来打发你，是给这份感情一个善终，你要理解。

小简说，为什么不能好一辈子？

罗征程说，你见过有好一辈子的情人吗？无论什么感情终究都是会结束的。我们都是聪明人，不要让它走到不可收拾那一步。

小简说，你不再爱我了。

罗征程用沉默来回答小简的这句话。

小简又说，你不再爱我了，而我还爱着你。

罗征程说，小简，无论什么样的爱到最后都是要消逝的，只不过时间早一些晚一些而已。你不是那种不明事理的女人。

小简不再作声了。罗征程想，小简终究是小简啊，自己当初没有看错，这女人牙齿掉了也不会吐出来，把血水喷到他脸上。罗征程硬着心，不去想小简内心在经受什么样的煎熬。

场面是不需要控制的。这样坐了有一个多小时，罗征程发动了车。小简没有异议，罗征程就把小简送回了家。小简没有拿信封，罗征程强行把信封塞到小简怀里，在车里坐着，看她走进黑漆漆的楼洞，然后等着小简亮阳台的灯。以往每次罗征程送小简回来，都要看她亮起阳台灯再离开。小简胆小，丈夫一年里有大半时间出差在外。

但是这次，小简迟迟没有去开阳台的灯，罗征程也只好把车开出小区。想了想，不太放心，就把车停在外面，一个人又走了回来，绕到小简家楼后。小简家住在二楼，似乎什么灯也没开，从厨房窗户里看不到一丝光亮。罗征程在楼前楼后慢慢走了几圈，竖着耳朵，没听到什么动静，比如东西砸到地上或玻璃上的声音。

最后，罗征程还是硬着心离开了。从他跟小简好那天开始，他就没迈进过小简家门槛一步，尽管小简的丈夫几乎算是常年不在家。这是他的底线，他清楚地知道，有些底线如果跨过了，就是自己给自己找麻烦。

回家以后米红已经睡了，罗征程决定不睡到米红旁边，他有说梦话的习惯。罗征程睡到了儿子的房间。迷迷糊糊刚睡着不久，手机发出短信提示音，打开一看，是小简。深更半夜发短信来，在小简，这还是第一次。小简在短信里说，知道我在哪儿吗？

罗征程问，在哪儿？

小简说，涵洞里。

罗征程问，在那儿干吗？

小简说，什么也不干，就是坐着。

罗征程头大了，因为他太知道那涵洞的深浅了，像口井那么陡不说，中间还拐了一个弯，没有灯，视线极其不良，不少出租车都不愿打那儿走。罗征程每次开车从那儿经过，都要小心又小心。此刻小简坐在那里，黑乎乎的，车子开下去，即便有车灯也不可能拐着弯照到小简，一旦司机开得快，很可能反应不及，撞到小简。

就是说，小简用短信让罗征程知道她回家后没出什么意外，同时又让罗征程想象到了其他意外发生的可能性。

去，还是不去？去就意味着妥协，不去就要承担一些风险。这个女人，就是跟别的女人不同，她不跟他闹，就用古怪的方式自虐。看来，不只是素质低的女人会让男人头疼，通情达理的女人一旦做起什么事情来，违反常态，更让男人头疼。罗征程加剧了跟她了断的想法，就狠下心来，把手机关了。

以他对小简的了解，罗征程觉得，她比一般的女人理性，还不至于真坐在那里自杀，也就是自虐一下，目的呢，也不会很明确，如果能以此挽回罗征程，那自然更好。

六

罗征程的估计没错，小简没出什么事。第二天早上，罗征程特意开车从小简单位门口转着走了一下，看到小简从公交车下来，穿过马路，去了单位。远远地看起来，小简只是神态有些疲倦。小简的工作，也是多半时间要用来对付办公室里那些人模狗样的同事，生存艰难，即便夜里坐在涵洞里痛不欲生，第二天也还要照常上班，强颜欢笑。罗征程在心里叹了一口气。

但罗征程还是理智地告诉自己，这个女人跟自己没有关系了。他要对付的事情还很多，当下要全力对付敲诈犯。而且，怎么说呢，他之所以被敲诈，难道不是拜小简所赐吗，如果没有小简，他怎么会被敲诈呢？作为一个男人，有这样的想法，说起来也的确是不够男人，但是此刻用来坚定不再理会小简的决心，还是有点用处的。一个男人跟一个女人好了以后出现了霉事，不是女人的错，也得坚决分开，否则，会越来越倒霉。做了几年生意，罗征程也相信这些说法了。

当天下午，敲诈犯又发来短信，要罗征程晚上带着三十万去一度影院。去了以后一看海报，是外地来了个话剧团。影院里是放大片还是演话剧，对罗征程来说都不重要，重要的是他手里的箱子，还有将要来跟他交接这箱子的神秘朋友。

挺幸运的，罗征程买到了敲诈犯指定的座位，后面倒数第二排，角落的位置。私家侦探还有他的人马呢，也来了，不过，是分散买票进去的。罗征程觉得敲诈犯再能，也看不出那么多人里谁跟他一伙。照此说来，影院这样的地方，跟西炮台相比，更有利于伏击一些。不过，从另一方面看，阻碍也更大一些，人多，不便下手，并且影院里还有持电棍的保安。

舞台上演员个个嗓门洪亮。罗征程把手机调成震动，握在手里。来过几条短信，但都不是敲诈犯的。罗征程有一搭没一搭地看着话剧，居然回忆起跟老婆米红恋爱时，也来这家影院看过一场话剧的事情。他朝旁边看了看，旁边坐着一个女孩，怀里抱着一个袋子，散发出一阵阵爆米花的香味。女孩边吃边看话剧，嘴巴一刻也不闲着。当年罗征程也给米红买过爆米花，不过米红不好意思吃，很僵硬地抱着一袋爆米花一直坐到最后。跟小简好了之后，有时候小简也提出去看场电影，都让罗征程否决了。罗征程觉得可笑，看电影都是什么年代的事了，他一个四十多岁的中年男人，成功男人，还去什么影院！

罗征程四下看了看。他记得当年影院远没有现在这样富丽堂皇，他跟米红坐下后才发现中间的扶手掉了，罗征程一看没有扶手，心里就有些念头动来动去，但是一碰到米红的胳膊肘，米红就打哆嗦。

回忆还是很美好的，但这场短暂回忆进行到这里的时候，忽然跟什么东西发生了轻微的碰撞，罗征程的思维遇到了某种重叠的感觉。他定下心来理了理思维，发现那种重叠感来自于屁股底下的座位。是的，如果罗征程没有记错，此刻他坐着的位置，应该就是当年跟米红约会时坐过的同一位置，只不过，当年是冷硬的木质椅子，两张椅子中间的扶手还断掉了，现在呢，已经换成沙发椅了。厚厚的海绵，蓝色的天鹅绒椅面，从里往外透着一种柔软和温暖。旁边那个不停吃着爆米花的女孩，让罗征程想起当年坐在那里的米红，就是那样的年龄，含苞待放。

罗征程为这种巧合感到万分不可思议，继而对敲诈犯生出了疑问。他发短信问对方，为什么指定我坐在这个座位上？敲诈犯没有回复。罗征程就心猿意马地看了会儿话剧，可惜他实在对那玩意儿不感兴趣，并且觉得演员们嗓门过高，长久地听，对耳朵实在是种摧残，就不耐烦了。恰在这时，敲诈犯来短信了，内容跟上次差不多，取消交易，因为你不是独自一人。

罗征程简直有些恼火了，写了一条短信打算质问对方怎么这么肯定他不是一个人？但想了想又删掉了，没发送。

罗征程把箱子直接提回了家，觉得很疲倦，倒下就睡了。第二天早上，吃饭的时候，罗征程看着米红，想着一度影院关于座位的神秘巧合，心里又产生莫名的不安与狐疑。他对米红说，老婆，记得当年咱俩谈恋爱时去看电影的事情吗？

米红说，怎么了，忽然想起这些事情？

罗征程说，可能是怀旧吧，人老了。我记得，我们座位中间的扶手掉了。

米红说，多久以前的事了，我早忘了。

米红安静地喝着豆浆，跟往常无异。罗征程想，也许座位的事情真的只是一种巧合，我是让敲诈犯弄得神经过敏了。

饭吃完了，罗征程拿起包刚要走，米红忽然正色问罗征程，老罗，屋里那箱子是谁的？罗征程说，朋友的，暂时在家里放几天。米红警惕地说，里面是钱？罗征程说，是。米红说，赶紧给人家啊，别出什么事。

是啊，罗征程想，我也想赶紧送出去啊。现在罗征程不心疼这些钱了，赶紧送出去，不要让那家伙这样牵着鼻子走来走去，花钱消灾吧。

可是罗征程想得挺美的，似乎那家伙是罗征程肚子里的蛔虫，知道罗征程这样想，就偏偏不想让他这么容易卸下这副担子。罗征程刚到公司，就收到短信，你一再违反游戏规则，现在我不要钱了。

罗征程回复道，那你想要什么？请说。

敲诈犯说，随时等我短信吧。

罗征程说，最好先告诉我一下，好有个准备。

敲诈犯说，不用准备。

罗征程说，我看，钱也准备好了，还是给你吧，咱们约个时间见面，好好谈一谈，可以吗？我保证就我一个人。

敲诈犯说，少　嗦！现在知道害怕了，早干什么去了？

箱子看样子是送不出去了，罗征程还想游说敲诈犯答应收下三十万，但是人家不再回复了。

新一轮等待开始了，罗征程告诫自己要沉住气，不能乱，乱了就要坏事。还是那个策略，兵来将挡，水来土掩，罗征程不信区区一个敲诈犯就能控制了他的人生。是啊，人生，多重要的一个词，他罗征程的人生只能由自己说了算。

比方说小简，她在罗征程生活里存在过一段时间，罗征程要带着她走多远，是一步，还是两步，朝什么方向走，得自己说了算。

又过了几天，敲诈犯那边倒是没有什么动静了，家里这边，米红要出差，去昆明开一个学术研讨会。米红买了一只大箱子，收拾好了行李。罗征程表面上很平静，心里却很庆幸这学术研讨会开得太是时候了。自从敲诈犯不要钱了，罗征程就加大了对邮筒的监控，现在米红要去出差了，敲诈犯从她身上打主意的可能性就暂时不存在了。家庭是不能破裂的，家庭破裂了，罗征程在单位的名声就要臭，名声臭了，前途就完了。

七

星期一早晨上了班，刚开完交班会，秘书小李就告诉罗征程，外面有位女士自称是罗征程的大学同学，正等着呢。罗征程说让她进来吧。

来人居然是小简。罗征程几乎要惊诧了，小简竟然也能干出找上门来的事情？是他罗征程过去看扁了小简，还是小简脱胎换骨了？

小简也不说话，坐在罗征程对面，不是谈判的架势，也不是哭诉和质问的架势，平静得可怕，似乎什么都没想，又似乎正在酝酿某件天大的事情。罗征程过去从未见过小简这副样子，简直称得上高深莫测。

什么事情一高深了，就有震慑力了。罗征程迅速决定不对小简咄咄逼人了，那种态度现在拿出来，不知会有什么后果。罗征程尽量温柔，问小简，小简，有事吗？

小简拿眼看着罗征程，表情依旧平静得可怕，说话的时候，唇角微微动了动，牵出一缕似是而非的笑纹，说，晚上十二点，涵洞下面见。

罗征程说，小简，开玩笑吧，去那儿干吗？有什么事就说嘛，我一定倾力相助。

小简已经站起来了，居高临下地又看了一眼罗征程，就飘然而去。

罗征程自恃对小简是了解的，简直从头发梢了解到毛细血管，以过去这种了解，给她八辈子，她也不会找到罗征程的单位里来。现在罗征程完全摸不着头脑了，他坐在办公室里回顾小简惊鸿一瞥的造访，确信小简真是脱胎换骨了。单是那眼神，罗征程就参悟不了，别的就更不用说了。

不管怎么说，罗征程挺恼火的。小简这么做，严重打击了他的自信，过去小简何曾给过罗征程一点难为啊，那个习惯把一切委屈都嚼碎了自己吞掉的女人！

罗征程没开车，打车去了小简家门口的涵洞。小简家所处的位置在城市东南角，有些偏僻，午夜时刻的涵洞很黑暗很安静，没什么人。罗征程下了车，没看见小简，就摁亮手机，朝涵洞里面走，打算穿过涵洞，看看小简是不是在另外那头等着。没想到在涵洞深处拐了弯，却看到小简坐在那里，一个瘦削的后背，影影绰绰的，如同鬼魅。

小简听见脚步声，头也没抬，说，坐吧。小简熟悉他的脚步声，这个念头一闪，罗征程感动了一小下。

可是，怎么能坐在这里呢，不像话的。罗征程说，开什么玩笑啊小简，起来吧，别受凉。

小简扭过头来，罗征程多少有些适应了涵洞里的黑暗，他让小简冷峻的眼神吓了一跳，不由自主坐了下来，说，好好，我坐，有话想说是吧？

小简却不说话了，罗征程偷眼打量一下，觉得小简简直有一种视死如归的气质。看看这陡峭的涵洞，跟小简的气质一配，几乎就像个坟墓了。要在往常，小简哪敢有这举动，即便有，罗征程也早就捏着她的手腕，把她拎起来，扔到马路边上了。可现在罗征程不敢妄动，觉得还是静观其变为好，谁知道他拎起小简来，小简会不会二度造访他的办公室。小简太明白他的软肋了，过去他们好的时候，他没什么软肋，现在情况显然不同了，要识时务。

于是罗征程就这么陪小简坐着。不知道坐了多久，从马路上开来一辆车，拐下了涵洞。罗征程坐在地上，感到车轮摩擦地面的声音异常巨大，简直像有一万吨，轰隆隆地碾了过来。他不由自主抓住小简的胳膊，说，快起来，有车来了！

没想到小简坚如磐石地坐着，那么瘦削，力量却很大，罗征程拉了她一把竟然没有拉起来。相反，小简拽了罗征程一把，喝令他说，坐下来！罗征程不知道怎么的，一下子重新跌坐到地上去了。

涵洞很窄，小简坐在墙边，罗征程贴着她坐在里侧，危险系数比小简大。就在几秒钟之内，后面那辆车碾过来了，拐弯了，灯光唰地打过来，车发出一声怪叫，紧贴着罗征程的胳膊肘过去了。刺的一声，罗征程感到衣服袖子被刮破了。

车在前面停下来，是辆出租车。司机探出头来，气急败坏地骂，脑子有病啊？要殉情啊？到马路上直接找辆车撞上去不就完了？

罗征程不敢回嘴，感到心还悬在嗓子眼里没落下去。出租车开走了，罗征程还在琢磨司机说的那句话，要殉情啊？莫非，小简拉自己来，深更半夜坐在这危险的涵洞里，是因为活够了，想死，拉自己一道？罗征程扭头刚打算问小简，却看到小简一脸轻松地站起来，拍拍裤子上的土，再次飘然而去，连看罗征程一眼都没有，转眼就消失在涵洞里，朝小区方向去了。

似乎小简让罗征程那么陪她坐着，就是为了等一辆车到来，让他惊魂一下子。罗征程摁亮手机，迫不及待地让微弱的光照着，离开涵洞，走上马路。看看手机，凌晨一点半了。马路上依然没有什么人，路灯不怎么亮，昏昏地照着，也没有出租车经过。罗征程只好朝另一条大街走，走了大约五百米，终于走到车水马龙的大街，才打上车回了家。

简直难以想象，罗征程夜里被噩梦光顾了。梦里可不像刚刚过去的现实那么有惊无险，罗征程让那辆车碾着了，那家伙像巨型怪物，一口就鲸吞了他。车过去之后，罗征程看到自己被碾成了一张饼，血和肉还有骨头都服服帖帖地摊在涵洞地面上。而小简，两肘交叉抱着，冷冷地俯视着变成一张饼的自己。

冷酷的女人！罗征程指着小简骂，把自己骂醒了，身上没有汗水，只有一片鸡皮疙瘩。

八

罗征程备受煎熬，一方面是小简脱胎换骨成为冷面杀手，时不时给他来点惊魂。继那次涵洞事件之后，罗征程又受邀去那个要命的地方坐过三次，每次都是等有车来之后，小简才心满意足地离开。罗征程后来都有些变态了，只要一坐到那个涵洞里就盼望后边赶紧开一辆车来。车开来了他就可以离开了，当然得担风险。不过每次罗征程和小简都是有惊无险，遇上的几个司机技术都不错，只是罗征程得挨不少的唾沫星子。大晚上的，挨些唾沫星子罗征程也不在乎。

怎样应对这种局面，罗征程不是没想过，有一次打定主意使美男计，想用温情软化小简，结束这让他头疼的冒险，再这样下去，罗征程在公司里开会可就不会一点方寸都不乱了。可是小简不吃他那一套了，罗征程给小简发短信，说，下班后来一下。离小简下班时间还差半个小时，罗征程就先去了闻涛山庄，A 座 20–8 关着门，罗征程挑选的防盗门紧紧地闭着，把他拒之门外。于是罗征程只好在门口等着，边等边生出一些懊悔，怀疑自己是不是这件事做得有点欠考虑。原本觉得孤注一掷是解决问题的最佳方案，现在看来这样很不妥，六把钥匙全给了小简就是一个证明，把自己的后路堵死了。

小简下班时间过了半个小时，即便路上堵车，也早该到了，可是小简没到。又等了半个小时，还是没有人影。罗征程这才放下架子，给小简发短信，怎么还没到？没想到，小简却没回音。

同样的尝试又有过一次，结果一样。罗征程不得不相信，小简真的不吃他那一套了。他又尝试在涵洞里搂抱小简。但是奇怪，小简身上像附了什么咒语，一挨近小简，罗征程就害冷。他平生第一次对女人这种动物产生怀疑，过去他所掌控的那些东西，都是真的吗？还是他根本就什么都不曾掌握过，一切都是暂时的，假象？

另一方面，罗征程给敲诈犯准备的那些现金，真的派不上用场了。人家不要了。但千万不要以为人家不要钱了，罗征程就可以消停了。对于敲诈，罗征程还能有个大概的心理准备，而对于不是敲诈的折磨，罗征程就没有经验了。

说折磨一点也不为过，罗征程此后遭遇到的种种，足以用这个词来概括。总结下来，罗征程在敲诈犯的调遣下，做的都是一些莫名其妙的怪事。比方说，被要求在南大街上步行，从海港路拐上南大街，一直向东走，走到南大街与大马路的交汇处，再折回来，向西走，走回南大街与海港路的交汇处。本来以为在这条路上会遇到什么事情，比方忽然蹿出几个人，把自己修理一顿。然而，事实上却没有什么事情发生，车水马龙，人来人往，没人注意到罗征程跟旁人有什么不同。罗征程正在疑惑这究竟是怎么回事，敲诈犯又来短信，要求他再向东走上一遍。来来回回，罗征程走了五遍，累得够戗。算起来，只有当年跟米红恋爱的时候走过这么远，那时候是头脑发热。在不发热反倒冷静异常的情况下，这路程简直算得上是长途了。

还比方说，罗征程昨天忽然被要求骑自行车上下班。头天夜里下了场雪，罗征程在公司接到敲诈犯的短信，不得不安排人去给他买自行车。当天罗征程就骑了自行车下班，多年没摸那玩意儿，手生了，摔了两跤。第二天早上，罗征程又在众目睽睽之下骑着自行车晃晃悠悠去公司上班，员工们大眼瞪小眼，不知道领导哪根筋不对劲了，私下里议论说，领导是不是在忆苦思甜。

还别说，罗征程骑着自行车上下班，倒真的忆苦思甜了。想想当年，刚结婚的时候，连房子都没有，在幸福七村租了一间十平方米的南厢房，每天早上跟米红一起骑着自行车上班。下大雪的天，从来不坐公交车。罗征程有一天骑着骑着，忽然心血来潮，骑到幸福七村去了，只是到底时间久了，记忆模糊了，七转八转的，没找着原来租屋所在的那条胡同。七村当然已经没多少当年的样子了，现代化多了。罗征程给米红打了个电话，说，我正在七村呢，骑自行车来的。米红说，是吗，去那儿干吗？罗征程说，不干吗，随便转转。又问，你在那边怎么样？米红说，挺好的。

罗征程把自行车支在雪地里，人在车旁边站着，抽烟，一边听着那边米红的声音。米红的声音此刻让罗征程感到有些陌生，他知道，那不是移动信号的原因，而是因为越来越多的巧合。

是的，巧合太多了，如果说一度影院被指定的座位真是一种巧合，那么，接下来的这些跟当初他们夫妻生活有关的事情——被要求在南大街步行，大雪天里骑自行车上下班，难道都是巧合吗？罗征程被动身陷的这场敲诈，现在看来，倒更像一场精神折磨。罗征程不敢想象这场折磨与米红有关。

罗征程还想跟米红说几句，以便尽可能多地搜集到一些能解决他内心狐疑的信息，但米红那边可能挺忙的，没说多少，就挂了。

九

敲诈犯又让罗征程干了一件事。那人给了罗征程一把钥匙，不知道是什么时候放到了地下室，从门缝里塞进去的。

罗征程拿到了钥匙，按照短信指示，来到一个小区，进入一栋房子。小区就在闻涛山庄前面，隔了一条很窄的小街。房子都比较旧，其间穿梭着一些乱七八糟的人，多数都是附近市场开门头房做买卖的。无疑，多数业主都搬走了，腾出旧房来出租，敲诈犯显然也是租民之一。

按照短信指示，罗征程来到北边阳台。阳台其实是这家的厨房，不过久已不动烟火了，灶台上蒙着一层灰，窗上挂着窗帘。厨房窗户上挂着窗帘，显然就是为了便于偷窥。罗征程摆弄了一会儿望远镜。对了，窗帘掩护着一架工艺先进的望远镜，很好用，焦距是早就调好了的，罗征程把窗帘拉开一条窄缝，视线伸出去，一下子就看到了闻涛山庄A座20−8。

20−8窗上挂的是纱帘，小简买的，薄如蝉翼，看起来很美。对于一架技术含量很高的望远镜来说，却形同虚设。

此刻A座20−8静悄悄空荡荡的。罗征程看着看着，觉得心头生出一丝荒凉来，再看着看着，眼前仿佛有了幻觉，看到自己第一次带把小简进这房子里时的景象了。小简很害羞，总要拿什么东西盖住自己。看着看着，还看到跟小简争吵，再看着看着，似乎还看到小简背着他，偷偷拿一根针去扎套子，扎完以后，又装到盒子里。罗征程使劲在幻觉里去看小简的表情，觉得小简当时真是很阴险。

敲诈犯的意图显而易见，让罗征程身临其境，体会一下偷窥20−8的感受。那么，这究竟是不是米红的意思呢？米红发现了20−8的秘密，她无数次在望远镜里偷窥罗征程，现在，又让他本人在这里体会某种感受吗？罗征程还是不敢相信这事跟米红有关，仅凭那些巧合来做这样的推断，可靠吗？然而，不做这样的推断，那些巧合又如何解释？罗征程陷入了从未有过的惶惑和不自信。

现在罗征程无计可施。照目前的情况，他不能去问米红，一切都还停留在猜测阶段。罗征程在租屋里熬着，一边理头绪，一边偷窥闻涛山庄A座20−8。现在，他也很想窥到小简在那里出现。但是罗征程没有窥到小简。更多的时候，他在偷窥别的房子，有时候也能偷窥到一二景致。

终于有一天，罗征程偷窥到了小简。小简在A座20−8里无所事事地走来走去，在床上躺着，还到窗户边上站着，朝外面看。罗征程下意识地躲了一下。望远镜看得真近啊，罗征程简直是在跟小简对视。

小简什么也没干，待了一会儿就离开了。罗征程还想偷窥到小简在A座20−8里出现，甚至神经质地希望最好能偷窥到她背着他在那里上演什么私情，那样就好办了。可是小简此后很多天没再来。

几天以后，罗征程鼓起勇气下楼去找物业。真相也许是可怕的，不管那个幕后的神秘朋友是不是跟米红有关，甚至就是米红，面对都是必需的。

在物业管理办公室，罗征程被告之，是个姓黄外号大牙的水果贩子租了这房子，有好几年了。该贩子就在附近市场卖水果。

罗征程来到市场，询问一个卖水果的黄大牙在哪儿。对方说，黄大牙早不在这个市场干了。罗征程问，那他去哪儿了？贩子说不知道。

回去的路上，罗征程打了电话给私家侦探。

十

有段日子没有小简的消息了，罗征程感到轻松了不少，不用再深更半夜跑到涵洞里面坐着受惊吓了。不过，忽然间从一种紧绷的状态里松弛下来，也不是件什么好事，罗征程觉得哪里都不对劲。小简倒是很能绷，自从罗征程提出分手，小简只在叫罗征程去涵洞的时候，才来过短信，其他时候没有一点消息。

罗征程不知道小简葫芦里装的什么药，有时还展开一些不祥的想象，比如小简在涵洞里一个人坐着，后面开来一辆车，终于把小简撞着了。这样想象过几回，罗征程就给小简发短信，得不到回复，又打手机，倒是接了，只说了一句话，我在昆明。基本上算是语焉不详。

然而“昆明”这两个字让罗征程害怕了，因为米红在昆明啊！小简她要干什么，是去找米红和盘托出这段私情，再跟米红来一番谈判甚至决斗吗？这个女人，这下真让罗征程开了眼了，原来并非表现的那般柔顺乖巧，相反，个性强得如此可怕！罗征程很自卑。一直以来，在跟小简的关系上他自恃运筹帷幄，实际上，小简把他当成盘干粮他才是盘干粮，不把他当干粮他连个豆粒都不是。

罗征程再打电话，小简就不接了，发短信过去，也不回。罗征程无奈之下只得甩出糖衣炮弹，给小简发了条近似于短篇小说的短信，回顾他们过去的情分，让小简不要置他于不可收拾的死地。还说，其实我是爱你的，只是让你扎套子扎怕了。我也知道你不会再扎套子了，回来吧，你一走，我才知道失去你很不好。

对于罗征程的这个伎俩，小简大约是一识就破，又或许是彻底凉透了心，横竖就是不予理睬。关于小简此刻在四季如春的昆明干什么，罗征程无从猜想，只能给米红打电话，一探究竟。

米红电话里的语气跟往常没什么变化，仿佛昆明那边没什么异常发生。

然而，这并不意味着危机可以就此解除，小简还待在那里，不知归期。

这样又过了几日，罗征程的电子邮箱里忽然来了一封很特殊的电子邮件，主题写着，小简。附件很大。罗征程打开邮件，才知道那么大的附件原来是照片，数数一共是二十三张。

罗征程所有的自信，都在打开那些照片之后，哗的一声溃退了。小简多残酷啊，大老远地跑到昆明去，竟然拍到了米红跟别的男人幽会。米红不是在昆明开学术研讨会吗，她经常去全国各地开这样的学术会议，她高屋建瓴地把持着她所在那个领域的某些方向，她所到之处，无不掌声雷动，簇拥者众。这样一个在特殊领域有着公众身份的人，白天开着学术会议，晚上秘密地跟情人约会，想想吧，怎么想象得出？罗征程简直宁愿怀疑那些照片是小简用电脑合成的。

小简一直在昆明待到米红的学术会议结束。那几天罗征程跟小简达成了难得的默契，除了源源不断的照片，仿佛小简钻到罗征程脑子里看到了他的想法似的，不知道通过什么渠道，了解到了此男是米红大学同学，准确说是大学同学兼初恋情人。这一点，米红从来没对罗征程说过，罗征程认为像米红这样的女人，在认识他之前是没有谈过恋爱的。

关于米红跟此男是从什么时候重续前缘的，他们两人秘密保持情人关系长达多久，这是个谜。小简只知道此男从另一个城市来到昆明，专程跟米红约会。度过短暂的甜蜜时光之后，两人在火车站依依惜别，此男乘火车先行离开，当时米红的会议还剩一周。

罗征程以拳痛击电脑桌，把玻璃桌面砸裂了，第二天又去买了个新桌子。小简不再有邮件了，她此行的事情已经全部干完，此刻正在返回的飞机上。关于她到底是如何得知米红秘密的婚外情，从而不惜请假跑到昆明去拍第一手证据，这一点，对罗征程来说是个谜。而且，小简做这样一件事情用意何在，是为了让罗征程对米红死心，最好离婚，然后，还是觉得小简好，回过头来再跟小简破镜重圆？

女人到底是种什么动物，她简单的时候，能简单得像个白痴，可是她复杂的时候，高深莫测得像个大海。罗征程彻底服了。

罗征程陷在诸多他自己制造的假想里，难辨对错。然而，事实证明，小简是个多么有个性的女人啊，她怎么能容许罗征程用俗常的逻辑去猜想？总之，从昆明回来之后，小简彻底不再打扰罗征程了，包括深更半夜的涵洞惊魂。罗征程当然是极想跟小简联系的，最好能找个安静的地方，闻涛山庄A座20-8最好，没有别人打扰，一边怀旧，一边推心置腹地谈一谈，谈谈米红的昆明之行，谈谈小简的思想。然而小简可不打算配合，她干净利落地换了手机号码。

罗征程着急得要命，因为米红快回来了。她跟情人是怎么一回事，这关系到她到底是不是在这场敲诈事件里扮演了某种角色，她用意何在。罗征程很想从小简那里探出一点有用的信息，他干脆在涵洞那里等小简。小简下了公交车，经过罗征程身边的时候，眼睛瞟都没瞟一下罗征程。罗征程叫小简，小简像没听见似的。罗征程跟到小区门口，遭遇了两名保安，小简说，这个人企图骚扰我。罗征程只得悻悻离去。

十一

事实证明，小简去昆明弄到米红婚外情的资料，不是为了打倒米红，而是为了打倒罗征程，让他难受。难受去吧，孤家寡人。

罗征程的确挺难受的，不单单因为老婆出轨事件本身，更是因为这件事的侧面效应。这彻底颠覆了他对过去四十四年人生的基本认识。他本来认为那段人生挺不错的，并且它是在他的运筹帷幄下才那么不错的，可现在看来根本不是那么回事，而他又不承认他傻笨呆，没有运筹帷幄的能力。

这些都是宏观上的难受，具体到目前的难受，还在于米红就要回来了。他将怎么迎接这个出轨的妻子，迎回来以后，还会发生什么事情。照现在看来，他的感情生活是失败的，那他就必须正视一个问题：是全盘失败到底，还是挽留一点什么。

就在罗征程为此愁肠百结的时候，私家侦探终于找着了绰号大牙的水果贩子黄某。黄某跑到另外一家市场去卖水果了，其实离这个市场也没多远。黄某龇着大牙，问罗征程找他什么事。罗征程说，打听个事。黄某说，是关于房子的事吧？罗征程说，是啊，你怎么知道？黄某卖起关子，很神秘的样子，说，不告诉你。罗征程说，那你能告诉我什么？我想，你应该能告诉我望远镜的事吧？黄某说，什么望远镜，我不知道。罗征程说，你租屋里的望远镜，你不知道谁知道？黄某说，哦，我知道了，那不是我的，你是要问谁从我手里转租了房子的吧？我就知道你要来问。罗征程说，谁租的？黄某说，一个女的。罗征程问，什么样？黄某说，四十岁左右，挺有文化的样子，给我看身份证了，姓米。

结果就是这样，罗征程终于面对了他企图拒绝承认的现实。一时间，罗征程脑子乱糟糟的。那水果贩子见罗征程半天没动静，打算开溜。罗征程及时喊住了他，说，等等，那女的什么时候租的房子？黄某说，两年前，一次交了两年的房租。我算算，对，下个月就到期了。罗征程说，你刚才说，你知道我要来问，什么意思？黄某说，我也不知道啊，是那女的这样说的。罗征程说，那女的还说什么了？黄某说，没说什么，就说到时候可能会有人来问关于她租房子的事。我问她，要是那人问了，我说还是不说，她没答复。我就猜，她的意思是说也可，不说也可。那我就说呗。

不得不承认，这是一个经过精心策划的事件。学术带头人米红，不仅把她那个领域的事情搞得得心应手，别的领域也策划得有眉有眼。罗征程觉得，她比他眼前这个私家侦探要有谋略多了。事实上，从送给罗征程那只 U 盘开始，米红就一直在用怀旧的方式暗示罗征程。看起来，整件事是从两年前就开始策划的。两年里，罗征程竟然无知无觉，一步一步顺着米红画的杠杠走，没有一脚走偏，甚至连黄大牙这个脏兮兮的水果贩子都在等着他来，他不跟个傻子一样吗？想到这里，罗征程差点背过气去。

罗征程晕头转向，不知道该去哪儿，该干什么，腿脚无力，只得就近去米红租的房子里休息。米红也不知道从哪儿买的望远镜，此刻连那玩意儿都似乎写满嘲笑。罗征程又坐到望远镜后面，看对面的闻涛山庄 A 座 20−8，体会着米红多次坐在这里，偷窥自己丈夫跟情人约会的景致。体会了一会儿，他很悲哀地发现他从心里打算原谅米红了，包括她的这场充满谋略的算计，她的出轨。

其实，最关键的问题是，罗征程如果不原谅米红，又能怎么着？况且现在是考虑原谅不原谅的时候吗？现在，他罗征程才是砧板上的鱼，米红还将怎样拿他下刀呢？他罗征程的时代已经过去了，或者可以说，他根本就不曾有过自己的时代。

没有人给罗征程支招。罗征程把自己关在米红租的房子里苦思冥想，想了两天。想着想着，忽然看见小简在对面房子里出现了，刚想给小简打个电话，又看见跟进来一男一女，两个人转着脖子四处打量房间。小简则动手清理一些东西，首先把床单拽下来，又把枕头扔下来，想了想，在房子里消失了，留下那一男一女继续到处乱转。片刻工夫，小简又回来了，这次跟进来一个男的，提着几个肮脏的编织袋。在小简的指挥下，把床单、枕头、杂志、报纸甚至水果盘等统统装进袋子里，最后还把窗帘也扯了下来。小简仰着头，叉着腰，看着窗帘弄下来，皱着眉头，拿手扇了两扇，估计是有灰尘落下来了。

罗征程觉得那两扇窗帘落下来，就像落下了两片帷幕，心里苍凉了一下。就这样，他眼睁睁地看着那个家空了。收破烂的心满意足地背着几个硕大的编织袋离开了，上上下下跑了好几趟。从望远镜里看到那一男一女和小简的表情，罗征程觉得八成双方谈妥了，小简把那房子卖了。

罗征程觉得，小简凭空得了几十万，挺好的一件事情。

后来，罗征程离开望远镜，躺到一把躺椅上休息。望远镜旁边放着一把躺椅，太空铝的架子，深蓝色的棉麻布料，椅背经常跟头接触的部位，布料磨得都有些毛了，由此可以推断出它的使用频率。罗征程坐上去，把头搭到椅背上，觉得很舒服，非常适合闭着眼睛思考一些问题。这两天，罗征程在这间房子里苦思冥想，这把躺椅付出了汗马功劳。

罗征程想，米红大概也常在这把躺椅上坐着想事情吧，想他对她的欺骗和背叛，精心策划这场敲诈加精神折磨的事件。她头部接触椅子的部位，布料都毛了，让罗征程忽然想起“铁杵磨成针”那句古诗来。

罗征程想着想着，就收到了米红的短信。米红说，我明天的飞机，下午三点到。

（原载《当代》2010年第2期，《中篇小说选刊》2010年第3期转载，《中华文学选刊》2010年4月号转载，入选海峡书局《2010中篇小说选刊精华本》）

黑 森 林

未来过去了，未来是河边涌向低地的一条路。

——伊尔莎·艾兴格《镜子的故事》

A 旅客

我为什么坐在这个座位上？这真是一个奇怪的问题，人们发明座位这东西，难道不是为了让人坐的吗？

你说你不是这个意思？你当然不应该是这个意思。你们这些坐着的人，哪里知道我们这些买了无座票的人受的是哪门子罪！是啊，这一点你倒是说对了，现在是春运时期，车票难买得要命。要我说，岂止是难买，简直是他妈的太难买了！我不知道你们都是怎么买到车票的，火车站公布提前十天售票，我他妈的提前十天一大早就去排队，也没买到坐票！真不知道那些票是不是都插翅膀飞了！

所以，难道这个座位不应该轮到我们这些没买到坐票的人坐一坐吗？嗯，你这态度倒还不错。要是你从一上车就站着，一直站他妈的五个小时，你也会像我这样，说不定早就发疯了呢。幸好我钻到座位底下睡了一觉，要不然可能我已经发疯了。

对，我是个业务员，你怎么猜到的？我是个他妈的业务员，这注定我一生中的大多数光阴要在东奔西跑中度过。这倒没什么，我只能干这个，你知道，人们并没有多少选择职业的自由。只是每到春运暑运黄金周啦这些时候，我就要忍受这种局面：买不到坐票，躺在两条晃来晃去的小腿旁边睡觉。那个女人？你说哪个女人？原来坐在这个座位上的女人……嘴角长了一颗美人痣……

哦，想起来了，那女人。我躺在座位底下打算睡觉的时候，她那两条穿了羊毛袜子的腿就在我眼前晃来晃去。她下车了吗？我也不知道啊！我还以为你知道呢，你们不是聊得很热乎吗？只有你们这些买到了坐票的人，才有心情逗引旅途中那些陌生的异性。你别生气，我说的不过是一种现象，你没听说过吗，有一个顺口溜叫“坐火车硬座需要注意的问题”——第一注意小偷，发现了要抓住；第二注意美女，发现了要搭讪；第三注意推销，发现了要冷淡。得了，就跟你说这么几条吧。其实我重点想说的是发现美女要搭讪。这一点你贯彻得很好，老兄。

我看出来了，你有点不耐烦，但你在竭力忍耐。我知道，你觉得我格调低。我天生就这么格调低，他妈的改不了。老兄，你无非就是想打听那女人的去向，我直截了当地告诉你吧，我不知道她去了哪里。现在几点？哦，五点，天快亮了。我只能告诉你，可能是在一个多小时以前吧，四点左右，我从一场噩梦里醒过来——我做了个噩梦，梦见他妈的这混账火车忽然飞上了天！你想不到吧，这混账东西的轮子都变成了金光闪闪的风火轮，在铁轨上擦出一片火花。你不认为它是变成了一条火龙吗？我们这些人，都成了它肚腹里的食物……

没关系，你大概不喜欢听这样的故事。我记得当我躺在座位底下的时候，你和那女的在讲故事吧？好像是在讲跟旅行箱有关的故事，那女人的旅行箱可真是块头不小。跟你说，我这可不是故事，而是货真价实的梦，虽然有点荒诞——我看出来了，你还在竭力忍耐。那我就不讲噩梦了，况且也没什么可讲的了，我忘记接下去火车怎么样了，我们这些人又都怎么样了。说那女人。我从梦里醒来以后，发现眼前那两条穿着羊毛袜的小腿不见了。说实话，我虽然深恶痛绝那些在我眼前晃来晃去的小腿，但那女人的腿的确挺美的。我把头探出来四下里看看，看到人们都在七歪八扭地睡觉。你们这些有座位的人都趴在桌子上或者靠在椅背上睡，我们这些没座位的人，有的坐在地上的行李上睡，有的就像我这样，不顾颜面地躺到座位底下睡。

人们都陷在昏昏沉沉的睡梦中。当时我忽发奇想，假如发生一场地震，这些人倒也都消失得痛快——没有恐惧地死亡，你说是吧？

我又跑题了，还说那女的。我又把头往外伸了伸，看到那两条穿着羊毛袜的小腿原来坐着的座位是空的。我原来以为她去了厕所，但十分钟后她还是没回来，我就爬出来，坐在座位上了。冲目前的情况来看，她一直没回来，是吗？我坐到座位上后终于舒舒服服地趴在桌子上睡了一个和你们这些人一样的觉，要不是你刚才把我推醒，我没准能痛痛快快地一直睡到终点站。

你到底为什么要推醒我？就为了问我那女人哪里去了？老兄，我真的不知道。别拿这种审问的目光看着我，好像你是个警察似的。就算你是个警察——假如你认为我为了一个座位而去害死一个人，那你就是疯了。你不会是爱上那女人了吧？不是我说你，老兄，很多时候，人与人之间仅仅是萍水相逢而已，虽然她长着一颗美人痣。世上长美人痣的女人多着呢，老兄……

B 列车员

对，我是列车员，您有什么事吗？一个长美人痣的女旅客？对不起，我没什么印象。我再想想？好吧，我再想想，您再跟我描述一下——左嘴角长一颗美人痣，长头发，白皮肤，穿果绿色羽绒服……您放心，我肯定在认真地想，虽然我的事太多了。很抱歉，我还是没什么印象，真是对不起啊。

让您失望了，不过，真是要请您谅解，您看，现在正是春运期间，旅客太多了，我不可能记住每一名旅客，您说对吧。别说她长了一颗美人痣，就是长了两颗，我也不一定能记住——只是开个玩笑而已。

您说她当时坐在您的对面，10 车 45 座？我必须跟您解释一下，我们每名列车员要照管好几节车厢，真的是太忙了。您看，本来一节车厢一共 114 个座位，现在，春运高峰期，至少挤了两百多人，五节车厢的话，一共就是一千人。纵然我记忆力超凡，让我在短短十几个小时里记住一千多人……我要是有这种超能力，就不在火车上当一名列车员了，您说是吧？

您跟她认识？不认识？刚认识？出了什么事吗？比如说，您丢了什么贵重物品，钱包或是手表……这种情况在火车上发生并不奇怪。如果发生了这些事情，我会帮您联系乘警。能不能找到，那就另当别论了。

是吗，您确定没有丢失任何财物？那当然最好不过了。请原谅我这样猜想。您急切想要知道那个长着美人痣的女人是在哪一站下车的，这我的确不知道。春运高峰期，每一站下车的人都那么多。您说的那只庞大的旅行箱，我也没注意过。它当时放在哪里？行李架上？哦，您有疑问，她一个人不可能取下那么大的一只旅行箱？但我认为，这不是问题的关键，如果她打定主意要在某一站下车，肯定是会想办法取下那只旅行箱的。或者找别人帮忙，或者自己动手——如果您认为她自己不可能完成这件事，那就肯定是找别人帮忙了。您可以问问旁边那些旅客……

哦，您已经问过了？他们都没注意是吧？也没人帮那女的从行李架上取旅行箱？我料想到了。深更半夜的，都在睡觉呢。您也知道，旅行是很疲倦的。这么说，那个帮她取旅行箱的人，可能凑巧正是要跟她一起在某一站下车的。她请那个也要在某一站下车的人帮她取一下旅行箱，这太合乎情理了，谁也不会拒绝帮这个忙的。

看您这样子……一定要找到那位旅客吗？我真不知道有什么理由迫使您非要去找一个旅途中遇到的陌生人。依我看，要找一个陌生人，还真没什么办法。我帮不上忙，非常抱歉。

等等，我倒是有个建议，您可以问问A城火车站开电瓶车的那些工作人员，说不定会找到些线索——假如您真的要找她的话。您说过，那旅客带了一只庞大的旅行箱，既然如此，她八成会花些钱，让电瓶车帮她把它运到车厢门口。A城火车站有很多这样的电瓶车。不过，我想，这个建议恐怕没什么价值，现在火车马上就快到达B市了，我们已经离开A城1100公里，您真会为了一个旅途中的陌生人而返回1100公里外的出发地？是，我们这趟车今晚返回A城。您到底丢没丢贵重东西？没有？确定？那就是说，您爱上那女人了？原来世上真有泰坦尼克号那样浪漫的事情，我一直以为那都是杜撰的呢！

C 电瓶车司机

我们的收费是合理的，经过物价局同意的，而且，我们一直实行明码标价、旅客自愿的原则，不存在任何坑蒙拐骗的恶意行为，不信你可以调查，我们经得起调查。

哦，我还以为你是上头派来的呢。你可能不知道，我们现在最怕的事儿就是被旅客投诉。真是不明白，为什么旅客们这么喜欢投诉。是，我们现在从铁道部到铁路局到车务段到车站，上上下下都在强调路风建设，谁违反了路风条例，就得扣奖金、待岗、受处分……那些旅客们正是因为了解这一点，才动不动就投诉。而我们上上下下那些路风管理员，才不管你到底犯没犯错，只要接到投诉，就认定是你的问题。

你刚才真是吓我一跳。我们这些客运员，是战斗在最底层的劳动人民，不容易，要养家糊口的。

你是向我打听一个人的？什么人？哦，女人，长头发，白皮肤，长一颗美人痣……4 号晚上从 A 站上车……老兄，恐怕长头发白皮肤长美人痣的女人不只她一个吧？今天 6 号了，你让我回忆 4 号晚上的事，我还真得好好想想。我们一共有五辆电瓶车，其他司机你都问过了吗？问了四个了？哦，那我只能努力不让你失望了，但我不敢确定……

你能说说其他特征吗？哦，带着一只挺大的旅行箱。带旅行箱的旅客也多着呢，老兄，你放眼看看，广场、候车室、站台，黑压压一片都是带旅行箱的人呢。很大？能有多大？哦，那是挺大，一般出国才带那么大的旅行箱。但我还是得好好想想。你说那女人穿什么颜色的衣服？果绿色……似乎有那么点印象。

好像是有那么一个女人，老兄，她那只旅行箱把我的腰给闪了，到现在还隐隐作痛呢。你知道，我们实行明码标价，按件计费，旅客就是带一只天大的旅行箱，我们也只收一件行李的费用，三十块。所以那天晚上我发了一句牢骚，我说：你这只旅行箱其实应该收三件行李的费用。那女人说：我知道你们的计价标准，阿明已经告诉我了，所以你唬我也没用。她一共给了我六十块钱，一件行李加一个人的费用。就算我为了把她的旅行箱搬到电瓶车上而把腰闪了，她也没多给我一分钱。

阿明啊，那是个卖盗版碟的家伙，整天在车站北广场外面的过街天桥上蹲着，卖一些不知道从哪儿弄来的盗版碟。我买过他的盗版碟。不过前两天他把我气坏了，我从他那儿买了一张《盗梦空间》，勉强看了五分钟，你知道我什么感觉吗——简直想倒在地上死去！那台词真是恐怖啊，我头一次看到那么拙劣的翻译，毫不讲究语法，根本就看不懂！我那上外语学院的儿子简直笑得快岔气了。我找阿明那小子退碟，他死活不干。没办法，我就只好把它当成收藏品了。

对，我现在完全回忆起来了，是这样的：那女人乘坐的是 23：58 分开往 B 市的 ×× 次车。阿明帮那女人把旅行箱拉到绿色通道口。我为了把那只旅行箱搬到电瓶车上而闪了自己的腰，我又拉上了另外两个人，一共三个人四件行李，然后把电瓶车开到站台上，分别把他们拉到车厢门口。那女人在哪节车厢？我想想……好像是 10 车，如果我没记错的话。说实在的，我真不知道她是怎么把旅行箱搬到行李架上的。哦，你帮她搬上去的？你坐在她对面？是 10 车吧？看来我记忆力还行。

老兄，我不知道……她怎么了？出什么事了？死了？你是警察，所以我不得不这么猜想，但我知道你肯定不会告诉我。

你问我对那只旅行箱有没有什么疑问，这我倒没有。作为一名火车站职工，什么样的旅行箱能让我们感到好奇？没有。只是，电瓶车上另两人对她一个人带那么大的旅行箱表示了忧虑，其中一人说：下次出门可别带这么大的旅行箱了，多累呀！那女人说：都是要用的东西。另一人就说：你可以找快递公司把不重要的东西先寄到你要去的地方。

我当时还接过来说：我们铁路就可以，铁通快递，上门服务，提供纸箱和打包服务，你什么都不用干，方便得很。老兄，我爱人就是干铁通快递的。

那女人说：这主意还真不错。

好了，整个过程就是这样，我没什么其他线索可提供了，但愿这些对你有用。

D 阿明

我记得那女的。嘿嘿，您对我这么快就能记起那女的感到奇怪？我也感到奇怪。可能是她长得很漂亮吧，特别是那颗美人痣。

是那个身残志坚的有为青年——这是我们对赵六那小子的称呼——介绍我给那女的搬旅行箱的。在我们这一带混饭吃的人，都这样称呼赵六。那小子没有左手，却敢干搬运工的活，真是有才啊。所以我们都叫他身残志坚的有为青年。

那天他遇到难题，一个女的带了一只他对付不了的旅行箱。你看我这体格，对付什么样的旅行箱都不在话下——说真的，要不是因为不愿跟那小子抢生意，我也干这一行了。不过我卖盗版碟也挺不错的，有的赚，还锻炼身体——这两年，我时刻都处在奔逃当中，总有那么多城管以追我们为乐。说实话，我一次都没被抓住过，你看我这体格。

不过……那女的出什么事了？我知道，问也是白问，这肯定是需要保密的事儿。但是，我能提供什么呢？就说说经过吧。那天赵六让我帮那女的一下，他让我跟她多要点钱，说二十块肯定没问题。我觉得与其蹲在那里不知道能不能卖出一张盗版碟，还不如挣这个二十块钱。不就是把一只旅行箱从过街天桥这边扛到那边去吗，几十步而已。你看我这体格。

于是我就跟着赵六去见那女的。赵六一下天桥就揽了单新活，剩下我跟那女的站在天桥下谈价钱。赵六让我跟她要二十块，但我临时改变了主意。我对那女的说：五十块。她说：太多了吧？我说：一点都不多，你去打听打听，主要是你这旅行箱有点大。她踹了一脚那只旅行箱，说：四十块。我想，四十块也是白赚的，我们就成交了。

那个……我什么都要说吗？关于那女的所有事都要说？她到底出什么事了？杀人了？没有？让人杀了？你不会是怀疑我吧？我可什么都没干哪！我本来想干她，但是没干成，真的！我发誓，我说的一切都是真的，没半点隐瞒！你要相信我，我不会害她的，她跟我无冤无仇。好好，我冷静，尽量不这么激动。说实话，我能不激动吗，我只是一个卖盗版碟的，早知道卷进什么事里，我说什么也不听那赵六的话，去赚什么二十块钱！

我说，我说。那女的掏出四十块钱，这时候我不知道怎么生出一股邪念来。那么晚了，周围那些店铺，除了二十四小时营业的麦当劳和超市以外，都关门了。我知道就在麦当劳旁边有条小街，没路灯。你看，我只是一个卖盗版碟的，还没有女朋友呢。那女的长得挺漂亮的，嘴角还长着一颗美人痣。我就说：四十块，加上让我干一下。

那女的捏着四十块钱，想了想——我不知道她在想什么，总之她撇嘴笑了一下，朝小街甩了甩头，意思是让我前面带路。我拉起她的旅行箱，带着她往小街里走。走到一棵大树旁边，我说：就这儿。她一点都没犹豫，就把裙子撸上去。她穿了一条毛料裙子，很好看，像花苞一样。然后，又开始往下撸羊毛裤。她脱到一半的时候提醒我说：我来例假了。

你看，我一点都没撒谎，她来例假了，我就泄气了。在我们乡下，男人是不碰来例假的女人的，晦气。那天挺冷的，我看那女的露出腿来，有点不忍心，就说：走吧，快检票了。

那女的把羊毛裤提上去，很鄙夷地撇了撇嘴，说：还算识相。敢碰姑奶奶一指头，废了你。

我当时还真是有点害怕了，心想，那女的跟我到小街里来，原来不是想让我干她的。一旦我碰了她，说不准真能给我两刀子。现在的女人，真是越来越可怕了。

我真没撒谎。我扛着那只旅行箱，把那女的送到天桥另一边，一直送到绿色通道口。老兄，我不懂心理分析那一套，但以前看过一个片子，女主角专门利用色相勾引那些对她有想法的男人，然后引到僻静的地方杀死那些倒霉鬼。原来那女的曾经被男人骗过，因此对全世界男人们都怀恨在心，发誓不再爱任何男人了。后来她引诱一名心理咨询师，他却对她无动于衷。结果她爱上了那个心理咨询师，痛苦得要命。最后，她把心理咨询师杀死，然后自杀了。

老兄，你不知道，那片子真是不错，虽然前半部分挺血腥的……你脸色有点不对，怎么了？那女的到底出什么事了？

E 赵六

阿明让你来找我的？对，我就是那个“身残志坚的有为青年”。这是他们挖苦我的话，绝不是夸赞。你看到了，我左手没了。它丢在哪里？丢在你们这个城市里了。以前我在乡下种地，种了那么些年，连根手指头都不少。来到城里一年，就少了一只手。

它是怎么丢的？不说了吧，总之它丢了。这个混账世界真是没道理可讲，同样都是农民工，我丢掉一只手，在这个过街天桥上来来回回替人搬运行李挣点钱糊口，人家旭日阳刚一个广告就上百万。难道我就不会唱《春天里》吗？我唱得比他们好多了。过去我也是有理想有抱负的人，但我现在，只是一个丢掉一只手的农民工而已。没了一只手，我哪儿也不想去了，就想在这火车站过街天桥底下混口饭吃。

你别看我丢了一只手，但我这条胳膊有力气着呢。我一次能拿四个旅行包，两肩各背一个，右手提一个，左胳膊挎一个。这个过街天桥，我不知道走过多少趟了。我送过多少人赶火车？不知道，太多了。

你是说一个女的？长头发，白皮肤，长一颗美人痣，穿果绿色羽绒服……阿明是怎么说的？我让他帮那女的拿行李？哦，是有那么一回事。我刚才吹嘘了半天，现在要让你看笑话了——是，我没送她，因为她那只旅行箱太大了，你看，上过街天桥要走那么多级台阶呢。我又长得这么瘦小。我从家里出来时还不到十八岁，家里穷，从小营养不良，要不然我也能长你这么高。

那时候家里太穷了，整天饿得慌，所以我才出来打工。但是说实话，我现在也还时常挨饿，物价涨得太快了，前两天买一个馅饼两块五，过两天就三块，再过两天又三块五啦。你看，我干的是体力活，一天在天桥上跑上跑下，一顿能吃五个馅饼，就更别提去麦当劳吃一顿了。说出来不怕你笑话，我在这过街天桥下混了两年，还没去过麦当劳呢。我早晚得像那些人一样推开那扇玻璃门，在那里可着劲地吃上一顿，然后打着饱嗝从那玻璃门里出来。

那个女人一看就很有钱，只有有钱人，才没事干了在麦当劳消磨时间。

不用说，她十一点多从玻璃门里出来，肯定是在那里消磨时间，等着坐那趟半夜的 ×× 次火车。不过，她带的那只大旅行箱，出玻璃门时可真是麻烦透了。

她出来后一眼看到了我，挺高兴的样子，说：你就是那个残疾人吧?出租车司机说可以找你帮忙。

你看，我大小也是个名人了，呵呵。常在附近讨生活的人，都很照顾我的生意，但我知道他们只是同情我而已。我需要这种同情吗？我总幻想将来有一天也去同情一下别人。不过那天我还真是享受了一下同情别人的感觉——那女的让那旅行箱愁坏了。后来，我就帮她找了卖盗版碟的阿明，我们都是在火车站附近讨生活的人，他在过街天桥上摆摊卖盗版碟。

我给那女的介绍了阿明，并跑到过街天桥上亲自跟阿明讲了这件事。阿明收拾了一下摊子，跟着我走下天桥。当时我有了别的生意，一个腿脚不灵便的人带着一只旅行箱一个包，我忙这单生意去了。那人腿脚不灵便，需要我把他一路送到站台上，我照做了。等我回到过街天桥，阿明已经不在了，我想他是已经回家了吧。

我知道的事情就这么多——那女的从麦当劳出来，让我帮她送行李过天桥，我给她介绍了阿明。没别的了。你是警察，这说明那女的出了什么事。她怎么了？什么，你只是随便问问？你把警官证都给我看了，还说是随便问问？你当我三岁小孩呢？我虽然少了一只手，脑细胞却不少。

对，那女的就是从那家麦当劳出来的。火车站附近就这一家麦当劳，她还能从哪家麦当劳出来呢！

时间？这个我可说不准了。她要坐的是 23 点 58 分的 ×× 次车，当时是在麦当劳消磨时间，我们可以大致推算一下：×× 次车提前半小时检票，我觉得，她从麦当劳出来的时间应该差不多 23 点吧！

F 麦当劳服务生

长头发，白皮肤，美人痣，果绿色羽绒服……前天晚上……大约 22 点到 23 点之间……很大的深咖啡色旅行箱……请让我想一想。那个时间来吃饭的顾客不是很多，应该能回忆起来。

想起来了，是有那样一个女人。说实话，她很漂亮，我现在还能想起她嘴角上的那颗美人痣什么样子。她点餐时我走了一回神，说真的，我为我女朋友没长那么一颗美人痣而遗憾了一会儿。

我们这里一共有五台点餐机，你看到了。我在这台点餐机上工作，正对着大门。所以我很清楚地看见，那女的从对面超市出来，拉着你说的那只很大的旅行箱，进了麦当劳。顾客很少，只留下我一个人在柜台里，而我当时也无所事事。店里一共只有三名顾客。

所以，我一直看着那女的穿过街道走过来，挺费劲地把旅行箱拉进玻璃门。她在柜台外面问我：卫生间在哪里？我指指楼上，说：二楼。她低头看了看旅行箱，说：你能帮我看一下吗？我说：可以。

我注意到那女人手里提着一个购物袋，里面装着两包卫生巾，显然是刚从对面超市里买的。我真是不明白为什么很多男人有变性的念头，做一个女人有什么好？每到生理周期真是够麻烦的。我女朋友每到生理周期简直就是个病人，病怏怏的不说，脾气还很坏。这其实也可以理解——一个人从身体里潺潺地往外流着血，你有什么理由指望她心情好？

那女的在二楼洗手间垫上卫生巾，然后走下楼梯，点了一杯咖啡和一份薯条。我记得我女朋友曾经说过，女人在月经期里是不能喝咖啡的，但是……跟一个陌生女人提这种建议好像不太合适。再说了，我觉得这时候喝一杯咖啡也很有必要，她需要提提神，来对付那只大旅行箱。

我一直在谈论女人的生理周期，呵呵，真是不像话。不过，那女人来到麦当劳后，除了坐在那里喝了一杯咖啡，吃了一份薯条，剩下的事情就是上了两次卫生间，其他的也没什么可说的了。她在离开之前又去了一趟卫生间，我想，她是去换卫生巾了。然后，她把从对面超市买来的两包卫生巾塞到随身挎包里，离开了麦当劳。

她离开的时间大概是 23 点左右，快到 ×× 次车检票时间了。

我能问一下，你为什么要了解这些情况吗？是那女人出了什么事吗？我当然好奇，碰上这种事，谁能不好奇呢？我还是第一次跟警察打交道呢。不过，你不像个警察。警察什么样？无非就是电影电视剧里那样的呗！你看起来跟一个普通人没什么区别，如果没有警官证的话，我说什么也不相信你会是警察。而且，你看起来跟我年龄也差不多嘛，我去年刚大学毕业。你是不是也刚从警官学校毕业？哦，对不起，我问得有点多。我能再问你一个问题吗？你带枪了没？我还没见过真枪呢……

G 李甜甜

我叫李甜甜，他们都叫我甜甜。

我在这儿工作两年了，当然见过无数准备坐火车离开A城的人。他们背着包或者拉着旅行箱来到超市，在一排排货架之间走来走去，把大碗面、榨菜、火腿肠、啤酒、毛巾、香烟、八宝粥、矿泉水、卫生巾等等他们需要在火车上使用的东西装在购物篮里，到我这儿来结账。真是让我羡慕死了。

超市生意还不错，这都是因为他们把它开在火车站旁边，一年到头都有人需要乘火车离开A城。我也想离开这个城市，到外面去闯一下，至于到哪里去，我还没想过。但是我父母不同意我到外面去。他们一共开了三家超市，我要是到外面去了，其中一家超市就得关门。

我这么说，你就知道为什么我会记住那个嘴角有颗痣的女人了。说真的，我尤其羡慕那些独自外出的女人。何况那女人带了那么大的一只旅行箱，仿佛里面装着所有的家当，离开就不再回来了一样。

那女的没买什么吃的东西。当时店里比较清闲，我刚把一天的账目简单结算了一下，有些无聊，就坐在收银台里看着门外的广场发呆。这时候那女的从一辆出租车里下来，司机打开后备箱，从里面搬出那只不小的旅行箱——对那女人小巧玲珑的身材来说，那旅行箱真是显得有点大。然后她拉着它，很费劲地来到超市门口。我从收银台那里站起来，迎过去给她把玻璃门打开，帮她把旅行箱拉进来。

那女人站在门里，朝货架看过去。我问她需要点什么，她没说话，只是看了看那只旅行箱，仿佛在犹豫要不要把它拉到货架中间去。我回到收银台里，说：把它放在这里吧，我给你看着，不会给你弄丢了的。

那女的听从了我的建议，把旅行箱留在收银台旁边。旅行箱立起来几乎和收银台一样高。我有点替她发愁，如何把这个庞然大物搬到火车上去。店里没有其他人，我一边在账本上百无聊赖地写写画画——店里没人的时候，我就习惯很无聊地在账本上写写画画。收银员真是一个无聊的工作。

我一边写写画画，一边观察她，她从第二排和第三排货架中间走过去，拐到第二排和第一排货架中间，停下了。我猜她可能要买卫生巾，那个位置是摆放卫生巾的位置。

不出我所料，她很快地拿着一包卫生巾走过来，问我：没有夜用的吗？我说：有啊！她说：没有啊！

我离开收银台，走到第二排和第一排货架中间，在一堆卫生巾中找了找，找到一包“七度空间”夜用卫生巾。她笑了笑，说：我刚才没看到。

她笑的时候样子有点疲倦。我想，带那么一只大旅行箱，不疲倦才怪呢。

这女人买了两包卫生巾，日用夜用各一包。离开之前她问我：附近哪里有卫生间？我说：你可以去对面的麦当劳。

就这些。我帮她把玻璃门打开，她拉着那只大旅行箱，走进了对面的麦当劳。

什么，你问出租车？我得告诉你，你真是问对了人。我倒不是有意要记下出租车的车号，只是整天盘算账目，对数字敏感而已。其实，很少有出租车停在超市门口，因为车站广场管理很严。我当时刚好把那天的账目大体算了算，然后百无聊赖地看着门外发呆，手里还拿着那支笔。我习惯没事干的时候在账本上写写画画的，要不就转笔玩。我能把笔转出很多花样来……当时我下意识地把车号写在账本上，没任何目的。让我找找……这里，鲁F×××××。

我挺喜欢那女人的，她很漂亮，尤其嘴角那颗美人痣。我做梦都希望自己也有那么一颗美人痣。对，还有那件羽绒服。那种新鲜的果绿色真是漂亮极了，我当时很想问问她在哪儿买的，什么牌子的，但跟陌生人搭讪这些，我还是觉得有些不好意思，女人警惕性很高的。我曾经有一次在街上问一个女人头发在哪儿剪的，让她骂了一顿。她那条裙子也能迷死人，像一朵花苞。

你看，女人通常把注意力放在这些琐琐碎碎的事物上，不像你们……不过，那女人怎么了？出什么事了吗？真不敢想象那么漂亮的一个女人会出什么事……

H 出租车司机

我不得不说，你们警察真是神通广大。你是怎么找到我的？我是说，你是怎么得到我的车号，怎么知道我拉过什么人的？不不，我只是有点好奇而已，绝不是要反过来问你什么。要是换成我来问你，那岂不乱套了？你是警察，我是的哥，这个角色不能搞混了。

是，我记得那女人，长头发，白皮肤，美人痣。至于穿什么颜色衣服，这个我就不记得了。我一个大老爷们，对女人衣服不感兴趣。

她是从哪里上车的呢……我得想想。从早上六点我就奔波在路上了，到晚上十一点多，你算算，我得有多疲倦。而且早上老婆跟我吵了一架，原因是她发现我手机里有一条可疑短信。一天我都在想怎么解决这场矛盾。不好好解决，恐怕以后我是没好日子过的。我边开车边想着晚上回家怎么把她哄过去——你别笑话我啊，咱们都是男人，男人他妈的都一路货色。真的，我一天脑子里想的就这件事。所以，得让我想想。

嘿！你看我这脑子，一时半会还真想不起来了呢。我从早上六点就出门，你想想，我得拉多少客人，你让我回忆哪个客人是从哪儿上车的，这可真是有点难为我了。

行行，先说点别的。随便聊聊？呵呵，我还真没见过你这样随便聊聊的警察，电视剧里可没你这样的。那我们聊什么呢，哦，聊那女人的行李？我想想……不太记得了。什么？一只挺大的旅行箱？你还得让我想想……

这回差不多能想起来了，不过，是在你的提醒之下。你要是不告诉我那只大旅行箱，我肯定也想不起来。我是个出租车司机，你也可以叫我的哥。我当的哥有些年头了，你感兴趣的话我可以告诉你，十二年了。你算算，我拉过多少客人去火车站汽车站飞机场，拉过多少旅行箱，哪能都记得呢！

我有点啰嗦是吧？是你说要随便聊聊的。那只旅行箱的确挺大，起初我以为那女人要出国呢。她长得挺小巧的，那旅行箱立在她身边，怎么说呢，简直就像立了一个跟她差不多高的人——当然，我说得有些夸张。

总之那旅行箱块头可真是大，我费了好大力气才把它弄进后备箱，它一下子就把那里的空间占满了。关于旅行箱……让我想想……很大，深咖啡色。这种颜色的旅行箱，你在车站广场上能看到几百个。除此之外没什么可说的了。如今堵车的情况越来越糟糕，汽油不停在涨价，还有那么多不挂牌照的黑出租，我们的生意越来越难做了，时间对我来说每一秒都很重要。况且每天我都要拉不少这样急着去赶车的旅行箱，欣赏它们……我还没那心情和时间，你得理解。

哦，你只是想知道，我对那旅行箱有什么看法。看法？这是什么意思，我不是很明白。我能对一只旅行箱有什么看法？我往后备箱搬运它的时候，有什么特别感觉没有？让我想想……说真的，我不太明白你到底想要表达什么。我没什么特别感觉，无非就是一只旅行箱而已。出差之人，带一只旅行箱不是很正常吗？

当然了，我的后备箱装过成百上千只旅行箱了，但这不是我能说出对某只旅行箱有什么感觉的理由啊，不就是一只旅行箱嘛，难道里面装了炸弹？我的天哪！不会真是那样吧？那女人出什么事了？没出什么事？我不信。没出什么事那你来调查个什么劲？我刚才看过你的警官证了，你是B市的，你从B市跑到我们A城来调查一个女人，肯定是那女人出什么事了。算了，我也知道你不可能告诉我，我只是一个普通市民嘛。

唉，那女人真的出事了吗？跟你说，她嘴角那颗痣给了我很深的印象，实话告诉你吧，我那情人，嘴角也长了一颗美人痣。不过我现在挺麻烦的，我老婆发现了她给我发的一条暧昧短信。说实话，你能猜到，我不想离婚。这世界上有几个愿意离婚的男人？女人们有时候就是这么蠢，不给自己留后路——我是说像我老婆这样的蠢女人。

因为那女人长着一颗我情人那样的美人痣，所以我对她还真是有印象。她在哪里上车的呢，这我还得再想想。她上车后只说了两句话，第一句是，师傅，去火车站。第二句是，师傅，车站附近有超市吗？

她问我车站附近有没有超市的时候，我们已经快到车站了。我指给她看一家24小时超市，她点了点头。我把车停在超市门口，车站那里不许随便停车，但我实在太同情她了，她带着那么大的一只旅行箱……她要赶的是这个城市发出去的最后一趟车，23点58分的××次车，这一点我倒能跟你确定。我们到车站的时候，我看了看楼顶上的大钟——这只是一个习惯，你知道，干我们这行，实际上就是跟时间在打交道——当时是22点20分。

我注意到她也在看楼顶上的大钟，就对她说：时间还早呢，提前半个小时才检票。

她没说话，点了点头。

我说：过街天桥那里有一个小伙子，是个残疾人，不过你可别小看他少了一只手，干起活来还是很麻利的。他在这儿干了有好几年了。你可以让他帮你把旅行箱送上过街天桥，再送到检票口。一般他要价十块，但你这只大旅行箱，恐怕十块他是不肯干的。

她微微笑了一下，算是表达对我的谢意。你知道，车站那里不许随便停车，我当时只不过是存着一种侥幸心理——那么晚了，交警都下班了，才把车停在超市门口。不过，还是不敢多停，况且干我们这行的，时间就是金钱。

等等！老兄，你可真是运气好啊，我想起来了，那女的上车的路边也有一家超市，我想想……店名挺有特点的，好像叫什么派……对了，山雀派，山雀派超市。

I　山雀

你也觉得我这店名有趣？很多人都这么觉得。有些人还觉得它来自卡佛的短篇小说《山雀派》——我没读过什么卡佛的作品，这是一个常来光顾的作家告诉我的。其实并没那么玄奥，因为我名叫山雀。不可思议吧，我居然会有这样的名字。但我的确叫山雀。

长头发，白皮肤，美人痣……我很喜欢美人痣。我想，可能这个世界上没有不喜欢美人痣的女人吧？所以我可以肯定地告诉你，没有这么一个女人来过山雀派超市。一个长着美人痣的女人要是来过，我不会忘记的。别说是前天晚上，即便是大前天晚上，我也能记得。我在这家超市工作八年了，附近阳光之城小区里的居民我不敢说都认识，但也差不多，还没有长美人痣的呢。

你说什么？哦，她也许没来过超市，只是站在外面的街边打车？带着一只大旅行箱？穿一件果绿色羽绒服？果绿色羽绒服……大旅行箱……让我想想。

你说到果绿色羽绒服和大旅行箱，我倒好像有点印象了，好像是有个女人站在街边打车。因为她背对着超市，所以我只看到她的背影和那只旅行箱。

嗯，是一只挺大的旅行箱，当时那旅行箱立在她身边，都快到她胸部了。当然，她个子不算高，属于小巧型的那种女人。不过，我不敢确定那女人是不是你问的这一个，因为我只看到她的背影。她在街边站了大概不到十分钟就打着了车，司机下来帮她把旅行箱搬进了后备箱。看样子，那旅行箱分量不轻，仿佛那女人要出国，或者到外地出一趟长差似的。

我就住在旁边的阳光之城，那是一个不错的居民小区，一共五百多户。如果允许不负责任地说，我敢说，这女的不是阳光之城的居民。附近还有没有其他住宅楼？没有了。从我的山雀派超市往东就是阳光之城小区，再往东，开发商正在建阳光之城二期住宅楼，据说到后年五一才能交钥匙。超市往西依次是蛋糕店、洗衣店、书店、饭馆，开店的都是阳光之城的居民，再往西是外国人投资种植的一片葡萄园。我们这条街对面有一家商场和一家大型建材市场，都在晚上八点关门。

你看，周边建筑大体分布就是这样——照此推断，这女的很有可能是阳光之城某户人家的亲戚……我只是推断，没有根据。

那女人怎么了？出什么事了？不好意思，我就是好奇。你不来点什么？哦，香烟，这想法不错。你要什么牌子？泰山？这想法也不错。要几盒？两盒？呵呵，让你猜对了，这想法也不错。不过，你如果买一条的话，那就更不错了。

J　小贞

欢迎光临小贞蛋糕房，想订蛋糕吗？家里有人过生日？老人？妻子？孩子？都不是？哦，我猜错了，抱歉，因为来这里的都是订蛋糕的。那么，你需要我帮什么忙吗？尽管说，别不好意思开口。

哦，你要找人，一个女人，她是你女朋友吗？不是？抱歉，我没有打听隐私的意思，只是想随便说说话而已，今天我的店员请假了，一整天都是我独自一人待着。以前总觉得她废话连篇让人厌倦，现在觉得她还是很可爱的。你看，我说着说着就说多了，你别介意。你要找什么样的女人？长头发，白皮肤，美人痣……

行了，你不用往下说了，她是不是穿一件果绿色羽绒服？怎么样，我说对了吧？不过我看你好像也不是很高兴，反倒忧心忡忡的？我不明白，你到底是希望找到她，还是不希望找到她？不过，你这样忧心忡忡也很有必要，我想你很有可能找不到她，因为我也正找她呢。我找了几天了都没找到她。

你听我慢慢说。是啊，她来过小贞蛋糕房。她来干什么？一个女人去一家蛋糕房，你说她还能干什么，订蛋糕呗。她总不会是去喝酒的吧，呵呵。喝酒就去酒吧了。你别笑，我整天跟我的店员待在一起，那是个唠唠叨叨的女人。自从她来到店里，我也变成一个唠唠叨叨的女人了。以前我不太爱说话，是一个有点孤僻的人。

这女人好像也有点孤僻……我只是随口说说而已，因为我对她一点都不了解。是，我这样评价她，是因为她很不喜欢说话，而且，似乎对我热情的搭讪有些反感。不过我不介意，我在这条街上开蛋糕房也有些年头了，什么样的人没见过，早就习惯了。

什么，你不同意她是一个不爱说话的人？你跟她是什么关系，很熟吗？那也没什么，一个女人在女人面前不爱说话，在男人面前可能就是一个唠唠叨叨的女人，要是在一个她喜欢的男人面前，可能就更要命了。她是你女朋友？普通朋友？不管是什么朋友，你最好替她把蛋糕拿走。

我不介意她对我的反感，但是我介意她把我辛辛苦苦做好的蛋糕当成一个昨夜做过的梦给忘得精光。是的，她订了一个蛋糕，但没来取。我想想……我这里有账本。她是三天前来的，也就是 4 号，订了一个生日蛋糕，当时说第二天也就是 5 号来取。我往账本上记的时候问她怎么称呼，她说姓朱。就是这个，你看——朱女士，黑森林，168 元，5 号取，未付款。

哦，黑森林是蛋糕的名字。呶，就是那边摆着的那个，是一种德式蛋糕，店里的新品种，很不好做的！所以我才介意她不把我的辛苦当回事。

是的，她没付钱——不过这不是主要问题。我的蛋糕房之所以生意还不错，主要是因为信誉好。我从不让顾客们交定金。但是说实在的，虽然我不让他们交定金，迄今为止还没有订了蛋糕却不声不响消失的顾客。当然，个别时候有些顾客会因为特殊原因没能按期来，但都会打电话来解释情况，过后总会来取的。但这个女人第二天没来取蛋糕，至今又过去两天了，也没来过一个电话。并且，她本人的电话也打不通，停机。说实话，我无论如何也不能相信，她会因为不想要一个已经预定了的蛋糕，而把手机也停机。不就是 168 块钱吗，对她来说不算什么。我这不是信口乱说，那女人身上的衣服一看就是名牌货。

你想看看她留下的手机号码？这就是。你根本没必要打，十分钟前我刚打过一次，还是停机。你要是想试一试，我也不反对。但我提醒你不要抱什么希望。

你想看看她订的蛋糕？过去看吧，咖啡色的那一个。那些咖啡色的东西都是巧克力，我费了很多工夫才把它做成这个样子。是的，黑森林这个名字挺好听的。那女的一看就绝对不会喜欢栀子花开、一生爱你、水晶之恋这些名字。我知道面对顾客时应该给他们推荐什么样的品种。

可惜这只我辛辛苦苦做好的蛋糕已经三天了。如果现在是夏天，它早就变质了。但即便现在是冬天，情况也好不到哪里去。再过两天她不来取，我就要把它扔掉了。其实我现在就该把它扔掉，显然她永远不会来取了。我为什么这么推断？那得问你啊，你来的目的是什么，不是跟她有关吗？虽然我不清楚她怎么了，她到底出什么事了？

你想把这个蛋糕替她买走？这个……你到底是她什么人？朋友？要是朋友的话，你就替她买走。但要不是朋友……你是警察，难道这个蛋糕对你破案有帮助？不管怎么说，你想买，那就买走好了。我揣摩着，应该还能吃。这几天气温很低，巧克力也不容易变质。要是新鲜奶油，我就不敢保证了。

对，168 块。你给我 160 块得了……

K　老姜

对，我是阳光之城的物业管理处主任，我姓姜。你不用叫我姜主任，叫我老姜好了。

哪天？ 5 号？你想知道 5 号那天，我们小区居民都有谁过生日？我不知道你要问这干吗，但我懂得这对你很重要。

你从哪里来？B市？真是辛苦。我这里有普洱茶，刚泡的，你可以来一杯。你羡慕我这种清闲的工作？其实事实并非如此，我们也很忙。这个小区怎么说也有五百户人家呢。五百户人家的吃喝拉撒我们都得操心。下水道堵了，网上不去了，灯泡坏了，看到蟑螂了，做着饭忽然没米了，打了肯德基送餐电话却迟迟没吃上肯德基……都找物业，好像物业的人个个三头六臂，都是神兽金刚。

没事，你不用抱歉，我说归说，起码的职业道德还是具备的。物业管理人员嘛，不就是管理吃喝拉撒这些事的吗。何况，你是因公务而来，我一定全力配合。你先喝茶，我给你找业主档案。说实在的，光看这五百户人家的档案就得花上不少的时间。

其实我挺羡慕你们这工作的，有价值！当然我并不是说管理物业就不能体现活着的价值。社会主义社会，只有分工不同，没有贵贱之分，你说是不是。

找到一个。你需要纸笔，没问题，我这里最不缺的就是纸和笔，虽然我没多少文化。

对不起，我先接个电话，你看，我们的物业工作就是这样，貌似不重要，没有却不行。

好了，终于完工了。你都记下来了吧，一共十二个人。还需要我做什么？嗯，分析一下。这十二个人里，有五个是十岁以下的儿童，剩下七个里面有三个是女性，最后四个里面……你说得对，一个七十多岁的老人，另外三个都在你要查找的范围以内，男性，三十岁以上五十岁以下。我可以给你介绍一下这三个五十岁以下的男性业主：第一个，职业是大学教授，住B9八楼东户；第二个，职业是公务员，住B6四楼西户；第三个是生意人，住C2十二楼东户。

你想知道他们现在都在干什么？我想想……今天是星期四，大学教授和公务员应该都在上班，这不难证实，我现在就可以给他们打个电话。你放心，我会注意说话的分寸的。物业管理员给业主打个电话，还需要什么理由吗，理由多的是！

最后是住C2的陈叙……他手机关机了。

警察同志，B9和B6的业主都在上班，C2的陈叙手机关机。

你想多了解一些陈叙的情况？我能插两句吗？到底出什么事了？陈叙

怎么了？没怎么？我不太相信。看来需要保密，那我就不问了。陈叙这个业主，他是个做生意的。具体做什么生意，我不太清楚。我们这里有五百多户呢，业主们都是干什么工作的，除了大学教授啦公务员啦这些有稳定工作的我们能掌握一些情况，其他的就不好掌握了。而且，有些人今天和明天做的生意都不一样，比方说 A5 有个业主，前两天还在南大街购物城卖服装，忽然你又看见他在兴业街卖烧烤；B7 有个业主原本倒卖钢材，有一天我看到一家小饭馆开业，打七折，就进去吃了顿饭，结果发现老板正是那倒卖钢材的，一问，原来倒卖钢材破产了。

对对，我的意思就是想说，对那些做生意的业主，我们的确无法掌握他们的情况，更别说行踪了。他只要离开阳光之城，就像一滴水融入茫茫大海，你根本不知道他在哪里。你问我最近看没看见他？我不记得了。别看我这工作挺清闲的，但实际上我整天都闲不着。你说什么？哦，我可以同意你进 C2 看看，怎么进去，你有的是办法。你是警察，虽然我不知道你到底想搜集什么线索，但我有义务配合你。假如你不是警察，那休想让我同意你打开任何一户业主的房门，真的。

嗯，你的看法没错，我们的房屋结构还是很不错的。你想找到什么线索，我可以帮你什么？依我看，这房子没什么异样，一切正常，你的看法呢？或许你们警察跟我们老百姓看法不一样。对，这个陈叙是单身，好像离过婚，前妻在外地。为什么离婚？这个我也不知道。他从成为阳光之城一名业主以来，就一直是单身。他的其他社会关系，我就不清楚了。说实话，我们一年也见不着他几次。

你干吗蹲在卫生间地上？那里有什么？血迹？请原谅我的好奇，通常警察蹲在卫生间地上都是在观察血迹啦毛发啦什么的。不过，你也没带任何工具——我是说，塑料袋呀镊子啦什么的。呵呵，我显得比你还专业？哪里哪里，不过是那些电影电视剧看得多了而已。真的没有血迹？看你想哪儿去了，我肯定不希望有什么血迹了。我希望世界永远和平，公安局监狱都失业。不不，我不是你说的那意思。你失业了还可以去干别的嘛，比方说物业管理员，你不是羡慕我们这工作吗。

警察同志，没发现不对劲的地方吧？说实话，我这颗心快从嗓子眼里蹦出来了。一个女人？什么样的女人？长头发，白皮肤，美人痣……我没什么印象。你是说，假如她是小区某户人家的亲戚？倒也有可能。出入？

我们出入大门要使用门卡，但如果是小区之外的人进门，要登记的。门口保安那里有登记本。门卡啊，当然，如果业主把门卡交给他的亲戚，那他的亲戚使用门卡也可以自由出入。警察同志，我忽然又有点害怕了，你不会是说，一个长头发白皮肤长着美人痣的女人，拿着陈叙的门卡，自由出入我们小区吧？那陈叙哪里去了？

好好，我们去门岗那里……

L　保安员

保安员甲：对，我是4号晚上值班的保安员。一个长头发白皮肤长着美人痣的女人拉着一只旅行箱？有点印象。我看看……没有登记。那就说明她是拿着门卡出入的。对，很晚了，她拉着旅行箱离开了小区，好像要出差的样子。她是哪天出现在小区里的？这我也不太清楚。她不是咱小区里的业主吗？

她哪天出现在小区里的？这个可以问问3号值班的保安员，或者问问2号值班的保安员。我们门岗一共三名保安员轮流值班。

保安员乙：我3号值班，有什么事吗？一个女的？长头发，白皮肤，长着一颗美人痣，三十岁左右……我没什么印象。小区一共五百多户呢，三十岁左右的女人应该很多。3号那天我记得，一共只有两个人通过登记进入小区，其中一人经常来，都认识了，另一个是男性。没这样一个女的登记进入。对，你的分析有道理，假如这个女人进入小区，那只能说明她是持卡进入。

不过真是抱歉，我真记不得有这样一个女人。每天进出小区的人太多了，只要持卡进入，我都不太去关注。

保安员丙：我是2号值班的保安员，有什么问题尽管问，我会全力配合的。一个女人？长头发，白皮肤，长着一颗美人痣？三十岁左右？我好像有点印象。让我想想。你们已经看登记本了是吧？2号那天共有五人登记进入？我也不太记得这五人中有没有你们所说的这样一个女人。哦，你们已经排查过了，没有？那就说明她是持卡进入的。

等等，我想起来了，她是跟一个业主一起来的。我记得那天是上午吧，对，上午九点来钟。那个时间上班的差不多都走了，门岗这里挺清闲的，否则我也想不起来。她长得挺漂亮的。对，我们门岗这里，只要跟业主一起进门，都不做登记。哪个业主？我具体也说不上来，但可以肯定是我们小区的业主。虽然小区一共有五百多户，我们不可能都认识，但至少看着面熟，知道是业主。

你说是不是C2的？叫陈叙？一个做生意的？这个我还真不敢确定。对，既然我不敢确定她是跟哪个业主一起来的，就更不敢确定那家的业主有没有离开过、什么时候离开的了。

M 朋友小周

黑森林？这蛋糕名叫黑森林？呵呵，这名字很有意思。今天是什么日子，干吗要请我吃蛋糕？你生日？不对啊，你不是上个月刚过了生日吗？

哥们，看你挺疲倦的，这几天跑哪儿去了？对了，你不是去A城了吗？这么快就回来了？什么，你5号就回来了？那怎么不找我喝酒？太不像话了！什么什么，你5号回来当天晚上又坐车返回A城了？这么说，你这是第二次从A城返回？什么什么什么，刚下火车？我的天！你从A城带回这么一只黑乎乎的蛋糕，闻着好像变质了呀！搞什么名堂嘛！出什么事了？

好好，你先喝口酒，缓缓气。我听着呢。哦，事情得从你第一次，也就是4号晚上从A城坐火车返回B市时说起。嗯嗯，你说。你在火车上遇到一个很漂亮的女人，哈，哥们，艳遇啊？

好好，我不打岔，你继续说。她长头发，白皮肤，嘴角长着一颗美人痣……哥们，长美人痣的女人很性感的。好好，我不打岔。车厢里人很多——当然了，春运期间嘛。那你干吗不买卧铺？没买上？嗯，可以理解。那女人也没买上卧铺？哦，她也是临时决定坐火车的。春运期间提前十天卖票呢，你们能买上硬座已经十分不错了。哦，你找了票贩子？也就是黄牛党？哥们，你可是警察呀！不过我也理解，不找黄牛党的话，你就得站着回B市了。那女人呢，也找的是黄牛党？哦，她找的是旅行社。你看，人家就比较文明。哦，你们聊天的话题是从车票切入的？这个切入点比较好，你小子很会勾搭人嘛！

好好，从现在开始我再也不说话了，你把整个故事讲完。

……

哥们，说实话，你讲得磕磕绊绊，逻辑混乱。但整件事情的来龙去脉我基本听明白了。你听我给你复述一遍，看对不对。

4 号晚上你坐上 ×× 次从 A 城开往 B 市的火车，打算返回 B 市。在 10 号车厢你遇到一个长头发白皮肤长着一颗美人痣的女人，那女人坐在你对面。既然开蛋糕房的小贞说她姓朱，那下面我们就用小朱来称呼她吧。你们开始聊天，从拥挤的车厢聊起，聊到各自是怎么买到一张宝贵的硬座车票，然后又聊到一些别的。×× 次车 23 点 58 分发车，你们一直聊到凌晨两点钟。这说明你们聊得很投机。我是不是完全有理由说，截止到那个时候，你已经觉得自己遇到一次艳遇了？别不承认，小子。当然，如果小朱没提前下车的话，如果她跟你一起在 B 市下车的话，如果她答应你的邀请跟你共进午餐的话，如果她进一步答应跟你看场电影的话，那就是一场很完美的艳遇了。

你们聊到春运买票难的社会现象，聊到汽油涨价等其他一些有关无关的社会现象，后来你们聊到小朱的旅行箱。小朱带了一只很大的旅行箱，是你帮她放到行李架上的。不知道怎么回事，你们聊到旅行箱——这个我可以理解，一对萍水相逢互有好感的男女，聊什么都是没问题的，而且都能聊得饶有兴味。你问小朱干吗带那么大一只旅行箱，出什么样的差需要那么多行李。小朱就让你猜猜里面都装了什么。你猜了很多，无非就是衣服鞋子化妆品之类。小朱说你猜得不对。你觉得小朱当时的样子有些调皮，挺可爱的。然后你们继续聊，聊着聊着，不知道怎么就聊到了故事，不知谁先提议的，你跟小朱都同意各自讲一个恐怖故事。

嗯，其实你们之间真正的故事就是从那时候开始的——你先讲了一个恐怖故事，然后小朱开始讲。小朱眼睛骨碌碌转了一会儿，有一种恶作剧的样子，很可爱——这是你的原话。她讲了一个女人和一只旅行箱的故事，故事大意是这样的：

一个女人杀死了跟自己有关的一个男人，她清理了现场的所有痕迹，然后，把男人的尸体装进一只很大的旅行箱里。她带着这只旅行箱登上一列火车，到达另外一个城市。在整个路途中，包括去火车站的路上，没有任何一个人对那只旅行箱起疑心。这女的渐渐生出一种恶作剧的心理，她在火车上遇到一个男的，跟那男的聊得很愉快，就把旅行箱里装了一具尸体的事告诉了那男的。谁知道那男的根本不信。于是她又把旅行箱里装了一具尸体的事情当成故事讲给其他她遇到的人听，都没人相信。她觉得世界上的所有男人都愚蠢透顶。后来她遇到一个小男孩，小男孩居然相信了她的话，她就把那只旅行箱打开给小男孩看了。

对吧？这就是小朱讲的故事。当然，我只是复述了个大概意思，小朱讲得很仔细，特别是对杀人经过的描述——毕竟是恐怖故事嘛。我现在是在复述你的两次 A 城之行，对于特别细节的地方就粗略带过了。小朱讲完以后，很调皮地朝你眨了两下眼，你忽然觉得，她那样子很像她故事里的那个女人。于是，你觉得心里怦怦跳了两下。从那以后，你一直对那只旅行箱疑神疑鬼，而且总觉得小朱在偷偷观察你。你心里很矛盾，一方面觉得小朱是个很可爱的女人，只不过在借她那只大旅行箱做道具即兴杜撰了一个恐怖故事，另一方面，作为一名警察的敏感又让你觉得事情可能并非那么简单，而且，你还纠结于自己是不是一个愚蠢之人这个问题。假如你相信那个故事是小朱的真实故事，那未免过于荒诞了一些。假如你相信那是小朱即兴杜撰的一个故事，但万一是真的呢，那你就是小朱嘴里的愚蠢之人。

哥们，我复述得没错吧？好，那咱们继续。

后来，你很困倦，就迷迷糊糊睡着了。醒来以后，你发现小朱不见了，旅行箱也不见了。你问坐在她座位上的人、问列车员，他们都不知道小朱什么时候、在哪一站下了车。但你出于说不清楚的一种心理，觉得必须找到小朱。

其实，哥们，你觉得必须找到小朱的时候，已经隐约在怀疑她那个故事是真的了，对吧？你觉得，那只旅行箱里说不定真装了一具尸体。

然后，你决定返回 A 城，把小朱上火车的路线逆行一遍，看能不能找到一些线索。这样，你当天又登上了返回 A 城的火车，相继找到电瓶车司机、卖盗版碟的阿明、少了一只手的赵六、麦当劳服务生、开超市的李甜甜、出租车司机、阳光之城小区旁边的山雀派超市、小贞蛋糕房。这下，你终于找到了这个小朱。接着你找到阳光之城小区的物业管理处主任、门岗保安员，基本确定了这样一个事实：

小朱于 2 号来到阳光之城，和其中一位业主一起。业主是不是你跟管理处主任排查出来的那个陈叙，这个我也不敢帮你确定。4 号，小朱到门口的小贞蛋糕房订了这个名叫黑森林的生日蛋糕，说好 5 号去取。结果，5 号她却没去取这个蛋糕。为什么呢，因为她 4 号忽然离开了 A 城。她拉着一只很大的旅行箱，手持阳光之城小区的门卡，离开了小区。独自一人，没有那个疑似陈叙的业主陪同。关于那个疑似陈叙的业主到底回没回过阳光之城，又是什么时候离开的，大家都没注意过。

哥们，我很了解你，你现在琢磨的是，那个疑似陈叙的家伙，已经被装在小朱的旅行箱里了，是吧？至于他为什么在那只旅行箱里，当然可以有诸多推测，但有一条可以肯定，小朱一定不是刻意要杀死陈叙的，如果是的话，她就不会留下诸如订蛋糕之类的线索。好，我继续推测。她 2 号来到阳光之城，或者是自己来的，或者是跟陈叙一起来的——根据保安员提供的线索，我们就认为她是跟陈叙一起来的。来干什么？谁知道呢。陈叙不是做生意的吗，他有一万个理由经常回来。总之，陈叙刚好 5 号过生日，他们打算在阳光之城给陈叙过生日。因此她 4 号为他订了生日蛋糕。可是，她后来跟陈叙发生了争吵，搏斗之中将他杀死。于是，4 号晚上她用大旅行箱携带来不及处理的尸体，坐上开往 B 市的火车。旅行箱哪儿来的？哥们，难道就不允许陈叙家里本来就有这么一只旅行箱？别忘了，他是做生意的，常年在外奔波。

我猜得对吧？你是这样推理的吧？说实话，没人比我更了解你了，哥们。

其实，你的第二次 A 城之行完全属于个人行为，虽然你一路上都在那些人面前亮出你的警官证。哥们，我不知道接下来你要干什么。你的推理不能说没有道理，但我仍是觉得玄了一些。有那么巧合的事情吗？

我的看法？我猜测，那个小朱是不是陈叙的前妻？你也这么看？可是目前你没有陈叙的任何社会关系，无法查找这个神龙见首不见尾的生意人。你不确定那只旅行箱里到底是不是装着一具尸体，所以，如果你还不死心的话，只能继续把调查此事作为个人行为来进行。我还真替你发愁。

我不赞成像你刚才说的，把 A 城与 B 市之间每一个停靠站所在的城市都去上一遍。因为显然工作量太巨大。你怎么就肯定小朱去了停靠站所在的城市？她难道就不可以去那个城市周边的城市吗？坐汽车或其他交通工具！这样一想，你想找到小朱，可真是大海捞针了。

哥们，我知道你是警察，但你有时候是不是过于敏感了？难道对于这只旅行箱的推理，就没有漏洞存在吗？当然，我还没仔细分析漏洞所在。不过，你说得也有道理，漏洞肯定有，但疑点更明显一些。比如说，为什么陈旭的手机关机，小朱的手机停机。

哥们，你一直盯着这只黑森林看，目光呆滞——我觉得你是爱上那个小朱了。你现在情感和理智在交锋，这让你备受折磨。依我说，听我的，不要再纠缠于此事。把小朱当成一个萍水相逢的路人，忘掉吧，也不要再试图去追寻什么真相。假如说你真的最后确认那只旅行箱里有一具尸体……我不敢想象……那样，小朱就要变成一具尸体了。难道这是你希望看到的吗？

N 朋友小周

对，这只是一个故事而已，难道不是吗？

哥们，你已经是第二次请我来吃这个黑森林了。虽然我们只是盯着它看，谁都没吃上一口。现在它已经完全变质，虽然你一直把它放在冰箱里。说实话，刚才你打开冰箱门的时候，那忽然席卷而来的味道差点要了我的命。

如今是什么时节，你大概不清楚了吧？已经春暖花开了。打你坐上那次要命的 ×× 次车从 A 城返回 B 市，接下来的这一个多月里，你过的是一种什么日子啊！我觉得你真不该当一名警察。

不用说我也知道，你的足迹遍布 A 城到 B 市之间那些大大小小的城市。但是，我怀疑你此生都无法走遍那些地方。公路、铁路甚至海洋，就像一张蛛网上无数的蛛丝，会把你带到无穷无尽的城市里去。从这个意义上说，小朱是一个虚无的存在。

而你，我的兄弟，你把自己搞得如此疲于奔命，像这世界上的一个异类。我跟你说，你所经历的那个小朱，还有她讲的什么破烂故事，这些都只是一个更大的故事而已。

O　老姜

对，我是老姜。你是哪位？小夏……我怎么想不起来你是谁，哪个小夏？警察？B市警察……哦，想起来了想起来了，你好，小夏同志。找我有什么事吗？跟你说啊，我不在阳光之城干了。不为什么，只是我忽然觉得干物业体现不出活着的价值。对，我以前是觉得很有价值的，不过，我后来觉得没价值了。我现在跟朋友一起承包了一条渔船，整天在海上打鱼。当然，目前也看不出有什么价值。对了，你下次来，我给你一篓子鱼，带回B市去吃！

哪个事？哦，呵呵，要是你不来电话，我都忘那个事了。跟你说啊，自从我不在阳光之城干了，就不知道那个陈叙回来过没有了。

怎么了，小夏同志？干吗发火呀！

P　物业管理处

对，这里是阳光之城物业管理处，您是哪位？您想问一位业主的情况？我们这里的业主档案都是保密的，您到底是干什么的？警察？怎么证明您是警察？您干吗发火呢？您是C2陈叙业主的朋友……那我晚上看见他让他给您回电话吧，他刚出门。

Q　陈叙

门岗说一个警察朋友找我，是你吧？我好像不认识你啊！

我当然是陈叙了，对，C2的，这还有假？我出事？出什么事？有点莫名其妙啊你这个人！姓朱的，有一颗美人痣？嗯，对啊，那是我女朋友，她怎么了？我们挺好的，没什么事啊！一个月前？2号？具体哪天我不太记得了，是啊，我们一起回A城的，怎么了？后来？后来我忽然有事提前离开了啊！到底怎么了？手机为什么关机和停机？我说你到底想问什么？难道手机关机停机还要到你们公安局备案啊？移动公司可没这规定！警察怎么了，警察就能干涉一个移动用户管理自己花钱买来并交了话费的手机的自由？

哎哎，你怎么挂电话了，我话还没说完呢！

R 朋友小周

我说我的哥们，你不会又请我去吃黑森林吧？我可不想被那玩意儿熏得要了命。我觉得，你该把那玩意扔了。你有些痛苦？人生中充满故事？当然了，哥们！

（原载《清明》2011 年第 6 期，《小说月报》2012 年增刊中篇小说专号（1）转载）

李不易

一

黎明前的颜色，总让郑小简想起小时候收藏过的那些糖纸。透明的，各种颜色，拿它蒙在眼上，会看到世界是另一种样子。

凌晨四点，她不用闹钟就能准时醒来，然后穿好衣服走出家门。很多时候她有种孩子气的念头，想弄几张糖纸带着。她很多年前就为了控制体重而跟含糖的食物拜拜了，却为此去了超市好几趟，买回各种水果糖。可惜现在那些糖纸花花绿绿的劲儿倒是有了，却都没给她带来期望中的感觉。

李万发现郑小简越来越喜欢去夹河大桥上散步，大约是在春末夏初的时候。现在是初秋，早起时空气已有些凉意。整整一个夏天过去了，郑小简的这一嗜好一点没减弱，反倒像身上的衣服一样，越来越厚实了。

他们是在春天买了这套房子的，在此之前看了很多楼盘都没拿定主意，后来有一个星期六，李万拉着郑小简一起去参加一个朋友的婚宴，顺便看好了这套房。

那天，婚宴接近尾声的时候，郑小简忽然不见了，李万打电话问，你在哪儿呢？郑小简说，在夹河大桥上。

郑小简就是这么一个人，拿李万的观点来看就是比较自我，这使她看起来总是有些跟别人格格不入，在单位上班那几年也是。据李万观察，郑小简跟那些女同事处得都很一般，她们对她敬而远之的主要原因，无非就是觉得她高傲，时时处处看起来瞧不起她们似的。郑小简也不去在乎这些，没人知道她都在想些什么。

但谁知道呢，也许就是因为这，才使郑小简看起来比别人多了些特别，有点飘忽神秘的色彩。李万年轻的时候，不就是为了这飘忽神秘的色彩而迷恋上郑小简的吗？这个其貌不扬、来自乡下、出身卑微的女孩子，嫁给了李万，让多少女孩子妒忌得眼珠子发蓝。现在，理智多于狂热的李万，已经不再迷恋这股劲了。在极少的几个时刻，他也用揣摩生意伙伴或者对手的眼光去揣摩郑小简，越揣摩越觉得郑小简是有故事的。

有时他会躺在床上看着在屋子里行走的郑小简，冷不丁地问，你在想什么？郑小简通常会反问他，我在想什么？干吗这么问？有一次他半夜让郑小简的梦呓弄醒了，郑小简嘟嘟囔囔的，他听不清她在说些什么，但极想知道，就翻过身来俯在郑小简脸上，问，你在说什么？他希望郑小简像传说中那样，在梦呓中，竹筒倒豆子般说出他想知道的东西来。然而郑小简醒了，问他，你干什么呀，是不是我说梦话了？你刚才在套我的话？真是阴暗。

弄得他很不好意思。

那天他离开婚宴，开车去夹河大桥。他们来时就经过了夹河大桥。郑小简正站在桥栏杆旁边，混迹于几个垂钓者中间，也有几个附近居民在桥上散步。这天是星期六，春天，阳光很暖，远距离看，郑小简临风站立的样子颇有几分年轻时的感觉。李万心里轻微地动了一下。他把车停在栏杆旁边，站到郑小简身边，问她，你觉得夹河上城怎么样？

他们刚刚参加的婚礼，新郎赵东就是在夹河上城小区买的房。其实说起来赵东是郑小简的初中同学，但这几年下来，李万跟赵东的关系处得反倒比郑小简热络，仿佛他跟赵东才是初中同学似的。郑小简转头看了看夹河边上的夹河上城小区，说，不错。李万马上就说，咱也买一套吧。

李万自己也不很清楚，为何此时此刻这么想对郑小简卖一回殷勤。郑小简肯定了他的建议，他恨不得马上就掉头，拉着她回夹河上城去看房。郑小简慢悠悠地说，看把你急的，房子还能长翅膀飞了吗。

过了没几天，他们就在夹河上城买了房，一楼，带小花园。李万花了大力气装修，只有花园留给郑小简自由处理。郑小简花和菜都种，半天半天地蹲着，用手去侍弄那些土疙瘩。李万在屋子里看着，有好几次都冲动地想给郑小简领养一个孩子回来。

是的，郑小简没有孩子。问题出在她自己身上，谁也帮不了她，包括医生。郑小简为此出入医院共计一百六十八次。她把几本病历、所有单据都好好地保存着，并用只有她自己明白的符号，在书房桌子上摆着的一本日历上计数。一百六十八次，是个什么概念？倘若她每天都去医院，那就是半年还多的时光，而她不可能天天去。郑小简把最后一次去的日子减去第一次，再除以一百六十八，很轻易得出她去医院的频率。她为此惊讶，茫然，可怜自己。

实际上，郑小简是所有就诊患者当中条件最好的，有李万给配的专车和司机，而且后来她辞职了，不再为跟单位领导频繁请假和难以启齿而烦恼。但是郑小简实在不堪忍受每次去都要换上医院的拖鞋，那些拖鞋早晨去的时候还整整齐齐摆在鞋架上，一轮病人穿过之后，就从鞋架挪到地上，横七竖八，一天只消毒一次。而且天知道医院是如何消毒的呢，就像洗衣房，把全世界的衣服都放在一起倒上药水搅，跟不洗有什么区别，甚至可能还不如不洗要来得干净。郑小简每次回家后都要从里到外换衣服，消毒，把自己清洗一遍。

那时候她觉得自己很可怜，躺在床上分开两腿时，简直像被整个世界在羞辱。她由此悟出生命的卑贱，想到不生孩子也并不是坏事。倘若生了个女孩，将来这女孩就有可能承受她所承受的一切。至少她要承受那女体自身的疼痛和麻烦，痛经，生产，各种可能的癌症。

她生孩子的欲望就如此一点点被磨掉，而责任感还存在。李万是无辜的，如果他找个别的女人，孩子都能打酱油了。

郑小简这些想法都在心里藏着，从未对李万提起过。在李万看来，郑小简是简单的，在他发生外遇之后，他越发觉得有愧于她，所以他们对换房很容易地达成一致。他们住的房子还是李万下海前在单位分的福利房，住了刚好十年，不论是房子还是整个小区，露头露尾的破败都已经无处不在。因为没有门卫，时有入室盗窃事件发生，还因为没有正规的物业管理，院子里的垃圾和狗粪随处可见。他们小区旁边新开了一家规模不小的花鸟鱼宠物市场，自从市场开业，大大小小的狗就侵入了小区，仿佛除了李万他们家没养狗，家家户户都养上了狗。

表面看来，这才是李万和郑小简想要搬出这个小区的理由，他们两人的口径也是因此而达成一致，而实际上，他们想换个环境，离开这个熟头熟脸的地方。他们没有孩子，这让他们在这些昔日的同事面前抬不起头来。如果往更深处挖掘，简言之，李万有外遇了，换个环境，让郑小简不必在旧邻居面前感到窘迫，减少他的负罪感；郑小简呢，难道她真像李万想的那么简单吗？一点都不。她轻易洞穿了李万的心思，之所以不表现，只是出于维护婚姻的需要。

现在，他们如愿以偿，夹河上城小区除了赵东，没人知道他们的底细。而赵东是不碍事的，他本人的生活不见得比李万和郑小简规矩多少。春天里，李万和郑小简刚刚参加的那个婚礼，是赵东的第二次婚礼。郑小简对自己的这个初中同学很不感冒，若不是李万硬拉着，她都不想去喝那个喜酒。都第二次了，还这么张扬干什么呀，光彩呀。郑小简坐在车里穿过夹河大桥的时候，还在诋毁这场婚礼。

二

李万并不知道，夹河大桥才是郑小简同意搬到夹河上城的主要原因。那座大桥，跟郑小简记忆里的小石桥从气派上看相差甚远，感觉上却很接近。她记得跟姐姐郑小严在桥上用糖纸蒙着眼睛看日出。她比较要强一些，分到的糖纸总是多，还觊觎郑小严的，为了争抢，她有一次捏着一块小石头把郑小严追得满街跑。

当然她站在夹河大桥上时还会想到很多其他的事情，都是跟郑小严有关的。大桥上的不锈钢栏杆靠上去丝丝地发凉，她一根一根地摸着，看天色，看水。她和郑小严都晕水，小时候雨水很多，小石桥下面总是河水汹涌，她们姐妹俩玩闹时，她总是恐吓要把郑小严推下河去。

对这些，李万并不了解。他只知道，搬到夹河上城以后，郑小简好像对夹河大桥情有独钟，每天早晨都要去走上几趟。确切地说是黎明前，四点，搞得像晨练。夏天还好说，四点天就蒙蒙亮了，可是到了秋天，四点还漆黑一片，郑小简雷打不动。饶是如此，这也只是让李万有点不放心而已。他哪里能钻到郑小简心里去看看呢？

有一次赵东早晨四点多出发去火车站接人，看见郑小简正在夹河大桥上溜达，回来后问李万，郑小简那么早在大桥上干吗呢？

李万说，不知道啊，晨练吧？

赵东说，别搞笑了，郑小简天生缺乏体育细胞。你知不知道，上学的时候，为了逃避早起跑操，郑小简老往女厕所躲。农村那种厕所，你知道吧，不知道就想象一下吧。就她，还晨练？你信我可不信。

李万说，那我可就不知道她干吗去了。

赵东说，你就没想过别的？

李万问，什么别的？

赵东说，幽个会什么的。

他们俩的关系从哪儿看都显得特别瓷实。其实起初认识赵东的时候，李万很看不上郑小简这个同学，尤其看不上他私生活上的泛滥。从什么时候李万认可和谅解了赵东的私生活呢，究其根源，应该是在认识了王媛以后。人就是这样，非得自己实打实地经历一番，否则，设身处地理解别人还真不是那么容易的事情。

算起来，李万和郑小简搬到夹河上城，距他们开始看房子已经是一年以后的事情了。他们在这个城市里到底看了多少个楼盘，李万已经记不清了，他差点都要记不清到底是在哪个楼盘的售楼处认识王媛的。这个问题在他们恋爱之初一度成为一道李万老也答不对的题目，他越答不对，王媛就越斤斤计较地问：说呀，是在哪里认识我的？连第一次见面的时间都说不上来！男人是不是都这样！

面对王媛的耿耿于怀，李万只能用这样的甜言蜜语来应对：在哪个售楼处认识了你并不重要，重要的是我们两人现在相爱了。

是的，李万用到了相爱的字眼，那么，是不是这就证明他不爱郑小简了？当然不。李万跟赵东已经到了无话不谈的地步，当然，这有必然的因素：他们都有情人，即便是赵东再婚，他也依然有情人；他们是生意上的合作伙伴，有共同出入某些情色场所的经历和必要。李万绝不承认他们骨子里有类似的兴趣，尽管赵东并不这么看。赵东说，李万，我知道你有时候瞧不起我，但你也好不到哪儿去，承认吧，你我都是千万俗男人中的一个。

这话李万当然不爱听，但是，理智下来一分析，不承认也难，尤其是面对王媛日渐发福的肚子和脸上的妊娠斑。单就目前的事实来看，他李万甚至比赵东都品质恶劣。不是吗？甭管人家赵东几婚，却在初婚那一次就有了儿子，这使他的二婚就清楚多了，碰巧又找的是一个一辈子不愿意生孩子的女人。而李万尽管没离婚，但很快就要跟除了王媛之外的一个小家伙打交道了。赵东有福，我比不得，我他妈都三十九了还没有孩子呢。李万不得不这样安慰自己。自从有了王媛和王媛肚子里的那个小细胞，李万就时常横里纵里地展开跟赵东的比较，目的当然是宽慰自己，消解犯罪感，但并非每一次都尽意，有时候反而犯罪感越发重了。

但是无论怎样，李万还是想有个孩子的，犯罪感也得给孩子让道。之前那些年他从未想到过跟郑小简离婚，却无数次想到过有个孩子，当然是自己的孩子。可是，怎么才能有自己的一个孩子，李万从未很明确地计划过，所以，王媛肚子里那个小细胞，天地良心，完全不是李万精心策划的产物，相反，一度他还认为王媛才是策划者。可是王媛不久就让李万打消了这个猜测，因为她根本就不打算搞走郑小简取而代之。被逼婚是李万最担心的事情，他没有处理这种事情的经验。所谓的经验，都是电影电视剧里看来的，而那些男人无一不是夹心面包里的奶油，要多可怜有多可怜。有一次他试探性地问到这个问题，王媛很奇怪地反问他，我为什么要跟你结婚？我从来没想过。

当时他抱着王媛和王媛肚子里的孩子，一下子想到，将来很多时候，就只有王媛和孩子在这个家里生活，并像电视剧里演的那样，翘首企盼他的偶然造访，心里就不免一酸。但是王媛的反应，好像这种想象她从未有过。王媛很好看，皮肤很白，这就使她颧骨和鼻子两侧这些部位忽然漫上来的蝴蝶斑显得很突出，他想，这女孩子，毕竟还只是个孩子。他拿手去抚摩那些蝴蝶斑，王媛问他，我是不是变丑了？

是吗？陈姨，你看她变丑没有？李万扭头去问他给王媛请的保姆。陈姨说，不丑，年轻就是宝，怎么也不丑的。

其实，王媛的确是变丑了。不单单是蝴蝶斑，就连五官都似乎在发生位移。李万年龄大了，三十九了，待在王媛身边，很多时候喜欢安静地欣赏这个女孩子身上那些细致的部位，从耳朵看到手指尖。年轻的时候，他追郑小简，好像根本无暇去做这些欣赏。这样，李万就很容易地观察到了王媛的细微变化：鼻头变厚实了，嘴部外突，脸盘本来是瓜子形，慢慢变成了方形。还有肚子，由 1 形先是变成了 b 形，接着变成了 B 形，正在慢慢朝 D 形发展。李万惊叹于怀孕给一个女人带来的变化，并迷恋于对这种变化的发掘，同时有很多时候，他看着在小花园里侍弄花和菜的郑小简，心里非常难过，为她跟这种奇迹般变化的无缘。

就因为这些原因吧，他那么想向郑小简献献殷勤，仿佛不献献殷勤，就不足以提醒自己身上尚存着很多良知似的。有一天，他没应酬，坐在家里看郑小简收拾屋子。郑小简是个爱干净的女人，自从因为看病辞了工作，一天中主要事情就是收拾屋子。现在变成了收拾屋子和花园。她把每个抽屉都打开，重新整理，扔出来的旧物中有几页楼盘广告，拿起来挨张看了看，忽然转回头来问，老李，咱们去看桑林苑时候的那个置业顾问，小女孩，叫什么来着？长着俩酒窝那个！

李万差点就要脱口而出，王媛嘛。不过幸好及时刹住。好险！他端着茶杯，一瞬间想到电视剧里那些镜头，好像此时此刻应该手抖，甚至泼洒出些茶水来。但是他没动。这倒不能说明他比那些男主角老谋深算，他认为这说明了另外一个道理：他比那些男主角更爱自己无辜的老婆。

李万尽量地平静着，说，哪一个？我忘了。

郑小简头也不抬，继续收拾抽屉，说，那女孩挺不错。

李万说，是吗，我还真忘了。

郑小简说，那段时间，那女孩不是经常轮番给咱俩打电话攻关的吗，说来我还真有点不好意思，人家郑姐李哥叫得那个亲，咱却不买人家的房子。

李万说，这种歉疚大可不必有，要是所有售楼小姐都来攻关，咱还能把那些房子都买下啊，咱又不是慈善家。

从品性上来说，郑小简的善良不仅仅表现在这一件事情上，其他诸多事情上随处可见这女人的善良。她身上没有可供男人挑刺的部位，往深里说，也没有可供男人下刀子伤害的部位。所以，李万是实心实意地向她献殷勤，绝不是迫于无奈。

现在他们的生活挺稳定，郑小简早就放弃了去医院看病。到底是从什么时候放弃的，李万也记不起来了。反正王媛肚子里有了以后的某一天，他忽然想起了郑小简的求医生活，说实在的，他不忍心郑小简那么过，每次看到她从医院回来后一言不发地拼命清洗自己，他都觉得难过。而求医在后半部分，就是郑小简辞职以后，基本就成了她的主要生活了，即便不用去医院的日子，她也仿佛时刻在为去医院而做准备，当然是精神上的准备。她没有一刻轻松过。

当李万忽地想起这件事的时候，他觉得应该结束郑小简的求医生活了，同时他不无轻松地发现，郑小简不知从什么时候起已经不去医院了。这就是说，他不必为如何启齿而费心思了。

三

如果没有赵东的狗屁猜想，他们的生活就会如此过下去，郑小简要去夹河大桥就去呗，那又不是多么难以理解的事情。

但无论如何，李万还是让赵东那听起来很不靠谱的猜想给影响了。郑小简去夹河大桥，到底有没有“幽个会”的因素？李万不想在赵东面前承认他被影响了，因此，即便内心有所波澜，他也立场坚定，不容置疑。一句话，郑小简没有幽会的嫌疑；两句话，这事绝不可能发生。

赵东问，你知道这世上哪种女人最复杂？

李万说，哪种？

赵东说，就你们家郑小简那样的。貌似纯洁的小白兔，实际上，越是这样的女人越能干出惊世骇俗的事来。你看我找的这俩老婆，哪个不是打眼一看一个俗女人？你别看她们天天就知道跟我要钱去逛街美容，没事就电话短信查个岗，深更半夜翻翻我的包了什么的，俗了吧唧的，我还就找这样的女人，为什么？简单！找女人就要找简单的。

不得不说，赵东的论调从操作性上来说完全站得住脚，但李万从感情层面上就是不愿意苟同。赵东很鄙夷地说，你他妈的真是虚伪。

因为不能苟同，李万只能做个两面人，在赵东面前表示自己的清高，背着赵东，就做了他感性上极不愿做的龌龊事：跟踪郑小简。

在此之前，李万假装很随意地问过郑小简干吗那么早出去，郑小简说散散步，看看黎明前的颜色。李万说，黎明前能有什么颜色，黑色的呗。郑小简说，我以前也以为是黑色的，现在不这么以为了。李万问，什么颜色？郑小简说，宝石蓝，象牙黄，绯红，每天都不一样。

郑小简又问李万，你小时候玩过糖纸吗？玻璃糖纸？

李万说，那是你们女孩子的专利，我们玩滚铁圈。

郑小简说，玻璃糖纸蒙在眼睛上看天色，就会看到各种各样的颜色。

难道郑小简每天黎明前到大桥上去，就是为了看这些不同的颜色？

李万现在跟踪郑小简方便多了，因为有黎明前灰暗的掩护。路灯是暗淡的，他看到郑小简在夹河大桥上走来走去，桥上有晨练者从她身边跑过去，她似乎并不受此影响。换句话说，她根本没有晨练的打算，甚至很多时候还脚蹬高跟鞋走来走去。鞋跟很寂寞地磕着桥面。赵东说得没错，相比赵东那两任整天逛街美容的老婆，郑小简这样的老婆其实更让男人费心。

与其说李万被赵东的猜想左右着，不如说李万被解谜的欲望驱使着。郑小简到底为什么要在天气渐冷的四点光顾一座桥？不是晨练，无人与之相约。有时候李万宁可希望这两种可能性随便哪一种出现，哪怕是一个与之相约的男人出现。但是没有，李万持之以恒地跟踪了半个月，唯一的收获就是一场感冒。

李万感冒得不轻，鼻涕眼泪加喷嚏。赵东看见了，调侃他，怎么了，以泪洗面，遇什么伤心事了？你李万能有什么伤心事呢，家里红旗没倒，外面彩旗飘飘。

李万几乎就要因为这场感冒中断对郑小简的跟踪了。这天早晨他跟自己的病体很是较了一番劲，才挣扎着实施了第十六次跟踪。也许是老天爷出于对他持之以恒的奖赏，或者是对他感冒的怜悯，这天早晨终于有一个意外出现：郑小简本来正在像往日那样走来走去，一种无目的的行为，走着走着，忽然小跑起来，跟着大跑起来，异常神速，根本不像赵东描述得那样是个体育盲。

总之，郑小简以让李万惊讶的速度，奔向一个刚刚爬到桥栏杆上看起来像要轻生的人，像拔一枚钉子一样，一把把那人给拔了下来，动作利落果断，没有丝毫犹豫。就连李万都呆怔了几秒钟才反应过来，他差点就要忘了自己鬼鬼祟祟的身份跑过去协助了。

李万远远地站着，用一根路灯的灯柱子做掩体向现场窥视。他看到郑小简受到了不该受到的礼遇。被一把拽下来的是个年轻女孩，按照常规她要么瘫在地上哭哭啼啼，要么声泪俱下质问郑小简为什么要救她，还有可能，再次在已不可能实施的情况下，愚蠢地扑向桥栏杆。可是奇怪的是，那女孩的表现很新鲜，她朝郑小简破口大骂。桥面上很安静，所以她的音量就一下子凸显出来。李万听清了，她在嫌郑小简多管闲事，耽误了她的宝贵时间，因为她在干一件很有意义的事。

又过了大约十分钟时间，李万总算弄明白了，人家女孩子爬上桥栏杆，是为了配合稍后将要出场的日出，让她的男朋友练写生。她的男朋友尽力试图息事宁人，可是女孩子嚷嚷个不休，说郑小简破坏了她的情绪。情绪你懂吗？意境你懂吗？这种意境是可遇不可求的！

李万在灯柱子后面忍着。如果他加入进去，那将多么可笑：一对中年夫妻和一对小情侣为意境叫起板来。谁胜谁负，难以预料。

十多分钟后，事件平息了，小情侣离开了。几个晨练的也觉得无趣，甩开腿跑走了。郑小简就站在桥栏杆那里，疑惑地看着她刚刚像拔钉子一样把女孩子拔下来的部位，仿佛那里写着一个答案。李万有点担心，做好了飞扑过来救郑小简的准备。当然，以郑小简的性格，是不会为这么几句辱骂就跳大桥的，但是谁知道她天天到这桥上来到底有什么原因！还有，说不定郑小简此刻想起了自己没孩子的可怜境遇。

然而一切都是虚惊。天亮了，郑小简怅然若失地离开现场，往回走了。她低头想着事情，路过李万掩身的灯柱子，都没发现李万。李万跟自己打了一个赌，如果郑小简发现了他，他以后就不跟踪了，如果没发现，他就继续跟踪下去。所以李万并没有藏身，他就站在灯柱子旁边。

过了几天，李万跟赵东一起到外地参加一个招标会。他们两人都干的是建材生意，各干各的，又互有关联，李万干外墙贴砖，赵东干水暖。两人开了一个标间，晚上没事就聊女人。李万喝了点酒，说漏了嘴，说郑小简弄巧成拙，抱着救人的良好愿望，却救错人，抹了一鼻子灰。

赵东脑子忽然灵光起来，说，郑小简跟你说过没，她以前有个姐姐？

李万说，你老兄这是说的什么话，什么叫以前有个姐姐。

赵东说，她姐姐自杀了，你说这算不算以前有过一个姐姐？

李万还真不知道这回事。自从他跟郑小简确定关系，每年都要回郑小简的乡下老家一个名叫槐花洲的小镇子至少四至五次。他第一次去，郑小简父母纠集了郑小简的二叔三叔四叔三家子人一起来陪客，声势搞得非常浩大，此后每次回去，至少也要纠集一个叔叔来陪酒。这么多年，竟然他们一大家子人都在隐瞒郑小简这个姐姐的问题上做得滴水不漏，李万简直以为赵东是在酒后乱语了。

然而不是。赵东的确喝了酒，但言辞凿凿，说郑小简的姐姐郑小严是跳河死的。知道吗，就槐花洲街口那座桥。那年雨水那个多啊，镇上的人都说那雨就是给郑小严准备的，她从桥上跳下去，一下子就没影了。

赵东拍着胸脯，为了表示所言非虚，当即就要打电话回槐花洲找人做证。李万说，我信不信有什么要紧，你较这劲干什么。把赵东摁到床上，李万自己也躺下来，赵东很快睡死过去，他却睡不着了。

郑小简有一个姐姐郑小严，这是插在郑小简喉咙口的一根刺，她呼吸，喝水，吃饭，说话，没有一刻不在感觉它的微动，及搅起的丝丝肉疼。有时候她希望有谁能来帮她拔掉它，但一旦失去这种疼，她又不知道自己会不会习惯，甚至有时候，她贪恋这种疼。某些东西一旦成为习惯，就不再有好坏等质的区别。

她由此惧怕和喜欢桥。她对桥这种东西的矛盾情感，自然跟郑小严的自杀有关，并且那自杀的背后，是一个怎样不堪的真相，她羞于回忆，却永远也忘不掉。

四

李万没有问郑小严这档子事。现在他已经知道郑小简为什么要去夹河大桥，而且为什么会神经质地把爬上去的人当成自杀者。李万由此看到了郑小简以前没让他看出来的一面——隐忍。

这个女人，忍功是绝不缺乏的。她内心里那些东西，回忆，纠结，他都不了解，她也不说。而对于此种女人，李万知道任何疑问从她嘴里都得不到答案。比方说，关于郑小严为什么要自杀，他如若想知道，就得从别人那里找答案。

中了标回来，李万先去看王媛。王媛已经怀孕六个半月了，魔鬼身形彻底没了影儿，为此喜怒无常，一会儿抱怨出不去门了，影响街容，一会儿又低头跟肚子说话，你好好的啊，一定要健康面世啊，否则你怎么对得起妈妈这副人不人鬼不鬼的样子呢。

怨就怨王媛娇小玲珑。肚子一大，再一发福，整个一椭圆球。其实王媛现在这样子，走在街上还真是让人不忍侧目：满脸蝴蝶斑，五官因为变得粗壮而显得略有些狰狞。但是李万很享受王媛的这种丑态，倒不是他像书本电视上所说，认为怀孕的女人最美。怀孕的女人怎么会美呢？一个激素严重失调、浑身上下都不正常的女人，怎么会美呢？严格意义上说，这句话是很有问题的。所谓的美，无非是对女人辛苦怀孕的口头奖励而已。李万很清醒地享受着这种丑，他很清楚，某些事物的可贵，正是由于长期缺失，以及忽然意外得到。

王媛跟李万说完话，又去跟肚子说话，你是男士还是女士呀？你怎么不说话呀？哎，李哥呀，你说他是男士还是女士呀？

李万说，这我可没经验，应该问陈姨。

王媛就叫，陈姨，坐下歇会儿。你说这孩子是男士还是女士呀？

陈姨笑眯眯地说，我看是男士。小肚子突才是女士。

王媛又转回来跟李万说话，我希望他是男士，你呢？

都好，李万说。

言不由衷吧？

不是啊，真心话。

王媛仔细审视一下李万的脸，说，不像在说谎。不过，我还是希望他是男士。

李万说，为什么？

王媛绷起嘴唇，想了想。李万等着她说出什么理由来，但王媛把花了几分钟时间想的那些话简化成了一句：不为什么。

不为什么就不为什么吧。随着怀孕月份的增加，王媛的状态越来越多元化，她有时候还会对李万说，李哥呀，你是不是觉得我有时候不正常，神经质啊？告诉你，这都是你孩子闹的，我现在激素失衡，内分泌失调，整个一病人。你想啊，病人能正常吗，不能！

李万就说，理解，理解。

比如这个晚上王媛一个劲纠缠孩子的性别问题。李哥呀，她说，我上网查了，六个半月就可以查出孩子是男是女了。李万说，频繁照B超不是对胎儿不好吗？王媛说，现在孩子都成形了，你想啊，连小鸡鸡都长了，能有什么影响呢，没有。咱去查查吧，好不好，我这几天做了很多胎梦，都是生男孩的预示，我必须把这问题搞清楚了，否则我会急死的。

李万就耐心听王媛讲那些胎梦，比方说，一棵缀满红枣的树，树上蹲着一个男孩；比方说，一望无际的麦田和雪山；还比方说，一片长满茄子的菜园。很多很多。陈姨说了，枣树那个梦是早生贵子的意思；麦田和雪山都是丰收的意思；茄子呢，是果蔬，老辈人都说，梦见长形果蔬生男，梦见圆形果蔬生女。李哥呀，你说奇不奇怪呀，是不是全天下所有女人怀孕了都做胎梦？

这个令人费解的问题更加坚定了王媛的决心。李万就联系了一个战友，正好现在在医院 B 超室里工作。李万说有个朋友的老婆想看看肚子里的孩子是男是女。战友说，不合规定，让院里知道我就下岗了。这样，明天晚上我值班，你让她来找我吧，偷偷给她看看。

李万叮嘱王媛，要是有病人在，千万不要去查，违反人家医院的规定。王媛就去了，坐在走廊等李万战友手头没病人了，才进查。李万的战友让王媛坐起来看看孩子的小鸡鸡，王媛回去后兴奋地告诉李万，她看到小鸡鸡了，真神奇，两条腿中间一坨肉。

其实，李万又何尝不想王媛肚子里装着个男士，恐怕全天下百分之八十的男人都以做一个儿子的老子为荣吧。不过他因为这几年没孩子，太焦渴了，标准自然就放到最低，即便是个女孩，也会对老天感恩戴德的。

这个晚上李万回家以后睡不着觉，半夜爬起来到客厅里找酒喝。郑小简起床去卫生间，奇怪地问，怎么了，这么高兴？李万说，中标了，高兴呗。

怎么说呢，所有男人在某些时刻都会用狡黠的小手段给自己的错误寻求一个心理上的推卸，他回答说中标了，当然是面子上的中标，标的物是那个楼盘的外墙砖，而里子上的标的物呢，指的是王媛肚子里那个小人的小鸡鸡。但你却不能说李万对郑小简撒谎了，他没撒谎，他说的是实话。所以李万的愧疚就减了几分。郑小简从卫生间出来，居然说，值得庆贺，也给我倒一杯。

这是破天荒的，郑小简从来不喝酒，她属于过敏体质。反正自从李万认识郑小简就没见她喝过，有时候客户要求李万带郑小简一起吃饭，以郑小简喝酒作为给预付款的条件，郑小简也坚决做全桌最清醒的一个人。

李万问，你能行吗，别喝了。

郑小简说，为什么不喝，中标了，多大的喜事啊。

郑小简自己拿了个杯子过来，自己动手倒了酒，跟李万碰杯，一口喝了。之后就说，老李，你这不中用的老婆不胜酒力，先去睡了，你自己继续喝，好好高兴高兴。

过了半小时，郑小简在卧室叫李万，老李，我不舒服。

李万过去打开灯一看，郑小简手脸都肿了，小米粒一片一片的。李万吓得不轻，顾不上让郑小简换衣服，睡衣外面套上大衣，抱着就下楼开车直奔医院。

郑小简死里逃生。据医生真假莫辨的判断，再晚送来十分钟，人就没了。李万当时看到郑小简那样子，的确很害怕，但没想到这么严重。医生又问，以前不知道喝酒过敏吗？李万说，知道。医生开始斥责李万，知道还喝，这跟自杀有什么分别？就那么馋酒吗？

李万辩解，我老婆她不馋酒，她是因为我中标了，高兴。

李万坐在床边陪郑小简打点滴，脑子里一直想着福祸相依这个成语，打心眼里佩服老辈人的聪明才智。他们是多么善于总结和提炼生活啊。

郑小简为这次庆贺付出了要命的代价，注射了 N 多葡萄糖酸钙加 VC 加盐水进行脱敏，小米粒才慢慢退场。李万说，以后不管我中多大的标，你都不要喝酒。郑小简说，当然了，就这一次，你还想有多少次啊。

李万疲惫不堪，屁滚尿流，到了王媛那里就躺到沙发上了。李万给王媛买的房子不是王媛当初工作的桑林苑。其实桑林苑环境挺不错，半山腰。李万问，当初你干吗不让我在桑林苑买房子呢？

王媛撇撇嘴说，告诉你吧，房产证还不知道什么时候能办下来呢，那是以前的桑林村董事长开发的，村里的房子。

李万说，那你当初那么起劲地攻关，不是坑人吗？

王媛说，哪个售楼小姐不这样？你以为挣个钱那么容易。再说了，你以为我遇上谁都那么起劲啊？

是吗？我享受特殊待遇？李万问，你的意思莫不是说，当初你就看上我了？

王媛说，算是吧。

李万说，怪不得一天八百个电话跟着屁股追呢，一口一个李哥。

王媛又跟肚子说话，小易易呀，快点出来吧，瞧瞧爸爸多虚荣。

李万问，你给起的名啊？

王媛说，嗯哪。

李万问，什么意思，哪个字？

王媛说，容易的易。不对，应该是不容易的易。

李万问，干吗起这么个名呢？

笨啊，王媛说，这孩子来得不容易呗。

那你打算叫他李易易啊？男孩子，娘娘腔了吧？

什么呀你，没文化。李不易，怎么样？多别致，保准没重名，有也不多。

李万想想，说，认真琢磨琢磨，这名还真是不错，这孩子的确来之不易。又转向王媛颇为豪壮的肚子，说，小子，知道你娘为什么要给你起这么个名吗，因为人活一世，干什么都不容易，要积极进取，努力奋斗。

王媛问，李不易他大妈怎么样了？

李万说，没事了。真是吓人，原来过敏这么可怕。

他们两人开始时说话还顾忌陈姨，后来就不顾忌了。那纯粹是掩耳盗铃，谁看不出来这是一房二奶呢，还不如大大方方的。况且陈姨这个人挺不错，巴心巴肝地照顾王媛，跟照顾亲生闺女似的，看着李万也喜欢，私下里经常跟王媛说，你有福啊，多少女人想攀个高枝，攀上的却不牢靠，断了，把自己摔个半死。王媛问，你看我李哥牢靠呀？陈姨说，牢靠，绝对牢靠，你陈姨活了大半辈子了，会看人，你跟着他没错。王媛就笑，说，这世上的事也真是怪，越是那些想攀高枝的，越攀不上牢靠的；越不想的，反倒越能攀上牢靠的。陈姨就说，这是命呢。老话不是说了吗，有心栽花花不开，无心插柳柳成荫，不是瞎说的。

王媛看着窗台上一盆芦荟出神。芦荟长得绿油油的，李万不记得上次来时见过这盆东西，吃饭的时候，又看到厨房窗台上放着一盆吊兰，再转到卧室，卧室也有一盆，常春藤。认识吊兰和芦荟不稀奇，认识常春藤，而且是个男的，又不喜欢花卉，就多少有点稀奇了。陈姨说，看不出来，李老板连花草都认识。

李万说，碰巧了，李不易他大妈喜欢养花草，家里正好也养着常春藤。你去买的？

王媛插话进来说，一个朋友送的，据说能净化空气。一盆吊兰在 8 至 10 平方米的房间内就相当于一个空气净化器，它可以在 24 小时内杀死房间里 80% 的有害物质，吸收掉 86% 的甲醛。一盆常春藤能消灭 8 至 10 平方米房间内 90% 的苯，能对付从室外带回来的细菌和其他有害物质，甚至可以吸纳连吸尘器都难以吸到的灰尘。

李万说，你朋友不错，男的女的？

王媛说，女的。

李万说，怪不得这么细心。我没听说你有这么好的朋友啊。

王媛说，你不知道的事多着呢。

五

李万很耐心地等着元旦的到来。

郑小简消敏以后，迅速恢复了早晨四点的大桥之行。而天已经真正冷下来了，十一月中旬有天夜里，忽然下了一场大雪，李万于朦胧中看到郑小简已经穿戴整齐，就说，下雪了，别去了。

郑小简回头看一眼李万，说，没事，正好出去看雪。

这种时候，李万就很想问问关于郑小严自杀的事情，他直觉那自杀跟郑小简有关。但每次他都忍住了。谁没有个故事呢，他不是有更要命的故事吗，人家郑小简什么时候追问过？有一次王媛忽然打电话来，说内裤上有点血，他都哆嗦了，说你别怕，我马上过去。那时候，郑小简就在他身边不过两米的地方，她是一个听力没有问题的人，在这么近的距离内，至少能听到电话里隐约的女声。而且这么多年，李万何曾为什么事情哆嗦过。可是李万急匆匆地走了，又恢复常态地回来了，郑小简也什么都没问。

所以李万就假装翻身重新睡过去。他不是决定等元旦回槐花洲再想办法了解的吗。那，是跟踪呢，还是不跟踪？李万决定不跟踪了。

元旦到了，按照惯例，李万开车拉郑小简回槐花洲看岳父岳母。郑小简她爸叫来了郑小简的四叔陪酒，这个四叔因为排名太靠后，基本上跟郑小简是一代人，比郑小简只年长六岁。李万在推杯换盏中忽然想到利用一下四叔，因为后者提出想在春节后让李万照应一下，进城打工。李万问，你想打哪方面的工？四叔很不好意思地说，我都听你的。李万想，可不是得听我的吗，你只会种地，城里没地种。就说，我那里缺个保安，你干不干？四叔乐得要蹦起来，干，干，这可比上工地扛水泥包强多了。

说实话，李万哪里需要什么保安呢，他又不是大老板，他没有一栋大楼那样的公司需要很多保安装点门面，他只有两大间办公室，一间他自己的，另一间会计和业务员的，他整个公司只有三个员工。但再加上一个保安不足以影响他公司的正常运转。况且他把此事归类为给郑小简献的又一个小殷勤。这么想来是划算的。他许诺一个月给四叔开两千八的工资，管饭，跟会计一起叫外卖，并许诺以后订饭的活交给他做了，就把四叔高兴得要跟他一醉方休。

四叔是咬牙切齿地高兴，也咬牙切齿地喝醉了。到最后饭桌上就剩下他跟四叔，其他人，他老岳父岳母，他老婆郑小简，又喊来了四婶，四人搓起麻将。他毫不费力就把郑小简姐姐的事情从四叔嘴巴里套出来了。他暗笑了，以前没人说这件事，是因为他没套问，一旦他套问了，像他李万这样的头脑，还需要费什么力气吗，一点都不需要。他们这个组织中的任何一个，不仅仅是四叔，其他成员也都会高高兴兴地叛变。李万环视这一家朴实的小镇居民，想着他们当初得知生活中即将有李万这么个人加入时，是如何仓皇而郑重地聚在一起商量一个隐瞒计划，在这十几年里，他们又是如何在得意着他们的成功隐瞒，就不禁感到他们真是很可爱。

回去以后，李万没憋住，把这事跟赵东说了。倒不是李万多么没有忍功，主要是这件事情说出来也无妨。何况李万特想打消赵东所谓的“幽个会”这样的猜想和中伤。那天来了一个李万和赵东共同的客户，饭也用了，酒也足了，小花絮是不能没有的，两人带着这客户去洗澡。洗完，安排一个小姐陪着客户玩小花絮，他们两人去高温室里蒸汗喝茶。李万说，兄弟，讲个故事给你听。

讲吧，赵东说，蒸一身汗，再听个好故事，比那王八蛋搞小姐爽多了。

李万说，那我讲了啊。从前有个女孩子，多大呢，大约十四五岁。

赵东问，来月经初潮没有？

李万说，闭嘴你。这女孩子情窦初开，喜欢上一个男的，可是男的不是别人，你猜是谁？

赵东说，乱伦吧？他表哥？

李万说，你就不能干净点？

赵东说，可我听你这意思，在往那不干净的方向去呀！

李万说，得了，你也别猜了，我告诉你吧，她喜欢上了自己姐姐的男朋友。她姐姐比她大五岁，刚刚师范毕业分配回她们学校当老师，谈了一个化学老师男朋友。她谁都不喜欢，就喜欢姐姐的这个男朋友，偷偷地喜欢。她们学校就在小镇上，离她们家不远。化学老师是大城市里的，毕业分配在那人生地不熟的小地方，孤零零很可怜，她们家就时常在周末邀请化学老师去家里吃饭。化学老师去的次数多了，当然看出女学生对自己的痴情，而这女学生长得比姐姐可是水灵多了。后来化学老师就心猿意马起来。有个星期六，当时只有女学生自己在家，化学老师跟往常一样轻车熟路地来了，女学生正在午睡，化学老师就睡在了女学生身边。女学生又恼又喜又慌乱，整个人都僵了。后来女学生的姐姐和二婶从外面赶集回来，目睹这一场面，姐姐号啕大哭。化学老师说他跟女学生没干什么，只是躺着。二婶问女学生，他真没干什么？女学生不会撒谎，因为化学老师亲她嘴了，显然这不是没干什么，因此就闭着嘴巴不说话。当天夜里，确切地说是第二天早上了，四点多，外面刚刚有点灰蒙蒙要亮的意思，小镇上一个早起的人就目睹女老师跳河自杀了。

完了？赵东拿毛巾擦擦身上源源不断的汗，说，出这么多汗，真他妈的爽。

完了，李万说，你怎么不为所动？

赵东说，咱什么年龄了，为这种小儿科的故事心动？我倒觉得那化学老师挺亏的，他怎么不干点什么呢，真不是爷们儿。女学生也是，既然喜欢，对方又投怀送抱，干吗僵啊，傻不傻。

李万说，你这肮脏的耳朵不配听这纯洁的故事。

赵东说，哟哟，动气了？我就是开玩笑嘛，我知道，我肮脏，这故事比我那些故事可是体面多了。比你的也体面。我他妈年轻时好像也体面过，郑小简没跟你说过我当年喜欢她的事？

李万说，没有，你真喜欢过她？

赵东说，当然了，不过，只是暗恋。我听出来了，李万，你小子刚才讲的故事是不是郑小简的故事？因为当时她喜欢化学老师的事我也看出来了，她看那龟孙子的眼神让我嫉妒得要死。

李万说，你这笨脑壳，总算听出来了。以后不要再胡乱猜测郑小简去夹河大桥是幽会了啊。

赵东说，那你说她是去干什么？

李万说，说你笨，你就是笨。她姐当时自杀，不就是从一座桥上跳下去的吗？

赵东说，明白了，郑小简内疚，去桥上跟她姐姐忏悔。

李万说，那天早上郑小简冒冒失失救人，你猜她为什么当时反应那么神速？

我猜不着。她总不会是出现幻觉，把那女孩子当成她姐姐了吧？

六

没有人知道郑小简小时候对郑小严的仰慕和嫉妒。

她仰慕郑小严什么，具体也说不上来。大概是郑小严漂亮的钢笔字，总是被当成范文的作文，或者是郑小严考上了师范学校，成为他们镇子上第一个中专生。她写信回来恳求父亲掏钱给她买小提琴。郑小严什么都会，还会画画。

因此她很小的时候就学会了欺负和捉弄郑小严，并把郑小严的忍让当成一种消受。她抢郑小严的糖纸，还好几次差点把郑小严掀翻到河里去。后来，郑小严的化学老师男朋友每次都通过小桥来他们家吃饭，她就更想把郑小严掀到河里去。

凡是郑小严喜欢的东西，都是她暗地里打算争夺的对象，化学老师也不例外。不过有一点很关键，郑小简真的很喜欢化学老师。

当郑小严从桥上跳下去以后，等郑小简长大成人，这回忆给她的折磨变了，准确说是丰富了。先前她只是觉得，是自己的诅咒害死了郑小严，因为她总是盼着把郑小严掀下去。后来，她的自我折磨多了一样：救一个打算跳河的女孩子，这样郑小严在下面也许会看到，也就会看到她的悔意。

那时候郑小简很多天不敢走镇街口那座小石桥。她上学是要打那儿走的，为此她休学了一个月。他们家把化学老师吻她的事情没对任何人说，也就没有外人知道郑小严自杀的原因。一个多月后，郑小简硬着头皮，在一个凌晨时分走上小石桥。

她站在郑小严跳河的地方。据说郑小严在那里站了有十几分钟才跳下去的，早起的那人并没想到她要跳河，因为她没看河水，而是抬头看着天空。因为她是老师，早起的那人就猜不出来郑老师为何要看天。或许是在备课，或许是在思考什么问题。郑小严是小镇上唯一一个中专生，人们对她的看法总是跟别人不同。如若不是因为这些，早起的那人就不会在十几分钟后眼睁睁看她跳河了。

郑小简站在她姐姐跳下去的地方，也抬头看天。她发现黎明前天空的颜色不是黑的，此后她更是发现，那时候的天空不总是一个颜色，就像她小时候眼蒙糖纸看到的一样，是在不停变换的。

之后郑小简就恢复上学了。她不停思考一个问题，她姐姐看到天空后的想法是不是跟她一样。

李万觉得他现在才真正了解了郑小简去大桥的原因。赵东把郑小简救人的事归结为幻觉，但李万知道，没有幻觉这回事存在，在生理上郑小简很健康。她这是一种心理焦虑症的表现，特别想救个打算自杀的人。当然即便救上十个八个也抵消不了郑小严的自杀，但是抵消不了并不能说服郑小简不那么做。

可惜花花世界里，芸芸众生绝大部分都活得很来劲，为数不多的自杀者又分散在其他现场，郑小简又不想去其他现场救人，她就把目标锁定在这座看起来令她想起槐花洲街口那座石桥的夹河大桥。范围的局限必然降低了可实施性，所以郑小简认认真真把这件事当成事做了下去。李万觉得她很有可能不救上一个人就这么一辈子做下去。

之所以有这种推断，主要源于一个心理咨询师。是的，李万咨询了心理医生，得到了以上的推断。李万觉得唯有这种推断才是最合理的揭秘。

那么，唯有希望某一天，夹河大桥上忽然出现那么一个轻生者，最好是女的。她不是来写生的，也不是来看日出的，就是要自杀的，冥冥中就是奔着郑小简的愿望来的。让郑小简那么一救，她脱胎换骨重新投入火热生活，郑小简呢，或许了结了心里的一个愿望，死结也就打开了，从此踏踏实实地睡到太阳晒屁股。

当然，也可能郑小简迷恋上这种行为，踏踏实实一天天做下去，那就没有办法了。怎么说，郑小简这种行为都算是一种个人行为，不妨害他人，连李万都不妨害。因为现在，李万早晨已经感觉不到郑小简的外出了。已经是冬天了，四点外面还漆黑一片，正是熟睡阶段，郑小简轻手轻脚，根本不影响李万的睡眠。所以这种行为完完全全值得忽略。大不了，郑小简再误救一个爬上栏杆打算配合男朋友写生的美院学生，但这种几率跟碰上一个跳河自杀者的几率恐怕是同样低。

冬天对于李万的生意来说，是一个萧条季节，这个城市又是一个多雪之城，入冬以来一场一场地下雪，楼盘开发商是不会在这样的鬼天气里大兴土木的，李万和赵东就跟退休老头一样悠闲。王媛的肚子日渐宏伟，手脚都开始浮肿，一摁一个坑，像蒸好的馒头。李万长久地关注于这些奇妙的变化，很认真地看着那些小坑由白色慢慢泛成紫色，再慢慢复原。

王媛已经不外出了，因为没有合脚的鞋子可穿。她现在穿着一双42码的男式棉拖，看起来规模浩大。李万怎么也不理解一双36码的脚怎么会勃然增大到这般景象。王媛拖拉着这双棉拖，拿手托着肚子，在家里走来走去，说，昨天产检，医生说了，孩子长得偏大，所以就得多运动，有利于生产。

李万说，别怕，现在生孩子没以前那么可怕了，孩子要是大，不好生，可以剖腹产。

王媛断然否决，不行，不能剖腹产。

为什么？李万笑了，现在年轻女孩生孩子都喜欢剖腹产，不影响身材。

但是肚子上会留疤呀！那可是铁证呀，将来我怎么抵赖，别人也不会相信我没生过孩子的。王媛嘟着嘴，好像已经身处不被人相信的将来了。

还要什么将来和别人呢，李万柔声说，我会好好待你和孩子的。

王媛好像意识到自己说多了，对李万展开不好意思的笑，说，我不是那意思。

其实，怎么不是那意思呢，而且听起来，那意思是那么急迫，简直是迫不及待要把孩子生下来，然后一个华丽转身，去找别人过别样生活。如果这个世界允许妊娠期可以提前到八个月就结束，恐怕王媛会立即动手托着这个庞大的肚子赶赴医院。

当然，即便年轻得还没有陷入世故的王媛不小心露出了这种情绪，李万也没有任何理由给她掉脸子。他有什么资格呢，没有。只要不离了婚将她正式纳入家门，他就没有任何资格。

李万环顾这个只有八十平方米的房子，说，过些日子我会再去买套大房子。

王媛说，不必了吧。

李万说，得买，这房子小了点。

王媛说，先等等再说吧。

似乎，王媛对居所的档次并无特别的欲望。这世界上没有女人不喜欢大房子，谁不羡慕王菲的豪华别墅呢。但是自从跟王媛同居以来，李万觉得，她摆给李万的姿态就是住什么样的房子都无所谓，只要有个地方住就行了。直到现在，李万还经常潜意识地在内心里构筑一道防线：她是如小白兔般纯洁无欲到如此，还是沉下心来蓄谋一场超强阵容的掠夺？

每当有此权量，李万都会在不过分的时刻停住，告诉自己，这女孩子还是个孩子呢，肚里装着我的种，她怎么做都是不过分的。况且，她那么年轻，怎么也不至于修炼成他想象中那种掠夺者的角色。

王媛现在午睡时要李万帮着翻肚子了，她皱着眉说，李哥呀，你不知道呀，陈姨都翻不动我呢。

李万说，那要不要我再请个保姆，两人一起帮你翻肚子呢？

王媛说，不用了吧，现在已经是贵族待遇了。

李万问，你是不是特别希望我留宿，帮你翻肚子？

其实李万很想听王媛撒娇求他，或者翻脸命令他在这里留宿。人有的时候就是贱，赵东那号的，天天为了摆平这些事情累得伤脑筋，李万想有这种事情摆一摆呢，却没有，王媛就是不提这种要求。她是真的理智到如此？看那样子又不像。最后李万就归结为王媛太年轻，没心没肺。

可不是嘛，你能要求一个刚刚二十岁的女孩子，像那些上了岁数待嫁很久的女人一样工于心计吗。

现在王媛肚子上长了妊娠纹，其实就是肚子上的皮肤给撑开了，一条一条，暗紫色的，在肚子下面，大腿根上面，看上去像给鞭笞了一样。王媛隔一段时间就让李万看看肚皮是否撑开了，她自己不方便看，小山一样的肚皮挡住了视线。李万记得还是前几天，王媛肚子上上下下都没有一丝纹，她很骄傲，又很担心。

到底长没长啊？王媛看李万迟迟不给答复，着急了。李万说，没长，还跟前几天一样，光光的。王媛不信，真的？没骗我？每次她都要用这样的反问来确认一番。

真的，李万言不由衷地说。

我不信。王媛这次不信了，也许是李万迟迟不答复让她起了疑。你去拿面镜子来，她命令李万。

拿什么镜子呀，我还能骗你不成。李万心虚地说。

反正我就是不信。要不我让陈姨拿。

接着王媛就真叫陈姨给她拿镜子。陈姨哪知道李万的想法，从厨房出来，麻溜溜地就把镜子送来了。王媛命令李万举着镜子给她看，一下就看见那几条暗紫色花纹了，急了，问李万，你不是说没长吗？

李万说，我刚才没看清。

算了吧你！撒谎！王媛掉泪了。

陈姨说，这孩子，掉什么泪啊，哪个女人怀孕不长几条纹？你这算不错了，顶着这么大个肚子，才长几条。有的女人整个肚子就跟画地图一样，你要那样，还能不活了？

王媛说，陈姨，将来能看出来的！

陈姨怜爱地看着抽抽搭搭的王媛，说，唉，傻孩子，放心吧，你命好，将来是不会让这几条纹就断送了的。再说了，你年轻，很快就会恢复的，什么也看不出来，陈姨不骗你。

不久王媛就收住泪了，跟肚子说话，李不易呀李不易，妈妈都这样了，可还是很爱你呀。

七

促使李万想一个歪门邪道结束郑小简大桥之行的事情，是郑小简遇到了几个打工者，差点出事。

深冬里的一天，早晨四点，几个打工仔把她当成小姐，围住了，打听价钱。郑小简解释说，我不是干那个的。马上要过春节了，工地停工，打工的买好车票打算返程，离开之前凑份子喝了个通宵，看到郑小简在大桥上无目的地徘徊，非常符合小姐的特征，想想家里的黄脸婆老婆，决定在离开之前最后一次过过城里女人的瘾。郑小简越解释，他们越来劲，以为郑小简嫌价钱低，准备在这个寒冷的早晨讨价还价一下，捡个便宜。这么冷，这小姐大早晨的就出来揽生意，显然是很缺钱。

郑小简没经历过这种场面，心想可能要被轮奸了，撕扯中忽然看见小区里一个邻居，老头，雷打不动的晨练者，郑小简也不知道他姓什么叫什么，这时候也顾不上那么多了，张嘴就喊，大叔！老头啪嗒啪嗒跑过来了，边跑边喊，干什么，你们几个干什么？打工的互相看了看，嘟嘟囔囔说，不干什么，认错人了。

老头撒开腿就要去追。郑小简说，算了大叔，他们也怪可怜的。老头说，可怜之人必有可恨之处。我注意你很长时间了，这么大早，以后别出来了，出点事可不好。

郑小简一路小跑回到家，惊魂未定，脸煞白。李万也说，这次算你运气好，碰见熟人了，以后呢？万一真出点事怎么办？别再去了。你要是想散心，转年春天我给你订机票，你到新马泰玩玩去。

郑小简说，没事，能有什么事。

第二天，又去了。

李万想，实在不行，雇个保镖吧，想起郑小简的四叔过完春节就要来上班了，那两间办公室也不需要什么保安，干脆到时候让四叔跟着郑小简算了。尽管比不上保镖，至少也是个男的。但这毕竟不是长久之计。李万开始酝酿一个又一个计划，目的就是彻底结束郑小简的大桥之行。但那些计划都经不起推敲。

春节很快到了，李万老家在安徽，太远，他们的惯例是两年回去过一次春节，今年轮到不回。大年三十，李万下午去了趟王媛那里。王媛还有一个多月生产，一切正常，陈姨老家也远，说好了，留在这里过春节，等王媛生了再回老家一趟。一切都没什么变化，李万在王媛那里吃了几个陈姨早早包好的水饺，去楼下放了几串鞭炮，就回去了。

郑小简也包了水饺，做了菜，给李万准备了酒。李万说，你就别跟着掺和了，我自己一个人喝，你陪我吃饭就行。郑小简就低头吃水饺，冷不防说，老李，我想过了春节去领养一个孩子，五月份你就要过四十岁生日了，我得让你在四十岁之前当上爸爸。

太突然了，李万愣在那里。

郑小简显然早就准备好了这番话，也早就算准了李万会愣在那里。她不管，继续说，我认识一个女孩子，考察过了，身体健康，人也不错，过完春节就生。她不能抚养这个孩子，我们领来养吧。

李万想，这可真是搞笑，王媛过完春节也要生了，没有的时候一个都没有，有的时候，却一下有两个。领养还是不领养呢，这是个问题。但是李万没让这个问题成为一个真正的问题，他在最快的时间内权衡了一下利弊得失，当然前提是自己的良知。他决定答应郑小简。

为什么不答应呢？他不早就有这个想法吗，给郑小简领养一个孩子，让她过得不这么孤单单的。一个女人，怎么能没有孩子呢。现在，情况更是不同了，他马上就要有自己的亲骨肉了，而她郑小简还是什么都没有，她真是应该领养一个，他李万绝对会对郑小简看好的这个孩子视为己出。他没有任何理由不把这个未来的孩子视为己出，甚至他觉得郑小简这个决定对他是一个天大的恩赐，有了这个孩子，他就会减轻一点犯罪感。

李万的歪门邪道终于想出来了——花钱雇一个自杀者。这个想法是在正月初三回到槐花洲的时候诞生的。去二叔三叔四叔家拜完年，李万被留在四叔家里打牌，中午，回家吃饭，走到街口，见郑小简站在石桥上。李万想，当初郑小严就是站在那座桥上跳河的，就产生了这样一个让他激动得浑身发抖的想法。

回去以后李万立即着手实施。这事不难办，他从网上查到一家帮办公司，提了要求，谈妥价钱，付清定金。两天后的早晨，戏就上演了。帮办公司找的女模让李万比较满意，身材五官都跟郑小简有点相像。既然跟郑小简相像，那就肯定跟郑小严相像。

一切都是事先安排好的。郑小简出现在大桥上，女模很快就接到指令，她开始往桥栏杆上爬。郑小简并没有接受上次救错人的经验教训，依然以运动健将的风范朝女模跑过去。女模恰到好处地拿捏着爬上桥栏杆的速度和程度，在郑小简伸出手的一瞬间，她刚好做出要一头栽下去的姿态。

郑小简终于如愿以偿。女模被郑小简极大的力道扯坏了羽绒服上的拉链，围巾也挂在栏杆上，靴子居然都掉了一只。郑小简像对待自己的孩子一样，蹲着给女模穿上靴子，围巾围上，然后亲密地搂着她的肩膀回家。

李万先于郑小简撤离现场，他迫使自己回到混沌未醒的状态，闭眼假寐。郑小简带女模进门，叫，老李，老李，快起来，烧姜汤。

女模喝姜汤，郑小简喉管里也有辛辣的滋味，忍不住泪流满面。女模说，大姐，我以后不寻短见了，我都不哭了，你还哭什么呀。

李万坐在旁边，问女模，为什么要寻短见呢？

女模说，想不开呗，男朋友让别人抢了。放心吧大哥，现在我想开了，天涯何处无芳草呢，我活着又不是为他一个人活。再说了，我还有很多其他理想没实现呢。

又转向郑小简，大姐，多谢你救了我，我那时真是一时糊涂，要不是碰上你，我就死了，连后悔的机会都没了。

郑小简问，那你现在恨不恨抢你男朋友的女孩？

女模很奇怪地问，为什么要恨？说实话，跳河之前我特别恨，这么一跳，再让你这么一救，我忽然就不恨了。干吗要恨呢，她也是没错的，喜欢一个人，你能说有错吗？这世界上什么事情都可以作假，喜欢一个人可是发自肺腑不能作假的。

这些台词李万听着特别熟悉，因为是他跟帮办公司在网上反复讨论最后敲定的。效果不错，很有威力，像解药一样，解了很多郑小简身上的毒。

打发走了女模，郑小简坐在沙发里悲喜交加，问李万，你说，有没有命运这东西存在？

李万说，有啊，当然有了。

郑小简又问，有报应存在吗？

当然也有啊！

那有前世今生轮回存在吗？

有，肯定有，绝对有。

李万继续给郑小简下药，小简哪，你今天救了一个人，是件功德无量的事，你从小到大做的所有错事，一下子就抵消了。不过我觉得你也做不出什么错事，那就当你为我们未来的孩子积德吧。

八

李万开始有意识地去商场购买婴儿用品，几乎所有店员都要憋不住问一个问题：您太太怀的是双胞胎吧？

因为李万买什么都是一式两份，不偏不倚。其实李万根本不会买，郑小简会，郑小简一有女人做母亲的天性，二准备充分，天天上网看母婴论坛的帖子，然后按图索骥。郑小简找到一家专卖店，所有婴儿用品都是进口的，当然价格昂贵，但她以不惜血本的架势，源源不断地从那家店往回搬东西。李万想，搬就搬吧，不就是两个孩子嘛，我还是养得起的。李万不知道郑小简去的那家店在什么地方，他也不问，要买就去商场。尽量别撞车吧，他想。他在商场也拣好的和贵的买。他们两口子仿佛前些年没把钱花在孩子身上，都赌了一肚子气似的。

王媛对那些袖珍用品感到非常好奇，一件件拎着在自己身上比画，边比画边说，买这些东西干什么呢。李万反问，你说干什么，难道你打算让李不易生下来后不吃不喝不穿啊！他可是一个大活人，不是玩具。

王媛说，我不是那意思。我只是想说，你没必要买这些东西。

李万说，那不是一个意思吗。你说话是越来越颠三倒四不知所云了。

王媛说，孕妇嘛，不是告诉过你，非正常人，病人。你见过说话有条不紊的病人吗？

李万笑说，理解，你现在整个陷在激动和混乱状态里。儿子就要出来了，多伟大的一件事，语无伦次很正常。

王媛说，李哥，你过来。我问你，你有多爱我？或者说，你爱我什么？

李万说，还真不好说。那你呢？

王媛说，也不好说。看着李万，莞尔一笑，李哥，其实，真正的爱就是说不出理由的，糊涂的。

李万说，哟，小丫头片子什么时候成爱情专家了。

王媛不好意思地说，什么呀，从网上看的。反正，不管怎么样，李哥，你只要记得我是爱你的就行了。

李万说，我怎么听着这话那么别扭呢，像你要离开我似的。

王媛说，可不就是嘛，你没听说过吗，生孩子是女人的一道鬼门关，说不定我这一去医院，就回不来了呢。

李万说，你瞎说什么，生个孩子现在在医生眼里那就跟伤风感冒打一针一样，不值一提。你听说过现在有因为生孩子生死的吗。

王媛说，倒是没听说过。

行了，李万说，别瞎想啊，会平安的。

下次李万过去，发现王媛坐在电脑前噼里啪啦打什么东西，李万问，写小说呢？

王媛赶紧把文档关了。李万越发好奇，走过去，问，真在写小说啊？什么时候会这一手的？

我哪会那个呀，我要是会，还用去当售楼小姐吗。王媛脸红了，我就是想练练打字。

不对，我猜猜，在写日记？给李不易写日记？我的意思是啊，日记现在意思意思写两句就行了，所有当妈的在孩子生下来之前的十个月，经历都是大同小异的，不一样的是孩子生下来以后，那时候再好好写吧。再说了，现在接触电脑也不好。

我穿着防辐射服呢，王媛转回身来。李万看到她身上套着一件粉色大马夹，说，这就是防辐射服？我看跟件围裙也差不多嘛。

王媛说，你懂什么，布丝中间都夹着金属丝呢，有屏蔽功能的，肉眼看不见。

是吗，真能屏蔽信号？

当然了，要不就试试，李哥，你把手机拿来，放里面。

王媛脱下防辐射服，把李万手机包在里面，然后拿自己手机拨号，边拨边说，等着看吧，你的手机让这件衣服这么一包，就变成哑巴了。

话刚说完，李万的手机就在大马夹里唱起歌来。王媛目瞪口呆了半天，说，怎么不好用呢？很贵的，四百多呢！

李万笑得要命，说，小丫头片子，又上当了。

王媛要哭了，说，我都写了两天东西了，李不易没事吧？

李万说，有什么事啊，李不易现在全胳膊全腿的，即便有点辐射，也伤不了他。何况咱的电脑是液晶屏的，液晶屏基本没辐射。

真的？王媛这才呼出一口气，说，吓死我了，要是李不易真有点什么事情，我可是负不了这个责任。

李万说，你又不知所云了，谁要你负责任呢，没人要你负责任。

王媛白李万一眼，你懂什么，你什么都不懂，一个彻头彻尾的傻男人！

搬到王媛这里来的那些婴儿用品，都是在郑小简买回家那些东西的比照下买的。他暗想，郑小简正好在这个时间想领养一个孩子，倒是帮了他的忙，否则，王媛现在因为没有合适的鞋子穿，已经闭门不出了，他怎么知道需要买什么东西呢。

通常他把那些东西先用车拉到王媛这里，留在车上一份，提上楼一份。有一次他只买了两个隔尿垫，包装在一个袋子里的，忘了分开，一起提上楼了。其实，一起都放在王媛这里也未尝不可，再去买两个给他们将要领养的孩子不可以吗？完全可以。但是李万非要坚持这个不坚持也无妨的原则，当时就在王媛那里拆开包装，取出一个，王媛自然是展开来比画一番。李万说，你挑一个。王媛说，两个图案我都喜欢。李万坚持说，你挑一个。

王媛嘟着嘴，干吗呀，另一个给谁？李万说，给李不易的兄弟或姐妹。王媛说，想让我生二胎？李万说，媛媛，我一直想告诉你，李不易他大妈想过些天去领养一个，我答应了。

王媛立即挑了一个，说，就这个吧，那个拿回去。

李万说，这么痛快啊？

王媛说，我怎么忘了这茬了。

李万问，什么茬？

王媛说，没什么茬，就是那个茬呗。

李万说，又不知所云了。

王媛说，没什么，就是我忘了李不易他大妈不能生养这茬了呗。

九

郑小简终于救了一个人。一切都像科幻电影，愿望实现了，好比不满意的一段生活倒退回去，重新按照主人公的愿望朝另一个方向行进去了。

只是郑小简总觉得此事蹊跷，那女孩被她救到家里来以后，说话有点背台词的感觉。郑小简一度怀疑到李万，她不是一个思维迟钝的女人。但最终她放弃了寻找答案的想法。倘若这不是一场表演，只能说明郑小严冥冥中看到了她的行为，派这个女孩来告诉她，不要再懊悔了，我已经原谅你了。或者说，是老天被她感动，安排这样一个女孩来告诉她这些。既然如此，她以后就最好不去大桥了，这样会让郑小严不安的。

倘若这是一场表演，那她就更不能去大桥了。她得回报李万，做法只有一个，不再去了。

李万觉得亲手导演的那场自杀未遂戏很成功，郑小简不去夹河大桥了。出于习惯，早晨四点的时候，李万朦朦胧胧睁开眼，看到郑小简躺在床上，没有要起来的迹象，就翻身又睡过去了。

六点多，再次醒来，这次清醒了，见郑小简还躺着，早就醒了的样子，就故意问，怎么，没出去散步啊？

郑小简说，老李，你说，人有的时候是不是特别自欺欺人？

李万不知道怎么回答，因为一时揣摩不透郑小简的意思。郑小简也不需要答案，仿佛就是那么一问，问给自己听似的。

现在，郑小简在家里营造的氛围充分说明了一个问题：万事俱备，只欠东风了。李万头枕着胳膊，看大床旁边摆着的一个婴儿床，问郑小简，咱孩子什么时候来？

婴儿床是郑小简买进家的最后一件用品，李万正琢磨着明天也去买一个，拿到王媛那里。这次只能买一个了，买两个的话，两个孩子三个床，就没必要了。郑小简说，你就不用管了，踏踏实实等着我把孩子抱来就行了。

那就不管吧，况且，李万那头还有个王媛和李不易需要忙活呢，四十周的妊娠期已经到了最后的冲刺阶段，李万掐指算算，已经三十八周半了，都说男孩子提前，得时刻做好准备了。

星期六，李万在王媛那里待了一天，担心忽然有状况发生。上午陈姨陪王媛去做产前检查。临近生产每周都要检查一次，算算这也差不多是最后一次产前检查了。中午，王媛神色紧张地回来说，这次检查做心电图和胎心监测了，医生说有宫缩迹象，并且李不易心跳有点快，怕是要提前生，让准备好，一旦这几天有状况，就住院去。

王媛吓得要哭了。李万没这方面经验，也没法现身说法地安抚她，就给赵东打电话，一说话，才发现自己也嗓音发颤。赵东认识产科主任，技术没问题，早就说到时给说一声，让主任亲自接生。

赵东在电话里笑得不行，说你小子都快四十了，说话还打哆嗦。李万说你废话，我要是和你一样二十五就当爹，我也不哆嗦。赵东说，孩子生下来后一个月内就得落户口，这些你都得提前想好了。李万说，我现在顾不上想这些，我都哆嗦成这样了。赵东说，你不行，心理承受能力太差。

不到预产期，王媛就有状况了。住进医院，就进了待产室。情况不像王媛期待的那样顺利，医生出来问李万，孩子太大，生不下来，考虑剖腹产吧。李万说，孩子他妈特别想顺产。医生说，孩子他妈已经同意剖腹产了，老是生不下来，孩子有窒息的危险，孩子他妈说，无论如何得保住这个孩子。李万想，十个月来，王媛心心念念想的就是不要在肚子上留下一道疤，怕剖腹产简直不亚于怕死，这么快就同意剖了，真是计划不如变化快啊。

剖腹产倒是很快，前后四十分钟就推出来了，李不易被放在王媛两腿中间。李万看着这一大一小，控制不住，流了一脸的眼泪水儿。

住院期间，李万就回避了。在这个城市里李万虽然算不上个什么人物，但多年下来生意场上的朋友也不在少数，再富再穷的人都得生病上医院，所以这里应该算是遇见熟人几率最大的地方了。之前李万就跟王媛沟通了这件事情，王媛说，我就没打算让你去医院。李万觉得真是难以理解，要么王媛没有女人天生的妒心，要么大度理性至此，要么就是没心没肺。前面两个可能几乎不成立，就只能勉强归类为第三种可能了。

不能亲自陪护，李万早就提前做了准备，请了特别陪护，价格不菲。陈姨也有经验，两个女人有条不紊，也不用李万插手。

李万再次见到李不易是在一周之后。在那之前，准确说是在半天之前，王媛办理了出院手续，回了老家。王媛老家在五十公里之外的农村，之前两人就达成一致意见，出院后王媛带孩子回老家坐月子。天冷，老家有火炕，王媛言辞凿凿，只有睡火炕，才不会落下腰腿疼的毛病。在城市李万搞不来火炕，想想回去也不错，有火炕，有亲娘伺候月子。王媛的家李万没去过，只是在刚认识的时候送她回过一次，送到村头就掉头返回了。李万总觉得面对王媛的父母是件很尴尬的事情，尽管王媛说她父母很开通。

王媛回去也没用李万送，提前叫好了出租车，开足了热风在产科大楼门口候着，这也是两人提前商量好的。

事后李万才明白，所有这一切都不是因为王媛没心没肺，相反，她太有心有肺了，滴水不漏地有心有肺。总之，那天李万让赵东陪着在咖啡馆里等消息，王媛打电话来说已经到家了，放心吧，李万才松下一口气来。

半天以后，李万回到夹河上城，打算好好喝一顿庆贺庆贺，一推门，迎面就让一阵婴儿哭声给吓住了，心想怎么会这么巧，那边李不易刚刚出院，这边领养的孩子已经进家了，这哥俩还真是有缘。

李万心里怦怦乱跳，换好鞋，去卧室看孩子，一看怎么那么眼熟，再一看，这不是李不易吗！

除了郑小简，还有一个李万不认识的女人在一起照顾孩子。郑小简说，李不易，爸爸回来了。李万手指着不认识的女人，问，她是谁？郑小简说，赵姐，我请的月嫂，有专业经验。

哦，李万徐徐松下一口气，但另一口气却汹涌地灌上来，差点要口吐鲜血的感觉。一千个问题一万个问题和着血在喉咙口待着，问不出来，只能问一个安全范围内的问题，这是咱领养的孩子？

赵姐正拿着奶瓶给李不易喂奶，郑小简专心致志地看着孩子，头也不抬地说，当然是咱领养的孩子啦。

在哪儿领养的？

不是跟你说过了吗，一个我认识的女孩。算了，干脆告诉你吧，这女孩你也认识，就咱们去桑林苑看楼盘时，那个挺招人喜欢的售楼小姐，李哥李哥攻你关的那个女孩。

李万又惊又吓，赶紧观察郑小简，没什么异常。但心里那一千个问题一万个问题已经变成十万个一百万个了。在郑小简这里显然是讨不到答案的，郑小简看来对这个李不易的身世一无所知。李万敷衍地在李不易旁边待了一会儿，正打算找个借口出去给王媛打电话，郑小简说，老李，把垃圾提出去扔了吧，李不易刚才拉屎了。

李万如遇大赦，一走到楼下就拨王媛手机，其实他有"您拨打的电话已停机"这种远见卓识，却还是想徒劳地试一试。王媛果然停机了。李万打开车门，把垃圾袋扔到车上，开车就往王媛那里跑，他觉得王媛没回农村老家，但也不应该躲在这里，却还是愚蠢地要来看看。拿钥匙打开门一看，的确是人去房空，王媛的那把钥匙放在茶几上，像电影里演的那样。

一个周之前，这房子里还因为即将添丁进口而热气腾腾，只这么几天，一切居然都物是人非了。自从定下王媛要回老家坐月子，出院那天陈姨就直接离开了，说好满月后再回来做，看来很有可能一个月后，李万得打电话给陈姨让她不要回来了，再找别的东家吧。

李万被打击得要命，倒在沙发上给赵东打电话。赵东说，你去王媛老家看看不就有答案了吗？

李万也顾不上会有什么尴尬了，开车就往王媛老家跑。进了村子，却不知道王媛老家是哪一家，问了个人，那人看李万开着高档车，好奇地带着李万去了。算起来，上次李万送王媛回来还是王媛刚怀孕的时候，自从肚子显了，王媛就以此为借口闭门不出了。从王媛父母的说法里，李万得知王媛自从那次就没再回过，电话倒是有，千篇一律地报平安，声称一直在做售楼小姐。

最后一个电话是什么时候打的？李万虚弱地问道。王媛她妈说，三天前吧，媛媛说换工作了，可能会去别的地方，什么地方没说。

十

李万感到在生活中他是一个弱智，很严重的弱智。

基本可以说，他那次追踪没什么收获，唯一的收获就是确认了在整个事件中王媛的策划者身份。

但显然，一切都是可疑的，不正常的。可这不正常却是无解的，因为王媛的缺席，这件事情就是无解的。

这种状况又一直持续了三个月，李不易满一百天了，李万和郑小简带李不易去影楼照百岁照片。摄影师又蹲又趴地给照了一大堆，用数据线导到电脑里，让他们选。李万说，你去选吧。郑小简就当仁不让地坐在电脑前，跟摄影师一起选照片。摄影师说，这孩子长得像爸爸。当时李万就在他们两人身后站着，孩子在赵姐怀里抱着，李万闻听此言，心里不由得一阵紧张。郑小简却没什么异常反应，反而说，是吧，像吧？男孩子像爸爸好。

李万站在后边看郑小简和摄影师嘀嘀咕咕在电脑上选照片，忽然心里一动，想起王媛的遗书了。王媛穿着防辐射的大马甲鬼鬼祟祟在电脑上写的东西不是小说，也不是日记，而是遗书，这是王媛去待产室之前跟李万说的。她眼泪汪汪地拉着李万的手，说，李哥，我写了一份遗书，在电脑里，要是我死了，你就去看看。

当时李万为了安慰王媛，开玩笑地说，存折密码写了没有？别到时候没密码，提不出钱来。

从影楼回来，李万找了个借口开车去电脑上找遗书。但是硬盘里没遗书之类的文档，只有王媛下载的一段网友生孩子自述，显然遗书让王媛删掉了。推断一下，王媛是有作案时机的，那就是出院后到失踪前那段时间。把孩子交给郑小简，然后回来删掉遗书，这时间还是足够的。

李万也不太懂得电脑，但是不甘心，打电话给赵东，赵东懂，立时三刻开车过来帮李万恢复文档。这个文档太重要了，赵东说，谜底就在文档里。

赵东把文档恢复了。值得庆幸，王媛也是个菜鸟。一个十几岁从农村出来到城里混的售楼小姐，会在电脑上写个遗书，已经不简单了。

这个不简单的遗书一共没多少字，题目是《告诉你一个秘密》。正文里说，李哥，要是我死了，你不要怀念我，但我得告诉你一个秘密，孩子是小简姐让我生的，她给我钱了。当然我是爱你的。

赵东说，这王媛还真没多少文化，干巴巴的，没写出什么前因后果来。

李万火了，咆哮着说，你他妈的想让她写出多么有深度的遗书来？就这两句，你知道花了她多少时间吗？三天！

赵东说，你火什么火啊，不就是三天吗。有了儿子，火气也见长了。

李万认为自己很弱智的想法，就是此时诞生的。他觉得生活到处存在迷雾和风险，跟他关系至亲的两个女人，一个是他妻子，一个是他情人，安之若素地随便织一张网，就把他套住了。他想起王媛房子里那些净化空气的绿色植物，不用说了，一定是郑小简搬运过去的。

他只知道，郑小简总是在家里寂寞地摆弄着花草，却不知道她把新鲜空气送给李不易。她是什么时候送的？她跟王媛一定频繁地联系，如若在旧社会，他可能不必担心她们的明争暗斗。

天哪，李万把什么乱七八糟的事情都想了一遍。

还有，两个女人联起手来要织一张网，还是很容易的。不不，他不愿承认自己弱智，只承认自己太过厚道。他还一身冷汗地想到，这是一张出于爱终于爱的网，但假如不是出于爱……

他意识到，面对这花花世界，他只有更加小心翼翼。

李万有一次发现郑小简的一本育儿书里夹了几张糖纸，郑小简把它们拿出来，蒙在自己眼上，逗李不易。他也拿起一张来蒙在眼上，他觉得世界真的变成了另外一个样子。

（原载《山东文学》2010 年第 12 期，《中篇小说选刊》2011 年第 1 期转载）

高山流水

每天早晨我跑步半小时，之后拐到公园的西北角去。那里有一座雕塑隐藏在灌木丛中，雕塑对面放置一张石凳，唯一通往外面的小路杂草丛生，因此这里形成一个隐蔽的空间。每天我都要来坐一坐，跟那座雕塑说说话，如此才能获得些许信心，抖擞精神走到外面的花花世界里去。

应该说除了我和昆虫，没人注意到这个灌木丛。即便有人偶尔走进来，可能也是丢了什么东西，打算掘地三尺也要找出来，否则不会想到上这里来找。可是今天我受到了侵犯，当我拨着杂草穿过小路，发现石凳上已经坐了一个人。他两腿交叠，两只胳膊互相插在腋下，面对雕塑苦思冥想。

我很不满，想转身离开，但又改变了主意。人一旦习惯做某件事，忽然不做了，会很不得劲，否则戒烟就不会那么难了。于是我很带情绪地走过去，挤着那家伙坐下。倘若他认为我有明显的挑衅意味，那就太正确了，倘若因此跟我干一仗，那就太合我意了。

然而不久之后我们却非常投机地攀谈起来，这主要跟那座雕塑有关。因为我们的话题一上来就从它开始，并且围绕着它而徐徐展开，渐入佳境。有关于那天早晨的情况，我根据回忆笔录如下：

我挤着那人重重坐下有很明显的挑衅意味，然而他无动于衷。我身高一米八一，这对我是个侮辱。我正想建议他另觅他处，不要妨碍我在这里告解——对了，我每天早晨在这里跟雕塑唠叨，其实是在告解。我把那雕塑当成一个牧师，这样可以省掉去教堂的麻烦。众所周知，去那种地方是很麻烦的，非星期六或者星期天拿出整整半天不行。而我没那么多时间。

我还没开口建议，这陌生人忽然开口说："太牛逼了。"我不知道他指的是什么，这勾起了我的好奇心，就暂且把有关建议压下，静等他的下文。等了两秒钟我不耐烦了，因为没那么多时间。于是我也把两条胳膊交叉起来，肱二头肌鼓起老高，比他的壮观多了。这陌生人很细瘦，对我的肱二头肌很是羡慕，说："老兄，要是给你雕一个塑像，能跟它一样牛逼。"

我这才知道他指的是我们对面那座雕塑牛逼。这一点引起了我的好奇心，原因在于，他所说的那座牛逼的雕塑，在别人眼里一点都不怎么样，所以它被置于公园西北角这样一个杂草丛生之处。

我说："老兄，莫非你觉得公园其他那些显眼地方的雕塑都不如这个？比方说大门口那只巨大的老鹰？"

"当然，"陌生人说，"那都是些什么玩意！俗气，肤浅！"

话说到这儿，我不禁再次好好打量起对面这座雕塑。它是一个男人，作为男人来说，他平凡无奇，身高在一米七到一米七五之间，体重在一百三十到一百四十斤之间，当然我指的是如果他是一个人的话，而非现在这种材料的他。唔，说到材料，这是一个有待于研究的问题，现在还是先表述这个雕塑的其他特征。关于他的五官，大概也在平常之列，谈不上英俊但也绝不丑陋，况且由于表情奇特，就更看不出到底长相如何。关于他的表情是这样的：迷茫，坚定，解脱，痛苦，犹豫，迫切，幸福，忧伤……总之是无法准确描述，很矛盾。必须说明，他整个头颅后倾，以便于仰起脸来，嘴巴张开，像久旱之人正在动情地迎接一场大雨。当然我说不上来那些在他脸上一绺一绺的东西是什么，像雨又不像雨，反正猜测应该是液态物体，当然现在他是固态的。他眼睛微睁，那些液态物体漫过眼睛，可能也流到里面去一些，所以看不清楚他的眼球，只是混沌一片。按照常规，雕塑家对眼睛是很重视的，但凡人物雕塑，眼球部分都很用功。所以我觉得陌生人说这雕塑牛逼，可能出于这双混沌的眼睛。有时候物极必反是有道理的，所有雕塑的眼睛都炯炯有神，出现这么一双混沌的死鱼眼，可能就显得牛逼了。除此之外，雕塑的右胳膊屈起来放在半空，手呈半握姿势，高度与肩齐平，看不出在从事什么活动。

这么一打量，我的确也觉得它牛逼。实际上，我每天都跑来看看它，可能就是觉得它很牛逼吧！

我对陌生人一下子有了好感，迅速拿下胳膊，把鼓起来的肱二头肌缩回去，上下打量一下他，说："老兄，你干吗不去人多的地方凑热闹，倒跑到这么一个角落里来？照我看，这是这个公园最荒凉的地方了。"

陌生人微微一笑说："真搞不懂为什么人们那么喜欢扎堆。"

我说："据我观察，人们到这个公园晨练，无非分为这么几类——做广播体操，耍剑，玩扇子，跳各种舞蹈。这些都属于群体运动，规模越大越好看，自然就得扎堆了。"

陌生人不屑地撇撇嘴说："他们要的只是规模，不是效果。"

我马上持赞同态度，频频点头，因为这正是我所想的："对啊对啊，有几个比画太极拳的也不喜欢僻静之处，仿佛不是为了健身，只是为了比画给众人看一看，证明他会太极拳。就连那些跟我一样晨跑的，跑完之后也扎在人堆周围，找根树杈把腿架上去，刻意摆出自以为是的姿势，吸引别人注意。"

"这个世界就是如此浮躁，表演已成为人们的惯常行为。"陌生人说。

我还是持赞同态度，因为我想到了自己。我说："当我一走出这个灌木丛，尤其是走到花花世界里去，也会立马变成一个表演者，哪怕在家里我也不能随心所欲。我妻子，安卡，她是一个完美主义者，一旦让她知道我其实非常悲观，消极，厌世，卑贱，下作，无耻，她会受不了的。

"安卡是一个很有艺术细胞的女人，她没能成为艺术家跟我有直接关系，当初是我油嘴滑舌游说她跟我一起考医科大学的。按她本意，非中央美院不考。由于她实在不堪忍受人体解剖这些课程，结果中途辍学。本着对这一后果负责的原则，我保持了对她忠贞不二的态度，直到娶了她。后来，还是本着对那一后果负责的原则，考虑安卡实在不喜欢医院的实际情况，我放弃了当一名外科医生的理想，改行做了一名医药器械代理商。

"渐渐地我混迹商圈，浑身沾满铜臭。越是如此，我越是喜欢家里有安卡这样一个有艺术细胞的女人。那些细胞让她清纯，高雅，简单，热情，积极。我不要求她去工作，这正合她意，因为她那些朋友也都没有固定工作。

"真是抱歉，我忽然说起安卡完全是身不由己，因为我很爱她，你不会笑话我吧？"我暂时结束了身不由己的表白。

陌生人很有涵养地摆出一副倾听状："一个人不需要为还爱着自己的妻子而感到抱歉。依我看，老兄，你要是能总是这么生活下去，一直到死，那就是全世界最幸福的人了。”

“什么意思？”我说，“难道你怀疑我对安卡的爱情？”

“你自己难道就不怀疑吗？别自欺欺人了，爱情是个什么玩意？”

他这么一说，我就泄气了。我知道我现在还保持着对安卡的爱意，安卡对我也如此，但难保以后。这世界不就这个样子吗？并不是我悲观或是消极。

陌生人说：“我给你讲个故事吧，是我朋友的，他是一个雕塑家。”

哦，雕塑家，这倒跟我妻子安卡所喜欢的艺术有所联系，我决定认真倾听一下。倘若他讲的不是雕塑，而是别的艺术门类，比如画家，我可能就不能听了，因为告解时间快结束了，今天我没能忏悔一下昨天晚上找小姐陪X医生和给Y医生送红包的事情。而待会儿我还得去趟中医院，找Z医生争取一台胃部透视仪的合作事项。我决定暂且听一听再去花花世界里忙。

陌生人的讲述，我照录如下：

我朋友是个雕塑家，他小时候就非常喜欢把尿尿到黄泥巴上，然后捏来捏去。大一些后他又玩橡皮泥，再大一些还玩过根雕。就这样他慢慢成为一名雕塑家，但与一名雕塑大师还有点距离。你是商人，不太懂得文艺圈子里的事情，一名雕塑家其实跟一名雕塑大师在某种层面上来说，也无多大差别。差别也许仅在于，雕塑大师手里有那么一件可以称之为代表作的作品，他因之而名声在外，从而有资格被称为大师。而我的这个雕塑家朋友之所以迟迟不能被称为大师，就是因为没有这样一件作品。他从三岁捏泥巴起家，到三十多岁了，还没有自己的代表作，这不能不叫他着急。因为很多比他年轻得多的人都已经名声盖过他了。当然，那些年轻人自有过人之处，他们脑子里充满奇思异想，普遍不喜欢写实而喜欢抽象。你知道，这迎合了当下人们的一些心理需求，人们浮躁，彷徨，没有安全感，不知道活着的目的和意义，因此就无法真正踏踏实实地活着。雕塑家朋友内心其实也充满彷徨，但因为他一直以写实为追求目标，很难一下子混到抽象派里去。他苦思冥想，希望能创作出此生第一个有影响力的作品，成为自己的代表作。而这个作品必须是严重的写实主义，同时又要是有严重抽象主义色彩的写实主义——我这么说可能很难理解，你就不要去理解了，俗话说隔行如隔山。简言之，盖过所有风头正健的年轻抽象派们，让他们汗颜，让他们感到自己挖空脑髓也想象不到世界上还有如此绝妙的创意。

我的雕塑家朋友进入他最严肃的创作期，为此他婚姻破裂，成为孤家寡人。因为自从这个阶段开始，他就对一切俗事充耳不闻，整天窝在工作室里。以往他还定期把自己的作品拿出去，交换一些人民币，甚至有时候还会有欧元和美金。他妻子看在那些人民币和外币的面子上，一直没跟他反目。但自从决定创作代表作以后，他就不再创作那些在他看来已然是垃圾的作品了，他甚至毁掉所有尚未交易的雕塑，偌大的工作室里没有一件成型的作品，而他还需要很多消费，比如烟、酒、食物、各种雕塑材料和用具，还有性。他妻子讨厌跟这样一个人一起生活，就跟他离了婚，还带走了三岁的儿子，生怕他教他用尿和泥巴玩。

我觉得陌生人的这个朋友很傻，不禁为他叹了一口气。陌生人问我："怎么了，不喜欢这个故事？"

我实事求是地说："我觉得他有点傻。虽然我不是艺术圈子里的人，但抽象派在我看来也不是什么神秘的技术。你看看滨海路那些雕塑，应该就是你所说的抽象派作品吧，一个个奇形怪状，不知所云。你可以认为某个雕塑是一个贝壳，还可以认为它是一个性器，或者干脆就可以认为它是一块直接从山上搬下来的石头，未经一斧一凿的雕琢。人们就喜欢这种找不着北的感觉。恕我直言，你的雕塑家朋友如果想搞这一套，也不是什么难事。"

"你说得也有道理，但我的朋友是一个有信仰的人。"

"这是个什么年代？人们的信仰就是金钱，围绕金钱所进行的一切行为都是表演。我敢说，那些什么抽象派年轻雕塑家，也不是什么纯洁的人物，他们聪明，懂得拿什么迎合大众和换大众的钱。可以这么说，他们只不过是打着艺术的幌子而已。"

陌生人看起来有些郁闷。我马上后悔了，因为我还想知道他朋友到底有没有搞出代表作来，就转变口气，说："不过我必须承认，你的朋友是一个执着的艺术家，像他这样的艺术家，老天若是不赐他一件惊世骇俗的代表作，简直没有天理。"

陌生人叹口气。看来我那声觉得他朋友很傻的叹气把事情搞砸了，赶跑了他的讲述欲望。为了改变这个局面，我决定先谈点别的，迂回一下。通常人们喜欢听别人的隐私，我想他也不例外，况且我们的话题涉及到雕塑。于是我说："要是你有兴趣，我讲讲我妻子安卡的事情，老兄，这事情让我压抑得要命。"

这老兄果然如我所想，脸上刚才还遍布愁云，现在变成一副救世主的豁达模样。以下是我在那天早晨的讲述，照录如下：

我妻子安卡，我对你说过，她本来应该是一个艺术家，倘若她考到中央美院，没准儿后来也能成为一个雕塑家。因为在所有的艺术门类里她对雕塑最感兴趣，但因为缺乏系统的学习，她只能成为一个狂热的雕塑爱好者。

不知你是否了解，在我们城市里活跃着一些雕塑家，据我理解，这些雕塑家正是你所说的那种与雕塑大师尚有距离的人。试想，真正的雕塑大师也不会跟安卡那样的爱好者混在一起。但这也足以满足安卡的精神需求了，她为此成了一个对生活无比热爱和充满感激的人。你想一下，你周围都是一些彷徨悲观之人，这时候安卡这样的女人就显得很可爱。男人都很喜欢她，包括她那些雕塑家朋友，这我看得出来。他们一起泡吧，办沙龙，喝酒，谈论艺术。这时候安卡就很乐意地充当女招待的角色，给他们端茶端水。总之，为了艺术所做的所有事情，安卡都感到很幸福很乐意。

这就要谈到安卡的艺术境界了。毫无疑问，跟那些雕塑家朋友在一起，提升了安卡的艺术境界。我必须首先向你说明，安卡是一个很纯洁的女人，我是她的初恋。在我们结婚五年的过程中，她从未跟除了我之外的任何男人有染。当然换了我，就没那么纯洁了，作为一个生意人，如今在这个花花世界里打拼，靠纯洁是不行的。我昨天晚上还为了一单买卖，请我们市里一个赫赫有名的医生去泡小姐了。当然这一切我都要瞒着安卡，否则，要让她知道我这么肮脏，那是很严重的。

所以，当安卡告诉我，她将要为一个雕塑家当裸体模特的时候，我根本无法表现出一个丈夫应该有的反应，比如断然否定这荒唐的事情，还比如怒火冲天掴她一掌，再比如责问她跟那些人整天都在干些什么勾当。安卡太纯洁了，她要为艺术奉献自己的裸体，并把此当成伟大神圣的事业说给我听，我怎么能表现出小肚鸡肠的一面呢？

或许你也会认为我应该支持安卡。在美院里，一群学生围着一个裸体女人画画，这是最稀松平常的事了，我知道。但是，倘若我告诉你，安卡的雕塑并不是完成以后摆在工作室里供雕塑家们孤芳自赏，而是摆在公众场合让千万市民观赏，你会不会另有他论？

告诉你吧，即将把安卡送上公众场合的雕塑家，是安卡最崇拜的一个雕塑家，他像你那个朋友一样，从小酷爱艺术，干没干过尿水和泥巴的事我可不敢说。总之他苦苦奋斗，弄了一大批让他失望的雕塑。但他到处参加比赛和表演，凡是能抛头露面的场合他一个都不放过，就像那些生来就是为了参加超女啦花儿朵朵啦等等选秀比赛的女孩一样。后来他混了个脸熟。总还算幸运，他有几件作品赢得了一些影响，甚至获过一次不大不小的奖。

我还要告诉你，他已经把安卡的裸体变成雕塑，听说正在进行最后的完善。只等滨海广场正式对外开放那天的头一天夜里，把她立在广场最显眼的位置。第二天黎明，要举行一场盛大的揭幕仪式，市里领导都要参加。安卡的雕像将被揭掉最后一层面纱，立于万丈曙光之中。简言之，她是滨海广场的标志性雕塑，再简言之，可以称为场魂。听安卡说，他一五一十地表现了我的安卡，连嘴角和屁股上的两颗痣都没忽略。倘若你见过安卡嘴角的美人痣，肯定会为之倾倒；倘若你再看到她屁股上那颗罕见的梅花痣，肯定会为之惊叹——那绝对不是纹出来的，而是天生的。

最后我再告诉你，这次雕塑家和安卡将把那座雕塑透明化，为此请了本市最负盛名的一个楹联专家，为之撰写一篇《场魂志》，详尽介绍这座雕塑的由来，包括雕塑家和安卡的名字，都要公之于众。这些东西都被雕刻在一块汉白玉石头上，哦对，应该说这是一个底座，安卡的雕像将站在这个底座上。安卡的雕像也由一块汉白玉石头雕刻而成。在所有的石头里，安卡最喜欢汉白玉，她说那种石头最有灵魂，雕刻出来的作品也将是灵魂之作。

对了，安卡崇拜的那个雕塑家也这么说。他说，那将是他的代表作，灵魂之作。据此，我是不是可以理解，过去他的那些作品都是没有灵魂的，因此成为不了代表作。

“当然，一件真正有震撼力的雕塑作品是有灵魂的，”坐在我旁边的陌生人同意我的推断，“比如说我们对面这座雕塑，我认为他由表及里都是有灵魂的，你看他那变幻莫测的矛盾表情，比蒙娜丽莎的微笑不知道要强到哪里去。”

我倒无此胆量，把一座搁置于公园荒凉角落里的雕塑，拿去跟蒙娜丽莎比。就算是赝品的蒙娜丽莎，那也不是随便就能比的吧？但是鉴于这位陌生朋友可能也是艺术圈子里的，我也不敢发表不同看法，只有不置可否，或者转移话题。

“你那位雕塑家朋友，一定也持此见解吧？我真为自己也喜欢这座雕塑而感到自豪。你大概不知道吧，自从这座雕塑放在这里，我就一天也没落过来这里。”我开始拍他的马屁。其实我哪里是看出了这座雕塑的什么灵魂，我只是觉得那不知道什么材料做成的男人姿势奇特，表情痛苦。一来我把他当成告解对象，二来告解结束后我会浮想联翩，猜一猜炮制他的艺术家是想让他抓住什么东西。其实如果不是这座雕塑，而是另一座雕塑在这里，我也一样会把它当成告解对象。简言之，我只是需要在晨跑以后，找这么个龌里龌龊的地方，把头一天我干过的丑事和有过的丑念头抖搂抖搂而已。

天哪，我终于肯承认了，我之所以来这个灌木丛，并不是想把自己搞得比那些凑热闹的人清高，而只是需要这么个龌龊的地方，让它跟我想倾吐的东西搭调一些而已！

一旦承认了这件事情，我就很不好意思，赶紧转移思想。好在陌生朋友接上了我的话茬，开始继续讲述他朋友的故事，我还是照录如下：

我那位朋友后来终于完成了他的代表作。你也知道，他被抛弃了，陷入困境，不，绝境，相当长一段时间每天只吃一包方便面，最惨的时候连方便面也没有。有人给他出了个主意，到过街天桥上搞一场行为艺术表演，当然不是大家马上就会想到的裸奔，而是乞讨。他被逼无奈，不得不实施这场行为艺术。实际上他非常讨厌表演，尤其是这种表演。的确，那天他成了被世界羞辱和摧残的对象，一整天下来，他面前的大碗里只扔进几张毛票和几枚钢镚。而那只漂亮的大碗，是他用上等石材雕刻的，内面进行了细致的打磨，外面的图案更是戴着放大镜一点点雕刻出来的，竟然没人识货。整个世界都把它当成一件纯粹的乞讨用具了。

晚上回家，我朋友躺在木板床上数那些毛票，一共十九块六毛钱。他想到旁边不远处有一个腿被掰到肩膀上的残疾人，天知道是他先天就那么残障，还是后天蓄意被伤害或是自残。总之那人披头散发，衣衫褴褛，不，上身和腿根本就没有衣服，裸露着肮脏的深咖啡色。可是这个人，隔一个小时就把搪瓷缸子里的钱码一码，趁人不注意，卷成卷，塞到裤腰里。我朋友不停地收获着残疾人蔑视和嘲弄的眼神。躺在床上揉着腰腿的我朋友悲哀地感到，他连一个叫花子都做不好。可不是吗，打着行为艺术的幌子，衣冠楚楚地摆着一件精雕细琢的艺术品去乞讨，这太好笑了，人们没有多余的同情心给他这样的疑似叫花子。

在床上又躺了一夜，半夜时分我朋友忽然醍醐灌顶，灵感大发，他给我打电话说，哥们儿，我有创意了！我一听，瞌睡全无。无论如何我的境况要比他好一点，我有工作，雕塑只是业余爱好，当然我这样的算不上纯粹的艺术家。我们这些境况比他好一点的朋友都想帮他，可他拒绝我们的施舍，哪怕是一箱子方便面。这下他终于有创意了，我岂能不高兴万分。我问他可否透露一点，他说，他代表作的题目叫《自杀者》。我还想知道更多一些内容，但他拒绝透露。冲他从未有过的兴奋和激动，我想这次应该能够成功。

我朋友进入工作状态，不久他的兴奋就被焦灼所取代，因为他想搞到一种不同以往的雕塑材料。众所周知，雕塑材料无非就是那么几种，石材，木材，水泥，铜材，不锈钢，玻璃钢，各种涂料，看来都不合他意。我打过几次电话给他，他开口向我借钱，这在他可真是绝无仅有的。我立马借给他需要的钱，用来给他的代表作进行材料储备。听他的口气，他仿佛要自己研发一种新型材料，他没细说，我也不便细问，因为这涉及到艺术成果甚至专利的问题。

“对，”我打断陌生人，“有关于安卡的雕像，所有消息都是对外封锁的，我知道的这些，都是安卡悄悄在被窝里透露给我的。她掐着我的耳朵叮嘱我，不要对任何人说，否则我就是一个没有职业道德的家伙。你看，我现在都对你说了，可见我的确不是一个有职业道德的家伙，是一个败类。但愿你不是记者，也不会去向记者卖掉这个消息。你不知道有多少记者想挖到一些内幕，他们主要是想知道盛传中的模特到底是何方女子。这神秘的女子要到最后一天才能揭秘，这吊起了很多人的胃口，也让雕塑家还没到雕像揭幕那天就名声大振。所以你的朋友是对的，依我看，他应该事先把这个消息很巧妙地发布出去，吊起外界的胃口，这样他的雕塑就已成功了一半。他应该抓住一个关键，那就是，他用的是前所未有的雕塑材料，能把自杀者刻画得像真人一样。”

陌生人对我的奇谈怪论赞赏不已，本来我以为他要斥责我。这让我甚为高兴，就格外认真倾听他朋友的故事：

我朋友以前是一个很严肃的艺术家，对表演、炒作那一套很不齿，因此，当他对外宣布这一创作动向的时候，我们都感到大惑不解，但慢慢也想通了。他如此窘迫，食不果腹，此种境况之下，艺术原则当然就退居其次了。

就像你说的，我朋友已经成功了一半，大家都对他散布的两个问题很感兴趣，一是《自杀者》主角离奇的自杀方式，二是雕塑用了一种独特材料。关于自杀方式，这个世界上根本就不缺乏各种惊悚电影，大家想象不出，难道一座雕塑的效果能超越影视作品？关于独特材料，他们都想象不出，明明雕塑家们把各种材料都发掘光了，他怎么会创造出一种新型的？前不久一伙九零后雕塑家搞了一场雕塑展，给几个真人摆好造型，涂上涂料，刚开始的确蒙蔽了众人。后来真人们居然活动起来，肩扛水桶的送水工迈开大步行走，护士从针筒里推出雪白的液体，人们这才明白怎么回事。那场展览一夜之间登上各大报纸头条。瞧瞧，不用各种雕刻刀具，这也能算是雕塑，由此可见，雕塑技术已发展到黔驴技穷的地步。

距我朋友展出那件作品的日期越来越近，我们都为他兴奋和紧张。最后一个夜晚，我朋友打电话给我，说了如下一番话："哥们儿，如果有人买这座雕塑，无论多少钱都把它卖掉，得到的钱用来还你借我那笔。"

我当时没仔细想想这番话有何不妥，因为我很激动，想必我朋友也很激动，这是他一生中最关键的日子。我希望他能把那座雕塑卖个大价钱，一改他潦倒的现状。直到第二天，我才琢磨出他给我打的那电话有点不妥。

现在还是先说说第二天的展出。按照他对外发布的消息，第二天黎明时分，他的工作室将全面开放，那里就被作为展出现场。第二天一早，很多记者就守候在工作室门口，我们这些朋友也首当其冲，手拉手围住那扇大铁门。我朋友的工作室在郊区一间很大的民房里。我们等了大概半个多小时，记者们都急不可耐，我们也没有朋友的半点消息，因为他手机关机了。我们以为他还在进行展出前的准备，就极力劝说记者们耐心一些。又等了半个多小时，其中一个朋友征求我们的意见，是不是敲门看一下。要知道，一个雕塑家在工作的时候是不能被打扰的。但我们经过协商，觉得此刻他应该已经准备好了，说不定倦极而睡，睡过了头，于是一致同意敲门看一下。那个提议的朋友就举起他神圣的右手，接着我们发现那门根本就没在里面反锁，一推即开。我朋友的作品立在房间正中，记者们蜂拥而进，乱拍了一会儿，接着就安静下来。他们开始猜测那座雕像是如何自杀的。最后他们达成一致意见，那座雕塑里的男人是用混凝土把自己浇死的。我还是跟你描述一下那座雕塑吧，一个男人，仰脸看着头顶上一个巨大的锥形漏斗，从漏斗里流下很多类似混凝土的东西，把他从头浇到脚。那只漏斗底部的尖被削掉了，这样就出现一个小的圆孔，平时它应该是被一个盖子盖住的。此刻那个雕塑男人手里牵着一根绳子，绳子所操纵的正是那个盖子。就是说，他把那盖子拉开，让里面的混凝土像火山熔岩一样向自己浇来。这个过程，怎么说呢，有点像拉一个挂在墙上的抽水马桶。

“等等，”我听出了端倪，赶忙打断陌生人的叙述，“你说的那座雕塑，不会是它吧？”我指着我们面前那座举着右手的雕塑。

陌生人不置可否，微闭起眼睛，像睡着了。看他一副高深莫测的样子，我越发相信他在这个荒凉的角落里出现绝非偶然。

此时早已过了半个小时，平时我只在这里耗费半小时，就去花花世界里乱忙了，可是今天我决定继续耗费一些时间，因为我遇到一件前所未有的稀奇事。我耐心地等陌生人睁开眼睛。在这期间我想好了几个疑问，等他睁开眼睛，我立马向他提问：“你朋友为什么没出现在展出现场？他关掉手机，真是睡过头了吗？”

陌生人说：“你问得真好，这说明你听得很仔细。我朋友关掉手机，把那件作品放在工作室里，然后就走掉了，再也没出现过。起初我们以为他在跟我们开一个恶作剧的玩笑，让我们在那里乱猜，然后他出来告诉我们是不是猜得正确。后来记者们拍完了，猜完了，纷纷离去，他还是没出现。我们就想，他可能太累了，找地方先躲躲清闲去了。一个星期过去了，他还是没出现，我们就觉得他刻意失踪了。如今半年过去了，他还是没出现，我们就猜想他是不是让人给害了，但似乎又不成立。一来他是个穷光蛋，二来他是个艺术家，谁会去招惹一个一无是处的艺术家呢。”

“那这座雕塑为什么会出现在这里？公园买了它吗？”我提出第二个疑问。

“事情的发展不像我们预料得那样乐观，因为大家普遍觉得那雕塑没什么神秘之处，小学生都能看出那男人是怎么自杀的，毫无离奇之处。至于独特材料，经很多自告奋勇的雕塑家集体分析研究，证明那只是多种涂料勾兑的结果。不过我朋友肯定经过了多次试验，那些涂料勾兑后的黏稠度和干结度等等都恰到好处，浇灌到模型上之后，由于是边流边干硬的，效果就非常立体和生动。饶是那座雕塑很逼真，像真人死亡了一样，但因为谜底很快就给揭开，而失去了价值。没人像我们期待的那样，出高价去买它，直到一个多月后，我朋友租的那间民房因为拖欠房租，房东要收回，又到处找不到我朋友，房东一气之下，把他的所有雕刻用具当成破烂卖掉。那座雕塑也不知哪儿去了，据说房东嫌它晦气，说不定白送给谁了呢。也是，弄个自杀者在屋子里，会影响出租的。我前些日子因为太想念我朋友，去工作室那里打算碰碰运气，发现那房子已经租给了别人。自从那天开始，我就在这个城市里到处寻找，呶，一直找到今天早上，才找到这里。瞧，他的五官虽然扭曲，但一眼就能看出是我朋友的脸，我朋友是在用自己当模特呢，他肯定是照着自己的相片制作的模型。这说明我朋友是多么悲观绝望。”

哦！此刻我不禁为陌生人那可怜的朋友感到难过，他的所谓代表作如今被搁置在这个荒凉的角落，除了我和昆虫以外，无人问津。而我呢，还不是因为这里荒凉，破败，活动着一些昆虫和老鼠之类见不得光的东西，另外散发着类似屎尿一样的不洁臭味，才选择在这里告解我那些肮脏的行径吗。幸好我没把自己坐在这里的真实意图说给陌生人听！

“漏斗呢，哪儿去了？”我此刻居然还能想起一些这样的问题。

“谁知道呢，说不定让房东拿去了。你大概不知道，那漏斗也是花了我朋友很多心思的。据别的雕塑家研究，漏斗的模子可能是不锈钢的。但我朋友事先也在上面浇了那种特殊材料，淋淋拉拉的，好像上面有许多工人正把那些液体材料舀到漏斗里去，撒了一些在外面。你瞧，这是一件多么浑然天成的艺术作品！可如今它分崩离析，结局凄惨。”

我说：“它分崩离析是有原因的，在你朋友的工作室里，那只漏斗很好处理，用钢丝绳把它吊在房梁上就行了。可是在公园这就是个难题了，你总不能为了吊它，专门搭建一个什么设施吧，那得花多少钱。”

我又接着劝慰陌生人：“你要想开一些，公园肯把它放在这里，一定是有安排的，一个这么大的公园，不会让这个角落永远荒着，这多浪费呀。据我猜测，不久他们就会把这里开发一下，除掉杂草，打上水泥地面，安装一些游乐设施，比方摩天轮什么的。那这座雕塑不就有它的存在价值了吗？有了游乐设施，可能就会有脚手架之类的东西，你可以继续寻找那只漏斗，建议公园把它悬挂起来。”

我的至诚至性让陌生人非常感动，他说："老兄，真高兴在这里认识了你这样一个知音。俗话说，高山流水，知音难觅。我朋友失踪了，但能得你这一知己，足矣！"

我一听他这话，顿感羞惭，同时很实际地想到，如果此后他每天早上也来这块地方，就麻烦了。

接着我又想到另一个实质性问题，我掐指算了算，今天夜里他们就会把安卡的雕像搬到滨海广场上去。据安卡透露，他们将等到下半夜广场上的游人散去以后偷偷进行，上面罩一张黑布，严严实实地盖好了，只等明天一早揭幕。否则明天等人山人海时再运，恐怕就不那么好运了。

而我妻子安卡，这个狂热的艺术女青年，明天将盛装到场，跟她仰慕的雕塑家一起，在众人面前亮相。为此她多次央求我陪她购置服装，我们在最昂贵的商场转来转去，标价牌已经失去任何意义，我们全心全意就想挑到一件配在明天那种场合穿的衣服。后来她相中了一件，穿上以后简直像纯洁的天使下凡。但是，即便如此又能说明什么？那些明天即将蜂拥而至的市民，难道是为了看她这件衣服的吗？照我看，这衣服买得很没有必要。

毫无疑问，这是一场表演，尽管安卡并不这样认为，而且她并不认为自己有多重身份，明说吧，模特，演员，被利用者。她只觉得自己是个艺术的宠儿，而我又不能泼她的冷水，谁让我欠她的呢。我欠她中央美院的考试，中央美院的学习，中央美院的毕业证。我还欠她很多欺骗，比方说我找小姐陪医生，我自己也找小姐陪，而且很多次。

我不记得陌生人是何时离开的，只记得我把这些忧虑说给他听之后，他说："老兄，这事好办。"

但是，如何办呢？好办的意思是什么？等我想起来要问他这些的时候，他已经离开了。

后来的事情是，那夜我在床上辗转反侧不能入眠，安卡也辗转反侧不能入眠。她下床裸着身子站在落地镜前左右转着看了看屁股上的梅花痣，又返回床上来。我到阳台上抽了一支烟，也返回床上去。天还是灰色的，安卡就勒令我用汽车载她去广场。她换上了那件天使服，脚蹬一双有两个绒绒球的高跟鞋，头发前几天染了黄色，烫了卷，就像安徒生童话故事里的公主。她小心翼翼登上我的车，我伸开胳膊为她挡住头顶，又给她关上车门。等我们到了广场，发现那座雕像让一张黑布罩着，横七竖八地绑着很多绳子。

安卡兴奋不安地围着它转了两圈，并站在它旁边比了比，问我："怎么样？"我说："能怎么样，看不出来。"她说："笨，高矮也看不出来？"我说："下面不是有底座吗？底座多高？"她说："十米。"我说："那更看不出来了。"

不过，我目测了一下，安卡一米六加上十米底座，雕像应该高十一米多。但这黑色家伙显然没那么高，也没有亭亭玉立的感觉，倒像一堆垃圾。我想找个地方弄开黑布看一看，安卡制止了我，她说："神圣的一刻还没到来呢。"

再后来的事情是，雕塑家和他的助理、广场工作人员、市政相关人员、记者陆续到场，他们揭开幕布打算做最后的检查，然后在天色大亮之前，重新蒙好它。等他们揭开黑布，奇迹出现了，里面果然躺着一堆汉白玉垃圾，也就是雕像的碎块。

关于是谁胆敢在昨天下半夜潜入广场，破坏了这座雕像，派出所查了好多日子也没查出来。广场工作人员一个个都被免了职，当夜值班的两个人还被关到派出所里蹲了几天。反正不知道怎么回事，那座雕像被破坏了。我最担心的一幕没有出现：安卡的乳房、梅花痣，这些物件悉数在光天化日之下亮相。

倘若说这个世界上还会有什么人能向派出所提供线索，那就是我了。可我疯了才会那么干。没错，我猜这事是我那天早晨刚刚认识的陌生人干的。高山流水，知音难觅，人就是这样，为了知音能干任何傻事。

我不担心陌生人跟我抢地盘，影响我告解了。接下来的清早我连步都不跑了，就到雕像那里等陌生人。可我居然没等着他。接连几天都是如此，接连两个月也是如此。

为了回报，我找公园管理处买下了那座雕塑。这样它至少不用跟杂草蚊蝇虫鼠为伍。但我没工作室，只好把它放在书房。安卡在雕像被毁事件中遭受重创，一蹶不振，很长时间不再跟那些艺术家混了。据说她仰慕的雕塑家也因此患上抑郁症，看到各种雕刻刀就抽风。是啊，他们两人的代表作夭折了，还有比这更让人绝望的事吗。

所以安卡对雕像也没多少热情了，反之，她开始露出对《自杀者》的嫌恶来，说它怪怪的。我也觉得它怪怪的，有时睡不着想去书房找本书看，或者上上网，冷不丁看到那么个东西立在地上，感觉尤为怪异。有好几次我都以为它是个真人，闪过家里进贼了等等念头。

有天夜里我做了个噩梦，听到那雕像发出痛苦的呻吟，脸部五官也开始扭曲，这简直把我吓坏了。可是醒来以后我醍醐灌顶，灵感顿发，闪过一个古怪的念头：陌生人的雕塑家朋友失踪了，去哪儿了？对他这样一个绝望之人来说，这个世界还有什么地方可以让他真正失踪？而且，他花费毕生心力创作的《自杀者》，不应该如此浅显易懂小儿科吧？

我奔到书房去，仿佛看到那座雕像在呻吟和扭曲，天哪，那被特殊材料浇在里面的模型，不会是雕塑家自己吧？倘若真是如此，雕塑家当是当今世界上最伟大的雕塑家，诺贝尔奖颁给他都嫌轻了。那我呢，我当是雕塑家最贴心的知音了！我这样一个充满铜臭气的商人，何德何能啊！

我又闪过一个念头：倘若真的如此，雕塑家在这个雕像里面应该早就死了，但他一定很欣慰。高山流水，知音难觅啊！

接着我一刻都等不了了，返身拿起钱包下楼去买工具。什么工具适合敲开那座雕像呢？我边想边穿鞋子。安卡问我："天还没亮，抽什么疯去啊？"安卡就是这样，自从艺术梦破灭，她飞快变得庸俗不堪起来，常常口吐粗言。我说："我去买点工具用。"安卡说："什么店这个点开门？真是脑子进水。"我说："我去商场门口等着。"安卡说："有病。"

（原载《作品》2011 年第 4 期，入选花城出版社《2011 中国短篇小说年选》）

彼岸的舞台

一

老褐说他不认识我。

在六月明亮的大街上，老褐瞪着一双无辜的大眼睛可怜兮兮地瞅着我，任我把鼻子眼睛甚至汗毛都贴到他眼皮底下，他也死不承认我们曾经是亲如手足的好兄弟。

自从老褐从北京天坛医院回到海城，这已经是我们之间的第 N 次对话了。每次对话之前，我都拼了命地幻想奇迹像幸福的雨点突然降临，幻想老褐会张开膀子使劲地抱我捶我，挤眉弄眼地说，东子，是不是赚了你很多眼泪呀？

可是这些幻想无一例外地统统死亡在老褐无辜的眼神里，像海城这个干燥的夏天，对雨的任何想象最终都要若无其事地消亡在太阳底下一样。老褐日复一日地不疼不痒着，我却日复一日地加重着烦恼和懊丧。

下午两点的太阳，毒极了，晒得我太阳穴一阵阵暴躁地跳动。我极有一种冲动，想伸手揪住老褐衣领，拳头攥起来，关节咔咔地响着，照着他的面门揍两下子，问问他，他凭什么突然不认识我们了，我，还有艾果。可是老褐照旧无辜地看着我，可怜兮兮的。我真怕了他这种眼神，还有他那刚长出一公分头发的脑袋。

老褐在北京做开颅手术的时候，医生用电钻在他脑袋上钻了三个孔，再用电锯锯开了一个三角形的洞．才把他颅内的积血清理干净。我们都以为他死定了，没想到他的脑袋还是比那块石头硬。那块石头在槐树庄村口已经存在好几十年了，槐树庄人说它是有灵性的，据说曾经有个女出租司机遭到劫持，夜里趁着月色看到这块大石，心一横就直撞上去，结果那个歹徒一命呜呼，而女司机毫发无损。

老褐是骑着摩托车撞上去的，当场就飞出了八米远，头部血肉模糊。那天他自己一人喝了一瓶古酿。老褐回来以后就不再骑摩托了。

不骑摩托了的老褐和不记得我了的老褐，给人一种陌生极了的感觉。在六月明亮炙热的太阳光下，老褐顶着一头新生的发茬，孤独地走进了熙熙攘攘的人流里，扔下我一个人在那里独自发呆。

山山说，米东方，你觉不觉得老褐不认识你是假装的。山山像哲人一样在我的客厅里来回踱着，体态优美极了。她说，米东方，我有一种感觉，觉得这事一定跟那笔钱有关，就是你借给老褐的那五万块钱。山山胸有成竹地说，他想黄你那五万块钱。你想啊，他失忆了，不认识你了，就不用还你的钱了。当初我就劝你让他打个借条，亲兄弟还要明算账呢。

山山用一种洞悉一切的语气和神情对我说，怎么样米东方，当初借钱给老褐时没有想到他会来这一招吧。

是，我承认我借五万块钱给老褐的时候，没有想到他有一天会不认识我了。他借我钱的时候刚刚又做赔了一笔生意，赔得一塌糊涂。老褐借了我五万块钱后就跑到二十公里外的槐树庄去了。他在半山坡上盖了几间房子，养了一大群小鸡，说这次肯定能狠赚一笔。

其实老褐原本是个诗人，他的诗前几年曾经迷惑了海城一大批女孩子。可是后来老褐就不写诗了，专心赚钱。老褐之所以拼命赚钱是因为他的女朋友跟个大款跑了。老褐的女朋友在跟他谈恋爱的同时，还暗中跟一个据说曾经是画家的人在一起。那家伙曾经留着一头乱糟糟的长头发，成天穿着一件沾满各种油彩的布衣服，踩着脚手架在海城大街上涂抹广告牌。后来他不知道怎么就发了，据说是自己开公司发的。老褐是在他女朋友的床上看见他们的。

那一幕深深地刺伤了老褐。从此他就不再写诗了，他说赚钱比写诗重要。

老褐最先开的是一家红太阳策划公司，挖空心思无中生有地帮别人和自己赚钱。其实我一直认为老褐是一个聪明人，比如他把策划这件事情明目张胆地说成是一件无中生有的事情就很令我佩服。他总是说，世界上每一个成功都是无中生有，世界上每一个巨大的成功都是无中生有。但是他的财运好像一直不太亨通，策划挂历赔了一笔，策划一个冰淇淋的广告赔了一笔，红太阳公司就宣告倒闭了。后来他又倒腾过盗版光盘，贩过水果，都赔。

老褐找我借钱的时候已经是山穷水尽了。后来他的那群小鸡不知道得了一种什么病，一夜之间又死了个精光。我听到消息后跑到槐树庄的半山坡上去，老褐当时蹲在鸡房门口眼都直了。我也不知道怎么办。满眼都是鸡的尸体，凄凉极了。

过了几天，老褐把那些鸡的尸体处理完了，一个人喝了一瓶古酿后骑着摩托车回海城，就撞在村口那块大石上。开了一回脑袋之后，他就不认识我了。

可是他怎么会不认识我们了呢，他在海城除了我和艾果没有什么朋友，原来写诗时的那个圈子，老褐也早看着不顺眼，不再来往了，说世界上最无聊的事情就是一帮子文人扎堆儿了。

所以说，他最不应该忘掉的就是我跟艾果。因为我跟老褐有着二十多年根深蒂固的友情，而艾果跟我们两人有着大学四年极其微妙的爱情。但是老褐偏偏就在那致命的一摔之后，把我和艾果给摔出了脑颅。

是，我得承认，我把钱借给老褐的时候，没有想到有一天他会不认识我了。但是我不相信他像山山说的，是在使什么假装失忆的招儿，只为了黄我的五万块钱。

山山悠闲地坐在阳台我的沙滩椅上，两只细长美丽的腿一晃一晃的。黄昏灿烂的太阳光正好照在她的脸上，使她的脸变得好看极了，像罩着一层圣洁的光环。她手里转着一支圆珠笔，用一种比较宽容的口气对我说，米东方，人心是看不透的。

从理性的角度来分析，山山的怀疑也不是没有道理。山山是那么聪明，她对任何事物都能在第一时间里发挥出记者特有的敏锐和洞察力，她总是能把一些复杂的事情在瞬间打破了，看到实质。这也正是山山之所以成为海城名记的优势所在。

但是尽管如此，我还是觉得山山对老褐忘了我的分析有些偏颇，退一万步说，就算老褐并没有真正失忆，就算他是在蒙我们，最起码他骑着摩托车撞到那块大石上的事实却是千真万确客观存在的。

山山用她那双美丽的眼睛怜悯地看着我，说，他明明是在蒙你，你还这么向着他说话，真是不可理喻。山山还同情地说，米东方，以后交朋友一定要慎重。

山山的话使我心里涌上来一股悲伤的感觉。现在如果把两个事实摆在我面前让我选择，我宁愿选择老褐真的失忆了，不记得我了，也不愿意选择老褐其实记得我们，只为了那笔钱才不记得我们了。我几乎是乞求似的看着美丽的山山，说，也许老褐是真的失忆了。槐树庄的老人不是说那块大石有灵性吗，也许它看到了老褐一些我们看不到的内心，才帮助老褐忘掉那些他想忘掉的过去。

山山不说话了。我知道她有些生气了。有些生气了的山山将头转向窗外不理我了。我特怕她不理我，每当她不理我的时候，我都不知道该怎么办。在山山面前，我总觉得我自己是那么渺小，渺小得像空气中一粒微不足道的尘埃。

老褐经常摇晃着他曾经写过诗的聪明脑袋说，东子这个人算是完了。

我曾经认为，只有艾果那种类型的女孩子能够让我喜欢，但是山山改变了一切。我几乎是在看到她第一眼时，就感觉到爱情像暗夜里的星火一样突然亮了起来。我知道老褐对我的评价一点不过分，遇见山山之后我就完了。尽管我曾经爱过艾果，但是跟爱山山的感觉是不同的。艾果就像早晨的一滴露珠，清新纯粹让人不忍触碰；而山山则像正午的阳光，热烈非凡让人迷惑。对于一个男人来说，也许热烈一些的爱情更能迷惑他们粗糙的心灵。

夜里，我翻来覆去地折腾，想从前的一些事情，跟老褐之间的。想起初三时我们共同喜欢上一个女生，到最后却莫名其妙地一起放弃了。那个周末，我跟老褐骑着自行车回家，在宽阔的柏油路上吹着口哨飞奔，短短的头发被风吹着，感觉到空气在耳边呼啸而过。柏油路边是成片清新的田地，它们一望无际地青绿着，风传送过来一些植物特有的香气。就在那个春天，我跟老褐嘴唇上方开始冒出青涩的胡楂，开始懂得欣赏女生的脸蛋和身材，开始在夜里做一些模模糊糊的美丽梦境。

其实，我跟老褐之间过往岁月里的事情太多了，多得让我在静下心来回忆的时候，思维甚至停滞下来，除了想起少年时的这段往事，都不知道还该回忆一些什么。而我想起来的这件事，可能并不足以明确地表达我想让大家明白什么，我只是想说，我跟老褐之间有些东西是根深蒂固的。这种根深蒂固的感觉是山山所不能够理解的。尽管我爱山山，却改变不了这个事实。山山有时对我说，米东方，我总觉得在你心目中老褐比我重要多了。

山山怎么能这么说呢。我从来没有想到要拿山山和老褐在心目中做任何比较。我爱山山，她高傲的美丽带给我的那种沉醉和沦陷的感觉是唯一的。跟山山在一起，我总有一种要屏息看着她的感觉，也许正是因为如此，我才没有办法自如地发挥和表达我对山山的爱情，也因此才让她有时不能正确地感知我的爱情。有时我想这大约是时间的问题吧，我毕竟才跟山山在一起好了两年，而跟老褐却好了二十年。

那天夜里我做梦了，梦见老褐血肉模糊的脸近近地逼在我眼前。他的瞳孔漆黑漆黑的，在红色的血流中透射出一种虚无的空洞，空洞得一点内容都没有。他陌生地看着我，冷峻得让我感到战栗。我向他伸出手去，摸到他脸上冰冷的血，他却渐渐变得模糊，最后渐隐渐去。

我在梦里看我的手，却看见有一些新鲜的血源源不断地从手指尖那里涌出来，滴下来，流成一条线。

我大骇着醒来，伸手抚摩到的是透窗而进的清冷月光。我的手没有血，在模糊的月光里显得苍白极了，没有一丝血色。我感觉到嗓子眼里有一些梗阻，极想呻吟，有一些疼痛的感觉像潮水一样，在胸腔里缓缓地蔓延和拍击。我还是忘不了老褐。

老褐没有亲人。他很小就没了父亲，我父亲把老褐当成了他的第二个儿子。大学二年级的时候，老褐母亲又得胃癌去世了。我还记得那个周末，老褐一个人站在宿舍的阳台上抽烟，烟头在夜色里明明暗暗的。那是老褐第一次抽烟，以前我们谁都没有看到过老褐抽烟。母亲死了之后他就彻底没有亲人了，所以，再不认识我和艾果，他就谁都不认识了。

我知道我为什么要做那样一个梦，梦见老褐的血，然后看到我的血。我们的血是相融的。大二时，我曾经在一场本该简单的阑尾炎手术中突发意外，在老褐的坚持下，医生用老褐的血救了我。

第二天，山山看到我苍白的脸色和委靡的眼神后问我，米东方你怎么了。我说我梦见老褐了。山山无可奈何地说，米东方你这人算是无药可救了。山山穿了一条雪白的九分裤，裤脚上绣着精致的花边，露出一小段精致的脚踝，亭亭玉立地站在我的客厅中间，一下子令我的客厅黯然失色。

山山凑到沙发旁边，俯下身来细细端详我的脸，说，东方你不要急，我有个朋友在公安局，他那里有测谎仪，很管用的。我睁大了眼睛看山山，我说不行，老褐刚刚才做了开颅手术，他怎么能经受得了那东西。再说了，我们有什么权利对老褐那样做，他说不认识我了，我干吗非要强迫他认识我。

山山把她美丽的脸从我的眼前挪开，说，米东方，我这都是为了你好，如果不是因为他借了你五万块钱，我才不管他想不想认识你呢。我说，你容我再想想行吗，我心里乱极了。

山山拿起包挎到肩膀上，说，行行，你自己好好想吧，我得到东山集团采访去。山山过来摸一下我的额头，说，我走了，你好好照顾自己。

山山走了，留下更深刻的孤独和哀伤给我。我也不知道这是怎么了，生活一直好好的，怎么一下子乱了。其实我喜欢比较循规蹈矩一些的生活，那种生活让我觉得安全和安定。每天早晨我骑着自行车，汇入到大街上朝九晚五的上班族中，心里是安定和满足的。坐在办公室里做完工作之后，悠闲地喝着茶水看看报纸，跟同事一起聊聊天侃侃球，中午到食堂排队买了饭吃完，再回到办公室打打扑克，等着另外半天平淡的重复，我觉得没有什么其他生活方式比这更适合我了。山山不喜欢我这样，他说男人应该干一番事业，而不应该这么年轻就耗在人事局这样的地方养老。

可我不喜欢像老褐那样瞎折腾。如果不是让那个女朋友给刺激了，他也不会落到这步田地。或者，如果老褐的女朋友是艾果，也不会落到这步田地。我拿起电话拨艾果的手机号，我不放心艾果。自从老褐不认识我们了，艾果没有一天不在伤心。她对我说，她突然觉得以前的一切都像一场梦，这种梦一样的感觉让她怀疑她和老褐之间有没有真正认识过。

我懒洋洋地从沙发上爬起来，换了衣服出门到街上，坐17路车去东郊的海城大学。毕业后艾果留校教大一的英语。

我在第一海水浴场等到艾果。艾果又瘦了，本来就长了一张瓜子脸，现在下巴越发尖尖的。

她猫一样轻轻地在我身边坐下来，把视线投向苍茫的海面，不作声。我也不知道应该说什么，便也看海。正是退潮的时候，海水缓慢地减弱着声势。被浸过的沙滩湿湿地袒露出来，有一些白白的蛤蜊的壳，还有一些墨绿色的海带和水草被遗留在海滩上，在阳光下沉默着。下午四点，海面上不是太晒了，游泳的人很多，他们穿着各种泳衣从沙滩上轻快地跑到海水里，浅水处一片欢腾景象。

只有我们两个人忧心忡忡的。那些快乐似乎离我们很远。一个小女孩乖巧地抱着一束红红的玫瑰花走过来，她用纯真的眼睛看着我，从花束里面挑出一朵伸到我眼前。我掏出钱买下来递给艾果。她接过去，凑到鼻子下面闻了闻，然后把它插到沙子里。

我看着艾果，很难过。我知道，现在的结局，不是我们三个人想要的。那年秋天，当我跟老褐一起看着艾果在长满青草的足球场上奔走跳跃，可能就注定了这种结局。少年的时候，我们两人一起爱上那个小女生，又一起放弃，我跟老褐都没有想到，这种事情在大学校园里还会重演。

我对艾果说，老褐是我们的，以前是，将来也会是。他只是暂时忘记了一些事情，会慢慢想起来的。他不会就这样彻底忘了我们的。

艾果看着我，眼眶里积聚已久的眼泪终于涌出来，成串地滚落。我把她的头揽到我的肩膀上，感觉到她的眼泪瞬间就打湿了我的肩头。

二

我知道，让失忆的人恢复记忆，唯一的办法就是带他回到过去的一些场景里，让那些曾经在他生活里存在过的影像对大脑进行频繁的刺激，或许会有可能让他停滞了的思维在某一个瞬间突然复苏。

我带着老褐去海城大学，跟他一起站在操场边上，看男生踢足球。操场几乎仍是过去的老样子，主席台上肌肉发达的运动员浮雕图像，黑色的煤渣跑道。唯一不同的是足球场干燥极了，没有一根草。太阳明晃晃地照着，看得到白色的光线刺目地铺陈。一些男孩子光着脊梁在太阳下面踢球，没有一根草的足球场不时腾起一阵阵尘土，烟尘一样升浮到空气里。

老褐突然在我身边耳语一样地说．这么干燥，总也不下雨。

我转头看老褐，看他眯着眼睛无限茫然地看着足球场，似乎对自己刚才的话无动于衷。我说，记得吗老褐，那年雨特别多，整个足球场长满了草，青绿青绿的，美丽极了，踩到上面软绵绵的，还闻得到草的清香。

老褐默不作声。我不知道他是否记起来了。

那年九月，我们刚刚入学，空闲了一个暑假的操场在雨水的滋润下，长满了青绿青绿的草，高高矮矮的。有时，看得到有一些玲珑的白色狗尾巴草夹杂在那些绿草里摇曳，曼妙得很。入学之后的第一堂实习课，就是到足球场上清除杂草，把那些高过小腿的草拔掉，只剩下一些适合踢球的草皮。那时候艾果穿一条红色的短裙，露出健美修长的两条腿，不时惊飞起一些秋季的蚱蜢。那些蚱蜢抖着绿绿的翅翼张皇而快乐地逃遁，一瞬间便逃得没有踪影。

晚上，我们守着一大堆拔下来的草坐在足球场上聊天。夜晚的天空也很清澈。快到中秋节了，月色很亮。在那片无垠的青辉里，到处都是草散发出来的清香。老褐激情洋溢地即兴作了好几首诗。老褐那时充满了诗歌的灵性。

那些年，海城不像现在这样枯燥。那些湿润清朗的空气和天空，总让人觉得肺腑之间是通畅而透明的。那时候经常下雨，不急不缓地下。下着雨的足球场总是朦胧和氤氲的，在那样的足球场上踢球，头发湿湿地贴在前额，看沾了草香的球在脚底下滚着，还有艾果约了女生在场边打着伞远远地站着。

我跟老褐之间的配合是天衣无缝的，那是一种心灵感应。我一向认为在所有的体育项目中，足球是最有灵性的一种，它绝不是机械的拼抢和争夺。我跟老褐对足球的感悟是骨子里的。因为有了我们的配合，海城大学的足球队一直在全市院校中占据着不可动摇的霸主地位。

还有爱情。老褐的诗和足球迷倒了一大群女生。但是老褐谁也不爱。自从看着艾果穿着红红的短裙在那些草里穿梭跳跃，我跟老褐就一起爱上了艾果。

艾果是一个多么好的女孩子，她有着清秀的五官和精致的杏眼，象牙般细腻的肌肤。很多时候，我们一起坐在操场上聊天，看天边的晚霞一点一点褪去颜色。那些爱情的感觉丝线一样在心里缠绕。

但是，我们都忘不了少年时那场懵懂的爱情，那个小女生给我们两个人的爱情。更忘不了那场放弃，两个小男生对一个小女生的共同放弃。所以，对艾果的这场爱情，我们一直相安无事地持续着，一直持续到现在。很奇怪的一种格局。我知道，即使是我跟老褐我们两人自己，也无法对这场旷日持久的爱情做出感性和理性的任何解释。

我多希望老褐能想起来那些关于足球、关于草、关于足球场、关于爱情的青葱岁月。那些肆无忌惮的汗水。

空气里一直浮动着一层浑浊的灰尘。我转过头看着老褐，看到他的眼里也浮动着一层灰尘。他的眼睛一直很茫然，像在看着一个遥远的、他从来也没有经历和感知过的世界。

小的时候，住在外婆家里。村里的戏班子经常搭台唱戏。戏台搭在河的对岸。那条河，在我记忆里一直是澎湃着的，浪花翻卷着，日夜不停地从村子中间贯穿而过。外婆带着我站在河边远远地看戏，那些穿着华丽戏服的演员在河对岸的台上飘忽移动，那些灯火和绰绰的艳丽人影使我惊呆。那时有个唱青衣的女演员，美丽极了，画着华丽的戏妆，唇红齿白，头上的饰物在灯火里闪着璀璨的光。后来她突然死了，外婆说她拔下头上的银簪子刺破了自己的喉咙。我不懂她为什么要死，只是以后再站在岸边看戏，心里多了一些模糊的哀伤，感觉那个世界离我很远。

慢慢地长大了，我却一直不能忘记那些灯火，那个舞台。不能忘记站在岸边看彼岸那种幻境一般的绰约和艳丽，那种介于现实和梦幻边缘的恍惚和心跳，还有那个青衣之死带来的苍凉。

看着老褐，看着他孤独地站在我身边，看着他无所适从地注视着那个曾经洒下他自己无数汗水和欢乐的足球场，真像我小时候，站在岸边看彼岸的舞台。遥远模糊而又陌生的别人的舞台。

老褐瘦瘦地站着，他的茫然和恍惚令我心疼。自从毕业之后，似乎老褐的生活就一直不太安定，发现了他的女朋友跟那个画家之间的事情之后，他就更不安静了。他不愿意循规蹈矩地在办公室里坐着拿维持温饱的工资，他总是浮躁得不行，总是说这个世界不适合他，不符合他的想象。他一直瘦着，总是惊恐而又不耐烦地生活着，没有目的的那种状态。

上大学时，有个学生物的同学有一天突然发现老褐的名字跟褐马鸡惊人地谐音，我们便把老褐这个外号一直叫了下来，时间长了竟慢慢忘了他的原名，有时偶尔在脑海里想起贺马吉这个名字甚至感到陌生。我一直觉得鸡是一种最敏锐的动物。因为它们在动物家族里属于弱势群体，因此总是战战兢兢地在角落里小心地生活，轻轻地走路，漆黑的眼睛左顾右盼，甚至吃东西的时候都要把视线投来投去，对周围的环境充满了一种警戒和不信任，任何一点风吹草动都能令它们在第一时间里仓皇逃遁。它们逃跑时的样子也极其笨拙，张着翅膀又无法飞翔，非常努力地逃遁。

我曾经跟老褐探讨过对鸡这种动物的看法，那是同学已经开始叫他褐马鸡以后。老褐认为我的分析丝丝入扣。多年以后老褐又对我说起过，他说其实鸡不适合在它们的世界里生存，他说你看，鸡吃东西的样子那么让人可怜和不屑，而且还要吃很多沙子来消化那些食物，这是一件多么悲哀的事情啊。老褐说那个世界根本就不符合鸡们的想象。老褐又说，我也是。

但是我不明白老褐为什么要去槐树庄养鸡。他鄙视鸡，可是还养它们。老褐最终为了那些鸡而失去了自己。

从足球场那里离开后，我带老褐去艾果的单身宿舍，老褐神态拘谨地坐在椅子上茫然四顾。我让艾果拿出影集给老褐看。老褐说，我知道你们是我的朋友，可是我想不起来你们是谁。真的想不起来。我对你们没有任何感觉。

我说，可是我们想让你回到我们中间。

老褐说，为什么要回去？重新找感觉吗？可是我什么都不记得了。

艾果终于忍不住哭了。

我说，老褐，我们不允许你像踢球一样把我们踢开了不管。

他怎么能忘了呢，怎么能忘了那些时光，那些青春时光。他可以不爱这个世界，可以不爱他身边的生活，但是他怎么能忘了我跟艾果呢。

我带着老褐慢慢地走过足球场。足球场上依旧有男孩子在踢球，依旧尘土飞扬。又怎么样呢，没有了过去那些青绿的草，没有了那些草香，也依旧有人在尘土里踢球，也依旧有青春的女生站在场边上看她们心仪的男生在尘土里踢球。在那样的年龄和心情里，尘土也是美的。它们什么也浸染不了。

我的心情是如此沧桑，太阳光无所遮拦地照射着我们疲惫的身体，我似乎看到那些尘土若无其事地飘忽而来，贴住我和老褐的肌肤，然后无声无息地从毛孔里渗进去，渗到了心脏里面。

自从老褐出事，我的世界就失去了以往的安定，心情也纷乱起来，总感觉疲惫不堪，心里荒芜得要命。在海城干燥的大街上走着，我突然强烈地想念起山山。除了对山山的爱情现在让我怀抱着美丽的想象之外，一切都模糊和不真切，像童年时那个彼岸的舞台，那个突然死去的青衣。

我真的很哀伤。小的时候不懂什么，现在想起那个青衣，觉得生活真是没有任何规则。

三

山山说，这次你一定要帮我。

山山从东山集团采访回来，让我想办法安排一次机会，让东山集团的老总和我们局长见面。山山说那老板想认识政界的一些朋友。

我不明白一个大集团的老板，为什么硬要削尖了脑袋往政界里混。山山说这你就不懂了，人活在这个世界上是要体现自身价值的。我说，这我就更不懂了，那林昌盛一个小学文化的农民，现在摇身一变成为农民企业家，这光环足以耀得人头晕了，难道还有比这更能体现他自身价值的合理定位？山山说，米东方同志，你要知道，人的潜能是无穷无尽的，就像一粒饱满结实的种子，只要给他提供合适的土壤和空气还有水分，它就能茁壮地发芽和成长。

我美丽的山山总是能很犀利地看透一些我看不透的事情。用她自己的话说，她能通过事物的表象看到它的心脏，甚至看得到通往心脏途中那些深刻而清晰的断面。她说，林昌盛是一个很优秀的男人，他能把一个原本破破烂烂的厂子发展到如今的规模，这足以说明他在管理手段、经营思路、发展眼光等方面都是极富才华的。这样有才华的人，为什么就不能给他一块更富挑战性的土壤让他尽情发挥呢，说不定最适合他的位置远不是我们想象中的那些。

山山坐在我的沙滩椅上，边摇晃边吃冰淇淋边对我赞扬林昌盛的优秀。山山是挑剔的，她很少这样无所顾忌地评价一个人，特别是一个男人。山山吃完冰淇淋后抿抿小巧滋润的唇对我说，米东方，明天你到单位就想办法约你们局长，我看这个周末就比较合适。

我无奈地看着山山，我实在不知道应该怎么样去跟局长说。如果把那个庞杂的人事局比作一个棋盘，我米东方充其量也只是最不起眼的一粒小卒而已。况且当初帮山山往报社调动的时候，我硬着头皮上上下下地送礼周旋，已经丢掉了一回做人的自尊，从那回起我就发誓我再不做这样的事情了。最主要的，我实在想不明白林昌盛脑子里面到底在想什么，难道他真的以为他有能够吐纳江河百川的胸襟？我真是不明白，好好地做杰出农民企业家有什么不好，干吗这样折腾。

山山说，你的自尊心也太容易受伤害了吧，米东方，你应该转变一下观念了，现代社会人与人之间不就是互相利用的关系吗，这不丢人。再说了，如果林昌盛真的是个人才，你不就成了伯乐了吗，这是利人利己的好事呀。我说，我把你从半死不活的海城文学杂志社调到报社，让你有机会成为海城名记，这也算是当了一回伯乐了，我已经知足了。

山山当时大学毕业后在海城文学杂志社打工，有一次我参加老褐他们的聚会认识了山山，不久我们就恋爱了。山山在杂志社干得一直不满意，有一次跑到我家里说社里发卫生纸都没她的，因为她不是社里的正式职工。事实证明，山山的确是一粒饱满优良蓄势待发的种子，调到报社之后她就在极短的时间里释放出了极高的才华和能力，一日千里地优秀着，前景辉煌极了。可是，那个林昌盛他哪里能跟我的山山相提并论呢，我觉得他做到农民企业家这一步已经算是超常释放能量了。

山山对我的反应不满意极了。她把脸扭向窗外，甩了一个美丽的侧影给我。

我改变话题，我说我带老褐去海城大学故地重游了。山山赶忙问我，怎么样，发现蛛丝马迹了吗？

山山用蛛丝马迹这个词，让我听了觉得很刺耳。我说，我怎么看也觉得老褐不像是在蒙我们。他已经够可怜的了，还有什么事情比一瞬间发现自己过去的一切全是空白更让人痛苦和恐慌的呢。山山说，你知道吗米东方，人不能太善良了，这个世界是一个残酷的世界。

我知道这个世界肯定不会符合我们每个人的想象。但是，它肯定是符合大多数人的想象的。至于残酷，以前我从没对此有过太深刻的感知，自从老褐出事后，我看到了这个世界残酷的一面。它怎么可以把那样一个努力生活、拼命贴近它的人变成那样，让他的大脑背叛和抛弃他自己生活过的某一段过往呢。

我又一次陷入了老褐给我带来的忧伤。楼下开始响起音乐声，那些老太太们晚饭后开始健身锻炼了。那些曲子每天晚饭后在小区的楼宇之间回旋，有时我无所事事地半躺在沙滩椅上一曲一曲地听，从充满武侠味道的《飞天》到柔情蜜意的《何日君再来》，还有激情澎湃的《珠穆朗玛》。

不同的风格却能奇异地衔接及延续，并且丝毫不会让人觉得有任何生涩的牵强。只是有时，因为录音机的问题，某支曲子会突然停滞一小会儿，但丝毫不影响老太太们娴熟连贯的舞蹈动作。每次我听着音乐，看着那些舞蹈，都觉得生活其实蛮有意思。可是现在我听着那些曲子心情却沉重极了，一个人的思维原来那么脆弱，突然之间就能把一个真实存在过的过程忽略掉，忽略得无影无踪。

我问山山，为什么人的思维不能像偶尔卡壳的曲子，只是停滞一小会儿，然后仍旧若无其事地进行下去，甚至让我们都意识不到那个小小的停滞。

山山说，米东方，说实话，我觉得你对朋友确实太好了，而且对某些事情有一种特别执着的品质。这样的时代，你这样的人已经不多了。但是，我的山山突然把话锋一转，她说，但是，你这样很容易受伤害的，你知道吗。比如说老褐，如果有一天你发现他真的并没有失忆，你怎么接受这个现实？

山山走过来，温情地抚摩着我的头发，说，算了吧米东方，就当你从来没有认识过老褐这样一个人。不管是不是真的，老褐他已经把米东方这个人彻底从记忆的储存库里清理掉了，就像你在邮箱里删除掉一封你不想再要了的旧信一样。

我的山山还体谅地对我说，至于那五万块钱，就当交学费了。再说，我们会把它赚回来的。你只要安排林总跟你们局长见了面，他就会把为东山集团写书这事交给我。林总说了，写书是为了记录下他们东山村开天辟地以来最辉煌的一段历程，是要载入村志留给后人的，所以，它的意义是不可估量的。对于日生斗金的东山集团来说，那样的一本书，每一个字的价值都是惊人的。

我的山山除了美丽优雅还是多么善解人意啊，她怕我为那五万块钱积郁成疾。她知道那是我全部的积蓄，她成功地消解了我对未来日子的担忧。是的，山山是一个优秀的女人。

可是，山山，没有我，你也可以争到写书这件价值惊人足以流芳东山村后世百代的非凡工作的，我知道你能行，山山。我握着山山的手，我相信我的山山是无所不能的。我已经让老褐搅乱了心情，我对山山说，我得带老褐去槐树庄，去看那块让他差点没命了的大石，明天就去。

山山终于生气了。她说，米东方，人活在这个世界上应该时刻保持清醒的头脑，要清楚什么值得做什么不值得做。我这都是为了你好，不是要害你，你还是忘了老褐吧。

可是我有些不太明白山山说的话，她的意思是说，让那个腰缠万贯的农民企业家去见我们局长是一件值得做的事情，而让老褐去见那块有可能使他恢复记忆的大石是一件不值得做的事情？我觉得山山恰恰把这两件事情弄颠倒了。

山山对这个世界有着不同于常人的灵敏感知和洞察力，我从来不否认这一点，但是在老褐和林昌盛的问题上，我认为山山关于值得和不值得的判断是不正确的，至少有些偏颇。我绝不能看着老褐这样孤独地生活下去而袖手旁观，绝不能。他是我亲如手足的兄弟，不是别人，更不是那个农民企业家林昌盛。

我对山山说，我知道你对我好，但是我不能因为这就忘了我的好兄弟老褐。

山山说，好吧，你好自为之吧。山山说完之后就提着包开门下楼，我跟上去送她。

楼下空地上，仍然有老太太们在劲头十足地跟着那些音乐跳舞，呼啦呼啦地转着红色的绸扇子。山山皱着眉头从老太太们中间穿过去。山山一直不喜欢我居住的小区，她尤其不喜欢那些跳舞的老太太，还有坐在楼角玩扑克下棋的男人和女人，总对他们无所事事的生活状态不屑一顾。可我觉得他们不是无所事事的，他们白天在单位里累了一天了，也不过就是玩玩扑克牌放松放松而已，他们对生活没有过多深刻的感触和要求，他们容易快乐，这就足够了。

我一直这样觉得。

把山山送到路边，远远地有一辆出租车亮着空车灯驶过来。我招手示意同时揽过山山的腰打算吻她一下，山山将身子扭过去了，像扭麻花一样。她钻进车里都没有跟我挥手就走了。

我心里怅惘极了。我打老褐家里的电话，我说，老褐，我怎么觉得对山山特没把握。老褐说，这个世界太强大了，而人那么渺小，有太多东西是我们根本不能把握得了的。有时对生命都不能把握，还何谈一个女人！

我心里咯噔一下。我说，老褐，你对我说实话，你到底有没有真的失忆？

老褐在电话那端不吭声。过了很长时间，他疲惫地说，兄弟我累了要睡觉了。老褐说完之后就真的挂了电话。我锲而不舍地打过去，他接起来说，你有完没完啊，我都这么可怜了你还来逼我，哪天我找个房子搬出去。此后老褐就不接我的电话了。我又打山山的手机，她关了机。

我沮丧极了，有一种被世界抛弃了的感觉。我第一次对这个世界开始产生怀疑，这种感觉以前我是从来没有过的。

四

我带老褐去看那块矗立在槐树庄村口不知多少年了的大石，是真的希望它能让老褐醒过来。

那块大石孤傲地静默着，像孤傲静默着的老褐一样。我告诉老褐，当初他就是骑着摩托车撞在了这块大石上，摩托车当场四分五裂，老褐摔出了八米远。

老褐把视线投向八米远的地方，眯缝着眼睛沉思。我紧张地看着他，不敢作声，生怕一不小心弄出什么声音来打扰了他的思路。过了好久，老褐才把视线转回来，他问我，当时是不是血流得很多。我说，没有，一点血都没流。我说，你一下子就晕死过去了。

老褐轻轻地点点头，表示知道了。他说，全流到心里面去了。

老褐没有变，他说那些血都流进心里面了，他还没有忘掉诗歌的感觉，没有忘掉。我扳过老褐的肩膀，我说，老褐，你到底记不记得我们，我总觉得你还是记得我们的，你怎么会忘了我们呢。

我多么希望老褐笑着对我说，东子，我一直蒙你们玩呢，看你们对我到底是不是真的好。可老褐坐在那块大石上，眼睛依旧迷茫地看着远处。老褐的忧伤深深地刺痛了我。后来老褐让我带他到那个养鸡场去，他说，我想看看你们说的那个养鸡场到底是什么样子。

养鸡场只剩下几间空房子，寥落地静默在黄昏里，风吹过来的空气里似乎还闻得到那些死鸡尸体腐烂的味道。我告诉老褐，他养了很多鸡，大约有一千只吧。那时老褐日夜吃睡在养鸡场。

老褐坐在空房子门前的地上，皱着眉头，说，我怎么会来养鸡呢，我从来就不喜欢鸡。鸡活得多没劲啊。他说，你们一定是弄错了，我养什么也不会养鸡的。比如说养狗养貂什么的，都比养鸡强。他问，你知道哪里可以弄到纯种的肉狗吗，我倒是对养狗挺感兴趣的。

我说，你可以养狗。只要你记得我们，你想养什么我和艾果就让你养什么。我说，老褐，你从前不是这样子的。从前你像我们一样，对生活没有过多的要求。那时候我们在海城大学的足球场上坐着聊天，到处都是草香，你对我们说生活多好啊。可是后来，不知道从什么时候起你就变了。可能是因为你太敏锐，你有着诗人的敏锐和脆弱，所以你渐渐对身边的一切失去兴趣，你觉得这个世界不太符合你的梦想。我不知道你为什么要来养鸡，但是我猜想你可能对城市感到厌倦了。是的，这个城市已经越来越让我们感到压抑，闻不到草香，也没有以前那些汹涌的雨。但是老褐，这不应该是我们逃避生活的理由，我们还有很多的事情要做，那些美好记忆的磨灭和消失，不足以影响我们美丽而漫长的人生。你应该像普通人一样生活，老褐。

老褐看着我，说，你挺令人感动的。

然后老褐看着远处，文不对题地说，海城真像一条干瘪的鱼。

老褐从前也这样形容过海城。他说他总有一天要离开这个鬼地方。他总说这个城市让他感到压抑，那种看到一条没有水分的鱼躺在龟裂的土地上的无声无息的压抑。其实我知道他不是对这个城市感到压抑，他是对生活感到压抑和无奈。

我突然强烈地感觉，老褐还是那个老褐。他坐在我旁边，那种熟悉的气息清晰地缭绕着，这一刻我是这么固执地相信我的直觉。我知道，因为我的血管里流着老褐的血，某些方面，其实我们早已经融为一体，比如某些瞬间的感觉，它总能给我一种奇异相通的灵感，就像在足球场上挥汗奔跑的那些时光，那些绝妙的配合，那些匪夷所思的进球，一起爱上艾果的那种感觉。有太多时候，我跟老褐心灵里真的有一种奇异的相通。

可是，这种相通的感觉仿佛不知道什么时候已经在慢慢淡化了。我记不起来它淡化了有多久。老褐从口袋里掏出烟盒递给我一支，是我们俩喜欢的牌子。他靠过来给我点上，那一星跳跃的火苗仿佛瞬间燃着了灰败在某些记忆角落里的枯枝败叶，我似乎看到听到它们燃烧的样子和声音。

烟雾袅袅地升腾起来，然后若无其事地消散在闷热的空气中，嗓子里有一种辛辣慢慢地蔓延开来。我再一次想起过去了的那些时光，少年，青春，还有青春以后那些渐隐渐去的激情。恋爱，失恋，上班，做生意，生活像流水一样带走和沉淀着过往的一些内容，很多的感觉在不经意间已经慢慢地淡了远了。如果老褐没有骑着摩托车撞上那块大石，如果老褐没有突然失忆，我想，那些遥远的回忆和相通的感觉，是不是终有一天会消隐在滚滚红尘背后，再也不容易想起。

这个夏天的黄昏，在远离城市的槐树庄的山坡上，我的心弥漫着一些伤感和疼痛。

我说，老褐，你到底是不是真的失忆了，你可以骗我和艾果，但是你不能骗你自己。人生是多么短暂，忘掉这二十八年，你生命里还有什么？

老褐无动于衷地看我一眼，说，忘掉总比背负那么多过去要好。

我说，老褐，如果你真的失忆了，忘掉对于你来说也许是最好的一种结束和开始，但是我知道你并不是真的忘掉了，你只是在逃避。你背负的东西其实是越来越沉重了。

老褐默不作声。我说，老褐，如果你是为了那五万块钱而要忘了我们，那我可以忘了那些钱。

老褐掏出一支烟，对着嘴里的烟屁股点着了，深深地吸进去，再缓缓地吐出来，只专注地看烟雾纠纠结结飘散着的样子，再不看我。

我彻底地绝望了。我从来没有这样惶然过。黄昏的风吹过来仍旧是热热的，胸腔里仿佛有一些气流在混乱地冲撞和回旋，找不到缺口奔突。

那个夜里，我突然梦见童年时外婆村里的那个舞台。我在外婆家里长到八岁，自从离开那个村子，我已经很久不再想起那个舞台了。但是自从老褐失忆，也不知道怎么了，总能时时想起来。我梦见我和艾果站在河边看对岸，对岸依旧是一片缥缈和虚幻，只看得见许多艳丽逼人的颜色飘忽和移动。后来，突然之间那些颜色一下子淡去了，像倏忽间变了一个布景，只剩下漫天漫地的灰白。

我看见那些绰绰的人影也慢慢地在对岸淡去，消失在空气里。这时我看见老褐孤独地站在对岸的舞台上，他的五官清晰极了，我甚至能够看到他漠然的眼神和嘴角一抹嘲讽的笑容。我惊骇极了，向老褐伸出手去，中间却隔着那条河。河水汹涌着一些浪花，浪花越涌越高，最后，那个舞台渐渐隐没在水里，老褐消失了。

没有了对岸。

我在惊骇中醒来，全身是淋淋的冷汗，胸口闷得有些胀痛，一时间反应不过来，以为仍然站在一片大水旁边，看老褐孤独一人站在一片灰白里。我伸出手去，摸到了浅淡的月光和炙热的夜的空气，再也没有了睡意。

我起身坐到沙滩椅上，随手旋开收音机，听一个腻腻的女声在午夜栏目里絮絮地讲故事，直听到再没有了任何声音。我还是不能放弃老褐。我忘不了我们中间这二十多年。正是因为老褐突然忘了我，我才突然对我们之间这二十多年的时光产生了难以割舍的留恋，我从来不知道原来我是这么在乎老褐，在乎过往的时光和一切。

第二天我打电话找山山，想知道她是否认识好一点的心理医生。山山问我找心理医生干什么，我说我猜想老褐可能是心理有些障碍。山山说，怎么这么些天了，你还在这件事中纠缠不休，你能不能去找一些有意义的事情做一做。山山顿了顿又说，米东方，有时人执着一些是好的，但对于一些没有必要的事情来说，执着就成为一种没有任何意义的固执了。

可是，什么事情是有意义的而什么又是没意义的呢，有意义和没意义之间的分界线是什么呢，我好像从来就没有搞懂这个问题。我说，我想你了山山，咱们见面再谈好吗？

山山在电话里停顿了两秒钟后说，我挺忙的，在策划写书的事情。

五

这个夏天似乎特别漫长，而且总也不下雨。听说门楼水库都快要干了。

在这个漫长而干燥的夏天里，我一次次带着老褐在海城的大街小巷里奔走，又一次次地让失望和沮丧在灼热的太阳光下面曝晒和蒸发。海城所有的心理医生都对老褐束手无策，无论他们怎样循循善诱都撬不开老褐的脑门。

从第六个心理医生那里出来，老褐说他再也受不了我了。他站在太阳底下歇斯底里地说，你小子是我的什么人哪，凭什么干涉我的生活，要不是你说我欠过你五万块钱，我才不会跟着你，让你这么摆布我呢，你这人怎么这么固执，真是见鬼了。

我怎么对老褐说呢，我怎么对他说其实我不是固执，我看重的也根本就不是那五万块钱本身。我觉得第六个心理医生说得对，他说心病还需心药医。老褐做生意屡做屡赔却要屡赔屡做，是因为他的女朋友跟大款跑了，让他感到自尊心受到了致命的伤害，应该说他的前任女朋友应该是症结所在吧。可是那个女人除了能令老褐重温一遍伤口流血的滋味之外，是起不到任何作用的。与其让老褐结痂的伤口重新撕裂一次，还不如干脆就让他永远这样忘了她好呢。

如果当初不是那个女人而是艾果做了老褐的女朋友，也许就不会发生这些事情了。想起艾果，我突然觉得也许她才是医治老褐的心药。这么多年了，尽管我和老褐各自在纷纷乱乱地恋爱和生活，但是，我知道我们内心深处对艾果始终潜藏着一份难以忘掉的情感，尽管那段大学时光似乎已经遥远地淡隐在了生活背后，但是我知道它并没有真正地淡去和消失，就像我还能想起那个飘着草香的足球场，那些飘着晚霞的美丽黄昏一样。我依然能够看到穿着红色短裙的艾果在草丛里跳跃穿梭的样子，她的身边是高高矮矮的草，偶尔有一丛或一棵狗尾巴草在那些草丛里摇曳。

我知道这么些年里老褐也没有忘记。我们都把艾果和那段大学时光珍藏在心底，像珍藏少年时的那些友情和那段爱情一样。

我决定跟艾果谈谈。艾果说，还是到海水浴场吧。

黄昏的海水浴场稍微有一些凉意，沙子软软的。艾果把手指插进沙子里，看着海面。我看着她，她身上依然散发着令我心动的气息。

我说，艾果，你还记得那年秋天海城大学长满青草的足球场吗。艾果说，记得，那么多草，还有蚱蜢在草丛里跳跃。那时候你和老褐是足球场上的魔鬼组合，你们是最出色的。我跟女生一起站在场边看你们踢球，那时候很多女生崇拜你们。

是的，那些时光，都遥遥地去了。我问艾果，如果一切重新来过，会是另外一种样子吗？

艾果说，也许不是，也许还是现在这样。你们两个只要在一起，就应该还是现在这个样子吧，不会是别的样子。

可是艾果你为什么要这么说呢。如果当初我们中间任何一个人跟你结婚了，生活就不是这种样子了。

艾果说，可是你们会吗？那时候我们站在场边看你们踢球，她们说你们两人一起爱着我。可是你们真的爱过我吗？

我说，艾果，老褐现在需要你，现在可能除了爱情，再没有任何事情能够让老褐重新认真生活下去。

艾果看着渐渐暗下来的海面，说，那时候，我曾经认为将来我一定会跟你们中的一个结婚，跟你们中的哪一个结婚都是我喜欢的。

我听着，心里像猫抓一样地疼。我无法准确地分析我跟老褐同时喜欢和同时放弃一个女孩子时内心里的那些想法。其实，那只是一种无法表达的意念，我们只是不想把两个人都喜欢的某种东西变成一个人的。可能仅仅是这样。但是我们好像从来都没有认真地替艾果想过，这种两个人的原则会不会伤害了艾果。

我说，对不起，艾果，我们是不是有些太自私，从来就没有正视过你的感受。

艾果说，一切都不重要了，我打算在国庆节结婚。

我很吃惊，从来没有听说过艾果在爱着谁。屈指算来毕业已经四年了，在这四年里我跟老褐都恋爱过，唯独艾果一直都是一个人。

是个外教。艾果说，他说一口流利的汉语，追求我一年多了。如果可能，我会跟他去国外。

艾果依旧看着海面。天色已经完全暗下来了，我看不到艾果脸上的表情。背后滨海路对面酒楼上散发出来的灯光，淡淡地漾过来，淋在沙滩上，使整个沙滩显出一种暗淡的苍白。我突然深切地感觉到，我跟老褐终于要彻底地失去艾果了。那个穿着红色短裙跟蚱蜢一起跳跃在草丛里的女生，那个打着伞在场边看我跟老褐踢球的女生，那个我跟老褐一直爱着但又并没有好好和真正爱过的女生艾果，终于要成为别人的新娘了。

除了沉默，我还能说什么呢。我跟老褐，我们两人其实从来就没有真正爱过艾果。我们根本就不懂爱情。

我突然感到了一种深切的疼痛。那种疼痛是那样执着地蔓延而来，像有一把被岁月侵蚀掉光芒的钝刀正在慢慢地贯穿心脏。有些东西潮水一样涌上来，哽在喉咙里。我盯着海面看，直盯到眼睛累了，觉得眼前水花花的。

后来，我买了一枝玫瑰花送给艾果。还是上次那个小女孩，怀里拥了一抱红色的玫瑰花。艾果把玫瑰花凑到鼻子底下闻了闻，转过头来冲我笑笑，我就感觉鼻子突然酸得不行。再后来，我把艾果送到路边打出租。我看着艾果关上车门，车子在我眼前绝尘而去，红色的车尾灯一闪一闪地亮在夜幕里刺疼了眼。

晚上我又一次失眠了。自从老褐失忆之后我就频繁地失眠，似乎大脑总在超负荷运动。我承受不住那种悲伤的重压，打了老褐电话，告诉他艾果要结婚了。

老褐在那边沉默良久后说，结婚对一个人来说不是迟早的事情吗。我说，可是我从来没有感觉到失去艾果会给我带来这么深的疼痛。我说，老褐，其实我们都是那么在乎艾果，只是我们不知道而已。

老褐说，这个世界就是这样，很多事情往往当你明白的时候已经迟了。它已经彻底改变了，变得面目全非，变得我们都不认识了。

我说，老褐，你真的不想再认识我了吗？老褐说，其实人和人之间原本都是不认识的。来这个世界上走一遭，碰巧遇见了而已，认不认识真的并不重要。遇见过就行了。

老褐的声音在漆黑的夜里传递过来那样一种陌生和冷酷，让我茫然和绝望。

我想我该结婚了。好在我还有山山，她会跟我一起创造一份我们自己的生活。

山山一直很忙，她终于开始给东山集团写书了。我知道山山是有能力的，没有我，她照样做得成任何一件她想做到的事情。

她很少来我家了。我的生活又回复到从前的模式，似乎这一个多月来并没有发生过什么事情，只是心情变得沧桑了。每天按时骑着自行车上班，下班回家后就无所事事地看看电视翻翻报纸打发时光，或者坐在阳台的沙滩椅上，听楼下录音机播放那些一段一段的音乐，依旧是不同风格的一些音乐奇妙地衔接，有时有些偶尔的卡壳，然后若无其事地接续下去，像没有过那些瞬间的停滞。

这样过了两个星期，我想山山了。周末下了班，我到超市买了些吃的直接去山山家，她不在。房东说她被一个男人开着车接走了。我打山山手机，听到一片嘈杂的音乐和说话声。我问山山现在在哪里，她犹豫了一会儿说，在给朋友过生日。

山山的朋友太多了。她的世界跟我的世界根本就是不同的，就像两个毫不相关的星球，几乎没有任何碰撞和交会的可能。但是正是因为这种交会的几乎不可能性，让我觉得应该对这份爱情倍加珍惜。经过了这么多，我觉得我真的应该结婚了，我已经二十八岁了。

我对电话里的山山说，我们结婚吧。那边太嘈杂，山山没有听清我的话，她问我，你说什么？我说，我们结婚吧。山山说，米东方你说什么呀怎么没头没脑的。我说，我没有没头没脑，我在说正事呢，我们结婚吧。山山说，行了米东方，我不跟你说了，要吹蜡烛了。说完就挂了电话。

我也不知道怎么了，想跟山山谈谈结婚这件事的欲望那么强烈。可是再打过电话去，山山却关机了。我决定第二天就去找山山，等天凉快了就尽快结婚。

山山的家里多了很多东西。她换了新手机，那台二手电脑也淘汰了，换成了一台崭新的笔记本电脑。茶几上多了一个锃亮的烟灰缸，里面躺着几只颓败的烟蒂。山山是不抽烟的，但是我知道山山朋友很多，所以，我丝毫不对山山家里出现烟灰缸和烟蒂感到惊讶。至于新电脑和新手机，我觉得山山早就该拥有它们了，山山要写那么多东西，她怎么能用那样一台破旧的二手电脑呢。山山对生活有着极强的操纵和驾驭能力，她的家里多了什么东西我都不感到惊讶。

山山坐在电脑前手指翻飞。我在沙发上坐了很长时间，看完了几集肥皂剧，山山还沉浸在东山集团的书里没有出来。我说，山山，休息一会儿吧。她说，别打扰我行吗。我说，我们有好几个星期没见了。她说，那又怎么了。

是呀，那又怎么了，山山是个有事业心的女强人，有事业心的女强人通常忙起来都意识不到时间的存在。

我说，咱们该结婚了。

山山抬起头来诧异地看我一眼，好像我不应该提结婚这个字眼。她说，你说什么米东方？我说，结婚呀。她说，谁跟谁？我说，当然是我跟你了，怎么了？

山山像西方人那样潇洒地耸耸肩说，干吗要结婚？再说了，我又没有答应过你要跟你结婚。

可是山山怎么能这样说呢，我从来没有想过不跟山山结婚。不结婚那谈恋爱干吗？我不明白。

山山说，米东方，恋爱不一定非要结婚的，再说了咱俩根本就不合适。咱俩不是一类人，怎么可能生活在一起呢。

可是我一直认为我们是要结婚的呀，山山，你怎么能这样对我。你是在开玩笑吗山山？我问她。她再次诧异地看我一眼，意思是说这句话问得太多余了。

我明白山山说的是真话了。山山从来就是一个办事利索不拖泥带水的人。可是这怎么可能呢？山山跟我在一起两年，就从来没有想到过要跟我结婚？那她为什么要跟我在一起，而且已经两年了？

我当时一定傻了。我垂着手站在山山面前，看着她，我看了两年的这张美丽绝伦的脸，终于知道了，原来这样美丽的一张脸根本就不会是属于我的。山山停止了手指翻飞，她低头沉吟了一会儿对我说，米东方对不起，其实咱俩真的不是一类人，生活不到一起的。迟早要分开，还是长痛不如短痛吧。你会找到适合你的女孩子的。其实你这人挺不错的，对朋友真诚，对生活执着。

山山说完就沉默不语了。是的，她也不需要再说什么了，她已经言简意赅地把一件事情说完了，她从来就是这么一个干脆利索的人。把一件事情说完了还需要再说什么呢，再说什么都是多余的。

这个夏天太漫长了。漫长得让人感觉还能发生很多事情，无穷无尽地发生很多让人措手不及的事情。

六

我曾经认为，山山跟我分手的事情只是南柯一梦。那几天我对睡眠产生了一种近似变态的依恋，渴望在经过一场长长的睡眠之后，醒来发现一切都只不过是一场梦，我的山山还是我的，什么都没有改变。

可是每当从那些死寂一般的睡眠中醒来时，我都悲哀地发现，一切都还真实地存在着。而且，那些睡眠是那么沉，沉得连一丝的梦影儿都不曾有过。我甚至奢望在梦里重温一下山山并没有离我而去的那种温馨，只是重温一下。

可是山山还是离我而去了，确切地说，她弃我而去了。我曾经给她打过电话，她在电话里冷静地对我说，米东方，你从来就不是一个不懂事理的俗人，我们都是明白人。

是的，我不想做令山山感到不齿的俗人，但是我无法轻松地做一个明白人。我一直不明白怎么山山说走就走了，她怎么能把这两年当作什么都不曾发生过，就像老褐在那块大石上摔过以后什么都忘记了一样。可老褐是摔过之后才忘了一些事情的，他是从死神那里往回挣扎时脑子太累，无法记住太多的事情不得不忘了一些的。可山山怎么能忘呢，她有那么充沛的精力和超常的记忆力，她不应该忘了的。我真的不明白。

后来我终于做了一个梦。我梦见那条汹涌的河，还有对岸那个缥缈的舞台，舞台上那些红的绿的绰绰的影子。我以为山山能在那里，我拼命地看，那些影子却一径地模糊着。后来，我看到所有颜色突然褪去了，直褪到灰白，那些人影也渐隐渐去了，只剩下一个人，孤独地站在台上。那个人的五官渐渐清晰，我惊骇地发现那是我自己。我看到我自己苍白得像死寂了的肌肤，空洞漠然的眼神，瘦削无骨的身体，在越来越逼近了的浪花中渐渐地消失了。我拼命地张开嘴想喊回我自己，却发现我的喉咙喑哑无声。

我醒在寂静的午夜，伸手摸到了清冷的空气。夏天已经持续这么长时间了，也该过去了，海城夜的空气已经渐渐摆脱了难耐的炙热。我醒了，很长时间依然心跳如鼓。我突然强烈地想念老褐，确切地说，我突然强烈地想念老褐那种失忆的感觉。我打电话过去，老褐刚刚喂了一声我就哽咽失声，完全不像个男人。我说，老褐，我现在明白你为什么要失忆了，失忆还是挺好的。

老褐问我，你怎么了？我说，我太想忘掉一些事情了，想着过去的那种感觉残酷极了。我问老褐，你的那辆摩托车还在吗，借我骑骑吧，听说槐树庄村口那块大石特有灵性。老褐说，那辆摩托车不是当场摔得七零八落了吗，早就没了。再说了，你不是说过你不会骑摩托车吗。老褐问我，你到底怎么了，忘掉过去干什么，忘掉过去的二十八年，你的生命里还有什么呀。

那是我曾经对老褐说过的话。可是现在我宁愿忘掉这二十八年，我宁愿它们在我的脑海里是一片空白，像楼下老太太们放的那些音乐中间偶尔卡壳的那段空白。没有了那一段，音乐还是会自顾自地接续下去，那段空白并不足以影响到整首曲子。

我对老褐说，我现在除了我自己，还有那些回忆之外，什么都没有了。你失忆了，艾果要出国了，山山弃我而去了。你们只留下了一些疼痛的记忆给我，如果再失去了这些记忆，我就一下子把什么都失去了，多好，干干净净无牵无挂。我说，老褐，你放心，我再也不逼你想起我们了。

老褐没有再说话，可我听得到他粗重的呼吸声。那些呼吸声那样清晰地通过电话线，传递过来更浓重的惶惑和无助。我在这些惶惑和无助的伤痛中，慢慢地握着电话筒沉沉地睡过去了。睡过去之前我听到老褐模糊的声音，他说，好兄弟，一切都会过去的。

我听到我在半夜里说梦话，我说一切都会过去的。

过了几天，我在街上看到山山，她跟那个男人走在一起。那男人看山山的目光我熟悉极了，那曾经是我的目光。山山依旧美丽绝伦，我依然在看她的时候感到有一种要仰视的感觉。那个男人，我在名人写真电视栏目中见到过，他是东山集团的林昌盛，海城杰出农民企业家。我想，可能山山已经不用给东山集团写书了吧。

不是我不明白，实在是因为这世界变化太快。我感到我已经苍老得不行了，看看身边匆匆的人流和车流，快得都令我产生一种莫名的、心惊肉跳的感觉。

从街上看到山山之后，我就觉得我突然不那么疼痛了。不管我是否明白，我终于知道山山说的有一点是对的，我们不是一类人，生活不到一起。我站在南大街 2 路公交站点，看到山山挽着农民企业家的胳膊走进街对面的购物商城，中间隔着南大街熙熙攘攘的人流和车流，就像童年时站在河边看对岸那些绰绰的人影，看那些人影在我的视线里飘忽和移动，最后模糊着渐隐渐去。我清楚地知道我再也不属于那个舞台。或许我从来就不曾属于过它，或许我曾经属于过，但已经远离了它。

夏天终于要过去了。海城的空气除了中午依旧炎热，晚上已经相当凉爽了。过了一段日子后，我突然收到邮局寄来的一张五万块钱的汇款单，我看到我似乎已经淡忘了许久的老褐的名字——贺马吉。

老褐彻底消失了。我跟艾果赶去他家的时候，他的房子里面住着几个装修工人。房子已经面目全非，连墙壁都已经全部推倒了，到处是残破的墙的肌体，像一些伤口一样。我和艾果站在门口看着满屋充满了木屑和灰尘的空气，怔怔的，一时间不知道身在何处。

老褐卖掉了他的房子，他放弃了他失忆以后在海城最后也是唯一的一件东西。

我们都知道老褐再也不会回来了。他早就不想在这个干燥的城市里待下去了。这个城市给他的东西都不符合他的想象。

他在信里对我说，东子，我不是一个能给别人和自己安静生活的人。而你不同，你一直生活得让人感到踏实。那些少年和大学时光，那个飘着庄稼清香的黄昏，那个飘着草香的有着狗尾巴草寂静摇曳的足球场，那个穿着红色短裙跟蚱蜢一起跳跃的女生，那些缀满晚霞的美丽黄昏，我都已经忘了。东子，不要再让艾果走。

我看着那封信，感到眼前水花花的，一摸，摸到了一手泪水。

那天，我们看完老褐的信之后，就挖了个沙坑把它埋进去了。后来天空突然阴了下来，转眼之间就下起了一场雨。雨来得迅猛极了，整个海面似乎都在颤抖。

干燥一整个夏天了，终于下雨了。我跟艾果都没有动，一直坐在沙滩上，闻那些雨点打进沙里时溅起的腥潮味道。那些味道凉凉地浸入到肺腑里，感到说不出的酣畅淋漓。

雨下了半个多小时就戛然而止，天空重新亮起来，海面上飘浮着一层缥缥缈缈的雾。那些雾朦朦胧胧地悬移着，太阳的一些光线明亮地穿过了它们，使它们幻化出一些奇异的颜色，彩虹一样缥缈着红的绿的颜色。透过水雾看海那边的长山列岛，一径地影影绰绰着，不真切地模糊着。

我看到了童年的我，站在河边看对岸那些绰绰人影的我，看到再也没有了那个美丽哀怨青衣的舞台，看到了隔在舞台和我之间的那些汹涌奔流的水。

现在，我依旧看到了这些流过了过往时光的水，看到了水对面缥缈的舞台。我看到了老褐、艾、果山山，还有我自己，都在那个舞台上影影绰绰地飘忽着。我看到了很多颜色，看到艾果穿着那条红色的短裙。

后来太阳渐渐地明亮起来，那些雾慢慢地消散了。那些彩色的布景，那些过往的人和事都慢慢褪去，只剩下天空和海面的颜色，蓝得透明。

那天晚上回到家看日历，才知道立秋了。夏天终于过去了。

干燥一个夏天了，我终于等到了这场雨。而老褐没有等到。我不知道他现在在这个世界的哪个地方。

（原载《时代文学》2004年第1期，《小说选刊》2004年第3期转载）

后　记

编辑出版《文学鲁军新锐文丛》，是省作协按照中央和省委省政府关于促进文化大发展大繁荣的部署要求，为繁荣发展山东文学事业确定的一项战略措施，是围绕“多出精品、多出人才”的中心任务，为发现文学新人、扶持青年作家实施的一项系统工程。《文学鲁军新锐文丛》第一辑于2001年组织编选出版，入选的10位青年作家由此脱颖而出，得到文学界广泛关注，已经成为“文学鲁军”的中坚力量。十多年来，山东的文学队伍新人辈出，青年作家的优秀作品引人注目。为集中展示山东青年作家的新气象和新阵容，省作协决定编辑出版《文学鲁军新锐文丛》第二辑。

省委及省委宣传部领导对《文学鲁军新锐文丛》的编选工作非常重视，省委常委、宣传部长孙守刚多次听取汇报，对编选工作作出重要指示，并欣然为“文丛”第二辑作序。省委宣传部副部长刘为民亲自担任编委会主任，对编辑出版“文丛”提出指导性意见，给予了大力支持。

为确保《文学鲁军新锐文丛》第二辑编选工作的高质量和权威性，省作协组建了由有关领导、专家等组成的编委会。编委会对入选青年作家的人员构成、文学导向的宏观把握、题材和体裁的合理布局、风格形式的丰富多样以及总体设计的协调统一等方面，进行了认真研究，确定了编选方案。

在各市、大企业文联作协和有关方面广泛推荐的基础上，省作协组织专家评审委员会对申报作品进行认真审议论证，经向社会公示后，最后确定10位青年作家的作品集入选《文学鲁军新锐文丛》第二辑。这10部思想性、艺术性、可读性俱佳的优秀作品，是对我省近年来涌现的优秀青年作家及其代表作品的一次集中展示和重点推介。这里需要说明的是，我们在征集作品时确定，已入选中国作家协会和中华文学基金会编辑出版的《21世纪文学之星丛书》的作家原则上不再编入本“文丛”。《21世纪文学之星丛书》是为发现、扶植文学新人而创办的一项具有跨世纪意义的文学工程，它以年卷的形式，为文学创作方面取得显著成绩的40岁以下的青年作者出版第一本文学专集。自1994年首卷至今，已出版了157位青年作家的作品集，山东有15位青年作家忝列其中。为了展示山东青年作家整体形象，特将入选该丛书的作家作品名单作为《文学鲁军新锐文丛》第二辑的附录，同时我们将入选《21世纪文学之星丛书》之后创作成绩特别突出的作家纳入“文丛”第二辑的评选，但要求重复收录的篇目不得超过五分之一，除了过去发表的代表作外，其余全为新发表作品。经研究，已入选《文学鲁军新锐文丛》第一辑的作家，不再进入第二辑。由于第一、二辑出版的时间相隔较长，加之近年来我省文坛涌现出的创作成绩突出的文学新人比较多，遗珠之憾肯定在所难免。好在我们已将《文学鲁军新锐文丛》编选工作确定为一项制度化、常规化的文学工程，固定出版周期，持续定期地编辑出版下去。我们愿与广大青年作家一起努力，不断提高“文丛”的文学品位和艺术水平，把“文丛”打造成一个响亮的文化品牌。

省作协领导班子成员和有关方面专家参与了《文学鲁军新锐文丛》第二辑的编选出版工作。省作协主席张炜对“文丛”的编选工作提出了具体指导性意见；省作协党组书记、副主席杨学锋主持了“文丛”的策划、评审与编辑出版工作；省作协巡视员王兆山，党组成员、副主席刘海栖，党组成员、纪检组长李军，副巡视员杨发运参与了“文丛”的策划、评审与统筹。省作协副主席赵德发、李广鼐、苗长水、谭好哲、许晨、李掖平等对“文丛”的编选提出了许多建设性意见和建议。王延辉、朱建信、陈文东、王耕夫、杨文学、孙书文等作家、专家参与了“文丛”书稿的评审工作。省委宣传部文艺处对“文丛”的编选工作给予了指导，省作协创联部的全体同志承担了“文丛”的统稿和通联工作，省作协办公室的同志承担了编委会的会务工作。为了保证“文丛”的质量和水平，省作协还邀请刘玉栋、赵月斌、马兵、张丽军、何志钧、张艳梅等作家、评论家担任“文丛”的特约编辑，对入选书稿进行了认真审阅和编辑。山东文艺出版社对“文丛”的出版工作给予了大力支持和帮助，社长李宁、总编辑张海珊参与了编辑出版的统筹和策划工作，责任编辑李燕、林蕙、王玲玲、李玉玲、冯晖对书稿进行了精心编辑和校对。在此，对所有为《文学鲁军新锐文丛》第二辑编选出版工作给予大力支持和付出辛勤努力的单位和个人，表示诚挚的谢忱。

编　者

2012 年 10 月

附录一：

入选中国作协“21 世纪文学之星丛书”的山东青年作家书目

张　继　《玉米地·玉米地》（1994 年卷·小说集）
路　也　《风生来就没有家》（1996 年卷·诗集）
陈　原　《祖父是一粒粮食》（1996 年卷·散文集）
凌可新　《老白的枪》（1999 — 2000 年卷·小说集）
江　非　《一只蚂蚁上路了》（2004 年卷·诗集）
瓦　当　《去小姨家》（2004 年卷·小说集）
蓝　野　《回音书》（2005 年卷·诗集）
邰　筐　《凌晨三点的歌谣》（2006 年卷·诗集）
张锐强　《在丰镇的大街上号啕痛哭》（2007 年卷·小说集）
徐俊国　《鹅塘村纪事》（2007 年卷·诗集）
东　紫　《天涯近》（2008 年卷·小说集）
徐　颖　《面包课》（2009 年卷·诗集）
简　默　《活在时光中的灯》（2009 年卷·散文集）
赵月斌　《迎向诗意的逆光》（2011 年卷·评论集）
方　如　《声铺地》（2012 年卷·小说集）

附录二：

《文学鲁军新锐文丛》第一辑书目

张　继卷　《村长的耳朵》（小说集）
凌可新卷　《避邪》（小说集）
王方晨卷　《王树的大叫》（小说集）
路　也卷　《我是你的芳邻》（小说集）
刘玉栋卷　《我们分到了土地》（小说集）
老　虎卷　《潘西的把戏》（小说集）
陈　原卷　《大地的语言》（散文卷）
王黎明卷　《贝壳说》（诗集）
张宏森卷　《战争笔记》（电视文学剧本集）
吴义勤卷　《目击与守望》（文学评论集）

图书在版编目（CIP）数据

去槐花洲：王秀梅卷／王秀梅著．—济南：山东文艺出版社，2012.11
（文学鲁军新锐文丛／山东省作家协会编）
ISBN 978-7-5329-3980-0

Ⅰ．①去…　Ⅱ．①王…　Ⅲ．①中国文学－当代文学－作品综合集　Ⅳ．①I217.2

中国版本图书馆 CIP 数据核字（2012）第 251988 号

去槐花洲
王秀梅卷

山东省作家协会 编

主管部门 山东出版集团
集团网址 www.sdpress.com.cn
出版发行 山东文艺出版社
社　　址 山东省济南市英雄山路 189 号
邮　　编 250002
网　　址 www.sdwypress.com

读者服务 0531-82098776（总编室）
0531-82098775（发行部）
电子邮箱 sdwy@sdpress.com.cn

印　　刷 山东临沂新华印刷物流集团
开　　本 680 毫米 ×1000 毫米 16 开
印　　张 17　插页／2
字　　数 248 千字
版　　次 2012 年 11 月第 1 版
印　　次 2012 年 11 月第 1 次印刷
书　　号 ISBN 978-7-5329-3980-0
定　　价 29.50 元